KB111582

당신의 이해를 돕기 위하여

What it means to be you

당신의 이해를 돕기 위하여 Ⅲ

이보라 장편소설

초판 1쇄 찍은 날 | 2021년 9월 23일
초판 4쇄 펴낸 날 | 2024년 5월 31일

지은이 | 이보라
발행인 | 이진수
펴낸이 | 황현수

펴낸곳 | 주식회사 카카오엔터테인먼트
등록번호 | 제2015-000037호
등록일자 | 2010년 8월 16일
주소 | 경기도 성남시 분당구 판교역로 221 6(일부)층

제작·감수 | KW북스
E-mail | paperbook@kwbooks.co.kr

ISBN 979-11-385-0128-6 04810
979-11-385-0125-5 (set)

당신의 이해를
돕기 위하여
What it means to be you
이보라 장편소설
III
Yeondam

제임스가 떠난 후, 윈터는 연구소로 향했다. 하늘에는 시커멓게 먹구름이 끼고 비까지 오기 시작했다. 비행선이 추락하기 딱 좋은 날씨라고 생각했다.

어차피 내일이면 이혼장에 서명을 해야 하니, 오늘밖에 시간이 없었다.

바이올렛과는 이혼해 줄 수 없다. 라크라운드에서 이혼과 사별은 매우 달랐다. 이혼한 사람에게는 빠르게 재혼을 요구할 수 있을지 몰라도 사별한 사람에게는 그렇지 않았다.

다 끝났다고 생각했다. 제 죽음을 슬퍼할 사람조차 세상에 없으리라 생각하니 절망에 깊이 빠져들었다.

한편으로는 자신이 이 세상에 없어도 부모가 그다지 슬퍼하지 않으리란 사실에 안심도 됐다. 바이올렛은 어떨지 모르겠지만.

허우적거릴 힘도 없이 그대로 가라앉으며 비행선 앞에 도착했다.

철문 옆에 있는 쇰쇠를 풀어 문을 열었다. 철문이 꽤 긴 시간이 걸려 덜덜거리고 열리자 세찬 비가 쏟아져 들어왔다.

윈터가 삐딱하게 서서 픽 웃었다.

"날씨 한번 가관이군."

그는 계단을 올라 비행선으로 돌아갔다. 높은 곳에 있는 비행선 앞으로 강철로 만든 미끄럼틀이 있었다.

윈터가 고정된 사슬을 풀자 비행선이 내리막을 타고 미끄러져 젖은 잔디밭에 도착했다.

밖으로 나가려는데 비가 얼굴로 들이쳤다. 그는 뒤로 물러서며 저도 모르게 다시 실소했다. 당장 죽겠다고 생각해 놓고, 비를 피하는 스스로가 웃겼다.

그렇다고 살고 싶어지거나 하는 것은 아니었다. 짜증이 났던 것뿐.

그렇게 비를 피해 서 있으려니 바이올렛 생각이 났다. 얼굴을 한 번만 더 보면 좋겠다고 생각했지만, 어차피 떠날 거면 이렇게 대판 싸우고 더 크게 미움받은 후에 떠나는 게 나아 보였다.

그녀는 쓸데없이 그에게 첫사랑이니 뭐니 운운하던 사람이니까.

윈터는 솔직히, 그녀의 말을 진지하게 여기지 않았다. 보수적인 그녀는 결혼을 사랑과 동일시하고도 남을 사람이라고 생각했기 때문이다. 마지막에 웃는 얼굴로 헤어지지 않아서 다행이라고, 윈터는 생각했다.

나가야 한다고 생각하는데 걸음이 떨어지지 않았다.

"아, 비 더럽게 오네."

윈터가 투덜거리며 밖으로 달려 나갔다. 꽉 잠겨 있던 좀쇠를 풀고 문을 열어 안으로 들어가 앉았다.

비가 하도 많이 와서 창밖이 잘 보이지 않았다. 거기에 비행선을 작동하니 증기 기관의 프로펠러가 어마어마한 소리를 내며 돌아가 청력이 순간적으로 마비될 정도였다. 뒤늦게 소장이 알려 준 귀마개의 존재가 떠올라 찾아서 양쪽 귀에 끼우자 그제야 좀 평화로운 기분이 들었다.

신경이 안정되자 비행선의 조종간이 보였다. 기차처럼 복잡한 것과는 비교할 것이 못 돼서 조종간의 형태도 단순했고 계기판도 별것이 없었다.

수십 년 뒤에는 아마 이것도 기차처럼 복잡해지고, 더 높이, 더 오래, 더 멀리 날아갈 수 있게 될 것이다.

잠깐 미래가 궁금했지만, 곁에 바이올렛이 없으리란 걸 떠올리니 그따위 것은 조금도 중요하지 않게 되었다.

윈터는 비에 젖은 재킷을 벗고 안주머니에서 펜과 노트를 꺼냈다. 비행선에 탄 의도야 어떻든 비행선을 탄 기록은 적어 둬야 한다고 생각했기 때문이었다.

우선 날짜와 시간, 날씨를 적었다. 그 후에 생각해 보니 바이올렛에게 한마디 정도 남겨야 할 것 같은 생각이 들었다.

윈터가 펜을 들고 글씨를 적었다.

바이올렛. 나는 당신과 결혼한 것을 후회해.

그는 노트를 덮어 옆에 두고 의자 뒤로 기댔다.

그녀와 결혼한 것을 후회하고, 결혼 생활이 끔찍했다는 말만 노트 가득 쓸 생각이었는데.

단 한 가지의 끔찍함도 떠오르질 않았다. 쓸데없는 이유를 가져다 붙여 싫다고 써 봤자 속이 빤히 들여다보일 것 같았다.

눈앞에서 총을 쐈을 때 정도나 미웠지, 그 외에는 늘 그녀가 아내라는 사실이 좋았다.

"……사실은 당신이 배웅 나오는 것도 안 싫었어."

그냥 낯설었던 것뿐이다. 태어나서 한 번도 배웅을 받아 본 적이 없어서, 마중을 나와서 기다려 준 사람이 없어서. 그런 호의를 받는 것이 못 견디게 낯설고, 낯설어서 불편했던 것뿐이다.

윈터가 버튼을 누르자 비행선 선미가 열리고 실려 있던 무거운 추가 밖으로 떨어졌다. 동시에 비행선이 천천히 위로 상승했다.

바람은 그리 심하지 않았으나 빗방울이 선체를 무수히 내려쳤다. 선체가 크게 출렁거릴 때마다 윈터는 죽음이 성큼성큼 다가오는 소리를 들었다.

❄ ❄ ❄

하옐의 안내로 윈터의 집무실 앞에 선 바이올렛이 의아한 표정을 지었다.

그녀보다 더 의문 가득한 표정의 하옐이 문을 두드렸다.

"대표님, 작은 마님 오셨다니까요? 대답이라도 하시죠?"

몇 번의 노크 후에도 대답이 없으니 바이올렛이 조심스레 물었다.

"안에 없는 것 아닌가?"

"그럴 리가요. 대표님 다음 일정이 여기 본사여서 안에 계실 겁니다."

하옐이 초조한 표정을 짓더니 결국 그냥 문을 열고 안으로 들어갔다. 안이 비어 있는 것을 본 하옐이 멍한 표정을 지었다.

"여기 계시는 게 맞을 텐데…… 자, 잠시만요, 작은 마님!"

하옐은 심하게 당황하고 있었다.

그가 윈터의 위치를 파악할 수 없는 건 드문 일이었다. 거기다 윈터는 키론에서는 뒷골목 술집에 죽으러 갔던 거라 말한 전적이 있었다.

이혼을 하루 앞두고 있는 데다가 바이올렛에게 화를 내기까지 했다. 지금 그는 절벽 아래로 한 발을 내밀고 있는 상태나 다름없었다.

하옐은 불안감에 멀미가 올라와 울렁거리는 속을 손으로 슥슥 문질러 달래며 말했다.

"그, 금방 위치 확인해서 말씀드리겠습니다."

"하옐, 왜 이렇게 손을……."

떠냐고 물어보려고 했는데, 하옐이 듣지도 못하고 사람들을 붙잡아 가며 윈터의 행방을 찾았다.

하옐의 반응 탓에 바이올렛은 같이 심장이 덜컹 내려앉는 기분이 들었다. 다행히 하옐은 금방 연구소 소장으로부터 윈터가 연구소 집무실에 있다는 전신을 받았다. 두 사람은 생각할 겨를도 없이 곧바로 연구소로 향했다.

연구소에 도착하자 소장이 얼떨결에 달려 나왔다. 하옐이 재촉하듯 물었다.

"대표님 이곳에 계시는 거 확실하죠?"

"네! 두 분 본사에서 출발하실 때 확인했습니다! 그 이후에는 노크도 하지 말라고 하셔서……."

소장이 하소연 섞인 이야기를 하고 있을 때, 조금 떨어진 곳에서 요란한 소리가 들렸다.

바이올렛이 총성이라도 들은 듯한 얼굴로 소장에게 재촉했다.

"저, 저게 무슨 소리요?"

소장이 사색이 되어 말했다.

"비행선 모터 소리입니다! 그, 그럴 리가 없는데…… 비행선이 있는 곳에 들어갈 수 있는 사람은 저와 대표님밖에 없습니다."

소장이 말이 끝나기 무섭게 서쪽으로 달리기 시작했다. 건물에서 벗어나자 예상대로 비행선이 떠오르는 모습이 보였다. 소장이 경악해 소리쳤다.

"이, 이 날씨에 비행선에 타는 건 자살행위입니다! 대표님은 도대체 왜 저런 짓을 하시는 겁니까!"

그 순간 바이올렛은 정신없이 마차의 말을 풀어 올라탔다. 빗길을 달려 비행선이 있는 근처에 도착하자마자 바이올렛이 소리를 쳤다.

"윈터 블루밍! 무슨 짓이에요! 당장 내려와요!"

그녀가 태어나서 한 번도 내 본 적 없는 큰 소리로 윈터를 불렀으나 그는 이미 귀마개를 한 상태였으므로 들릴 리가 없었다.

비행선은 비바람에 심하게 흔들리고 있었지만 멈출 줄 모르고 계속해서 올라가기만 했다.

바이올렛은 바로 몸을 돌려 관제탑으로 달려갔다. 그녀가 문을 열어 보려 했으나 자물쇠가 잠겨 있어 열리지 않았다. 안에 혹시 누가 있을까 싶어 문을 두들기는데, 하옐과 마차를 타고 도착한 소장이 열쇠를 들고 달려왔다.

소장이 열쇠로 문을 열고 승강기에 오르며 말했다.

"비행선이 너무 높이 있고 비까지 와서 빛으로는 신호를 보내지 못할 것 같습니다. 대신 무선 전신을 동시에 연구 중인데 신호가 갈지도 모릅니다. 하지만 날씨가 이래서는……."

"비상 탈출 코드 좀 알려 주게."

"아! 관제실에 적어 뒀습니다!"

바이올렛이 고개를 끄덕였다. 그리고 관제실에 도착하자마자 그에게 비상 탈출 코드를 보내기 시작했다.

비행선은 관제실에서 보이지 않았고, 무선 전신이 실제로 가고 있는지도 알 수 없었다. 그런데도 바이올렛은 계속해서 스위치를 올렸다가 내렸다가를 반복하며 비상 탈출 신호를 보냈다.

얼마나 반복했을까, 하옐이 비명을 지르며 관제탑 밖을 가리켰다.

불이 붙은 비행선이 추락하고 있었다. 순식간에 밖에서 쾅 하는 소리가 들리더니 지상에서 불꽃이 보였다가 비에 곧 소강되었다.

"대표님!"

하옐과 소장이 동시에 소리를 질렀다.

바이올렛은 두 손으로 입을 틀어막고 물러섰다가, 곧바로 승강기에 탔다. 승강기를 타고 내려가는데 온몸에 힘이 잘 들어가지 않았다.

바이올렛이 휘청거리며 빗속을 걸어 불 꺼진 비행선으로 향하자 하옐이 놀라서 그녀의 팔을 붙잡았다.

"안 돼요! 위험합니다! 폭발하면 어쩌시려고요!"

"윈터가 안에 있으면 어떡하나."

바이올렛은, 적어도 겉으로는 무척 침착해 보였다. 그러나 하옐은 그녀가 정말로 침착했다면 불이 붙었던 비행선에 가까이 다가갈 리가 없다고 생각했다.

바이올렛이 다시 다가가려 하자 하옐이 서둘러 몸으로 그녀를 막았다.

"절대 안 됩니다! 대표님한테 제가 혼난다고요!"

팔을 잡는 것도 너무 급해서였지, 바이올렛의 몸에 다시 손을 댈 수가 없어 하옐은 그녀를 막느라 고군분투였다.

그때 저 멀리서 연구원 하나의 목소리가 들렸다.

"차, 찾았습니다! 대, 대표님 여기 계십니다!"

❋ ❋ ❋

비행선이 추락하기 전, 어느 정도 고도에 올라 멈추자 윈터는 시계를 확인하고 노트에 고도와 시간을 다시 적었다. 그리고 체공 시간을 확인하기 시작했다.

평범하게 할 일을 하고 있으니 기분이 이상했다. 비행선은 사정없이 흔들리고 있었지만 마음만은 편안했다.

드디어 벗어나는구나. 이번에는 정말로 끝나는 거겠지. 그런 희열이 들었다.

그리고 자꾸만 바이올렛이 떠올랐다. 사실 지금이 아니어도 늘, 그녀가 떠올랐다. 그녀에 대해 점점 더 많이 알아 가며, 점점 더 그녀가 떠오르는 것이 늘어갔다.

사람이라는 게 참 어리석어서, 옆에서 아무리 설명해 줘도 스스로 깨닫기 전에는 진리를 이해하지 못한다.

사랑받는 방법이 잘못되었다는 것을 세상에서 단 한 사람, 바이올렛만큼은 말해주었음에도 윈터는 부모가 저를 언제든 버릴 수 있다는 사실을 알게 된 후에야 이해하게 되었다.

서러운 일이다.

그가 조종간에서 손을 뗐다.

그때 무선 전신을 보내는 반짝이는 소재로 된 판이 반대로 뒤집혔다. 그것이 일곱 번 뒤집히면 비상 탈출을 하라는 신호였다.

소장이 눈치챘나 보다. 불쌍한 놈.

그렇게 무시하려는데 코드가 계속해서 반복되었다. 계속해서 일정한 간격으로 비상 탈출 신호가 왔다.

그 신호는 윈터가 생각하는 것보다도 오래 반복되고 있었다.

그러다 어느 순간, 비행선 아래쪽에서 펑 하는 소리가 들렸다. 드디어 뭔가 문제가 생긴 모양이었다.

그때까지도 비상 탈출 신호는 반복되고 있었다. 백 번이고 천 번이고 반복할 기세였다.

윈터는 그 신호를 바라보았다.

상대방은 멈추지 않고 그에게 살아남으라는 신호를 보내고 있었다.

소장은 기술을 신봉하는 사람이니 몇 번 해 보고 답이 없으면 무전이 안 가나 보다 하며 멈췄을 것이다. 하옐이었다면 좀 더 길었겠지만, 그는 보이는 것보다 심약한 사람이라 우느라고 몇 번 하다가 중간부터 속도가 느려졌을 것이다.

그가 아는 한 세상에서 가장 성실하고 포기를 모르는 사람은 바이올렛이었다.

그가 얼마나 지독하게 굴었는지, 삶을 포기해 버렸지만. 그녀가 아니었다면 3년이나 참고 견뎠을까 싶었다.

윈터가 혀를 찼다. 이 신호를 보내는 것이 바이올렛이라면 별수 없었다. 그녀가 보는 곳에서 죽을 수는 없는 일이다.

비행선이 추락하기 시작한 동시에 그는 비상 탈출 레버를 당겼다. 비행선의 천장이 열리고 낙하산과 함께 떠오르던 도중, 세찬 바람에 낙하산이 끌려가며 몸이 어딘가에 충돌하고, 꽤 먼 곳까지 날아가 떨어졌다.

"차, 찾았습니다! 대, 대표님 여기 계십니다!"

희미하게 목소리가 들렸다. 잠시 후, 저 멀리서 달려오는 사람들 사이에 바이올렛이 보였다.

망할 바이올렛 블루밍의 성실함만 아니었다면 그는 비행선과 함께 사라졌을 것이다. 그녀의 성실함이 지문처럼 존재를 알리지만 않았다면, 여전히 그녀에 대해 알지 못했다면.

가끔 윈터는 바이올렛이 그의 주변에 빛을 뿌리고 있다는 기분이 들 때가 있었다. 그녀가 가까워지면 주변이 밝아지고, 그녀가 어루만지면 그를 유혹하던 죽음이 멀어진다.

'살았구나.'

그는 무심코 생각했다.

기분 나쁘게도, 다행이란 생각이 들었다.

❄ ❅ ❄

윈터는 곧바로 가까운 병원으로 옮겨졌고, 긴 수술 시간이 끝난 후 다시 수도 저택으로 옮겨졌다.

저택의 주치의는 아직 눈을 뜨지 못한 윈터의 상태를 확인하고, 경건하기까지 한 모습으로 침대 옆에 앉아 있는 바이올렛에게 말했다.

"작은 주인님께서는 정말 인간이 맞나 싶을 정도로 강골이십니다."

"……그러한가."

"예. 저 같은 약골이 이 정도로 충돌했으면 뼈가 다 부러져 평생 누워 있어야 했을 겁니다. 작은 주인님께서는 한 달 지팡이 짚으시고, 세 달 안 뛰시면 괜찮아지실 겁니다. 그보다 작은 마님이 더 걱정이십니다. 열이 높지 않으십니까."

"나는 원래도 감기가 잦은 편이잖나."

"그건 제가 제일 잘 압니다만, 지금은 정말로 쉬셔야 합니다."

바이올렛은 고개를 끄덕였으나 다시 꿈쩍을 하지 않고 굳어 있었다.

침대 위의 윈터는 어찌해야 할 바를 모를 정도로 다쳐 있었다. 흔들리는 비행선에 계속 있었던지라 물건에 긁히고 멍들었다.

바이올렛이 손을 뻗어 윈터의 뺨에 난 상처를 어루만졌다.

"언제쯤 깨어날까?"

"글쎄요. 워낙 튼튼하셔서 곧 깨실지도 모르겠습니다. 연구 대상입니다, 연구 대상."

의사가 마음 놓으라는 듯 말하고 침실을 나갔다.

잠시 후 겨우 마음을 추스른 하엘이 들어오니 바이올렛은 서둘러 두 손으로 눈물을 닦아 내고 있었다. 하엘이 멈칫하고 옆으로 돌아서며 말했다.

"방금 본사 집무실 서랍에서 대표님이 써 놓으신…… 유서를 찾았답니다."

그 말에 바이올렛이 하엘을 돌아보자 그가 말을 이었다.

"아마, 저기…… 대표님께서 비행선 타러 가시기 직전에 제임스 전하께서 오셨거든요. 그때 무슨…… 가문에서 내쫓겠다는 말이 나왔답니다. 그걸 비관하셔서."

하엘이 드문드문 말하다가 저도 울음이 터져서 훌쩍거리기 시작했다. 바이올렛이 가만히 고개를 돌려 다시 윈터를 보며 중얼거렸다.

"……참 나쁜 사람이구나."

"맞습니다! 이제 작은 마님도 제 마음 이해하시죠? 정말 때려치울 겁니다, 저! 사표 쓸 거라고요!"

어떻게든 분위기를 끌어 올려 보려 하엘이 괜히 큰소리치는 걸 알고, 바이올렛이 힘겹게 미소를 지어 보였다.

하엘이 말했다.

"그보다 작은 마님, 어서 침실로 돌아가시죠."

"오늘은 여기서 자겠네. 중간에 깨서 또 나쁜 짓을 할지 모르니까."

"그러다 정말 병나십니다."

"여기 이 진짜 환자처럼 내리 잘 테니 걱정 말게."

바이올렛이 달래듯 말하자 하엘도 별수 없이 침실을 나섰다.

윈터의 침실에는 두 사람만이 남았다. 비가 와서 여전히 어두웠지만 시간은 아침 7시였다.

바이올렛은 잠옷으로 갈아입고 윈터의 곁에 누워 그의 손을 꼭 잡았다.

마음이 산산조각 나서, 갑자기 어떻게 주워 모아야 할지 몰랐다. 그저 멍했다.

❈❈❈

먼저 눈을 뜬 것은 윈터였다.

비가 그쳐 있었고, 닫아 둔 커튼으로 흐린 날의 햇살이 어렴풋이 들어왔다.

윈터는 제 손목을 꽉 붙들고 잠들어 있는 바이올렛을 발견하고 인상을 썼다.

"……왜 여기서 이러고 있어?"

그가 손목을 당기자 바이올렛이 신음하며 눈을 떴다. 그리고 이내 윈터가 깨어난 걸 알고 서둘러 몸을 일으켰다.

"일어났네요."

"뭐 하는 거야?"

"그걸 어떻게 당신이 물어요."

바이올렛은 애써 미소를 지었으나 전날 밤 울었던 탓에 눈가가 붉었고, 목소리도 숨도 떨리고 있었다.

윈터가 부목을 댄 제 다리를 보자 바이올렛이 서둘러 말했다.

"한 달 지팡이를 짚고, 세 달 안 뛰면 나을 거래요."

"지옥이 따로 없군."

"자업자득이에요. 누가 그렇게 비가 오는데……."

바이올렛이 말을 잇지 못하고 숨을 몰아쉬었다. 전날 밤, 윈터가 스스로 목숨을 끊으려 했다는 사실에서 그녀는 벗어나지 못하고 있었다. 바이올렛은 두 손으로 입을 틀어막고 소리 없이 울기 시작했다.

윈터는 그녀에게서 고개를 돌려 버렸다. 창밖으로 시선을 고정한 채 말이 없었다.

바이올렛은 가슴이 미어져 주먹으로 가슴팍을 두들겼다. 사람들이 가끔 너무 서러울 때 주먹으로 가슴팍을 두들기더라니, 아무래도 여기 맺힌 응어리를 어떻게든 깨 보려는 시도였던 듯했다.

바이올렛이 맥이 제대로 뛰는 건지 걱정스러울 정도로 창백한 손으로 윈터의 옷깃을 부여잡았다.

"얘기 좀 해요."

그러자 윈터가 서늘한 눈빛으로 그녀를 돌아보며 물었다.

"내가 지금 얘기를 나눌 기분으로 보여?"

그의 목소리는 거칠고 낮았다. 윈터는 타인에게 겁을 주기 위한 모든 행동을 하고 있었지만, 바이올렛은 그런 것에 두려움을 느낄 여유

조차 없었다.

"해요. 지금 꼭, 하고 싶은 얘기가 있어요. 우리가 이혼 서류를 사이에 두기 전에 꼭."

"나가."

"금방 끝날 이야기예요."

그녀가 재촉하자 윈터가 제 옷깃을 쥔 바이올렛의 손을 움켜쥐었다.

"당신 꼴 보기 싫으니까 나가라고."

윈터의 눈동자에 어두운 불이 붙었다. 음울함이 그의 전신에 독처럼 번져 있었다.

바이올렛은 그냥, 그런 그의 음울함에 질식해도 상관없다는 생각을 했다. 그에 대한 마음을 정리하고 있다고 생각했는데 아니었다. 함께 시간을 보내 놓고 정리라니, 어불성설이었다.

지난 세 달간의 숙려 기간은 그녀에게 그저, 다시 윈터 블루밍을 사랑하게 되는 시간이었다.

입을 맞추고 잠자리를 하면서 이혼을 준비하는 부부가 세상에 어디 있을까. 윈터 블루밍은 그런 사람일지 몰라도 바이올렛 로렌스는 그런 사람이 아니었다.

"제발, 윈터. 금방 얘기하고 나가 줄게요. 그냥…… 금방 끝날 이야기예요."

바이올렛의 고집에 윈터가 날카로운 한숨을 쉬었다. 안타깝게도 다리를 다쳐 뭘 걷어차거나 뒤집을 수 없었으므로 더 이상 성질을 낼 수도 없었다. 그는 물리적인 이유로 체념하고 바이올렛을 보았다.

"그럼 빠르게 말해. 사족 붙이지 말고."

사람이 죽을 뻔하다 살아난 상황에서 대화를 시도하는 것이, 윈터는 이해가 되지 않는 표정이었다.

바이올렛은 윈터를 마주 볼 자신이 없어 고개를 떨구고 입을 열었다.

"오렌이라는 섬에 도망칠 곳을 마련해 줬다는 건 들었어요. 그래서…… 더 말하기 힘들었어요. 이해해 줘요."

"무슨 말이야. 떠나질 않겠다는 건가?"

"그 말이에요. 준비해 준 건 미안하지만 도망치는 건 못 하겠어요. 모를 땐 무작정 떠났지만, 한 번 해보고 나니 너무 힘들어서요."

바이올렛이 말을 이었다.

"그렇다면 남은 방법은 하나……."

"안 돼."

"……."

"절대 안 돼."

윈터의 목소리는 무엇이든 으깨 버릴 듯이 무겁고 거칠었다. 바이올렛이 씁쓸히 고개를 끄덕였다.

"그렇군요. 당신이 싫어할지도 모른다고 예상은 했어요."

"어차피 방법도 모를 거 아냐."

"무슨 방법이요?"

"죽으면 몸이 바뀌는데 무슨 수로."

윈터가 당장에라도 분노에 끓어 넘칠 듯한 목소리로 말하자 바이올렛이 고개를 갸우뚱하더니 뒤늦게 탄성하며 물었다.

"내가 목숨을 끊겠다는 말로 들렸나요?"

"그거잖아."

"그렇지 않아요."

"다른 방법이 없잖아."

윈터는 여전히 신뢰하지 않는 투였다. 윈터가 바이올렛의 턱을 붙잡아 그녀의 고개를 들었다. 그녀를 집어삼킬 짐승 같은 눈이 바이올렛을 옭아맸다.

"내가 이럴 줄 알았어. 그래, 내가 당신한테 화를 좀 냈다. 하지만 당신 같으면 화가 안 나겠어? 내 부모가 날 사랑하지 않는다는 말을 들었는데? 꿈도 꾸지 마. 당신은 못 죽어. 죽어 봐, 어디. 내가 무슨 수를 써서든 다시 살려낼 테니까."

윈터의 손에 힘이 들어갔다. 그는 바이올렛이 눈앞에서 죽은 이후 영원히 행복할 수 없을 것 같은 상태가 되었다.

계속해서 이럴 것이다. 계속해서 이렇게 목에 올가미가 걸린 듯이 살아야 하리라.

그는 그것이 두렵고 끔찍했다.

윈터가 그녀를 부수기라도 할 듯이 노려보고 있을 때, 바이올렛의 건조해진 입술이 열렸다.

"이혼을…… 미뤄요, 우리."

"절대 안…… 어?"

"이혼을 취소했으면 해요, 윈터."

그리고 침묵이 흘렀다.

바이올렛이 말을 이었다.

"오늘이 5월 20일이에요. 숙려 기간이 끝났죠. 그래서…… 당신이 이혼장을 가져오기 전에 먼저 해야만 하는 말이었어요. 말 바꾸는 것처럼 들리겠죠. 정말 미안해요."

윈터의 손이 침대로 툭 떨어졌다. 바이올렛이 말을 이었다.

"내가 헤스턴 가문과 결혼하지 않아도 아무도 트집 잡지 못하는 유일한 방법은 우리가 이혼을 하지 않는 것이라고 생각해요."

그렇게 말하고 대답을 기다리는데, 윈터는 언제 화가 나 있었냐는 듯 완전히 얼이 빠져서, 마치 막 자다 깬 사람 같은 표정으로 눈도 깜빡거리지 않고 있었다.

그가 대답이 없는 걸 부정적인 의미로 받아들인 바이올렛이 한숨을 쉬었다.

"바로 거절하지 말고 좀 더 생각해 줘요. 조건을 말하면 들어줄 수 있는 건 최대한 들어줄 테니까."

"……심지어 조건을 말하라고?"

"그래요. 물론 싫겠죠. 하지만 지금의 나로서는 이보다 좋은 방법이 생각나지 않아요. 대신 이번에 이혼을 취소해 주면, 그 이후에 이혼에 대한 결정권은 온전히 당신에게 줄게요. 약속해요. 당신이 하고 싶을 때, 언제든지 하게 해 주죠. 당신이 이혼을 취소하는 걸 허락한다면 당장 계약서를 쓰겠어요."

"……."

"윈터, 내 말 듣고 있는 건가요?"

바이올렛이 걱정스럽게 그의 눈앞에서 손을 흔들었다. 그녀가 말하는 사이에도 윈터의 표정은 수십 번이 바뀌었는데, 특히 이혼에 대한 결정권을 온전히 주겠다고 했을 때 숨을 들이쉰 뒤로 다시 내쉬지를 않은 것 같았다.

이러다 숨 막혀 죽는 것 아닌가 불안해 숨을 다시 내쉬도록 등이라도 두드려야 할까 싶었다.

바이올렛은 역시 아픈 사람을 붙잡고 너무 과한 이야기를 한 거라는 생각을 했다. 그녀가 서둘러 고개를 저었다.

"미안해요. 내가 너무 급했어요. 아픈 사람 붙잡고 이게 무슨 소리인지."

바이올렛은 아무 일 아니라는 듯 억지로 웃어 보였다.

"이야기하면 나가 주기로 했으니 나갈게요. 더 자요."

그녀가 일어서려다가 어지럼증을 느끼고 주저앉았다. 윈터만큼 크게 다친 것은 아니지만 그녀 역시 많은 비를 맞은 데다가 밤새 가슴앓이를 한 탓에 몸이 매우 좋지 않았다.

그 덕에 겨우 멍한 상태에서 벗어난 윈터가 바이올렛의 이마를 손으로 감싸고 표정을 굳혔다.

"의사는 뭐 한 거야. 왜 이렇게 열이 심해?"

"단순한 감기예요."

"단순한 감기가 어디 있어? 라크라운드에서 어린이가 가장 많이 죽는 병이 감기야."

"나는 어린이가 아니니까요. 가장 건강할 나이라고요."

"내 생각은 다른데. 이게 가장 건강한 상태면 나이 들어서 어쩌려고."

바이올렛은 안 그래도 지쳐 있었고, 윈터의 드센 기를 꺾고 이야기하고 나니 완전히 탈진한 상태가 되고 말았다.

반면 윈터는 완전히 반대였다. 죽을 힘도 없다고 생각하며 늘어져 있던 몸에 갑자기 펄펄 힘이 끓어올랐다. 다리가 다쳐 있는 것이 유감이었다.

"나가지 않아도 돼. 내가 아파서 만사가 짜증 난 거니까."

"아…… 많이 아파요? 진통제 가져다 달라고 할……."

말하던 바이올렛의 고개가 힘없이 꺾이려 하자 윈터가 욕설을 하며 고개를 품으로 당겼다.

"우리 중에 누가 위급한 환자인지 모르겠군."

"나는 환자가 아니에요."

"큰일 났네. 열이 너무 심해서 헛소리를 하는가 보군."

바이올렛은 그 와중에 그녀의 고개가 꺾일까, 품으로 당겨 주는 윈터를 보며 어느 정도 희망을 느꼈다.

그녀가 나직이 물었다.

"고려는 해 줄 건가요?"

"이혼 말인가?"

"으응. 이혼이요."

"맘대로 해. 대신 이번에 취소하면 당신 말대로, 다시는 당신 쪽에서 이혼 얘기 꺼내지 않는 거야. 이랬다저랬다 하는 건 시간 아까우니까."

"더 생각할 시간이 필요하지 않아요?"

"필요 없어."

그의 귀찮다는 듯한 대꾸에 바이올렛이 희미하게 미소 지었다.

"하긴, 당신은 시간을 중요시 여기니까."

그녀가 고개를 들고 윈터를 바라보며 말했다.

"해요, 흑자 전환."

"아직 정확히는 이해 못 했지만 그게 여자들이 좋아할 말이 아니란 것쯤은 알아, 이제."

바이올렛이 고개를 조금 끄덕였다.

너무나 이기적인 생각이지만, 그가 부모와 멀어지면 사실상 바이올렛이 반드시 이혼하기로 결심했던 이유 중 많은 것이 사라지게 된다. 그래서, 그를 마음에서 밀어내는 일을 포기하기로 했다.

두려운 마음이 들었다. 문을 잠그고 온몸으로 막았는데도 넘쳐흘러 들어오던 그였다. 이제는 그 문을 그냥 열어 버리기로 했다. 그러면 어떻게 될까. 잠겨 버릴까. 섞이게 될까.

문을 열기로 마음먹고 나니 바이올렛은 슬프면서도 편안한 마음이 들었다.

언제나 마음에 걸렸던 것을 해결해 보기로 했다. 돈을 주고 사랑을 사려는 버릇이 있는 이 남자의 못된 사랑법부터 고칠 생각이었다. 아무것도 해 주지 않아도 사랑해 주는 걸 알려 볼 생각이었다.

그녀는 여전히, 남편에게 부채감이 있었다. 돈으로 그 부채를 갚아 주는 건 마음에 안 드는 듯하니, 이제 제가 원하는 것을 그에게 돌려줄 생각이었다.

윈터가 일어나 봐야겠다고 생각했는지 옆에 걸려 있는 지팡이를 찾아 들고 바닥에 내려섰다.

"아, 아직 일어나지 말아요!"

바이올렛이 한발 늦었는지 윈터가 다시 침대에 주저앉으며 욕설을 퍼부었다. 그가 못 견디고 그대로 침대에 드러누워 버리며 말했다.

"누가 이렇게 멍청한 짓을 해, 도대체."

그러자 바이올렛이 힘없는 와중에 실소하며 물었다.

"반성하는 건가요?"

"후회하는 거지."

"반성도 하세요."

그녀의 말에 윈터가 픽 웃더니 손으로 제 머리칼을 슥슥 쓸며 말했다.

"아, 중요한 얘기 하는데 머리가 무례해서 거울 좀 보려고 했더니."

그가 빈정거리는 건지, 자기 비하인 건지, 그냥 농담인 건지 알 수 없는 말을 하자 바이올렛이 그를 내려다보며 말했다.

"헝클어진 머리도 잘 어울려요."

바이올렛이 그렇게 말하고는 조금 민망했는지 입술을 힘주어 닫았다. 그러자 윈터가 인상을 쓰며 말했다.

"자기는 빗질 안 하면 나와 얘기도 안 하려 들면서?"

그러자 바이올렛이 억울한 표정을 지었다.

"이젠 안 그러잖아요. 당신이 빗질도 안 하면 얘기도 못 하는 게 무슨 부부냐고 한 게 신경 쓰여서. 그래서 요즘은 젠에게 일부러 잔머리를 내 달라고……."

항변하면서 머리칼을 만지작거리던 바이올렛이 퍼뜩 정신을 차리고 윈터를 보며 말했다.

"사족 붙이지 말라고 했죠. 미안해요."

"뭐? 당신 머리 묶는 방식이 바뀌었다는 얘기가 왜 안 중요…… 아니다, 그 전이 이혼하지 말자는 얘기였구나. 그러네. 본론에 비하면 확실히 사족이군."

윈터가 고개를 끄덕였다. 그러더니 몸이 무거워 제대로 가누지를 못하는 바이올렛을 힐끔 보며 말했다.

"자고 일어나서 마저 이야기하지. 당신 몸이 너무 안 좋아 보이니까."

"그래야겠어요."

대답한 바이올렛이 그의 옆에 눕자 윈터가 돌아보며 물었다.

"왜 누워?"

"당신을 혼자 재울 수가 없어서요."

바이올렛이 그리 말하고는 베개를 당겨다 베고 윈터의 손을 두 손으로 꼭 감쌌다. 그녀가 눈을 감으며 사과했다.

"내가 당신 부모님에 대해 한 말 때문에 많이 화났죠? 미안해요. 잘 알지도 못하면서 함부로 말했어요."

"뭐라는 거야. 어머니가 날 내쫓는다고 말했다는 거 다 들었어."

"내가 먼저 작위 얘기를 꺼내서……."

"내가 사족 붙이지 말라고 했잖아."

"이건 또 사족인가요?"

"지금 기분에 들을 얘기가 아닌 건 다 사족이지."

"아…… 그러네요."

바이올렛이 이해가 간다는 듯 고개를 끄덕이고 잠을 청했다. 그녀는 많이 피곤했던지라 금방 흔들어도 모를 정도로 깊이 잠들었다.

윈터는 아직 바이올렛이 한 말을 확실히 신뢰하지 않고 있었다. 그는 무엇이든 계약서에 적혀야 직성이 풀렸다. 지금은 너무 피곤해하니 재워 주지만 눈을 뜨면 억지로라도 손에 펜을 쥐게 해서 영원히 이혼 얘기를 꺼내지 않겠다는 서명을 받아 낼 생각이었다.

윈터는 뒤늦게 제정신이 돌아오는 기분이었다. 이번에도 그는 똑같은 실수를 반복하고 있었다. 바이올렛에게 그의 선택을 이해시키려 들었다. 그녀가 그의 유산 따위는 바라지 않는다는 걸 그렇게 배워 놓고도.

그가 다쳤다는 것만으로도 바이올렛은 울고 두려워하며 곁에 있으려 들었다. 그가 죽었다면 바이올렛은 더 크게 슬퍼했을 것이다.

"이혼을 하지 말자니. 어처구니없는 소리군."

윈터는 입꼬리가 너무 끌려 올라가 뺨에 난 긁힌 상처에 통증이 올 정도였다.

이제 이 여자가 다시 제 것이 되리라는 생각이 그의 몸을 덥게 했다. 그동안 그는 바이올렛에게 아무런 욕구도 가지지 않으려 필사적이었다. 체념해야 한다고 다짐하며 감정을 죽였다. 그래야 그녀를 지옥으로 끌고 들어가지 않을 수 있었으니까.

그러나 그녀는 제 발로 그의 곁으로 돌아왔다.

윈터는 처음으로 자신이 운이 좋은 사람이라는 생각이 들었다.

인생을 돌이켜 보니 사실 그는 운이 좋은 편이었다. 운이 좋지 않고서야 이렇게까지 돈을 벌 수 있을 리 없었다.

생각해 보면 애초에 제 반쪽이 공작 혈통이라는 건 정말 드물고도 드문 확률이지 않나. 세상은 귀족 비슷한 피만 닿아도 젠체하는 사람으로 가득하다.

그런 거 다 차치하고, 아내가 수세에 몰려 결국 이혼을 포기하고 제 발로 여기 돌아와 머문다는 것이야말로 윈터에게 천운이었다.

그는 원래도 욕구가 남들보다 수배는 강한 사람이었다. 그 강한 욕구로 세상의 돈을 전부 긁어모을 기세로 살아왔다. 그런데 지금은 살아오며 느꼈던 그 강한 욕구들과도 전혀 비교가 되지 않는 압도적인 열망이 그를 들끓게 하고 있었다.

윈터는 저도 모르게 바이올렛에게 잡혀 있던 손을 뻗어 그녀의 얼굴을 움켜쥐려 들었다가 가까스로 힘을 풀었다.

"……당신은 논리적이지만 마음이 너무 약해."

그녀는 그가 불쌍했던 것이 분명했다. 침실도 꼭 따로 써야 예의라고 생각하던 사람이 제 발로 남편의 침대 위에서 잠든 데 동정심 말고는 이유가 없다.

다리가 최대한 천천히 나았으면 좋겠다고 생각했다.

❄ ❄ ❄

바이올렛은 아주 깊이 잠들어 윈터가 천천히 손을 빼내는 동안에도 잠에서 깨지 않았다.

윈터가 다시 지팡이를 찾아 들고 크게 심호흡을 한 후 몸을 일으켰다. 머리까지 지끈거리는 통증에 속으로 제 멍청함을 욕한 후 침실을 나가 다급하게 하옐을 찾았다.

하옐이 불만이 가득해 한 소리 하려고 다가오다가 갑자기 안색이 싹 달라진 윈터를 보고 곧바로 물었다.

"좋은 일 있으셨습니까?"

"커피와 진통제 가져와. 둘 다 독한 걸로. 그리고."

"소장과 연구원들이라면 당연히 입막음했어요. 대표님 다치신 이유는 술 마시고 계단에서 구른 걸로 했고요."

"그게 아니라."

윈터가 제 입으로 말하는 게 믿기지 않아 잠깐 뜸을 들인 후 작게 얘기했다.

"헤스턴과 재혼을 하기 싫어하잖아, 바이올렛이."

"예."

"그 해결책으로 나와 이혼을 취소하는 게 어떠냐고 하더군."

그 말에 하옐의 눈이 커졌다. 입 밖으로 꺼내고 나서야 실감이 나는지 윈터가 순간 아픈 걸 잊고 실실 웃었다. 멍하니 그를 보고 있던 하옐이 뒤늦게 이해하고 들뜬 얼굴로 펄쩍 뛰었다.

"엄청나게 좋은 소식이잖아요!"

"뭐…… 그래, 솔직히 좋은 소식이군. 이대로 헤스턴 가문 작위 어쩌고를 진행해도 아무런 상관이 없겠어. 그 망할 에쉬 로렌스와 카르잔 헤스턴이 뒤통수 맞는 꼴을 볼 생각을 하니 벌써 체증이 가라앉는다고."

"아휴, 아무렴요."

하옐은 적당히 호응해 주며 속으로 만세를 불렀다.

아내가 떠날까 봐 전전긍긍하며 하루에도 열두 번씩 기분이 오락가락하던 윈터는 폭우 속에 비행선을 끌고 나가는 정신 나간 짓까지 저지르고 말았다. 유서에는 부모 탓이라고 적었지만, 진짜 이유는 바이올렛이 그를 떠날 것이 예정되어 있기 때문임을 하옐은 알았다.

하옐은 들떠 있다가 금방 심각해져서 그에게 말했다.

"대표님, 마음 놓으실 때가 아닙니다. 이런 말 죄송하지만…… 주인 어른과 마님 두 분께서 한 번 작은 마님을 해하신 적이 있잖아요. 두 번은 못 그럴 거란 보장이 없습니다."

그러자 윈터가 믿기지 않는다는 표정으로 하옐을 보았다.

"무슨 일이지? 오늘따라 쓸 만한 말만 골라 하는군. 필요한 건 안 가져오지만."

"아, 커피랑 진통제요! 가져오겠습니다. 그리고 대표님, 혹시 작은 마님이 말 바꾸실지도 모르니까 사용인들에게 미리 다 알려 놓으면 안 됩니까?"

"……네가 원래 이렇게 똑똑했나?"

윈터가 진심으로 놀라워하더니 어서 가서 소문내라고 문을 턱짓했다.

"가서 말해. 대신 바이올렛 자니까 큰 소리 내면 다 해고야."

"전혀 염려하실 것 없습니다!"

하옐은 신나서 복도를 폴짝폴짝 뛰며 달려갔다. 잠시 후 여기저기서 짤막짤막하게 꺅꺅 소리가 들렸다.

짧은 환성을 지른 직원들은 만약을 대비해 맡겨 놓은 사표를 회수하기 위해 룰루에게로 몰려갔다.

정작 사고를 당한 윈터가 부산하게 저택 안을 돌아다니는 사이, 바이올렛은 세상모르고 단잠을 잤다. 윈터가 깬 것을 보고 안심한 데다 이혼을 하지 않기로 한 것으로 급한 불을 껐다고 생각한 모양이었다.

윈터는 그녀에게 근사하게 보이고 싶은 마음에 옷을 갈아입을까 생각했으나 지금 필요한 건 예쁨이 아니라 동정심이라는 것을 판단하고 잠옷 차림으로 돌아와 침대에 누웠다.

바이올렛은 밖에서 무슨 일이 벌어지는지 전혀 모르고 잠이 들어 있었다. 아마 사용인들이 애걸복걸해 겨우 먹인 감기약이 이제 제대로 작용하고 있는 모양이었다.

다들 그녀가 떠나지 않으리란 소식에 기뻐 날뛰느라 정신이 없었다. 윈터가 한쪽 입꼬리를 올리며 중얼거렸다.

"내가 그렇게 부르지 않으려고 해도 말이야. 만인의 사랑을 받는 공주님이란 말이지."

바이올렛이 잠결에 무언가 찾아 쥐듯 두 손을 오므리자 윈터가 제 손을 쥐여 주었다.

바이올렛이 안심해 다시 잠드는 것을 본 윈터가 다른 한 손으로 머리를 괴고 그녀를 관찰했다.

20일이 지났는데도 그녀가 제 침대에 누워 있다는 사실이 실감 나지 않았다.

그의 온몸의 기관들이 여태 태업을 했었나 싶을 정도로 격렬하게 살아 움직이기 시작했다.

어차피 이렇게 된 거 문이고 창이고 다 걸어 잠그고 이렇게 둘만의 공간에서 살아가고 싶어졌다.

❄ ❄ ❄

바이올렛은 정말로 오래 잤다.

중간에 잠깐 깨긴 했지만 그 이후로 다시 잠들어 다음 날 아침까지 잤다.

바이올렛은 살며시 눈을 떴다가 쏟아지는 햇살에 눈이 동그래져서 상체를 일으켰다.

그녀가 두리번거리는데 침실 문이 열리고 하루 만에 지팡이에 익숙해진 윈터가 여전한 고통에 인상을 쓴 채로 걸어 들어왔다.

"지독하게 자는군. 열여섯 시간을 잤어."

"내, 내가요?"

바이올렛이 믿기지 않아 되물었다. 어쩐지 허리가 아프더라니, 너무 오래 자고 일어나서 그랬던 모양이다.

"이혼 취소에 관한 거, 계약서로 적으려고 당신이 깨길 기다렸는데 하루를 꼬박 자더군."

"내가 정말…… 그렇게 오래 잤어요?"

"잠꼬대 같은 소리 하지 말고 일어나. 계약서 쓰러 가자."

"아, 세수라도 하고 올게요. 너무 많이 자서 민망해요."

바이올렛은 정말로 부끄러운 듯 뺨이 붉어져 있었다. 윈터가 어딘지 한심하다는 듯한 눈빛으로 말했다.

"그래, 열여섯 시간 기다리나 열일곱 시간 기다리나 그게 그거지요, 우리 공주님."

"……너무 무안하게 하지 말아요."

그녀가 눈을 흘기고는 얼른 제 방으로 들어갔다.

바이올렛은 저 성격 급한 남자가 중간에 쳐들어오기 전에 급히 단장을 시작했다. 젠은 그런 바깥 상황에 관심 없다는 듯 바이올렛의 머리칼에 집중했다.

하도 잘 자서인지 피부도 머리칼도 며칠 전보다 되레 매끈매끈했다. 그녀의 머리칼을 절반으로 갈라 꽃과 함께 땋아서 반묶음을 한 젠이 두 손으로 입을 감싸며 말했다.

"작은 마님은 무슨 머릴 해도 재미있어요……."

"재미가 있는 거니?"

바이올렛은 무슨 소리냐는 듯 웃었지만, 젠은 진심으로 살면서 제일 잘한 것이 직업 선택이라고 생각했다. 제가 오밀조밀 머리 모양을 바꿀 때마다 바이올렛의 아름다운 얼굴은 귀엽게 보이기도 하고, 우아하게 보이기도 했다. 지금은 귀여워 미칠 것 같았다.

그때 윈터가 들어섰다. 젠은 두 사람이 앉을 테이블에 계약서 종이를 놓아 주고 나갔다.

바이올렛이 의아해하는데 윈터가 급한 성격을 못 버리고 지팡이를 딱딱거리며 평소 같은 속도로 의자에 와서 앉았다. 그리고 아파 죽겠는지 테이블을 주먹으로 때리며 고통이 가라앉기를 기다렸다.

"많이 아파요?"

바이올렛이 걱정스러운 마음에 그의 허벅지에 손을 대려 하자 윈터가 황급히 손목을 붙잡아 들어 올렸다.

"제발 좀 아무 때나 만지지 마."

"아픈 게 불쌍해서요."

"차라리 때려. 그게 덜 괴롭겠다."

"당신은 정말 내가 만지는 걸 거북해하네요."

바이올렛이 섭섭한 표정을 짓더니 이해가 안 된다는 듯 한마디를 더했다.

"이기적이에요."

"뭐가."

"당신은 내가 못 만지게 해도 만졌잖아요. 원래 당신은 부부 관계를 그렇게 한다면서."

"……그건 다르지. 그건 밤이었잖아."

"낮이었어요. 해도 안 진 시간이었어요."

"그만 따져. 난 만져도 되고 당신은 안 돼. 됐어?"

"세상에."

"어머나, 뭐지, 이 이기적인 새끼는."

윈터가 눈이 동그래진 바이올렛을 마주 보며 빈정거렸다. 그러나 바이올렛이 하지 말라는 듯 인상을 쓰자 곧장 손으로 입을 가리는 시늉을 했다.

장난을 치는 걸 보니 기분이 아주 나쁘진 않은 모양이었다.

두 사람은 한 계약서에 번갈아 필요한 내용을 적어 내려갔다.

바이올렛이 쓰는 걸 기다리는 동안 윈터는 묘기 부리듯 손으로 펜대를 빙빙 돌렸다. 그는 글씨를 쓸 때 문진을 밀어 버리고 제 자세에 맞게 종이마저 삐딱하게 놓아야 직성이 풀렸다.

두 사람은 계약서 위에 먼저 이혼 취소와 윈터가 앞으로 이혼에 대한 모든 권한을 갖는다는 내용을 적었다.

평소 바이올렛의 서체는 유려했고, 윈터는 그의 성격처럼 급하게 흘려 쓰는 글씨체를 가지고 있었다. 그런데 오늘은 웬일로 또박또박 정자로 글씨를 적고 있었다.

윈터가 말했다.

“내가 결혼 유지를 받아들여 줬으니까 조건을 합의하지.”

“좋아요. 말해 봐요.”

“첫 번째, 앞으로 내가 가자는 파티는 다 가 줘야겠어.”

그의 말에 바이올렛이 고개를 끄덕였다.

“그게 사업적으로 도움이 되는 모양이군요.”

“물론.”

전혀 그런 이유가 아니었다.

다만 윈터는 동네방네 파티에 다니며 바이올렛이 제 아내라는 걸 공고히 하고 싶었던 것뿐이었다.

이제 그녀는 이곳에서 파티를 열며 사교계 권력을 손에 쥘 테고, 그 과정에서 이 저택에 수많은 청년들이 드나들 것이 분명했다. 그들에게 미리 경고를 해 둘 생각이었다.

바이올렛이 물었다.

“두 번째는요?”

“이건 정말 중요한데.”

“네.”

“앞으로 브로콜리를 남기지 않았으면 좋겠어. 난 채소를 좋아해서 남겨지는 걸 보면 안타깝거든.”

그의 말에 바이올렛이 움찔했다. 말문이 막혔던 바이올렛이 조심스럽게 물었다.

“내가 브로콜리를 남기는 게 싫다면 식사에서 브로콜리를 빼는 건 어때요?"

"내 말 못 알아들었어? 내가 좋아한다고. 내가 좋아하니까 당신도 먹어."

윈터는 저항 말고 빨리 적으라는 듯 종이를 턱짓했다.

바이올렛이 저도 모르게 푹 한숨을 쉬고 물었다.

"세 번째는요?"

"그거 두 개야."

"정말요? 다른 건요? 당신이 집에 안 들어와도 언제 오냐고 물어보지 말라든지."

"그런 건 계약서에 적을 정도는 아니잖아."

"브로콜리는 적을 정도고요?"

"조건 내가 정하는 거 아닌가? 왜 이렇게 따지실까?"

윈터가 눈썹을 추키며 말하자 바이올렛이 어딘가 시무룩해진 얼굴로 두 번째 조건을 적었다.

브로콜리를 남기지 않을 것.

바이올렛이 어떻게 봐도 빈약하고 중요도도 떨어져 보이는 계약서를 바라보았다.

"별게 없군요."

"난 애초에 이혼을 원하지도 않았어. 당신이 나랑 살기 싫다며."

그가 토라진 아이처럼 말하자 바이올렛이 이해가 안 된다는 듯이 말했다.

"나는 당신이 먼저 숙려 기간을 제안해서 당연히 당신도 원한다고 생각했어요."

"그러니까, 나랑 살기 싫다는 사람을 내가 왜 붙잡아?"

"그랬군요. 소통이 잘되지 않았네요."

바이올렛이 계약서를 들어 확인하고 그에게 물었다.

"그럼 내가 당신의 조건을 들어줄 필요가 없는 것 아닌가요?"

"이미 계약한 거니 늦었어. 브로콜리 남기면 안 돼. 물론 다른 야채들도 가능하면 먹고. 어른이잖아."

결국 계약서는 브로콜리 이야기로 끝이 났다. 윈터는 곧장 그 계약서를 하엘이 데려온 변호사에게 넘겨주었다.

윈터가 즐거움을 감추지 못하고 말했다.

"우리가 다음 달에 작위 계승식에 같이 나타나면 에쉬 로렌스 그 자식 표정 볼만하겠군."

바이올렛은 안심했다. 윈터의 표정이 기뻐 보였기 때문이다. 그러나 곧 표정이 다시 어두워진 윈터가 물었다.

"아이는? 나와는 아이를 가지지 못하잖아."

"아직 거기까지는 생각할 겨를이 없었어요. 급한 불부터 끄자는 마음이라."

"그렇군."

윈터가 고개를 끄덕였다.

바이올렛이 그의 표정을 살폈다. 이혼을 안 한다는 사실 자체는 그를 무척 신나게 한 것 같았지만, 아이 이야기가 나오자마자 표정이 어두워졌다.

그는 아이를 꽤 좋아했다. 키론에서도 처음엔 무서운 아저씨라며 벌벌 떨던 동네 아이들이, 나중에는 부자 아저씨라고 호칭을 바꾸고는 까르륵까르륵 웃으며 그에게서 도망 다니는 것을 놀이로 여겼다.

하기야 윈터만 나타나면 마을 전체에 먹을거리가 풍족해지니 좋아할 만도 했지만, 그의 태도부터가 어른을 대하는 것과는 달랐다. 그는 아이들이 놀아 달라고 매달리면 어른에게 하듯이 모질게 거절하지 않았다.

그뿐인가, 칼리본 광산 지역의 아이들에게는 수도에 오고 싶다는 한마디에 직업까지 약속했다.

바이올렛은 그런 모습을 보며 그는 좋은 아버지가 될 거라고 생각했고, 그의 인생을 생각해서도 아버지가 되는 것이 좋을 거라고 여겼다.

저와 함께한다면 불가능한 일이었다. 지금의 윈터는 이것이 답이라고 생각하지만, 나중에는 오답이었다고 생각할지 모른다.

그러나 바이올렛은 그 모든 것을 포함해서 윈터의 곁에 남기로 결심했다.

그가 비행선을 몰고 나갔을 때, 바이올렛은 확신했다. 그에게는 다른 답이 없는 걸지도 모른다고.

그는 몸을 바꾸는 방법을 알아냈다고 말했고, 몸이 바뀌는 이유는 그의 혈통 때문이니 90% 정도는 믿었다.

그러나 10%의 의심은 한순간도 사라진 적이 없었다. 비가 오는 줄 모르고 자신을 찾아왔던 날, 바이올렛은 구두 신는 것을 잊고 맨발로 수도에 가지 말라고 윈터를 붙잡았던 저를 떠올렸다. 그날 의심은 늘어났고, 악몽에서 깨던 날 또다시, 그리고 비행선을 타고 나가는 그를 보며 그 의심은 절반까지 커졌다.

절반은 큰 확률이었다. 그에게 별다른 정답이 없다면 그녀의 답을 제시하기로 했다.

바이올렛이 손을 내밀었다.

"계약이 성사되었으니 악수를 하죠."

"부부가 무슨 악수를 해."

윈터가 친구에게 하듯 손을 툭 치고 답답해하는 표정을 지었다.

"불편해 미치겠네. 언제까지 지팡이를 짚어야 돼, 내가 노인도 아닌데. 나가고 싶어. 일하고 싶다고. 돌아 버리겠어."

"남 탓도 못 하죠."

"왜 못 해, 부모님 탓이지. 젠장."

윈터가 투덜거리자 바이올렛이 스스로에게 결심하듯 말했다.

"다신 그런 일 없게 할 거예요."

"당신이? 무슨 수로."

윈터가 묻자 바이올렛이 테이블에 두 손을 겹쳐 올려놓고 강한 어조로 말했다.

"결심한 게 있어요."

"뭘."

"당신에게 잘해 줄 거예요."

"……왜?"

"애초에 당신에게 당신 부모님 이야기를 꺼낼 때부터, 난 그럴 생각이었어요. 당신에게 잘해 주기로. 돈이 아니어도 사람과 사람 사이의 관계를 쌓을 수 있다는 걸 알려 주기로."

"……."

"당신도 알지만 난 보수적인 사람이에요. 나는 당신에게 책임감을 느껴요. 물론 지금 세상에선 내가 틀리고, 당신이 옳을 수도 있죠. 아니면 나와 당신이 그냥 다른 걸 수도 있어요. 하지만 나는 내가 믿는 걸 당신도 믿었으면 하는 바람이 있어요."

바이올렛이 신중하게 이야기하자 윈터가 고개를 끄덕였다. 그리고 이내 그가 입을 열었다.

"그건 당신 마음대로 해. 나도 내가 믿는 걸 당신이 믿어 줬으면 하는데."

"돈의 소중함이요?"

"……."

바이올렛의 당연하다는 듯한 확답에 농담이라도 걸려던 윈터의 말문이 막혔다.

계약서를 적은 후 두 사람은 식사를 시작했다.

기적처럼 우울하던 증상이 싹 사라진 윈터는 식욕이 왕성해져 어마어마한 양을 먹어 치웠지만 바이올렛은 너무 많이 잔 데다가 약 기운도 다 사라지지 않아 식사를 그리 즐기지 못했다.

바이올렛은 신나서 식사를 하는 윈터를 보며, 사고를 당해 크게 다친 사람들은 트라우마 같은 것이 남기도 한다는데 남편은 전혀 그러지 않은 것 같아 되레 걱정스러운 마음이 들었다.

아침을 깨작거리던 바이올렛은 윈터의 손목에 남아 있는, 덜 타서 원래 피부색이 도는 부분을 발견했다. 시계의 흔적이었다.

바이올렛이 그곳을 가리키며 말했다.

"여긴 안 탔네요?"

"이제 슬슬 태워야지."

윈터가 대꾸하며 힐끔 손목을 보았다. 원래는 이렇지 않았었다. 그는 시계를 수시로 갈아치웠고, 바닷가에서 비치 발리볼을 하며 몸을 태울 때는 당연히 시계를 차지 않았다.

빈틈이 생긴 것은 바이올렛에게 시계를 선물받은 후부터였다. 같은 시계를 너무 오래 차고 있는 게 문제였다.

바이올렛이 기다렸다는 듯이 물었다.

"나으면 우리 같이 시계 고르러 갈래요? 이혼이 취소된 기념으로 당신에게 시계 선물하고 싶어요. 고장 나지 않은 걸로."

"왜 나으면 가? 지금 가."

"음, 두 주 동안은 외출 금지예요."

"뭐?"

"외출 금지라고요. 의사가 못 나가게 하라더군요."

윈터는 태어나서 처음 듣는 황당한 벌칙에 한쪽 눈썹을 추켰다.

"나갈 건데."

"안 돼요."

"나가면 어쩔 건데?"

"막을 거예요."

"……감금하는 건가?"

바이올렛이 고개를 조금 끄덕이고 엄한 가정 교사 같은 눈으로 그를 보았다.

"그런 셈이죠. 의사가 일도 한 달은 안 하는 게 좋다고 했어요. 게다가 당신은 성질이 급해서 다쳤는데도 빠르게 돌아다니잖아요. 그러다 안 낫겠어요."

"아니, 그렇다고 내가 지금 스물아홉인데 외출 금지가 말이 돼?"

황당한 마음에 윈터의 표정이 가관이었다.

가장 황당한 건 이게 조금도 싫지 않다는 것이었다. 그에게 정말 문제라도 생긴 건지, 그는 자신이 바이올렛의 손에 붙잡혀 있다는 생각이 들 때마다 짜릿한 기분을 느꼈다.

원터가 인상을 쓰고 말을 이었다.

"언제까지."

"두 주요. 그 전이라도 상태가 좋아 보이면 허락할게요."

"두 주 뒤에는 바로 나갈 거야."

그의 대답에 바이올렛은 의아한 표정을 지었다. 저 일중독자가 이렇게 순순히 받아들일 줄은 몰랐다.

"그럼 시계 장인을 여기로 불러. 알아 둔 시계상 있어?"

윈터의 질문에 바이올렛이 얼떨결에 대답했다.

"몇 명 추려 놓긴 했는데……."

"조만간 불러오지."

윈터가 담담히 말했다.

바이올렛이 혹시 그가 일어날까 싶어 손을 잡으며 물었다.

"차 마실래요?"

"차는 당신 집 가서 마시자. 보여 주고 싶었는데 다퉈서 못 보여 줬어."

"내 집이요?"

"응. 당신 집."

윈터가 말하며 몸을 일으켰다.

❄ ❄ ❄

"아, 이 집……."

바이올렛이 윈터의 침실에서 내려다보이는 곳에 지어 둔 키론의 집을 바라보았다.

윈터가 벽을 툭툭 치며 말했다.

"아무래도 배를 타고 오다 보니 보수가 많이 필요할 것 같더군. 칠이 다 벗겨졌어."

"애초에 이 집을 왜 가져온 거죠?"

"난 여기서 잠이 잘 온다니까. 솔직히 반갑지 않아?"

"반갑긴 하지만……."

윈터가 말했다.

"내 다리가 나으면 수리하자. 일단 벽에 페인트를 새로 발라야겠어."

"우리가 해요?"

"왜, 집을 수리하는 건 무례한 짓인가?"

"할 줄 아냐는 의미였어요."

"당신 놀린 거야. 그리고 내가 호텔로 먹고사는 사람인데 집수리를 못 하겠어?"

"호텔을 운영하려면 원래 그렇게 많은 걸 할 줄 알아야 하나요?"

"몰라."

윈터가 무책임하게 대꾸하곤 문을 열고 집 안을 턱짓했다.

두 사람이 안으로 들어섰다. 바이올렛은 익숙한 공간에 들어서자 아늑한 기분이 들었다.

그녀가 웃으며 말했다.

"이곳도 바다와 가까운 곳이지만…… 이 집에서는 정말로 해풍 냄새가 나네요."

"해풍을 맞으며 자란 나무가 집 짓기에 좋다더군. 거기 버려 놓고 오긴 아까운 집이지."

"그렇군요."

바이올렛이 창가에 둔 테이블 앞에 앉았다. 서서히 어두워지기 시작한 창밖으로 저택의 전구 불빛이 번쩍거렸다.

윈터가 말했다.

"룰루가 사표를 엄청나게 많이 받았다더군."

"사표요?"

"이혼하면 당신이 이 집을 나갈 줄 알고. 나랑은 일하기 싫다는 거지, 내가 돈을 그렇게 잘 줬는데."

"돈을 잘 줘서 그런 거 아니겠어요? 당장 그만둬도 먹고살 자신이 있을 만큼."

"쓸데없이 많이 줬나."

"쓸데없다니요? 사람답게 결정하고 살 만큼 준 거죠."

그녀의 말에 윈터가 저도 모르게 웃으며 말했다.

"당신이 왕권을 반대해서 아쉽군. 당신이 왕이면 좋을 것 같은데."

"수학이 약해서요. 경제가 위태로울 거예요."

"내가 내조하지."

윈터가 농담조로 말하자 바이올렛이 진지하게 대답했다.

"국고가 든든하겠군요. 부자 되는 법을 당신보다 잘 아는 사람은 없으니."

"그럼."

윈터가 슬쩍 미소를 지었다.

바이올렛이 창밖을 바라보며 다시 입을 열었다.

"샤론은 해군이 되고 싶어 했어요. 그런데 도스 공국에서 딱 하나, 절대로 해군이 될 수 없는 사람이 있는데 누군지 알아요?"

"누구?"

“제1 후계자는 반드시 해군이 되어야 하지만, 제2 후계자는 절대로 해군이 될 수 없어요.”

“아, 그렇군. 바다는 위험하고, 그러니까 바다에서 제1 후계자가 사망하면 제2 후계자가 계승해야 하니까.”

바이올렛이 고개를 끄덕였다.

“그래서 어릴 때 해군 정복만 보면 나에게 매달려서 난 왜 해군이 될 수 없어, 하고 울곤 했죠. 그럼 나는 늘 샤론을 달래 주었지만…… 난 그런 이유로 우는 그 애가 참 부러웠어요.”

“왜지?”

“어쨌든 공국의 후계자로 고려되고 있는 거잖아요.”

“……그래, 그 공녀가 해군이 될 수 없는 이유는 공자 때문이 아니니까.”

바이올렛이 고개를 끄덕였다. 그녀가 다시 윈터를 바라보며 말했다.

“좋아요, 우리 일이 해결되었으니 난 내일 헤스턴 가문에 다녀올까 해요. 오늘 바로 기별을 넣을 거예요.”

“같이 가.”

“말했잖아요. 외출 금지예요.”

“젠장. 그럼 내 아내와 결혼하려 들던 놈을 만나러 가는데 혼자 보내란 건가?”

“이제야 외출 금지의 말뜻을 이해한 모양이군요.”

바이올렛이 놀리듯 말하고 아이처럼 웃었다. 그 웃음에 들끓어 오르려던 윈터의 성질이 거품 꺼지듯 얌전히 가라앉았다.

❅❅❅

워낙 많이 잔 탓인지 바이올렛은 한밤중에 잠에서 깼다. 다시 자려고 애썼지만 더 이상 잠이 오질 않았다.

그녀는 결국 자리에서 일어나 등불 하나를 꺼내 들고 복도로 나섰다.

그녀는 겉옷을 입지 않아도 될 만큼 온기가 도는 복도를 천천히 걸어, 윈터의 침실 앞에 섰다.

'이상한 사람이라고 생각하겠네.'

바이올렛은 생각하며 방 안으로 조용히 들어가 등불을 협탁에 내려두고 윈터의 침대에 앉았다.

"바이올렛."

그가 부르는 소리에 돌아보니, 윈터가 잠이 덜 깬 눈으로 그녀를 보고 있었다.

바이올렛이 당황해 사과했다.

"깨워서 미안해요. 나름으로 조용히 들어온 건데."

"왜, 걱정돼? 내가 애새끼도 아닌데."

불쌍한 척 굴다가도 정작 저를 보살펴 주려 하면 싫어하는 게 이 남자였다. 바이올렛은 아무래도 그의 본심과 입이 따로 노는 것 같다는 생각을 했다.

윈터는 길게 하품을 하고 바이올렛을 보았다.

"온 김에 자고 가지?"

그의 말에 잠시 생각하던 바이올렛이 고개를 끄덕였다. 그리고 그의 곁에 누워 조용히 말했다.

"당신이 얼마 전에 한 말이 기억에 남아요. 사람이 쉬면 대들 힘이 생긴다고 했죠? 당신 말이 맞아요. 사람은 그래서 쉬어야 해요. 나는 쉬니까 대들 힘이 생겼거든요. 당신도 그랬으면 좋겠어요."

"그래서 외출 금지를 시키셨나 봐, 우리 공주님."

윈터가 특유의 빈정거리는 투로 대답하자 바이올렛이 희미하게 웃으며 고개를 끄덕였다.

그의 말짱한 얼굴을 보고 나니 마음이 놓여 바이올렛은 손으로 입을 가리고 하품을 한 후 잠을 청했다.

윈터가 바이올렛을 가만히 바라보며 중얼거렸다.

"나도 당신이 한 말이 이상하게 기억에 남아."

"무슨 말이요?"

바이올렛이 반쯤 잠들어 묻자 그가 대답했다.

"마음이 아픈 건데 물리적 접촉이 필요하다던 말."

아내가 앞으로 옆에 머물 것이란 사실만으로도 허하던 마음이 채워졌다. 이렇게 붙어 있기만 해도 그의 결핍들이 하나둘 만족으로 채워졌다.

바이올렛이 고개를 끄덕이더니 윈터의 손을 찾아 부드럽게 쥐었다.

"내 마음이 아파서 잡는 거예요. 당신을 아이 취급해서가 아니라. 내가 필요해서."

그녀의 말에 윈터가 웃었다.

바이올렛은 잠결에, 유쾌하게 웃는 그의 웃음소리가 듣기 좋다는 생각을 했다. 자주 웃었으면 했다.

❄ ❄ ❄

다음 날 바이올렛이 헤스턴가로 출발할 준비를 하고 있을 때, 반대로 헤스턴 가문에서 손님이 도착했다.

룰루가 긴장한 표정으로 소곤거렸다.

“헤스턴 가문의 도련님께서 오셨답니다. 역시 말씀하신 대로…….”

“내가 가는 건 불편했던 게로군.”

“아휴, 정말. 부끄러운 건 아나 봐요.”

룰루가 치를 떨었다.

그도 그럴 것이, 이번에 변경백이 된 카르잔 헤스턴의 아들, 열여덟 살이라는 야니스 헤스턴을 보고 나니 바이올렛이 그의 어머니가 될 뻔했음이 실감난 것이다.

바이올렛은 아무리 돈의 문제여도 혼담이 오갔는데 헤스턴 가문의 사람이 자신을 먼저 찾아오질 않아 매우 무례하게 여기는 중이었다.

바이올렛이 먼저 기별을 넣자마자 제 발이 저려 달려왔다는 사실에 더욱 실망하던 차에, 옆에서 룰루가 소곤거렸다.

“대표님 낮잠 주무시는데 깨울까요?”

“그래 주게.”

룰루가 재빨리 달려갔다.

헤스턴가에 가려 준비를 마친 차라, 바이올렛은 곧장 응접실로 향했다.

안으로 들어서 보니 야니스가 자리에 서 있었다. 경의 칭호가 있는 자들이 귀부인을 기다리며 앉아 있는 것은 당연히 말이 되지 않는다. 윈터는 매우 특이한 경우에 속했다.

바이올렛이 걸어가자 야니스가 의자를 빼 주고 자신도 맞은편에 앉았다.

두 세대만 거슬러 올라가도 헤스턴 가문은 로렌스 가문과 함께 전장에서 싸워 라크라운드를 지켜냈다. 그때의 라크라운드 사람들은 위기에서 나라를 구한 두 가문을 사랑했었다.

바이올렛이 인사도 없이 무표정으로 야니스를 주시했다.

왕녀였던 바이올렛이 말을 하지 않으니 카르잔의 장남, 야니스 역시 아무 말도 못 하고 입을 다물고 있었다. 그의 얼굴에는 수치스러움이 가득했다.

"……오랜만에 뵙습니다, 야니스 경."

"예, 부인. 정말 오랜만에 뵙습니다."

"도대체 무슨 생각이셨습니까?"

바이올렛이 앞뒤 말을 전부 자르고 물었다. 그러자 야니스가 변명하듯 대답했다.

"아버지는 아직 어머니께서 돌아가신 슬픔에서도 빠져나오지 못하고 계십니다. 아버지와 혼인을 하게 되셔도 부인께 저택을 따로 드릴 생각이었습니다. 계신 곳을 몰라 일이 이렇게 된 후에야 말씀드리게 되어 정말 죄송합니다."

"이유를 말씀해 주셔야겠습니다. 왜 에쉬의 그런 계획을 받아들이셨는지. 물론 헤스턴 가문이 왕실에 충성한 것은 알지만, 이건 다른 문제가 아닌가요?"

"면목이 없습니다만…… 저 역시 부인께서 저희 아버지와 혼인을 해 주시기를 바라는 마음이 있습니다."

"헤스턴 가문이 뒤에서 그런 비겁한 짓을 할 줄은 몰랐습니다."

"제발 저희 상황을 들어 주십시오."

그때, 밖에서 말리는 소리와 들어가겠다고 짜증 내는 윈터의 목소리가 번갈아 들렸다.

문을 열자 예상대로 성질이 머리끝까지 나 있는 윈터가 보였다. 그가 아내의 얼굴을 살피며 욕설을 퍼부었다.

"다 미쳤어? 어딜 저딴 가문 놈이랑 둘만 있게 해? 싹 다 해고해 주지!"

"윈터, 진정해요."

바이올렛은 흥분한 윈터가 꼭 인파에 놀란 경주마 같다는 생각을 했다. 그래서 말 다루듯이 목덜미를 쓰다듬자 신기하게도 그가 천천히 흥분을 가라앉혔다.

'아, 진짜 먹히네…….'

바이올렛이 신기해하며 속으로 생각했다. 그러나 윈터는 진정은 했으나 뭔가 마음에 안 드는지 미간을 좁혔다.

"……이건 무슨 수법이지?"

"수법이라뇨?"

남편을 경주마 취급했다는 것을 들킬 수 없어 바이올렛이 눈을 동그랗게 뜨고 모른 척을 했다. 그러자 윈터가 바이올렛이 만진 목덜미를 감싸 쥐며 표정을 구기고 고개를 갸우뚱했다.

한편 뒤에서 그 모습을 지켜보던 야니스가 충격을 받은 얼굴로 물었다.

"두 분…… 이혼하시는 게 아니었습니까?"

그 말을 듣자마자 이혼이란 단어에 예민한 윈터가 정말로 싸움을 하려 들어 뒤에서 사용인들이 바쁘게 말렸다.

"대, 대표님. 진정하십시오!"

"참으세요!"

"저 자식 당장 쫓아내!"

윈터가 버럭 소리를 쳤다. 야니스는 굉장히 당황한 얼굴이었지만 꿋꿋하게 자리에 서서 꼼짝도 하지 않으려 들었다.

바이올렛이 윈터를 떠밀며 말했다.

"분위기를 풀려면 술을 한잔하는 게 좋겠군요. 자리를 옮기죠."

그녀의 노력으로 다행히, 세 사람은 진정한 상태에서 칵테일 재료를 가득 채워 둔 다른 응접실로 향했다.

널찍한 의자에 앉은 바이올렛은 하인이 따라 준 달짝지근한 술에 물과 얼음을 넣어 희석한 것을 한 모금 마셨다.

야니스가 말했다.

"그건 처음 보는 술이군요."

"카닉 일족의 전통주예요. 입에 맞아서 종종 마시게 됐어요. 한 잔 드시겠어요?"

"시도해 보겠습니다. 저는 희석하지 않은 걸로 주시지요."

그러자 하인이 야니스에게도 전통주를 한 잔 가져다주었다.

그사이 참다못한 윈터가 테이블을 탕 쳤다.

"망할 귀족들은 도대체 본론 얘기하기 전에 왜 그렇게 쓸데없는 대화가 긴 거지? 인사치레라면 아까도 했을 거 아냐! 비효율적이기 짝이 없군!"

안 그래도 제 아내와 결혼하려 드는 놈팡이가 보낸 사람과 한 공간에 있는 게 불쾌했던 윈터는 야니스 쪽으로 테이블을 엎어 버리기 직전이었다.

혈기 왕성한 나이의 야니스도 지지 않고 팔걸이를 쾅 내려쳤다.

"어떻게 호수 가격을 열 배를 받겠다고 할 수가 있습니까, 경께서는!"

"안 판단 소리잖아!"

"존대해 주십시오! 제가 비록 경에 비해 어리지만 헤스턴 가문의 후계자입니다!"

"닥쳐!"

"이렇게 입이 험하시니 이혼 얘기가 나오는 거 아닙니까!"

"지금 여기서 이혼 얘기가 왜 나와, 이 미친 개……."

이혼 소리가 나오자마자 못 참고 윈터가 욕설을 퍼붓자 바이올렛이 자리에서 일어섰다. 성격 나쁜 두 사람이 충돌하니 감당이 되지 않았다.

그녀가 입을 열었다.

"이렇게 하죠. 내가 발언권을 줄게요. 발언권이 없으면 입 다무세요, 두 사람 다."

"하지만, 부인!"

"저 핏덩이가 열 받게 굴잖아!"

"그러지 않으면 저는 두 분과 대화하지 않을 겁니다."

그녀의 말에 두 사내가 선생님에게 주의받은 아이처럼 동시에 입을 다물었다.

바이올렛이 윈터를 보았다.

"먼저 말해요. 연장자고, 이 집의 주인이니까."

"헤스턴 가문에서 나에게 그 호수가 있는 일대를 팔았어."

"일대라는 게 얼마만큼이죠?"

"그 호수 전체."

"……네에?"

바이올렛이 놀라 있는데 야니스가 답답해 죽겠다는 듯 손을 번쩍번쩍 들었다. 바이올렛이 야니스를 보며 고개를 끄덕이고 허락하자 그가 입을 열었다.

"윈터 경께서 이전에 왕실의 빚을 갚아 주셨죠?"

"그랬죠."

"그때, 저희 헤스턴 가문도 왕실의 빚을 나누어 받았었습니다. 저희는 왕과 나라를 지키는 기사 가문으로서 충절을 지키는 것을 자랑으로 여기니까요."

"어머, 몰랐어요……."

"처음엔 숲을 팔면 갚을 수 있을 줄 알았습니다. 헤스턴 가문에는 질 좋은 나무가 수도 없이 많고, 그것을 베어 팔면 가문은 휘청거리겠지만 라크라운드를 지킬 수 있을 테니까요. 그런데 무턱대고 빚을 받은 후 확인해 보니 나무를 전부 베면 홍수가 났을 때 마을 전체가 잠기게 될 거라더군요. 그래서 결국 호수를 먼저 팔게 된 겁니다."

"그래서 파셨군요. 남편에게."

"호수가 없어도 강이 흐르니 물이 충분하다고 생각했죠. 그때는 몰랐습니다. 작년부터 북부에 그렇게 큰 가뭄이 들어 강물이 마를 거라고는……. 그리고 저 장사치가 호수의 물값을 받아 낼 거라고는!"

"……윈터."

바이올렛이 윈터를 보자 내내 억울한 표정을 짓던 그가 생각해 보니 별로 할 말이 없는지 뒷목을 긁적이며 말했다.

"나도 내가 가진 건물을 전부 담보로 잡혀서 겨우 산 거야. 위험 부담 엄청 안고. 여차하면 나도 망할 뻔했어."

"……."

"장사가 다 그런 거지. 쌀 때 사서, 비쌀 때 파는 거."

윈터가 아예 당당하게 나가기로 했는지 고개를 들고 뻔뻔히 말했다.

바이올렛이 야니스를 보자 그가 한숨을 쉬고 말했다.

“올해는 봄부터 가뭄이 너무 심해, 이렇게 물을 사서 쓰다가는 북부의 살림이 다 말라 버릴 겁니다.”

“저건 천 배로 과장한 거야. 말라 버리긴 뭘 말라 버려. 북부 가운데로 흐르는 강만 세 개야.”

“실개천입니다.”

“강이다, 인마.”

“제 여동생도 뛰어넘을걸요.”

“네 여동생 키가 5m쯤 되는 모양이지?”

발언권이 뒤섞이자마자 두 사람이 다투기 시작했다.

윈터는 카르잔의 아들인 야니스가 눈엣가시였고, 야니스는 원래도 윈터를 싫어했다.

기사 가문 혈통다운 기백을 가진 야니스가 체격도 나이도 크게 차이 나는 윈터에게 움츠러드는 기색이 없다 보니 다툼이 멈추질 않았다.

윈터가 바이올렛 쪽으로 고개를 돌리며 말했다.

“원래 우린 거래는 하지만 사이가 안 좋아. 그래서 그까짓 별장 하나 안 빌려주는 걸로 저쪽에서 북부 전체가 우리랑 거래를 끊어 버리겠다고 나온 거지.”

“헤스턴 가문에서는 나와 꼭 결혼을 하려는 마음이 컸고요. 돈이 필요하니까.”

바이올렛이 수긍하며 야니스를 보았다. 야니스는 그녀의 눈빛이 아버지의 눈빛보다도 서늘하다고 생각하며 얼떨결에 고개를 숙였다.

“죄송합니다.”

“다시 봤습니다, 헤스턴 가문을. 이해는 하지만 가문의 이득을 위해서 제 뒤통수를 칠 줄은.”

"……정말 죄송합니다. 솔직히 라크라운드의 빚을 갚으시려고 윈터 경과도 결혼을 하신 분이시니 이것도 받아들여 주실 거라 저희끼리 멋대로 생각한 것 같습니다."

야니스는 말하면서도 다급한 마음에 멋대로 생각한 것이 수치스러워 목덜미까지 새빨갛게 달아올라 있었다.

가문 회의에서는 바이올렛의 애국심에 기대 보자는 식으로 말했지만, 솔직히 말해 가문과 가문의 일로 생각하고 그녀의 감정에 대해 생각해 보지 않은 게 맞았다.

야니스가 고개를 들고 물었다.

"그래서 두 분은 이혼을 안 하시는 겁니까?"

"네. 안 해요."

바이올렛이 대답하자 옆에서 윈터가 저도 모르게 슬쩍 웃었다.

그러자 야니스가 시무룩하게 말했다.

"그래도 미리 알게 되어 정말 다행이라고 해야 할지……."

바이올렛이 담담한 얼굴로 윈터를 보며 물었다.

"이제 호수는 내 마음대로 쓸 수 있는 것 아닌가요? 위자료로 줬으니."

"아쉽게도 당신에게 준 건 별장 근처 일부분이지, 호수 전체가 아니야. 별장은 적자가 나지만 호수는 엄청난 흑자를 내거든."

"정말 돈에 관해선 치밀하군요."

"뭘 새삼."

윈터는 유언장에도 자신이 죽고 10년 뒤에나 바이올렛 마음대로 사용할 수 있게 해 놓았다. 그는 바이올렛을 영리한 사람이라고 생각했지만, 효율적인 사람이라고는 여기지 않았기 때문이었다.

바이올렛이 고개를 끄덕이고 야니스를 보았다. 그러자 그가 씁쓸한 얼굴로 말했다.

“헤스턴 가문이야 빚을 나눠서 책임지겠다고 나설 때부터 파산도 각오했었습니다만, 숲이 줄어들면 앞으로 영지민들의 생계도 걱정입니다……. 그렇다고 윈터 경께서 선심 써서 우리에게 호수의 물을 그냥 제공해 주실 것 같지도 않고요.”

야니스의 말에 윈터가 혀를 찼다.

상황을 보아하니 아무래도 호수의 물을 북부에 그냥 내줘야 할 분위기였다. 바이올렛은 영지민 걱정이 우선일 테니 야니스의 편에서 그를 설득할 것이고, 그는 그런 바이올렛을 이길 자신이 조금도 없었다.

그냥 대가로 조만간 파티나 좀 화려하게 하자고 요구해야겠다 생각하는데, 바이올렛이 무서운 얼굴로 야니스에게 말했다.

“그러니까 지금, 내 남편의 호의를 얻어야 할 상황인데 그렇게 무례하게 말씀하고 계시는 거군요.”

“……예?”

“라크라운드를 위한 것이었다고는 해도 영지의 상황이 안 좋아진 건 명백히 영주의 실책입니다. 내 남편과 합의를 할 생각은커녕 자존심만 내세우는군요. 나를 한 인간으로 본 게 아니라 위자료를 담은 상자로 본 것 아닙니까?”

“……정말 죄송합니다.”

야니스는 수치스러움에 울기 직전이었지만 바이올렛은 조곤조곤 말을 이었다.

“내가 아는 헤스턴 가문이었다면 이딴 식으로 일을 처리하지 않았을 겁니다. 합의가 필요한 일이 있다면 카닉사와 헤스턴 가문이 합의를 하셨어야지요.”

왕족이던 바이올렛의 적합한 비판에 아무리 명문가의 도련님인 야니스라도 소리 한번 못 내고 혼나고만 있었다. 아내의 위세에 매우 기분이 좋아진 윈터가 야니스의 빈 잔을 가득 채워주고 바이올렛에게 말했다.

"너무 화내지 마. 애 울겠군."

야니스는 말리는 윈터가 얄미워 미칠 지경이었지만 모든 부분에서 바이올렛의 말이 맞았다.

야니스가 고개를 끄덕였다.

"맞는 말씀이십니다. 바로 돌아가서 그렇게 전하겠습니다."

그리고 윈터를 보며 아까보다 어른스러워진 목소리로 말했다.

"카닉사에서 헤스턴 가문의 영지 관리관들과 회의를 열어 주시면 좋겠습니다, 윈터 경."

"장소는 카닉사 별장으로 하지."

"그렇게 전하겠습니다. 그리고…… 두 분이 이혼하지 않는다는 이야기도 전해야겠군요."

야니스가 목이 타는지 윈터가 다시 따라 준 카닉 일족의 전통주를 한 잔 더 받아서 벌컥벌컥 들이켜고는 잔을 내려놓고 중얼거렸다.

"북부까지 오며 소문이 많이 와전된 모양입니다. 저는 그저 두 분 사이가 더 이상 어찌할 수 없을 만큼 틀어진 줄 알고 있었습니다. 제가 완전히 잘못……."

야니스가 말하던 도중에 비틀거렸다.

바이올렛이 뒤늦게 윈터가 든 술병이 거의 빈 것을 발견하고 눈이 커졌다. 카닉 일족의 전통주는 단 맛에 비해 독한데, 윈터가 계속 따라주어 멋모르고 들이켰던 모양이다.

윈터가 술병을 곧바로 내려놓으며 말했다.

"북부 사람은 다 술을 잘 마시는 줄 알고 안 말렸지."

야니스가 비틀비틀하다가 소파에 풀썩 주저앉았다. 윈터가 재밌어하며 바이올렛의 팔을 당겼다.

"놔둬, 깨면 집에 가겠지."

"손님을 이대로 두자는 건가요?"

바이올렛이 윈터를 향해 눈을 흘기고는 야니스의 팔을 흔들었다.

"일어나세요. 침실이 많으니 자고 가도 되지만 헤스턴 가문에 연락부터 해야죠."

"……바이올렛, 당신이 더 모진 거 아니야? 만취한 사람한테 연락하고 자라고?"

그때, 갑자기 술기운이 확 올라온 야니스가 해롱해롱한 상태로 펜을 들고 편지를 적기 시작했다.

"그럼 적어 보겠습니다."

감정이 폭발해서 할 말, 안 할 말 모두 쏟아붓고 난 야니스는 그대로 잠들어 버렸다. 잠시 후, 야니스의 부하들이 그를 부축해 침실로 옮겼다.

윈터가 삐뚤빼뚤한 글씨의 편지를 보며 웃음을 터트렸다.

"가관이군."

"왜요? 뭐라고 적었어요?"

바이올렛이 고개를 갸우뚱하며 편지를 보았다.

헤스턴 원로회 귀중.

잘 들으십시오!

바이올렛 블루밍 부인을 만나 뵈었더니, 부인께서는 윈터 경과 이혼을 하지 않기로 결정하셨답니다.

그러나 설령 이혼을 하실 거라고 해도 한 번 나라를 위해 원하지 않는 결혼을 하신 바이올렛 블루밍 부인을 제 새어머니로 모시려 했다니요? 심지어 부인의 의중도 묻지 않고, 부인의 따듯하고 정의로운 마음을 이용하려 했다니요?

제가 부인께 얼마나 혼났는지 아십니까! 고개를 들 수가 없습니다, 제가!

이것은 헤스턴 가문의 수치입니다. 저는 가문에 정말로! 정말로! 정말로!-아마 너무 취해서 본인이 세 번이나 적은 것을 모르는 듯하다.-실망했습니다!

분노하신 선조들의 망령이 찾아올 겁니다.

다행히 윈터 블루밍 경께서 성정은 더러우시지만 부인께만은 꼼짝을 못 하셔서 호수 문제에 관하여 헤스턴 가문과의 회의에 응하셨습니다.

헤스턴 가문의 후계자로서 부탁드립니다. 당장 여기 응해 주십시오.

아니면 제가 가문에서 나갈 겁니다!

카르잔 헤스턴의 아들

야니스 헤스턴 배상

엉망인 글씨와 반 토막 난 예의, 제멋대로인 감상을 보며 바이올렛은 한숨을 폭 쉬었지만, 이내 미소를 지으며 말했다.

"잘하면 헤스턴 가문이 우리와 적대하지 않을 수도 있겠군요."

야니스를 객실로 보낸 후 둘만 남게 된 윈터는 마찬가지로 술을 한 모금 마시고 살짝 취기가 오른 바이올렛의 상태를 살폈다.

어쩐지 말하는 게 평소보다 거칠다 했더니, 그녀 역시 거칠게 말할 작정으로 조금 취한 모양이었다.

윈터가 일어나 바이올렛의 곁에 풀썩 앉았다. 그리고 손을 들어 그녀의 이마를 감쌌다.

“이건 취해서 열이 나는 건가, 그냥 몸이 안 좋은 건가?”

“취해서 그래요.”

바이올렛은 취해서 그런 거라 주장했으나 윈터는 이미 그녀가 아픈 것으로 결정한 후였다. 그가 서 있던 하인을 보며 명령했다.

“가서 의사 데려와.”

“예.”

하인이 곧바로 의사를 데리러 떠나자, 윈터는 바이올렛의 얼굴을 살피며 혀를 찼다.

“몸이 성한 날이 없군, 이 공주님은.”

“당신 생각만큼 약하지는 않아요.”

바이올렛이 아이 타이르듯 말했으나 여전히 윈터는 고집이 강했고, 아내가 바람 불면 깨질 듯 허약하다는 고정관념은 영원히 깨지지 않을 듯 보였다.

윈터가 손가락으로 바이올렛의 심장 위를 가리키며 물었다.

“이 망할 심장들은 왜 다들 안 좋은 건지.”

“다들이라뇨?”

“우리 친어머니. 결혼해서 낳은 쌍둥이가 둘 다 심장이 안 좋다더군.”

“그렇군요.”

바이올렛이 고개를 끄덕였다.

“돈이 많이 들겠네요. 나도 가장 상태가 안 좋을 땐 의사가 바로 옆

방에서 상주했었거든요."

"그러니 나에게 찾아와 돈을 받아 갔겠지. 뻔뻔스럽게도."

"……."

아무리 윈터에게 모질게 행동한 사람이어도 그의 친어머니다. 바이올렛은 윈터의 앞에서 그런 그녀에 대하여 나쁜 말을 할 수도 없고, 그렇다고 그녀의 편을 들 수는 더더욱 없어 그저 위로하듯 미소를 지어 보였다.

윈터는 바이올렛이 마시던 전통주 잔을 뺏어 들었다.

"그리고 일부러 내 혈통을 이해해 주려 들 필요 없어."

"당신도 나에 대해 더 알려 하지 않을 건가요?"

바이올렛이 술기운이 녹진하게 달라붙어 야하게까지 들리는 목소리로 묻자 윈터의 손이 멈췄다.

"……그건 해야겠지."

윈터가 불퉁하게 대답하고, 다시 그녀에게 술잔을 돌려주었다.

그때, 곧바로 달려온 의사가 바이올렛을 살피기 시작했다.

❄ ❄ ❄

외출을 하지 않아도 윈터는 평소처럼 일찍 눈을 떴다.

다만 격식을 갖춘 정장을 입거나 하지는 않았고, 포치의 의자에 앉아 얼음을 가득 넣은 커피를 벌컥벌컥 들이켰다.

윈터가 다리만 허락한다면 미치고 팔짝 뛸 표정으로, 커피를 두고 가려던 하엘에게 말했다.

"……일 좀 가져와. 바이올렛 몰래."

"엇, 대표님. 아직도 모르셨습니까?"

"뭘."

그러자 하옐이 지금껏 본 적 없이 활짝 웃으며 말했다.

"전 대표님보다 작은 마님 명령을 더 따릅니다."

"네 급여는 내가 주잖아!"

"작은 마님이 저보고 급여 이상으로 일한댔어요! 대표님이 직원 멱살 잡거나 그러면 작은 마님이 화내실걸요?"

어차피 윈터가 쫓아오지도 못했으므로, 하옐은 그렇게 그의 속을 뒤집어 놓고 재빨리 도망쳐 버렸다.

윈터는 직원들이 다 작은 마님 타령만 하고 있으니 짜증이 나면서도, 자신이 바이올렛의 하인이었다면 더했으리라는 생각을 했다.

"하인이었으면, 이라니."

무심코 가정하던 윈터가 실없이 웃었다. 아마 여전히 자신이 그녀의 남편이라는 걸 받아들이지 못한 모양이었다.

"남편……."

윈터가 말끝을 흐렸다.

그는 그대로 생각에 잠겼다가, 전날 일이 수치스러워 부하들과 살금살금 도망치려 하는 야니스 헤스턴을 발견했다.

"거기, 도련님. 우리 공주님한테 인사는 했나? 안 하면 혼날 텐데."

윈터가 묻자 야니스가 움찔하고 그를 돌아보았다.

"어제 적은 편지는 헤스턴가로 보내 드렸네."

"……전신으로 보내셨죠?"

"무슨 소리. 진정성을 담은 편지인데, 내 사람이 직접 가서 전달해야지. 그랬더니 바로 답장을 들려 돌려보내더군. 회의에 응하겠다고."

누가 봐도 술 마시고 쓴 그 감정 섞인 편지를 그냥 보냈다는 말에 야니스의 순진한 얼굴에 수치스러움이 번졌다.

반대로 유쾌해진 윈터가 말을 이었다.

"헤스턴 가문에는 꼬장꼬장한 자들밖에 없는 줄 알았는데 그럭저럭 웃기는 자도 있었네."

"웃기려고 한 적 없습니다만."

"그거 천부적이군."

윈터가 비꼬는 말에 야니스의 꾹 쥔 주먹이 부르르 떨렸다. 윈터가 느긋하게 웃으며 말을 이었다.

"그럼 아내가 나오기 전에 도련님은 돌아가지 그래? 내 아내가 귀엽다고 입양하려고 들지도 모르니까."

"경!"

야니스가 버럭 소리쳤으나 윈터는 어깨를 들썩이며 좀 웃고 그만이었다.

그 소란이 전해졌는지, 하녀 하나가 바이올렛이 배웅을 나올 거라며 야니스를 막아 세웠다. 그는 얼굴이 시뻘게져서 바이올렛을 기다렸다.

❁ ❋ ❁

바이올렛은 급히 떠나려는 야니스에게 손님을 빈손으로 돌려보내는 건 말이 안 된다고 하며, 저택 가까운 시장으로 그를 데려갔다. 도망치려던 야니스 입장에서는 괴로운 일이었지만, 별수 없었다.

바이올렛과 함께 나온 사용인들이 헤스턴가에 들려 보낼 좋은 특산품들을 사는 동안, 상인들이 바이올렛을 발견하고 밝고 애정 가득한 태도로 그녀에게 인사를 건넸다.

"작은 마님, 무슨 일로 나오셨어요?"

"이 도련님은 누구시래? 윈터 씨가 화 안 내세요?"

"윈터 씨 엄청 다쳤다면서요?"

사람들이 소문이 신경 쓰였는지 자꾸 윈터에 대해 물었다. 그가 정말로 걱정되어서가 아니라 수틀리면 무슨 짓을 할지 모르기 때문이었다.

바이올렛은 사람들의 질문에 하나하나 대답을 해 주느라 자꾸 자리에 멈춰 섰다.

"남편은 당분간 조심하면 나을 거라고 들었소. 이쪽은 북부 헤스턴 가문의 도련님인데 손님으로 잠시 들른 것이고. 그리고 우리 집에서 일하질 않는데 왜 자꾸 작은 마님이라고 하는 게요?"

"거기서 일하는 사람들이 다 그렇게 부르니 입에 붙었어요."

"그보다 시원한 거라도 한잔 드릴까요?"

바이올렛이 사정해도 작은 마님 호칭을 바꾸는 건 불가능했다. 그럼 공주님이라고 부르겠다니, 차라리 작은 마님이 나았다.

블루밍 가문 영지도 아닌, 분가한 부부의 저택 가까운 시장이었다. 야니스는 어딜 가도 바이올렛을 반기는 사람들을 보며 현실적으로 생각했다.

지금은 에쉬가 바이올렛을 마음대로 흔드는 것처럼 보여도 추후에는 그러지 않으리라. 만약 라크라운드 사람들이 누군가를 왕으로 여긴다면 그것은 본인이 원하든 원하지 않든 바이올렛 로렌스가 될 것이었다.

이번 방문으로 그렇게 생각하게 된 야니스는 헤스턴가로 돌아가자마자 이 사실을 알려야겠다고 판단했다.

❄ ❄ ❄

윈터는 열여덟 살짜리를 사내랍시고 질투한다고 인정하기엔 지나치게 마초적인 남자였다.

그래서 바이올렛이 배웅을 하고 오겠다고 했을 때는 신경도 쓰지 않는 듯 굴었지만, 그녀가 떠난 후에는 성질머리를 가라앉히느라 매우 고통스러운 시간을 보내야 했다.

다행히 얼마 지나지 않아 공동 부대표인 안잘리가 저택에 찾아왔다. 두 사람은 곧장 윈터의 집무실로 들어가 회의를 시작했다.

귀족이 아닌 손님들의 비율이 유의미하게 늘고 있었으므로, 대중적인 회사의 이미지는 조금씩 더 중요해지고 있었다. 호수를 독점해 북부가 말라 죽었다는 책임을 무는 것은 카닉사 입장에서도 손해였다.

책상에 걸터앉아 앞에 둔 소파에 발을 걸친 윈터가 뒷짐을 지고 선 안잘리에게 말을 이었다.

"이벤트성으로, 심한 가뭄이 들 때마다 단기적으로 호수를 무료 개방 하는 걸로 하지. 대대적으로 홍보하는 방향으로 가자고."

"기부금 내듯이 말씀이십니까?"

"어. 모양새가 좋잖아. 가뭄이 들면 해결해 주는 기업."

"괜찮군요."

"기자 부르고, 가뭄 들어서 고생하는 농가 꼬마들 몇 불러서 장학금도 쥐여 줘."

"예, 그렇게 헤스턴가와 회의 진행하겠습니다. 대가는 그럼 역시."

안잘리가 잠시 생각하다 말을 이었다.

"에쉬 로렌스 전하와의 공모를 취소하라는 걸로 하는 겁니까?"

"어차피 우리가 이혼을 안 하는 것으로 헤스턴가와 에쉬 로렌스의 거래 자체가 어그러졌잖아. 그러니 그건 당연하고 그 이상 받아 내."

"그 이상이요?"

"그럼 위자료에 내 아내까지 건드리려 했는데 그냥 놔둬?"

"……."

"그 가문 자체는 망하든 말든 내 알 바 아니니까, 회사 이미지 훼손되지 않는 한에서 창고에 바닥을 내."

"예."

평소의 윈터 그대로였기 때문에 안잘리는 별말 없이 그의 명령에 수긍했다. 그리고 이어서 궁금하던 것을 물었다.

"그보다 대표님. 진심으로 블루밍 가문 공작 작위 후계자 자리싸움에 끼어드시는 겁니까?"

"그래야지. 내가 투자한 돈이 아깝잖아. 아내가 원하는 일이기도 하고."

"바이올렛 부인께서는 정말…… 신기한 분이십니다. 왕성에서 자라신 분의 머릿속에서 어쩌다 그렇게 급진적인 생각이 나오게 된 건지."

"급진적인가? 바이올렛은 서자들이 작위를 받은 경우도 있다고 하던데."

"지금까지 라크라운드에서 서자가 작위를 받았다면 그 이유는 대부분 세 가지 중 하나일 겁니다."

"세 가지?"

"경쟁자가 없었거나, 본부인보다 정부를 지나치게 사랑해서 그 꼬임에 넘어가는 경우, 마지막으로 작위 경쟁자들을 전부 죽여 버린 경우죠."

그의 말에 윈터가 픽 웃으며 손가락을 접었다.

"내 경우에는 경쟁자가 있고, 친어머니는 나를 낳은 이후 아버지를 만난 적도 없을 거고. 그러니 난 마지막 방법을 선택해야 하나?"

"설마요. 부인께서 그런 방법을 계산하신 건 절대로 아닐 겁니다."

"알아. 농담이야."

윈터가 손으로 등 뒤를 짚어 뒤로 기댔다.

"가서 회의 준비해."

"예, 대표님."

안잘리가 인사하고 막 집무실을 나서려다, 때마침 돌아온 바이올렛과 마주쳐 가볍게 고개를 숙여 인사하고 떠났다.

바이올렛이 집무실 안으로 들어서다가 책상 위에 앉아 있는 윈터를 흘겼다.

"지금 어디에 앉아 있는 건가요?"

"당신이 잔소리할까 봐 바로 내려가려고 했는데 다리가 불편해서 타이밍을 놓쳤어."

"애초에 안 올라가면 되잖아요. 그보다 무슨 일이었어요?"

"헤스턴가와 회의할 거 간단히 얘기했어. 이 회의는 안잘리가 알아서 할 거야."

윈터가 대꾸했다. 그리고 차마 열여덟 살짜리도 남자라고 질투가 난다, 는 유치한 말을 꺼내지 못하고 화제를 돌렸다.

"앞으로 부모님께 내 작위를 받아 낼 생각인데."

"정말요?"

"해야지. 원래 난 그만하면 부모로서 할 만큼 하는 건 줄 알았는데, 이제 보니 그렇지도 않더군. 그렇다면 내가 지금까지 투자한 건 받아

내야지."

그 말에 바이올렛이 말없이 고개를 끄덕이고, 윈터가 놀랍다고 느낄 만큼 힘 있는 눈빛으로 그를 보았다.

"그럼 당신이 꼭 해야 할 일이 있어요."

"뭔데."

"헤스턴 가문 같은 대귀족이 작위 계승식을 할 때, 대부분 가문을 대표해서 후계자들이 악수를 하고 간단히 이야기하는 시간이 있어요. 후계자가 불확실한 가문들은 그 자리에서 경쟁자끼리 치열하게 경쟁을 하죠."

"디에브를 못 오게 할 건데. 당신 근처에 못 와, 그 자식."

그의 말에 바이올렛이 살짝 난감한 표정을 지었다.

"윈터, 마음은 고맙지만 디에브는 블루밍 공작 가문의 유일한 적자예요. 그런 중요한 행사에 못 오게 할 수는 없어요."

여전히 남편이 어디까지 냉정할 수 있는지 모르는 바이올렛의 순진한 말에 윈터가 느긋한 얼굴로 입꼬리를 늘였다.

"내가 오지 말라고 하면 오지 않는 거야. 그 정도는 해."

"하지만……."

"이건 고려의 여지가 없어. 당신을 그딴 범죄자 새끼와 마주치게 두지 않아."

윈터가 서늘하게 들리는 목소리로 말했다. 그에게 미안함과 고마움을 느끼며 바이올렛이 물었다.

"그럼 남부에 다녀올 건가요? 급한 일이면 잠깐은 외출 금지 풀어줄게요."

"됐어. 살면서 누가 이렇게 못살게 굴었던 적이 없어서 재밌네."

말은 저렇게 해도 저 불같고 한시도 가만히 못 있는 성격에 외출 금지는 짜증 나는 일이 아닐지…….

바이올렛이 걱정하는데, 윈터가 인상을 썼다.

“표정이 왜 그래. 내가 화라도 냈어?”

“지금은 냈네요.”

“화내는 거 아냐. 그리고 난 누가 그렇게 쉽게 부를 수 있는 사람이 아니라고 하지 않았니? 필요하면 자기들이 와야지. 이미 [illegible] 자기들 발로 오게 될 거야.”

“무슨 의미예요? 찾아올 거라니.”

“블루밍 가문 재정은 부모님보다 내가 더 잘 아니까 하는 말이야.”

윈터가 부모에게 지원을 끊은 이후 반년 가까이 되어 가고 있었다.

하지만 여전히 블루밍 공작 부부의 씀씀이는 수도의 귀족들도 감히 따라갈 수 없는 정도였다. 거의 주마다 티 파티를 열고, 일가의 생일이라도 되었다 하면 어마어마한 돈을 쏟아부어 파티를 열었다.

윈터가 벌어들이는 돈이 워낙 많아 웬만큼 퍼내도 표가 나지 않는 것이지, 다른 가문이었다면 예전에 무너지고도 남았으리라.

윈터가 말했다.

“그거 아나? 블루밍 가문 영지 많은 부분이 내 땅인 거.”

“어느 정도 가지고 있다는 건 알고 있었어요.”

“블루밍 가문 영지는 아주 비옥해. 지금까지는 영지민을 죽을 때까지 쥐어짜서 부를 누적했지만 이제는 법이 그걸 막고 있지. 부모님 입장에선 가치가 떨어진 크기만 한 땅을 내가 아주 비싼 값에 사주었지. 그래서 지금은 넉넉하게 느껴지겠지만 그 씀씀이로는 얼마 못 버텨.”

“하지만 블루밍가에는 아직 재산이 아주 많잖아요. 씀씀이를 조금만 줄이면…….”

“씀씀이라는 게 갑자기 확 늘리는 건 쉬워도, 조금이라도 줄이는 건 어려운 법이거든. 땅은 영원하지만 돈은 사라져. 당신과 달리 남들은 줄어드는 재산에 매우 불안감을 느낀답니다, 공주님.”

윈터는 비꼬듯이 말하며, 운동다운 운동을 못 하는 게 괴로워 연신 만지작거리던 고무공을 탕 바닥에 튕겼다.

다시 공을 잡은 윈터가 장난치듯 바이올렛에게 휙 던져 주자 그녀가 조금 서툴게 그것을 받았다.

윈터는 한 손으로 잡던 공인데 바이올렛의 손에 들어오니 두 손으로 감싸야 할 만큼 컸다.

그녀가 공을 끌어안으며 물었다.

“웬 공이에요?”

“비치 발리볼 할 때 쓰는 공. 비치 발리볼 해 봤어?”

“전혀요. 경기를 본 적도 없네요, 그러고 보니.”

“여름이 되면 카닉사 직원들과 자주 하거든. 하엘도, 이글린도 여름이면 거의 중독 수준으로 해서 본사 근처에 경기장을 사 놨어. 당신도 하러 가자고.”

윈터가 책상에서 내려와 소파에 앉으며 지나가는 말처럼 말했다.

“별건 아니고.”

“별건 아니고?”

“그냥 데이트 신청하는 거야.”

그의 말에 바이올렛이 멈칫하더니 이내 미소를 지으며 물었다.

“이번 스포츠는 옷을 잘 갖춰 입나요?”

“보통은. 하지만 당신이 원하면 안 갖춰 입는 걸로 하지.”

제 농담에 바이올렛이 정색하자 윈터가 세상 불만 없는 사람처럼 유쾌하게 웃었다. 그러곤 묘하게 야한 자세로 등받이에 팔꿈치를 대고 얼굴을 괴며 바이올렛을 보았다.

"거절하지 마. 당신 생각처럼 질 낮은 스포츠 아니야."

"그렇게 생각하지 않아요."

바이올렛이 대답을 마치고 사뿐사뿐 걸어 그의 옆에 앉았다.

"좋아요. 갈게요."

"잘됐네."

"당신은 데이트로 스포츠 경기를 선호하는군요."

바이올렛의 말에 윈터가 아무렇지도 않게 답했다.

"이번엔 목적이 달라."

"목적이 뭔데요?"

"날 가지고 눈요기하다가 마음에 들면 침대로 데려가라고."

"……"

경악하는 바이올렛의 표정에 윈터는 더욱 못된 얼굴을 했다.

"솔직히 당신 내 몸 구경하는 거 좋아하잖아."

"……뭐라고요?"

바이올렛이 미간을 좁히는데도 윈터가 태연히 말을 이었다.

"내가 옷 벗으면 당신이 힐끔거리는 걸 모를 줄 알아? 그렇게 벗은 몸이 좋으면 그냥 다 벗으라고 해."

"내, 내가 언제 그랬죠?"

"언제나. 특히 돌아서면 등이 따갑도록 보고 있더군."

윈터의 짓궂은 놀림에 바이올렛이 난처한 표정을 지었다.

완전히 부정하기에는 아주 틀린 말이 아니었다. 바이올렛은 윈터의 지극히 육감적인 몸을 좋아했다.

그녀가 체념한 얼굴로 말했다.

“솔직히 그렇긴 하군요. 심미적으로 아름답다고 생각해요.”

“……이렇게 조금도 흥분되지 않게 대답할 줄은 몰랐네.”

“마음에 안 드는 평가였나요?”

“심미적? 당연히 마음에 안 들지. 내 몸이 당신한테 고작 그거야? 심미적으로 아름다워?”

“왜 화를 내는지 모르겠어요.”

“됐어. 당신과는 무슨 얘기를 해도 경건해지니까.”

윈터가 툴툴거렸다. 그는 망할 로렌스 가문 성교육 책자를 발견하면 싹 다 찢어버리고 말리라 결심했다.

❄ ❄ ❄

조만간 있을 헤스턴 가문의 작위 계승식의 초대장이 도착하자, 바이올렛은 당일에 입을 옷을 고르기 시작했다.

젠이 다양한 종류의 옷을 행거 가득 걸어 바이올렛의 드레스 룸으로 가져왔다. 바이올렛은 젠이 가져온 옷을 보고 신기함에 눈을 떼지 못했다.

“세상에, 예뻐라.”

“드레스 예쁘죠? 그리고 이건 이동하실 때 입을 평상복들이에요. 요즘 수도 유행이래요.”

젠이 가져온 것은 윈터가 입는 정장들과 비슷한 재질로 만든 여성 정장이었다.

바이올렛이 키론에서 평상복으로 입던 것과 비슷하면서, 훨씬 고급 소재로 아름답게 디자인한 것들이었다.

바이올렛은 얇은 실크 블라우스와 넓게 퍼지는 긴 플레어스커트를 번갈아 보았다. 그러자 옆에서 젠이 안절부절못하고 말했다.

"작은 마님. 죄송한데요, 뜸 들이지 말고 빨리 좀 입어 보시면 안 될까요? 제가 빨리 작은 마님 머리를 높이 묶어 봐야 하거든요!"

"그래, 어서 갈아입을게."

젠의 재촉에 바이올렛이 못 견디고 옷을 갈아입었다. 이동용으로 마련한 옷은 단추 근처에 레이스가 있는 크림색 블라우스와 허리 부분을 벨벳으로 덧댄 장미색 플레어스커트였다.

금방 끝나는 법이 없는 젠은 머리칼을 한 갈래로 높이 올려 묶는 데도 오랜 시간이 걸렸다. 손질을 마친 젠이 감탄했다.

"아, 역시 만족스러워요."

"그러니?"

"네. 지금 당장 다른 머리도 시도를……."

젠이 눈을 반짝거리며 말하는데 문이 벌컥 열렸다.

윈터가 신경질적으로 말했다.

"도대체 왜 매번 그까짓 옷 갈아입는 데 몇 시간……."

퉁명스레 말하던 윈터는 머리칼을 높게 묶고 동그래진 눈으로 저를 돌아보는 바이올렛을 발견하고는 그대로 얼었다.

그때 젠이 진지하게 말했다.

"대표님. 진지하게 드릴 말씀이 있습니다."

"뭐."

"저는 대표님이 사진기에 투자하셨어야 한다고 생각합니다. 우리 작은 마님 머리 바뀔 때마다 남겨 놓고 싶거든요."

그녀의 말에 윈터의 눈이 가늘어졌다. 그는 지금까지 사진기 따위에 관심이 없었다. 그것은 기자들이나 사용하는 불필요한 물건이라고 생각했었다.

"하늘에 뜨는 게 무슨 의미가 있습니까. 작은 마님 사진 하나 찍으려면 천 년, 만 년 걸리고 선명하지도 않은데!"

젠이 진심으로 원통해하며 하는 말에 바이올렛이 난처한 표정을 지었다.

혹시 윈터가 괜히 화내는 것 아닌가, 하는 바이올렛의 걱정이 무색하게 그의 입에서는 의외의 말이 나왔다.

"내가…… 왜 비행선 따위에 투자한 거지? 사고나 당하고 말이야."

"제 말이요!"

젠이 그리 말하고는 이해가 안 된다는 듯 고개를 절레절레 저으며 드레스 룸을 나갔다.

윈터가 자신의 투자 실패에 받은 충격에서 헤어나지 못하는 사이, 바이올렛이 입을 열었다.

"왜 이렇게 돌아다녀요? 이래서 낫겠어요?"

"안 다친 쪽으로 힘을 실어 다니고 있어."

윈터가 뻔뻔히 대답하고는 벽에 기대서서 아내를 물끄러미 바라보았다.

뭔가 말할 것처럼 입을 움직이기만 하고 윈터가 아무 말이 없자 바이올렛이 먼저 입을 열었다.

"윈터, 무슨 생각 해요?"

"당신 처음 봤을 때 생각."

나 같은 놈이 어떻게 이런 공주님을 아내로 데려왔을까.

솔직히 결혼 전 그에게 아내의 존재는 안중에도 없었다. 그냥 돈을 주고, 작위를 산다는 것이 계획의 전부였다.

그 과정에서 바이올렛이, 그가 생각지도 못했던 변수가 등장했다.

원래는 결혼을 하고 나면 그냥, 어차피 공주님은 저를 거들떠도 안 볼 테니 원하는 것들이나 사게 해 주며 살아야겠다는 안일한 생각뿐이었다.

제 상대가 이런 사람인 줄 알았다면 자신은 어떤 선택을 했을까.

다섯 살 때 그의 곁에 있어 줬다면 덜 상처받았을까, 말하던. 그를 동정하여 지옥이라고 말하던 곳으로 돌아와 머물러 버리는 그런 여자란 걸 알았다면.

요즘 생각해 보니, 바이올렛이 결혼을 대가로 하지 않고 무작정 제 앞에 나타나 나라 빚을 갚아 달라고 말했다면 그냥 줘 버렸을지도 모르겠다.

"윈터."

바이올렛이 한 번 더 부르자 윈터가 정신을 차렸다. 정신 차리면 아내가 눈앞에 있다는 사실에 그의 입꼬리가 씰룩였다.

"그나저나 옷차림이 평소와 다르군."

"요즘 유행하는 옷이라고 젠이 가져왔어요. 어때요?"

"눈부셔."

그의 말이 농담인 줄 알고 바이올렛이 눈웃음을 지었다. 그러더니 가볍게 고개를 기울이며 말했다.

"그나저나 작위를 승계받을 때, 후계자들이 보통 자기가 후계자라는 걸 드러내려고 하는 암묵적인 행동들이 있어요. 이번에 디에브가 못 온다면 더더욱 당신에게 주목하게 될 테니 꼭 염두에 둬야 해요."

"그래서."

윈터의 물음에 바이올렛이 똑바로 그를 바라보더니 조금 턱을 들고 어딘지 오만한 표정을 지었다.

"이제, 당신이 사교계에 대해 교육을 받는 걸 미룰 수 없다는 의미예요."

"뭐?"

"가문의 적자인 디에브를 제치려면 어느 정도 사교계에서 통하는 소양을 쌓아야 해요."

"난 그런 쓸데없는 예의가 싫어. 애초에 늘 당신이 하는 그 인사치레도 다 불필요하다고."

바이올렛이 수긍하며 윈터를 바라보았다. 남편의 삐딱한 자세와 눈빛이 시야에 잡혔다. 언제나 그의 눈빛에는 약간의 경계, 의심이 섞여 있었다.

그녀는 어느 정도 윈터의 말에 동감했다. 그녀의 말은 속이 비어 있을 때가 많았다. 윈터 블루밍의 말처럼 대부분이 인사치레. 아주 가까워졌다고 생각하는 사람에게도 그녀는 늘 다소 불편한 존재였다.

바이올렛은 남편 역시 자신에게 그런 불편함을 느끼는 것이 속상하던 때가 있었으나, 이제는 그냥 인정하기로 했다.

자신은 그에게 아주 편한 존재가 될 수 없다. 그가 자신에게 아주 편한 존재가 아닌 것처럼.

"윈터, 나는 당신이 이것만 알아줬으면 좋겠어요."

"뭘."

"내 모든 말이 인사치레로 들릴 수도 있겠지만, 항상 그렇지는 않아요. 정말로 보고 싶어서 보고 싶다고 할 때가 있고, 정말로 사랑해서 사랑한다고 말할 때가 있어요."

"……."

"당신은 직설적인 사람이지만 당신이 하는 말이 전부 진심은 아닌 것처럼, 나는 온갖 예의범절을 지키려는 사람이지만 내 말이 전부 인사치레는 아니라는 것만 알아줬으면 좋겠어요."

윈터는 그녀의 목소리와 눈빛이 자신을 압도하는 듯한 기분을 느꼈다. 그래서 저도 모르게 고개를 끄덕였다.

"알아 두지."

"공부도 해 주겠어요?"

바이올렛이 단정한 목소리로 물었다.

솔직히 요즈음, 윈터는 이전처럼 큰 권력욕이 들질 않았다. 만약 그가 공작 작위를 받는다면 그것은 제 부모에게 아내의 복수를 해 주려는 것이지, 본인이 원해서는 아니었다.

그는 일을 쉬는 동안 자신이 바라는 것을 비교적 명확히 알게 되었다. 만약 지금 그에게 가장 간절히 원하는 게 뭐냐고 물어보면, 아내의 남편이 되는 것이라고 대답하리라.

그것을 깨닫고 나니 윈터의 얼굴에 희열이 번졌다.

이 예의 바른 공주님의 남편이 되려면 그 망할 공부도 해 줘야 한다. 세상에서 가장 무례한 사내 보듯 하는 그녀의 눈빛은 귀여웠지만, 그건 앞으로 침대 위에서만 즐기기로 했다.

"그러지. 그까짓 공부."

윈터가 허락하자 바이올렛이 기쁜 표정을 지었다.

"고마워요. 당신이 이해해 줘서 좋네요. 이제 100질의 책과 15편의 연극을 보면 되겠어요."

"……잠깐만. 100질?"

"전에도 얘기했었잖아요. 사교계에서 대화가 통하려면 반드시 읽어야 하는 100질의 책과 반드시 봐야 하는 15편의 연극이 있다고. 기억하죠?"

"방금 한 말 취소하지. 그건 무리야."

'그까짓' 공부라고 부를 양이 아니었다. 아무래도 100질의 책을 읽는 건 무리였다. 벌써부터 골치가 지끈거리는 기분이라 윈터가 손으로 관자놀이를 꽉 누르며 말했다.

"다른 도련님들이 평생 살면서 읽었을 책을 지금 당장 어떻게 다 읽어. 요약본 없어?"

"요약본은 없지만…… 무엇이든 하나씩 차근차근 해 나가면 언젠가 끝날 거라고 생각해요."

윈터는 순간 아내의 예쁜 얼굴에 홀려서 그녀가 얼마나 성실한 사람인지 잊고 말았다.

"이봐, 난 차근차근이 정말 안 맞는 사람이야."

"그래도 당신이 유리해요. 승마 같은 건 정말 눈 깜짝할 사이에 나보다 잘하게 될걸요. 어쩌면 평생 해 온 에쉬도 이길지 모르겠어요."

"……그건 좀 내키는군."

윈터의 승부욕을 저도 모르는 사이에 자극한 바이올렛이 기다렸다는 듯이 일어섰다.

"내 방에서 책 가져다줄게요."

"같이 가."

윈터는 그녀의 온기가 잠깐 떨어지자마자 불쾌감을 느꼈다. 병에 걸린 것 아닌가 싶을 정도로 확고한 감정이었다.

결국 그는 아픈 다리를 억지로 끌고 바이올렛의 방, 책장 앞 소파에 앉았다.

그사이 바이올렛이 책장에서 책을 한 아름 꺼내다 윈터의 앞에 쌓아 주었다.

"이 책은 재미있으니까 마음에 들 거예요. 외출 금지 기간 동안 책을 읽으면 좋을 것 같아요. 일중독에서도 벗어나고."

윈터는 책 냄새만 맡아도 짜증이 날 지경이었지만 좋아하는 책을 공유할 생각에 표정이 잘 드러나지 않는 얼굴로도 보일 정도로 들떠 있는 바이올렛을 보니 이제 와 실망시킬 수 없었다.

"이 책부터 읽어 봐요."

윈터가 괴로워하면서도 순순히 책을 집어 들었다. 그러나 몇 장 읽지 못하고 성질을 내며 말했다.

"무슨 등장인물 이름이 이렇게 길어?"

"옛 귀족들은 원래 칭호가 길었잖아요."

"그러니까 그걸 왜 다 쓰냐고. 왜 이렇게 비효율적이야? 그리고 쉬운 단어 놔두고 굳이 어려운 단어를 골라 쓰는 건 읽는 놈들 열 받으라는 의도지?"

"어느 게 어려운 단어인데요?"

바이올렛이 상냥하게 물으며 의자를 끌고 왔다. 윈터는 자신이 있음에도 아내가 힘쓰는 일을 하는 모습에 슬슬 제 다리에 화가 나기 시작했다.

사람이 배부르면 마음이 달라진다고, 처음에는 아내가 저를 불쌍히 여겨 떠나지 않기로 결심했다는 것만으로도 좋았는데, 마음이 놓이고 나니 불쌍해 보이는 게 싫었다. 그는 아내에게 남자로 보이는 것이 더 중요했다. 이제 그만 돌아다니고 낫는 데 집중해야겠다는 생각이 들었다.

윈터의 소파 앞에 의자를 놓은 바이올렛이 자리에 앉았다.

"어서요. 모르는 거 있으면 물어봐요. 알려 줄게요."

"가정 교사시군. 월급 드려야겠어."

"비꼬지 말고요."

윈터가 불만스러운 표정으로 혀를 차고는 바이올렛이 의자에서 벗어날 수 없게 하려는 듯, 바이올렛이 앉은 의자 다리에 다리를 뻗어 넣었다.

바이올렛이 살짝 미간을 좁혔다.

"무슨 짓이죠?"

"편한 자세."

"불편해 보이는데요."

"어떻게 늘어진 자세가 불편해? 당신같이 꼿꼿한 게 불편하지."

"......"

"불만 가지지 마. 사람들한테 다 물어봐. 내가 맞다고 할걸."

그는 그리 말하며 한쪽 팔걸이에 팔꿈치를 기대, 바이올렛이 보기엔 완전히 무너뜨린 자세로 책을 읽기 시작했다.

윈터의 다리가 제 다리의 움직임을 막고 있는 게 신경 쓰여 바이올렛이 움직이려 하자 윈터가 그녀의 무릎을 손으로 꽉 눌렀다.

"집중하잖아, 가만히 있어."

"......정말이에요?"

어쩐지 미심쩍었지만 윈터가 집중을 하겠다니 바이올렛은 더 이상 움직이지 않고 본인도 책을 읽기 시작했다.

정작 책을 읽기 시작하자 중간부터 바이올렛은 책에 빠져들었다. 반면에 윈터는 책에 별 관심이 없으니 아예 고개를 들어 대놓고 바이올렛을 바라보았다.

책을 읽고 있는 그녀의 얼굴이 재미있었다. 웬만한 스포츠 경기보다 훨씬 역동적으로 느껴졌다.

햇살이 닿기도 하고, 멀어지기도 하고, 내용이 재미있는지 눈이 커졌다가, 가늘어졌다가. 거의 움직이지 않던 입술도 가끔 살짝 물고.

그게 야하고 귀여워서 눈은 아내에게 고정하고, 그녀가 확인할까 봐 손으로는 적당히 책장을 넘겼다.

예상대로 어느 정도 책을 읽던 바이올렛이 허리를 숙여 그의 책을 확인했다.

"아, 꽤 많이 읽었네요? 읽다 보니 재미있죠?"

"아니. 지긋지긋해."

문제 학생의 대꾸에 모범생 출신인 바이올렛이 당황하면서도 이내 침착하게 말했다.

"그럴 수 있죠."

"당신 추천이 잘못됐어."

"미안해요. 다른 책 꺼내 올게요. 그럼 이제 문제를 낼까요?"

윈터가 못마땅한 표정을 짓더니 곧 이실직고했다.

"……안 읽었어요, 선생님."

"정말."

"당신이 읽어 주든지."

윈터가 뻔뻔하게 말하며 책을 내밀었다. 바이올렛은 별수 없다고 생각했는지 한숨을 한 번 쉬고 그의 책을 받아 들었다.

"어디부터 읽을까요?"

"첫 글자부터."

"……."

"내가 얘기했나? 당신이 그렇게 못마땅하다는 듯이 보고 있으면 엄청 야한 생각이 든다고."

"윈터!"

빈정거리고, 실없는 농담을 던지고, 툭하면 성질내는 평소의 윈터 블루밍으로 돌아오고 나니 바이올렛은 함께 다혈질이 되어 가는 기분을 느꼈다.

문제는 그렇게 장난을 쳐 대며 자신을 바라보는 윈터의 눈빛이 이상할 정도로 달콤하다는 것이었다. 회색은 의심의 색이라고 생각했는데, 그의 눈빛은 꿀처럼 달았다. 그녀만 그렇게 느끼는지, 그가 그렇게 느끼도록 의도하는 건지는 알 수 없지만.

바이올렛은 그의 이상야릇한 꼬임에 넘어가지 않겠다는 뜻을 보이려 눈과 목소리에 힘을 주고 말했다.

"내가 읽어 줄 테니까 잠들면 안 돼요. 끝나고 문제를 열 개 낼 거예요."

"다 맞히면 상이라도 주나?"

"받고 싶은 것이 있나요?"

바이올렛이 묻자 윈터가 손가락으로 그녀의 허벅지 중간 정도를 가리켰다.

"여기 입 맞추고 싶은데."

그의 행동에 바이올렛이 저도 모르게 허벅지를 감추듯 책으로 덮으며 말했다.

"왜 그런 행동을 하고 싶은지 이해가 잘 안 가는군요."

"내 상인데 나만 알면 되지."

윈터의 태연한 말에 당황에 빠져 있던 바이올렛이 곧 이성적으로 말했다.

"생각해 보니 이건 당신을 위한 일인데 왜 내가 상을 줘야 하죠?"

"내가 다 맞으면 오히려 당신이 상을 받아야 한다는 건가?"

"그렇죠."

"뭐가 받고 싶은데."

"한 권을 더 읽고 열 문제를 맞혀 줬으면 좋겠는데요."

"당신은 소원 세 개 들어준다고 하면 마지막 소원으로 소원 세 개를 더 달라고 할 사람이군."

윈터가 빈정거리며 말을 이었다.

"둘 다 하자. 당신도 상을 받고, 나도 상을 받는 걸로."

"싫어요."

"나에게 상이 없으면 난 문제를 다 맞힐 이유가 없어. 한 권 더 읽는 건 끔찍하니까."

윈터의 말이 반박하기 어려워 바이올렛이 멈칫하더니, 이내 좀 억울하다는 듯 말했다.

"그러니까 왜 허벅지에……."

"그렇게 싫으면 여기."

윈터가 검지로 그녀의 목을 가리켰다.

"골라."

"……그럼 목에 해요."

바이올렛이 애써 평정심을 되찾은 후 첫 장을 읽기 시작했다. 그리고 한 박자 늦게, 애초에 입을 맞추지 못하게 했어야 했다는 것을 깨달았다. 허벅지였다가 목을 제시하니 그럭저럭 괜찮은 것 같아 넘어가 버린 것이 아닌가.

그녀가 속았다는 건, 윈터의 입꼬리가 씰룩거리는 것만 봐도 알 수 있었다.

'다신 저 남자랑 내기 안 할 거야. 절대로.'

바이올렛이 다짐했다.

❋❋❋

처음 열 장 정도 읽어 준 이후, 윈터는 나머지 책을 스스로 읽었다.

한 권을 마치고 바이올렛이 문제를 냈다.

윈터 블루밍은 매우 까다로운 학생이었다. 학습 태도가 문제투성이인데 머리는 좋아서 생각보다 수월하게 문제를 맞혔다.

게다가.

"내 생각에 그건 좀 아닌 것 같아요."

이렇게 지적하면.

"틀렸다고 할 수는 없지. 사람마다 관점이 다른 거잖아."

이렇게 능청을 떨었다.

그러나 대부분은 정답이었고, 어떤 문제의 답은 바이올렛의 마음에 지나치게 쏙 들었다.

바이올렛 입장에서도 그를 사교계에 적응시켜 작위를 받게 하는 것이 주목적이었으므로, 이번 열 문제는 전부 맞은 걸로 해주기로 했다.

목에 입맞춤을 하는 것도 큰일은 아니라고 생각했다. 결국 넓게 보면 손등에 입 맞추는 것과 비슷한 것 아니겠는가.

바이올렛이 마지막 문제를 끝으로 책을 덮었다.

"좋아요. 그럼 다음 책은 이걸로 하죠."

바이올렛이 책을 꺼내 보이자 윈터가 소리 내 비웃더니 그 책을 소파 뒤로 던져 버리고 바이올렛의 팔을 잡아끌었다.

"이리 와."

바이올렛이 별수 없이 일어나 윈터의 옆으로 자리를 옮겼다. 그러고는 소파 등받이에 등을 대고 반듯하게 앉았다.

그가 가까이 다가오자 바이올렛의 눈이 절로 감겼다.

긴장이 되어 바이올렛이 꿀꺽 침을 삼키는 것이 윈터의 눈에 보였다. 그가 움직이는 소리가 들릴 때마다 파르르 떨리는 속눈썹이 귀여워서 미칠 지경이었다.

그는 당장 발목을 쥐어 당겨 아내를 소파 위에 눕혀 버리고 싶은 것을 참으며 그녀의 목덜미 근처로 입술을 가져가 나지막하게 말했다.

"눈 떠."

"싫어요."

별 상관없는 문제였는지, 바이올렛의 대답이 끝나기도 전에 그녀의 뽀얀 목에 입술이 닿았다.

바이올렛이 우려했던 것처럼 그의 입술이 바로 떨어지지 않고, 옆에서 뒷목 쪽으로 옮겨 갔다.

바이올렛은 몸을 흠칫거리다가, 결국 못 견뎌 두 손으로 입을 꼭 막았다. 온몸에 솜털이 바짝 서는 기분이었다.

윈터는 목덜미를 한 입 베어 물듯이 입술로 훑었다.

그대로 끝날 거라고 생각했는데, 윈터가 바이올렛의 손목을 잡아 끌어 내리더니 드러난 입술에 입술을 가져왔다.

허락하지 않은 행위에 바이올렛의 눈이 동그랗게 뜨였다.

너무 놀라서 밀어내지도 못하는데, 윈터는 그녀의 손을 당겨 아예 제 목에 감게 하고 야릇하게 입을 맞춰 왔다.

놀라서, 그래서 밀어내지 않는 거라고 바이올렛은 스스로에게 몇 번이고 말했다.

바이올렛은 그렇게 자신을 달래면서도 저도 모르게 윈터의 넓고 단단한 등을 손으로 쓰다듬었다. 머릿속이 하얘지고, 가슴속에 간절함이 피어났다. 동시에 이상한 안도감마저 들었다.

'멈추게 해야 하는데…….'

바이올렛의 이성이 연신 그렇게 말했으나, 몸에 힘이 들어가지 않았다. 결국은 윈터가 그녀를 놓아줄 때까지.

입술을 뗀 윈터가 가까이에서 바이올렛을 바라보았다. 바이올렛은 그가 예상한 경악과 놀람 대신 순진하고, 사랑스러운 눈동자로 그를 마주 보고 있었다.

"……제발 그런 표정 하지 마. 여기까지도 겨우 참았어."

신음 섞인 윈터의 낮은 목소리에 마찰로 붉어진 바이올렛의 입술이 열렸다.

"이런 식으로는 안 되겠어요. 당신은 나쁜 학생이에요."

"일찍도 알았군. 그래서 포기하게?"

"다른 예법 선생님을 붙여 줄게요. 내 말은 잘 안 듣는 것 같으니까."

"다른 선생이 나에게 상이라도 주려 들면 어쩌려고 그래?"

"당신의 가정 교사는 남자로 할 거예요."

"그래도 주겠다고 할 수도 있잖아, 고지식하긴."

"받고 싶으면 받아요."

바이올렛의 침착하게 들리는 목소리에 윈터의 표정이 일그러졌다.

"받아? 난 당신이 그러면 절대 안 되는데."

"난 그럴 일 없어요."

"난 뭐 그럴 수도 있을 거라고 생각해? 혹시 당신이 바람을 피우면 그 망할 쥐새끼의 팔다리를 부러뜨릴 거야."

"나도 마찬가지예요."

"……하긴, 그런 면에선 당신이 나보다 보수적이지."

마찬가지라는 말이 마음에 들었는지 윈터의 표정이 풀어졌다.

바이올렛이 여전히 담담한 얼굴로 말했다.

"그래도 역시 가정 교사가 필요해요."

윈터가 대답 없이 미간만 좁히고 있다, 마지못해 대꾸했다.

"마음대로 해."

"좋아요, 그럼 난 이제……."

바이올렛이 겨우 진정해 일어나려다가 윈터에게 팔이 잡혀 다시 앉았다. 그리고 소파 뒤로 던졌던 책을 다시 집어 들며 말했다.

"이것까진 검사해야지, 선생님."

윈터가 유혹하듯 하는 말에 바이올렛이 저도 모르게 고개를 끄덕였다.

윈터는 바이올렛의 교습이 매우 마음에 들었다. 비록 머릿속은 바이올렛이 알면 너무 놀라 뺨을 때릴 상상으로 가득했지만 뻔뻔한 얼굴로 감추면 그만이었다.

다음 날 바이올렛의 부탁으로 하엘은 곧바로 윈터에게 유명한 예법 교사를 붙여 주었다.

그 후 며칠간, 하엘은 윈터 대신 바이올렛이 해결할 수 있는 일거리들을 그녀의 서재 겸 집무실에 쌓아 두기 시작했다.

"제 인생에 이런 봄이 올 줄 알았나요. 제 상사는 다른 사람에게 맡기고 저는 작은 마님께 보고를 드리면 된다니!"

삶의 질이 향상된 그의 들뜬 목소리에 젠이 버럭 소리쳤다.

"봄은 무슨! 작은 마님한테 더 이상 일거리 가져오지 말아요! 작위 계승식에서 할 장식 고르는 것만으로도 바쁘단 말이에요!"

"지금 회사 일이 쌓였는데 그까짓 장식이 문제예요?"

"그, 그까짓 장식? 지금 말 다 했어요?"

두 사람이 싸우려 들자 서류를 읽던 바이올렛이 달래듯 물었다.

"젠, 얼른 일 끝내고 장식을 고를까?"

"어휴, 이렇게 마음이 약하셔 가지고 어떡하나 모르겠어요."

젠이 투덜투덜거리며 고개를 끄덕였다.

안 그래도 젠은 지금 바이올렛이 해야 할 일들을 쭉 종이에 적어 벽에 걸어 두는 중이었다.

"정말이지, 우리 작은 마님이 꽃 일을 얼마나 좋아하시는데. 이날 쓰실 화환 디자인하실 시간도 없네요."

"이렇게 바쁠 줄은 정말로 몰랐구나. 그보다…… 젠은 어쩜 이렇게 일을 잘하니? 네가 없었으면 난 아예 별장 일을 엄두도 못 냈을 거야."

바이올렛이 세상에서 제일 똑똑한 사람을 찾은 듯이 바라보자 젠이 부끄러운지 헤헤 웃었다.

"비서님한테 좀 배웠어요. 비서 일 하는 법."

"어머나, 그랬구나. 하긴 둘이 같이 있는 시간이 늘었으니."

바이올렛이 감탄하며 두 사람을 번갈아 보았다. 사실 원인과 결과가 반대였다. 둘이 같이 있다 보니 비서 일을 배운 게 아니라, 비서 일을 배우다 보니 둘이 같이 있게 된 것이었다. 그러나 두 사람은 바이올렛의 행복한 상상 속 로맨스를 건드릴 마음이 없어 그냥 고개만 끄덕였다.

하옐이 제가 가져온 커다란 상자를 들어 보였다.

"일거리 드린 대신 제가 이런 걸 가져왔습니다."

"그게 뭔가?"

바이올렛이 묻자 하옐이 상자를 가까운 테이블에 놓고 상자를 열었다.

"별장 건물은 대강당 건물이 하나 있고, 호수를 둘러싸고 레이크하우스 열일곱 채가 있습니다. 레이크하우스 구조는 전부 같은데, 대표님이 성질내셔서 작은 마님이 이번에 못 보고 오셨으니……."

하옐이 상자에서 근사한 미니어처를 꺼냈다.

"레이크하우스의 미니어처를 가져왔습니다. 앞으로 집무실에 두고 구상하시라고요."

인형의 집 같은 아기자기한 모형에 바이올렛의 눈이 커졌다.

"어머, 귀여워라……."

옆에서 젠이 같이 감동해서 맞장구쳤다.

"웬일로 비서님이 이런 좋은 걸 다 가져왔어요?"

"내가 무슨 나쁜 소식만 가져오는 사람처럼 말하지 말아요."

하옐이 입술이 삐죽 나와서 바이올렛에게 말했다.

"어차피 여긴 원래 적자가 나는 곳이라 매출 낼 걱정도 없습니다, 작은 마님. 마음껏 운용하세요!"

“아, 적자라고 했지? 그러고 보니 이곳이 행사가 없을 땐 내내 비어 있다는 게 마음에 걸리네. 이렇게 크고 좋은 곳을.”

바이올렛은 갑자기 생긴 일에 부담스러워하면서도, 미니어처가 마음에 들었는지 쉽게 눈을 떼지 못했다.

저곳에는 정숙한 결혼식이 어울린다고 바이올렛은 잠시 생각했으나 입 밖으로 내지는 않았다.

젠과 하옐이 마음 편한 분위기 속에서 이것저것 의견을 내고 있을 때 구조 요청하듯 문 두드리는 소리가 들렸다.

“부인! 바이올렛 부인!”

“들어와요.”

바이올렛이 허락하자 윈터에게 붙여 주었던, 사교계에서 이름깨나 날리지만 늘 급전이 부족해 예법 교사 일을 받아들인 귀족 청년이 울상이 되어 들어왔다.

“저 그만두겠습니다. 못 하겠어요.”

“무슨 일 있었어요?”

“무서워 죽을 것 같습니다…….”

그의 겁에 질린 목소리에 바이올렛이 당황해서 말했다.

“남편이 무슨 짓이라도 했나요?”

“저와 얼굴 마주치실 때마다 기분 나빠 하시고, 비꼬시고, 사흘 내내 트집을 잡으십니다!”

하옐이 옆에서 한숨을 푹 쉬었다.

“이해해요. 우리 대표님이 좀 그렇죠.”

“그, 급여 따위 필요 없으니 나 좀 내보내 주게!”

“그래도 급여는 챙겨 드려야죠. 고생 많이 하셨어요. 그 맘 다 이해합니다."

하옐이 울먹이는 가정 교사를 달래며 데리고 나갔다.

겨우 사흘이었다. 사흘 만에 그 커다란 급여를 마다하고 도망치게 만든 것이다.

❄ ❄ ❄

바이올렛이 응접실에 가 보니 윈터는 소파에 늘어져 앉아서 벽에 고무공을 튕기고 있었다. 바이올렛이 다가오자 윈터가 이실직고했다.

"그 망할 도련님이 날 가르치려 들잖아."

"그게 가정 교사의 역할이니까요."

"그냥 당신이 가르쳐 주면 안 되나?"

윈터가 동정심을 유발하기 위해 씁쓸한 표정을 지었으나 바이올렛에게는 잘 먹히지 않는 듯했다.

그녀가 윈터에게 걸어갔다.

남편이 자신의 말을 유난히 안 듣는 줄 알았는데, 반대로 그녀의 말을 제일 잘 듣는 모양이었다. 그렇게 생각하니 그를 가르치는 일이 불가능해 보였다.

"윈터, 그렇게 공부가 싫어요?"

"싫어."

"정 그러면…… 우리 계승식 당일에 몸을 바꿀래요? 그날은 그 정도로 중요해요. 유력 가문들이 다 모일 테니까."

그녀의 말에 윈터가 멈칫했다.

그는 자신이 목숨을 끊음으로써 몸이 바뀌었다는 사실을 함구하고 있었다. 더 이상은 아내에게 상처를 주고 싶지 않았다.

그는 바이올렛이 눈앞에서 죽었을 때의 트라우마에서 조금도 벗어나지 못했다. 그는 영원히 그 악몽에 발목을 담그고 살아가야만 할 것이다. 그런 악몽을 아내에게 나누어 줄 수는 없었다.

문제는 바이올렛이 곁에 머물 것이라는 안도감이 생기자마자 죽음을 각오하기는커녕 제 몸에 상처도 내기 싫은 기분이 되었다는 것이다.

윈터는 나중에 어떻게든 해결해야겠다고 생각하며 일단 이 상황을 얼버무리려 적당히 대답했다.

"그러든지."

"좋아요. 약초가 있다고 했죠?"

"당연히 있지."

"나에게 줘요. 내가 먹을게요."

예상하지 못한 바이올렛의 함정에 윈터가 움찔했다.

"무, 무슨 소리야. 당신은 몸이 약해서 그런 정체 모를 풀을 먹으면 안 돼."

"괜찮아요. 내 눈으로 확인해 보고 싶어요. 지금 남은 게 있다면 실험해 보는 게 어때요?"

함정에 빠진 윈터는 점점 바이올렛의 수사망에 조여지며 식은땀을 흘리기 시작했다.

❄ ❄ ❄

그로부터 몇 시간 전, 기차에 탄 이방인 청년은 불안하고 낯선 눈으로 사방을 둘러보았다.

얼마 전 이부 형의 도움으로 높은 수준의 치료를 받은 후 살던 곳을 떠나온 열여덟 살의 청년, 할린이었다.

그는 카닉 일족의 모든 특성이 드러나는 외모를 가지고 있었다. 얼음이 쌓인 듯한 은발과 함께 얼어 버린 듯한 회색 눈은 병약해 보였고, 한편으로 아름답기도 했다.

그는 얼마 뒤 병약한 몸을 끌고 라크라운드 수도 인근 역에 내렸다.

쌍둥이 동생인 할로는 할린보다 심장의 상태가 훨씬 좋지 않았다. 그래서 할로가 누워 있는 사이, 쌍둥이가 해야 할 일을 할린 혼자 책임지기로 했다.

그는 낯선 대륙, 낯선 교통수단, 낯선 길을 거쳐 거대하다는 말로도 다 표현이 되지 않는 저택의 문 앞에 섰다.

어머니에게 듣던 것보다도 어마어마한 부자인 이부 형의 집 앞에 도착한 할린이 침을 꿀꺽 삼켰다.

"당장에 쫓겨날 거야……."

성격이 보통이 아니라고 들었다.

그러나 제 수준에서는 많은 돈을 들여 여기까지 도착한 이상 그는 도저히 물러설 수가 없었다.

열린 저택 문 안으로 들어선 청년의 모습에 저택의 문지기가 다가왔다.

"무슨 일이시오?"

할린이 얼른 대답했다.

"저는 윈터 경의…… 말하자면 이부동생인 할린이라고 합니다. 경께서 저와 제 동생의 약값을 주셨는데 그냥 받는 건 너무 염치가 없어서! 하인으로 일해서라도 갚아 드리려고 왔습니다! 내쫓지 말아 주세요!"

할린이 있는 힘껏 제 상황을 설명했다.

그러자 문지기가 난처한 표정으로 포치의 의자를 가리켰다.

"여기 좀 앉아 계세요, 도련님. 들어가서 물어보고 올 테니까."

"도련님이라고 하실 이유가 전혀……."

그가 말끝을 흐렸다. 문지기가 그를 도련님이라고 부르는 이유는 저 때문이 아니라 이부 형 때문이라는 것 정도는 알았다.

문지기가 문으로 향하며 중얼거렸다.

"아이고, 어쩌다가 이렇게 말랐을까. 식사도 제대로 못 하고 다닌 게지."

그 말에 할린의 뺨이 붉게 달아올랐다. 확실히 저택에서 돌아다니고 있는 사람들은 다들 잘 먹고 지내는지 건강해 보였고, 그의 마을에서는 상상도 못 할 좋은 옷들을 입은 사람들뿐이었다.

기다리는 중에 오며 가며 들은 이야기라고는 윈터 블루밍의 성격이 개차반이니 맞을지도 모른다는 경고뿐이었다. 안 그래도 몸이 약한 할린이 몸을 달달 떨었다.

❄❄❄

굳어 있던 윈터가 겨우 입을 열었다.

"그게, 지금은 다 떨어져서 구해야 해."

"그래요?"

"안 그래도 차차 구해 보려고. 구하기가 굉장히 까다로워서."

"그랬군요."

바이올렛이 고개를 끄덕였다. 그러나 그녀의 눈빛에서 느껴지는 묘한 의심에 윈터가 오히려 적반하장으로 표정을 구겼다.

"곧 구해 오겠다니까."

"알았어요. 기다리죠."

그렇게 말하는 바이올렛의 목소리가 조금 잠겨 있었다.

윈터가 힘주어 이를 물었다.

그녀는 분명히 의심하고 있다. 무슨 수를 써야 그녀를 믿게 할 수 있을지를 고민하고 있을 때.

기적이 일어났다.

조심스럽게 응접실에 들어온 룰루가 당황한 표정으로 말했다.

"저어…… 이걸 어떡하나."

"무슨 일인가, 룰루?"

바이올렛이 묻자 윈터의 눈치를 살피던 룰루가 결국은 입을 열었다.

"대표님 이부동생 되시는…… 그…… 쌍둥이 중 하나가 왔답니다."

그 말을 듣자마자 윈터가 벌떡 일어섰다. 역시 화내겠구나, 룰루가 예상하는데 윈터가 화색이 돈 얼굴로 바이올렛에게 말했다.

"거봐, 내가 구해 온다고 했지? 내가 불렀어, 내가."

"정말…… 이에요?"

"그렇다니까. 여기 있어. 내가 나가서 보고 올 테니까."

윈터는 어머니가 결혼해 쌍둥이를 낳았다는 사실마저 감사해지기 시작했다. 게다가 무슨 일인지 모르겠지만 여기 찾아오기까지 했다는 사실에 더더욱 기쁨을 감출 수 없었다.

윈터는 점점 더 몸이 바뀌는 것과 관련된 많은 일이 저를 위해 벌어진 것 같다는 생각을 했다. 이렇게 때마침 동생이 나타나 줄 것이라고는 상상도 하지 못했다.

그는 영원히 바이올렛에게 자신이 자살을 시도했었다는 이야기 따위는 하지 않을 생각이었다. 비행선에서 추락한 것은 완전히 부모의 탓으로 돌릴 수 있지만, 절벽에서 떨어진 것과 손목을 그은 것은 아니었다. 아내가 그의 곁을 지옥으로 여긴다는 사실이 끔찍해서 떨어지고 그었던 것이다. 달리 이유가 없었다.

천운으로 위기를 모면한 윈터가 바이올렛에게 거만한 얼굴로 빈정거렸다.

"안 그래도 조만간 그 약초가 필요할 것 같았어. 내가 진작 불러 놨지."

타이밍이 지나치게 좋았는지, 바이올렛의 눈빛이 의심에서 혼란으로 바뀌었다.

그녀가 걱정스레 물었다.

"그래서, 동생이 찾아왔다고요?"

"응. 꼴보기 싫지만 일단은 필요하니까."

윈터가 만족스러운 표정을 지었다.

그는 순간 아픈 것도 잊고 이부동생을 만나기 위해 빠른 걸음으로 저택 앞으로 향했다.

윈터가 문을 거칠게 열어젖히자 앞에서 기다리던 할린의 몸이 크게 떨렸다. 잘 못 먹고, 심장까지 약한 그로서는 눈앞의 거대한 남자를 어머니가 어떻게 낳은 건가 놀랍기만 했다.

할린이 정말로 두들겨 맞을지도 모르겠다고 생각하며 눈을 질끈 감는데 윈터가 물었다.

"여긴 왜 온 거지?"

"아, 그게…… 저희를 도와주셨다는 이야기를 어머니에게 전해 들었습니다. 너무 면목이 없어서…… 하, 하인 일이라도 주시면 주신 돈 만큼 일하겠습니다!"

할린이 소극적으로 말하자 윈터가 누가 보아도 무서운 얼굴로 미소를 지었다.

"돈만큼? 네놈이?"

할린이 오들오들 몸을 떠는데 윈터가 퍽 그의 어깨를 때렸다.

"의외로 염치가 있군."

"네, 네?"

"내 말 잘 들어. 지금부터 너는 내가 부른 거야. 알았어?"

"아, 알겠습니다. 그런데 왜……."

"말대꾸하지 말고."

"아, 네! 그, 그리고 선물로 가져온 것들이……."

"나중에."

윈터가 앙상하게 마른 팔을 콱 쥐어 집 안으로 끌고 들어갔다. 그러곤 로비에 서 있던 룰루에게 동생을 밀쳐 주며 말했다.

"일단 씻기고 옷 갈아입혀. 밥 좀 먹이고 있으면 곧 돌아오지."

"네! 세상에, 어쩜 이렇게 말랐담."

룰루가 빨리 오라고 손짓하며 남편을 불렀다.

"투린! 여기 도련님 먹을 든든한 것 좀 만들어 줘!"

"든든한 거? 뭐가 좋을까요, 여보?"

"소화가 잘 되는 걸로!"

룰루가 말하며 할린의 등을 떠밀었다. 할린은 당황하면서도 그녀의 박력에 밀려 정신 차릴 틈도 없이 끌려갔다.

이부동생이 혼란을 겪거나 말거나, 윈터는 영원히 바이올렛을 속일 수 있는 거짓말을 마련할 생각에 싱글벙글이었다.

잠시 후 목욕을 마친 할린이 두리번거리며 밖으로 나왔다.

그는 태어나서 처음 보는 거대한 저택에 짓눌려 있었다. 게다가 꺼내 준 옷도, 차려진 식사도 다 난생처음 보는 것들뿐이었다.

할로도 데려왔다면 좋았을걸. 할린은 잠시 생각했지만 아무리 생각해도 여기 도착하기도 전에 쓰러져 버리고 말았을 것이 분명했다.

눈치를 살피며 식사를 시작하는데, 지팡이를 딱딱거리며 나타난 윈터가 그의 맞은편에 털썩 앉았다.

"너."

윈터의 말에 할린이 움찔하며 고개를 끄덕였다. 윈터가 험악한 얼굴로 말을 이었다.

"돈 갚겠다고 왔다고 했지?"

"예. 무엇이든 시켜 주시면 다 할 겁니다!"

"몸을 바꾸는 법을 알아 와."

"아! 안 그래도 경께서 그걸 궁금해하신다는 소식을 어머니께 들어서요. 필요하실 것 같아 가져왔습니다."

할린이 가방에서 자그마한 책자를 꺼냈다.

"알리카가 대부분 불탄 후 재건된지라 이 책자를 찾는 데 정말 오래 걸렸어요."

"주제에 생색내는 건가?"

윈터가 어이없다는 듯 하는 말에 할린은 움츠러들었다. 그의 거친 성격은 두려웠으나, 여전히 받은 것에 대한 감사가 있었다.

할린이 침착하게 말을 이었다.

"알고 계시겠지만 카닉 일족은 몇 가지 주술을 사용할 수 있기도 합니다."

"금시초문이군."

"……죄송해요. 아무튼, 대부분이 알리카에서 멀어지면 사용할 수 없는 것인데요. 그 예외 중 하나가 이 반려와 몸이 바뀌는 주술입니다."

"아, 반려."

윈터가 이제야 이해가 된다는 듯 고개를 끄덕이는데 할린이 말을 이었다.

"이 책에 적힌 반려라는 게 꼭 부부를 뜻하는 것만은 아니고요. 음…… 아주 친한 친구나 형제나 부모 자식 간도 포함하는 의미인 것 같아요."

"그건 넘어가고. 내가 알고 싶은 건 몸을 바꾸는 방법이 뭐냐고, 죽는 거 말고."

"그, 그건 아직 제가 이 책을 해석을 못 해서……."

"좋아. 그럼 네놈 일거리가 생겼군."

"네, 네?"

"그 책 해석해. 생활비와 필요한 돈은 지원해 주지."

"그렇게…… 몸을 바꾸어야 할 일이 있는 건가요?"

"내가 그걸 왜 말해야 하지?"

"아, 아닙니다. 죄송합니다."

할린이 꾸벅 고개를 숙였다. 그리고 한숨을 푹 쉬고는 다시 고개를 숙였다.

"그보다 정말 감사합니다. 동생인 할로는 아직 누워 있지만 덕분에 저는 아주 건강해졌습니다."

"쓸데없는 소리 말고 당장 해석이나 시작해. 시간이 없으니까."

윈터가 말을 마치고 자리에서 일어나는데 할린이 따라 일어서며 물었다.

"그런데…… 경께서는 한 번도 심장이 안 좋았던 적이 없으세요?"

"무슨 소리야?"

"저희 쌍둥이도, 어머니도, 어머니 형제들도 다들 심장이 안 좋아서 한 번씩은 문제가 생겼었거든요."

"전혀. 그런 적 없어."

즉답한 윈터가 잠시 후 미간을 좁혔다.

"어릴 땐 드문드문 아팠던 것 같기도 하고. 그런데 그게 심장이 안 좋은 건지야 전혀 몰랐지. 그냥 어디가 안 좋구나, 정도만 알았지. 사느라 바빠서."

"그러셨군요. 다행이네요."

그러고 보니.

윈터의 표정에 의혹이 번졌다.

할린의 말을 듣고 보니 그는 어릴 때 종종 지나치게 숨이 차다는 느낌을 받을 때가 있었다. 그것도 튼튼하다가 갑자기 심장이 이러다 멈추는 것 아닌가 싶을 정도로 과도하게 뛰어 대는 것이었다.

그러나 그 증상은 그가 열두 살, 식당에서 뛰쳐나온 이후부터 완전히 사라져 지금은 기억도 가물가물한 정도가 되었다.

할린이 말했다.

"하지만 전 이제 아주 건강해졌습니다. 알리카에 좋은 약이 있거든요."

"그걸 가져왔어야지. 내 아내가 심장이 안 좋으니."

"안 그래도 가져왔습니다!"

할린이 물어봐 주길 기다렸다는 듯 허브가 듬뿍 담긴 보자기를 꺼냈다.

“혹시 경께서도 심장이 안 좋으실까 하여 이렇게 말린 허브들을 챙겨 왔습니다! 구하기 어려워서 가격이 정말 높았지만 경께서 돈을 넉넉히 주셔서…….”

“지금 그따위 믿을 수도 없는 풀을 내 아내에게 먹이란 건가?”

“아, 알리카의 허브는 유명해서 의사들도 알 겁니다! 확인하시고 우려서 차로 드시면 됩니다!”

윈터가 휙 손을 뻗어 보자기를 뺏었다. 그리고 하인을 시켜 의사에게 허브를 확인하고 오게 했다.

잠시 후 하인이 돌아와 말했다.

“알리카의 허브이고, 심장에 좋은 것도 맞다고 하십니다.”

“다른 의사에게도 물어보게 해. 내 아내에게 아무거나 먹일 수는 없으니까.”

할린은 자신이 그만큼 못 미더운 것이라고 생각했으나, 사실 윈터는 의사에 대해 심각한 수준의 불신을 가지고 있었다.

❄❄❄

할린을 수도 호텔에 반 감금해 책자를 해석하게 해 놓고, 윈터는 검증의 검증의 검증을 거쳐 바이올렛이 허브를 차로 마실 수 있게 했다.

두 사람은 티타임을 가지기 위해 정원에 앉았다. 바이올렛은 윈터의 이부동생과 인사 정도는 하고 싶은 마음이 있었으나, 윈터가 권하지 않는다면 먼저 말할 생각은 없었다.

바이올렛이 찻잔을 들어 향을 맡으며 미소를 지었다.

"와, 향이 참 좋네요."

"그까짓 게 그렇게 도움이 되진 않겠지만. 뭐 모르지, 그 이방인 놈들이 알 수 없는 주술을 부려 댈지."

바이올렛이 잔을 들어 차를 한 모금 마셨다. 그리고 윈터를 보며 연한 미소를 지어 보였다.

"왠지 좋은 것 같아요."

"한 모금 마시고? 말이 되는 소리를 해야지."

윈터는 말은 그리했으나, 보기 드물게 눈꼬리가 완전히 휘어진 미소를 짓고 있었다. 그러나 그가 곧 묘하게 짜증이 난 얼굴로 말을 이었다.

"친어머니 쪽으로 대부분 심장이 안 좋다더군."

"그래요? 당신은 괜찮아요?"

"아주 괜찮은 게 이상하다는 거지."

윈터가 대꾸를 하더니 괜히 투덜거렸다.

"꼭 당신이 대신 아파 주기라도 한 것 같잖아."

그의 말에 바이올렛이 작게 소리 내어 웃었다.

"한 모금 마시고 심장이 좋아지는 것보다 더 말이 안 되는 소리네요. 난 어릴 때부터 원래 심장이 안 좋았어요."

"그야 그렇지만."

윈터가 단어 꺼내기도 민망한지 뺨을 긁적이며 말을 이었다.

"몸이 바뀌는 게 반려 뭐 어쩌고저쩌고 하니까 신경이 쓰였어. 평생 한 명과만 몸이 바뀐다더군. 꼭 부부가 아니더라도 그냥 한 명."

"그랬군요……. 신기하네요. 어떻게 정해지는 걸까요?"

"그걸 내가 아나."

"그리고 몸이 바뀌는 약초는 언제쯤 구할 수 있나요?"

"그러게. 지금 내 이부동생이 열심히 찾고 있는데 얼마나 걸릴지 모르겠네."

윈터는 아무렇지 않게 둘러대며, 그 이부동생의 등장에 거듭 안도를 느꼈다.

바이올렛이 차를 한 모금 더 마시고 중얼거렸다.

"한 명이군요. 몸이 바뀌는 게."

"응. 한 명."

윈터가 대답해 주자 바이올렛이 어쩐지 즐거워 보이는 얼굴로 말했다.

"좋네요. 어쩐지. 반려라는 말이."

"별걸 다 마음에 들어 하는군."

윈터는 투덜거렸으나 겉보기보다 속이 쓰라렸다.

그 역시 세상에 단 하나인 반려라는 말이 마음에 들었다. 그러나 그게 무슨 의미가 있을까. 그는 여전히 아내에게 아이를 안겨 줄 수 없고, 그러므로 이 평화는 오래가지 못할 것이다.

잠시 후 그가 말했다.

"그냥 내가 공부를 하지."

"네?"

"공부한다고. 그 망할 신사 노릇, 인사치레."

"갑자기 왜 마음이 바뀌었어요?"

"당신은 건강이 안 좋잖아."

"그게 상관이 있어요?"

"난 당신이 그 차를 마시는 것도 솔직히 불안해. 그런데 다른 약초를 어떻게 먹여."

뭐 약초를 찾아온다면 말이 딱 맞겠지만, 혹시 할린이 다른 방법을 찾아오더라도 윈터는 그걸 바이올렛이 하게 할 생각이 없었다.

그녀가 죽음으로 몸을 바꿔 왔던 것은 그에게 커다란 트라우마였고, 죽는 순간까지 못 잊을 상처였다.

"또 그러네요. 난 그렇게 약하지 않아요."

"웃기지 마. 난 가끔 당신이 걷는 것도 불안해."

바이올렛이 웃으며 잔을 내려놓고 잠시 생각에 잠겼다. 심장 이야기를 하니, 어릴 때 일 중 생각나는 것이 있었다.

그녀가 여섯 살쯤, 바이올렛에게는 제 심장이 좋지 않은 이유가 '다른 사람 대신 아픈 것'이라는 이상한 믿음이 있었다. 그러니까, 길을 가다 쓰러진 사람을 보고 제가 대신 아팠으면 좋겠다고 기도한 이후로 그렇게 되었다는 믿음이었다.

아이가 그런 말을 하니 부모는 바이올렛에게 입단속을 시켰다. 왕족은 여섯 살이든, 몇 살이든 그런 허무맹랑한 소리를 하면 안 된다는 것이 이유였다. 가정 교사와 유모 역시 아이에게 단단히 일렀다. 아이들은 그런 착각에 종종 빠진다고 했다. 제 병이 하늘에서 뚝 떨어진 것이라는 듯한 이상한 착각.

바이올렛이 생각에 빠져 있으니 윈터가 물었다.

"무슨 생각 해?"

바이올렛이 웃으며 고개를 저었다.

"그냥, 허무맹랑한 생각이요."

그리고 잠시 침묵이 흘렀다. 잠시 후, 윈터가 요 며칠 꺼낼까 말까 고민하던 말을 꺼냈다.

"내가 생각해 봤는데, 아무래도 결혼식을 다시 하는 게 좋겠군."

"네에?"

“온 세상이 우리가 이혼하는 걸로 알고 있잖아. 그러니 결혼식을 다시 하자. 이전의 결혼식은 물만 떠 놓고 했었으니까.”

“그 정도는 아니었어요.”

“결혼식은 신부가 주인공이어야 하는데 신부에 대한 배려가 전혀 없었다고. 게다가 중간에 신랑이 나가 버리기까지 했지.”

“그건 확실히 그랬었군요.”

바이올렛이 고개를 끄덕이고 웃음을 지었다.

윈터가 제 생각이 정말로 마음에 들었는지 아이디어를 쏟아 냈다.

“정원에서 하면 좋겠어. 가운데 길이 있으니 버진 로드로 완벽할 거야. 봄이 가장 좋겠지만 봄까진 너무 한참 남았으니 가을도 괜찮지. 공작도 스무 마리 정도 데려오고, 루비를 장미꽃처럼 수로에 쏟아 놓고…….”

“아, 농담이었군요.”

바이올렛이 웃었다. 윈터는 제 진지한 계획의 어느 부분이 농담으로 들렸나, 의아한 표정을 지었다.

바이올렛이 초여름의 녹색으로 물들기 시작한 정원을 바라보며 말했다.

“당신이 이혼 취소를 이렇게 쉽게 받아들여 줄 걸 몰라서 괜히 가슴앓이했네요.”

윈터가 씨익 웃었다. 그녀가 좀 더 일찍 얘기를 했다면 그도 좋았을 것이다. 그가 말했다.

“결혼식은 차차 하더라도 정원에서 파티는 해야 해. 수도는 여름에도 아주 덥진 않으니.”

“그러네요. 손님을 초대해야겠죠.”

바이올렛이 골치 아프다는 듯 중얼거렸다.

"파티 준비에 대해선 아는 게 별로 없어요."

"그게 왜? 당신이 할 게 뭐 있다고."

"할 게…… 없나요?"

바이올렛의 말에 윈터가 기가 차다는 듯이 그녀를 보았다.

"룰루는 명문가 하녀장이었던 사람이야. 내가 직접 수도 호텔로 데려와서 VIP를 담당하게 했어. 손님을 편안하게 해 주는 일을 룰루만큼 잘하는 직원이 없지. 거기에 투린은 수도 호텔 주방장이었고, 플립은 직원 교육을 담당하고 있잖아. 이 셋만 해도 접객, 음식, 직원 교육을 라크라운드 최고 수준으로 해 줄 텐데 뭐가 그렇게 어려워?"

"……그런 사람들이 왜 다 여기에서 일하는 거죠?"

"아마도 내가 그 사람들에게 웬만한 집 한 채 살 정도의 연봉을 주니까?"

"그렇군요."

"도스 공국의 그 친구에게도 도움을 청해. 이번엔 제대로 결혼식을 하지."

바이올렛은 거절할까도 생각했으나, 가슴 한구석에서 잔잔한 바람이라도 일어난 듯한 기분에 제가 축복 속의 결혼식을 늘 바랐음을 알아차렸다.

윈터가 투덜거렸다.

"이제 라크라운드 웬만한 귀족들은 다 내 호텔에서 결혼을 하는데, 정작 내 아내만 그런 결혼식으로 끝나는 건 말이 안 돼."

그녀와 윈터의 결혼식은 그의 말처럼 신부에 대한 배려가 없었다. 심지어는 드레스조차 간소하기 짝이 없었다. 바이올렛이 웃었다.

"결혼식 날에는 그런 것에 대해 고민할 정신이 없었어요."

"왜?"

"태어나서 처음으로 당신에게 반해 있었잖아요."

바이올렛 입장에서는 몇 번이고 했던 말이라, 조금 가슴이 아프긴 해도 대수롭지 않은 말이 되었다.

그러나 윈터 입장에서는 이상하게도 그녀가 그 말을 해 줄 때마다 그 말의 힘이 점점 더 강해지는 기분이었다. 게다가 그 말을 들을 때의 기분도 점점 좋아졌다. 어쩌면 지금 결혼식 이야기를 꺼낸 것도 첫눈에 반했다는 말을 또 듣고 싶어서였을지도 모른다.

윈터가 입을 열었다.

"나는…… 경외였었나."

"무슨 의미죠?"

바이올렛이 고개를 갸우뚱했다.

그는 여전히, 자신이 처음 바이올렛과 마주한 순간을 공포로 기억했다. 너무나 고귀한 공주님을 천한 제 옆으로 끌어내렸다는 공포. 태어나서 처음 만난 이 눈부시고 올바른 존재에 대한 두려움.

"내가 바라던 작위라는 게 그런 건 줄 몰랐잖아. 당신을 보는 순간, 내가 아무것도 모른다는 걸 알았으니까. 100질은커녕 실용서밖에 읽지 않았고, 당신처럼 그렇게…… 오만하게."

"……오만해 보였나요?"

"세상 아무것도 당신 위에는 없는 것처럼 보였어. 내가 생각한 왕족이란 건 그냥 가지고 싶은 거 다 가지고 산 멋모르는 철부지였는데, 당신은……."

"……."

"……."

윈터는 이제야 그때의 제 기분을 명확히 알고 실없이 웃었다.

"……마치 천사 같더군."

무심코 말한 것도 아니었다. 그냥 묘사하자면 가장 비슷한 느낌이라고 생각해서 말해 버린 것뿐이었다.

윈터는 자신의 말이 큰 감정의 동요를 느끼게 할 말이라고는 생각하지 않았다. 그래서 바이올렛이 왜 저렇게 당혹스러운 표정을 짓는지 이해를 하지 못했다.

"내가 뭐 못 할 말 했어? 왜 그렇게 기겁을 해?"

윈터가 되레 인상을 썼다. 정작 천사 같은 소릴 한 본인은 태연한데 바이올렛만 갑자기 요란한 소리를 들은 것 같은 표정이었다.

"이제 와서…… 왜 그런 소리를 하죠?"

"이제 와서 생각해 보니 그런 걸 어떡해?"

윈터는 아무렇지도 않게 말하며 기억을 더듬었다.

그 순간은 너무도 강렬해서, 그 이후 3년 동안 그를 쫓는 기억이 되었다.

마차가 당도하기 직전까지도 별것이겠냐, 생각하던 윈터는 아내의 천사 같은 눈빛 속에 자신이 어떻게 비칠지 몰라 전전긍긍했다.

아내가 저를 돈에 집착하는 미치광이나 비천한 이방인 사생아로 본 것이 아니라 첫사랑이라 여겼음을 알았다면. 그랬다면 달라졌을까.

윈터는 회의적이었다.

그랬어도, 그는 아내의 말을 믿지 않았을 것이다.

윈터가 별일 없었다는 듯 느긋하게 말했다.

"그럼 여기서 책이나 좀 읽다 갈까."

"……그래요."

윈터가 화제를 전환해 주자 안도한 바이올렛은 손부채질을 하고 폭 한숨을 쉬었다.

❄ ❄ ❄

카닉사 별장에는 숨 막히는 긴장감이 흐르고 있었다.

카닉사 직원들이 아직 도착하지 않아 별장 안에는 아직 헤스턴 가문 여덟 사람만이 자리했다. 그들은 헤스턴 가문에서 합의를 마치고 여기 도착했음에도 여전히 잡음이 끊이질 않았다.

"윈터 블루밍은 포악한 자요. 힘을 보여 주지 않으면 안 되오!"

"나도 동의하는 바요."

야니스는 다시 뒤집힌 분위기에 인상을 썼다.

이제 곧 카닉사 직원들이 나타날 텐데, 별장에 자리 잡은 헤스턴 가문 원로 셋은 아직도 야니스의 의견에 반대만 하고 있었다. 세 사람의 원로가 결정하지 않으니 영지 관리관들 역시 대응할 방법을 찾지 못했다.

미래에는 아버지를 이어 헤스턴 가문을 잇게 될, 가장 큰 발언권을 가진 야니스는 일단 그들이 멋대로 떠들게 내버려 두었다.

윈터 블루밍이 넙죽 호수를 가져다 바치지 않을 것이라는 것은 그와 계약을 해 본 사람이라면 누구나 알 사실이었다.

그처럼 불리한 상황임에도 가문 사람들은 그 천한 이방인, 사생아에게 예의를 갖출 생각은 추호도 없었다.

결국 카닉사 직원들이 도착하기 직전 그들이 결정한 것은 권력 행사였다.

"무장은 안 됩니다."

기사 가문인 헤스턴 가문 사람들은 가문에서 내려오는 검을 가지고 있었다. 그들에게 검은 무장 이상의 의미였다.

그런 그들 중 하나인 야니스의 결정에 원로들이 한 대 얻어맞은 듯한 표정을 지었다.

"뭐, 뭐라고? 야니스, 그게 무슨 말이냐!"

"그리고 권력으로 누르려고 하는 것도 전 반대입니다. 유혈 사태는 당연히 안 되죠."

야니스가 몸을 일으켜 가문의 자존심인 검을 꺼내 부하에게 맡겼다.

"물론 우리 가문이 강하고, 왕실과 끈끈한 연이 있었던 것은 사실입니다. 하지만 지금은 아닙니다."

"야니스!"

"가문의 현재는 아버지가 책임지시겠지만 미래는 제가 책임집니다! 지금 우리에게 필요한 건 권력 행사, 유혈이 아니라 최대한 손해를 덜 보는 합의점입니다. 아시겠습니까?"

"지금 그 장사치에게 이것보다 더 뜯어먹히자는 게냐!"

"그러니까 최대한 덜 뜯어먹히자는 말을 하는 것 아닙니까!"

야니스가 버럭 소리쳤다.

"우리가 손잡아야 하는 건 자기 여동생을 내 아버지와 결혼시키려는 에쉬 로렌스가 아니라, 그 여동생이신 바이올렛 부인이십니다. 우리가 타협해야 하는 그 장사치의 아내 되시는 분이고, 그 장사치가 유일하게 꼼짝 못 하는 상대며 우리 중 누구와도 비할 수 없이 의로운 분이십니다. 원래 시간이 지나면 무엇이든 퇴색되기 마련이라지만 가문의 정신까지 빛이 바래는 건 지나친 수치 아닙니까?"

그의 말에 나머지 일곱 명이 조용해졌다. 그리고 그들 중에는 가문의 새로운 가주, 카르잔 헤스턴이 있었다.

그는 무서운 표정으로 아들을 노려보고 있었다. 그는 자신이 부리고 살던, 심지어 부리기도 싫어하던 이방인에게 고개를 숙여야 하는 상황을, 그 거센 변화의 물결을 쉽게 받아들일 수 없었다. 아들이 그런 말을 하고 있다는 사실조차 믿기 어려웠다.

"검을 내려놓는 게냐."

카르잔의 말에 야니스가 담담히 대답했다.

"예. 지금은 오히려 제 수치니까요."

"야니스."

"아버지. 우리는 영지민뿐 아니라 바이올렛 부인께도 돌이킬 수 없는 잘못을 한 겁니다. 우리의 자존심을 굽히는 것이 그 잘못을 돌이킬 수 있는 유일한 방법입니다."

야니스의 부탁에 언제나 바위 같던 카르잔이 끊어질 듯한 한숨을 쉬었다.

그로부터 30분 후, 별장 입구에 안잘리가 도착했다. 어두운색의 정장 차림에 서류를 한 아름씩 챙겨 든 여덟 명의 직원이 그와 함께했다.

직원들은 검푸른빛의 정복 재킷을 입고 있는 헤스턴 가문 사람들과 마주했다.

안잘리가 미소를 지으며 말했다.

"마중을 나와 주실 줄은 몰랐습니다."

헤스턴 가문 여덟 명은 모두 무장하지 않고 있었고, 그것은 놀라운 일이었다.

카르잔은 불쾌한 표정으로 다시 들어갔고, 야니스가 대신 인사했다.

"그럼 시작하시죠."

"예."

회의에 참여할 사람들이 모두 건물로 들어갔다. 안잘리 역시 가져온 총을 비서에게 건넸다.

"다시 마차에 가져다 둬."

"예, 부대표님."

솔직히, 안잘리는 본인도 귀족이지만 윈터 밑에서 일하다 보니 다른 귀족들의 돈을 빼내는 건 아이 손에서 사탕 뺏기라는 생각을 하게 되었다.

그러나 이번에는 어쩐지 쉽지 않을 것 같다는 예감이 들었다.

❄ ❋ ❄

생각보다 헤스턴 가문에서 많은 준비를 해 왔습니다.

헤스턴 가문에서 거래 조건이 있다고 하여 들어 보려 합니다.

안잘리의 연락에 윈터가 혀를 찼다.

거래 조건이 무언지, 윈터가 고민하고 있을 때 하옐이 윈터의 집무실에 들어서서 말했다.

"대표님, 블루밍가에서도 전보가 왔습니다."

"지긋지긋하군."

윈터가 짜증을 내며 전보를 받아 들었다.

내용은 그가 예상한 것들이었다. 네가 너무 화가 났을까 봐 직접 찾아가지 못했다. 우리가 널 얼마나 사랑하는지 알아주렴, 실언을 용서해라, 뭐 이런 것들.

윈터가 혀를 찼다. 저를 가문에서 쫓아내겠다며 제 아내를 협박해 놓고 잘도 사과를 한다.

윈터는 블루밍가에 입적된 이후 내내 이런 것들에 쉽게 넘어갔었다. 그도 그럴 것이 그에게 가족이라고 볼 수 있는 것은 블루밍가 사람들뿐이었으니까. 부모가 없어 식당에서 두들겨 맞으며 일하다가, 갑자기 그의 삶의 질을 상승시켜 준 사람들이니까.

그는 아내에게 몹쓸 약을 먹인 이후부터 부모를 증오하게 되었지만, 그럼에도 아직 부모에게 완벽히 모질어질 수가 없었다.

그가 하옐을 보았다.

"젠을 불러와. 바이올렛 모르게."

"네, 대표님."

짧게 대답하고 나간 하옐이 곧 젠과 함께 돌아왔다. 젠이 집무실에 들어서자마자 떨리는 목소리로 말했다.

"드디어 사진기를 사시기로 결심을……."

"그게 뭐 결심씩이나 필요해. 이미 나와 있는 건 전부 샀으니 제작이 끝나는 대로 가져올 거다."

"감사합니다!"

젠이 화색이 돌아 인사했다. 윈터가 본론을 꺼냈다.

"조만간 내 부모님이 여기로 올 거야. 그리고 작위 문제로 이야기를 나누게 되겠지."

"으으, 그러시군요."

"부모님이 수도에 도착하면 넌 바이올렛을 데리고 가까운 곳에 여행이라도 다녀와. 아내가 부모님과 더 이상 마주치지 않게 하고 싶으니까.”

“아, 네! 지금부터 미리 계획 세워 놓겠습니다!”

젠이 크게 고개를 끄덕였다. 그리고 하옐과 함께 집무실을 나왔다. 문이 닫히고서야 젠이 내내 걱정하던 말을 꺼냈다.

“비서님, 아직…… 그러니까 대표님께서 부모님께 약하시잖아요.”

“그건 그렇죠.”

전후 사정에 대해서는 완전히 모르는 젠이었기 때문에 그녀는 윈터가 또 제 부모의 달콤한 말에 넘어가 버릴까 불안해했다.

“혹시 또 대표님이 부모님 말만 듣고 우리 작은 마님께 못되게 구시는 건 아니겠죠?”

“에이, 이제 안 그럴 거예요. 완전히 척을 지셨거든요.”

“그러니까요. 그게 왜 그런 거예요? 그렇게 부모님을 따르시더니. 작은 마님 떠나신 거랑도 관계가 있는 거죠?”

“비밀이에요.”

“좀 말해 봐요!”

“미안해요.”

하옐이 단호하게 거절했다. 그리고 난처한 얼굴로 말했다.

“아무튼 대표님 많이 변하셨어요. 이제 무작정 부모님만 편들고 그러지 않을 거예요.”

하옐이 달래듯 말했지만 젠은 마음이 전혀 놓이지 않는 표정이었다.

“일단 이혼을 안 하신다니까 제가 어떻게 할 수야 없는 건데. 그래도 이혼을 하셨어야 한다고 생각한다고요, 저는.”

“나도 그래요.”

“전 아직도 대표님을 믿을 수가 없단 말이에요. 우리 작은 마님 임신하신 줄 알았을 때…… 그때가 정말 최악이었어요. 자기 마음대로 불륜이라고 우기질 않나, 임신했다는 사람 놓고 집에도 안 들어오고!"

"오해가 있었어요."

"그때 제가 작은 마님 옆에 있었잖아요. 아직도 기억나요. 작은 마님께서 임신이 아니란 걸 알게 되시던 날이요."

"……아, 그날 젠이 같이 있었죠."

윈터의 비밀을 냉정하게 함구하던 하엘이 그제야 씁쓸한 표정을 지었다. 젠이 고개를 끄덕이며 말했다.

"그날 일은 평생 못 잊을걸요. 작은 마님께서는 아기가 태어나면 지낼 방을 보고 계셨단 말이에요. 작은 마님께서 제일 좋아하는 방을 아기에게 주고 싶다고 하셨어요. 그날…… 아휴, 그날 아침에 아기 신발만 안 받으셨어도 고작 임신 두 달째에 그렇게 아기 방 걱정을 하시진 않으셨을 거예요."

"아기 신발이요? 그게 무슨 소리예요?"

하엘이 멈춰 서서 묻자 젠이 엄지와 검지로 아기 신발 크기를 만들며 말했다.

"요만해서는 정말 앙증맞은 신발이었어요."

"아니요. 누구한테 아기 신발을 받으셨냐는 말이에요, 제 말은."

"그게 중요해요? 큰 마님한테 받았는데요."

"큰 마님이…… 작은 마님께 아기 신발을 보내셨어요?"

"네…… 임신을 했다고 챙겨 주셨어요. 하여튼 제가 그 집 살면서 큰 마님이 작은 마님한테 뭐 챙겨 주는 건 그거 하나 봐서 기억에 남아요."

하엘이 기가 차서 말문이 막혔다가 집무실 문을 돌아보았다. 아직도 블루밍 공작 부부는 바이올렛에게 먹인 약이 그런 약인 줄 몰랐다고 우기는 중이었다.

“젠, 미안한데 그 얘기는 당분간 비밀로 해 주세요. 특히 대표님한테는 더더욱이요!”

“왜요?”

윈터의 심리 상태가 완전히 안정된 것은 결코 아니었다. 이혼을 취소했다는 건 그저 한 고비를 넘긴 것뿐이다.

하엘이 한숨을 쉬고 말했다.

“그냥요. 일단 비밀로 하는 게 좋을 것 같아요.”

“대표님을 위한 거예요?”

“뭐…… 결과적으로 보면 그렇죠?”

만약에 그런 약을 먹이고 아기 신발까지 보낸 걸 알게 되면 윈터가 어떤 반응을 보일지, 하엘조차도 예상할 수 없었다.

윈터는 지금 블루밍 가문이 자멸하고, 알아서 작위를 가져올 때까지 얼마나 시간이 걸리든지 별로 건드리지 않을 생각으로 보였다. 그리고 하엘 입장에서는 그가 심정적으로나 금전적으로나 가장 적은 손해를 보는 결정을 했다는 것에 의심이 없었다.

그러나 윈터의 분노는 임계치에 가까웠고, 여기서 더 감정적인 일이 끼어들면 상황이 달라질지도 몰랐다.

하엘은 윈터가 오로지 재산을 불리는 것에만 몰두해 있는 것을 오랜 시간 보아 왔다. 그때도 돈 문제만 생기면 거침없이 감정을 드러내곤 했지만, 어느 정도의 선은 있었다.

하지만 그에게 그의 아내는 재산과는 완전히 다른 무언가였다.

하엘은 적어도 제 상사가 범죄는 저지르지 않게 할 의무가 있었다.

❄ ❄ ❄

카닉사 직원들은 헤스턴 가문에서 가져온 '조건'들에 신중해졌다.

야니스가 담담히 말을 이었다.

"정리하자면 작위 승계식에서 윈터 블루밍 경을 블루밍 가문의 후계자로 소개하며, 바이올렛 로렌스 부인을 로렌스 가문의 가주로 대우하겠다는 것이 저희의 조건입니다."

의자에 기대앉은 안잘리의 귀에 직원들이 소곤거렸다.

처음엔 욱하던 헤스턴 가문의 원로들도 카닉사에서 가져온 합의 조건에 급격히 얌전해졌다. 윈터 블루밍은 제 아내를 건드렸다는 것을 이유로 하여, 날카롭게 갈린 칼로 헤스턴 가문을 뚫어 버릴 작정이었던 것이다.

안잘리는 그 모든 계획을 기각하게 할 야니스의 조건을 신중히 고려했다. 명문가에서 태어나 이방인 아래에서 일을 한다며 얼마나 많은 수치를 당했는지 몰랐다. 사교계에는 아예 발붙이기 무서울 정도의 냉대를 받았다. 그러나 그는 비교적 현실적인 사람이었고, 그의 선택은 결과적으로 옳았다.

안잘리가 처음 일을 시작했을 때와 비교하면, 지금 귀족들의 대우는 천지 차이였다. 그리고 야니스가 내건 조건은 그런 변화에 비해서도 놀라운 수준이었다.

윈터에 대한 대우만 놀라운 것이 아니었다. 로렌스 가문보다 보수적일 헤스턴 가문에서, 첫째 아들과 그 어머니가 버젓이 있는데도, 둘째이며 딸인 바이올렛에게 가주 대우를 하겠다는 것은.

안잘리는 비서가 가져온 막대한 배상금 목록이 적혀 있는 서류를 확인했다. 그리고 담담한 얼굴로 그 서류를 반듯하게 접어 비서에게 돌려주며 말했다.

“대표님께 연락해. 이 조건 수락하겠다고.”

“부대표님!”

직원들은 크게 당황했으나 안잘리는 야니스가 내민 것이 충분한 거래 조건이라고 생각했다.

잠시 후, 저택에 전보를 보냈던 카닉사 직원이 돌아왔다.

“대표님께서도 조건 수락하시겠답니다.”

안잘리가 거보라는 듯 어깨를 으쓱였다.

회의가 끝나자 헤스턴 가문 모두가 질린 한숨을 쉬었다.

❄ ❄ ❄

안잘리는 헤스턴 가문에서 선물한 우윳빛의 신비로운 꽃잎을 가진 장미 여섯 송이와 함께 저택으로 돌아왔다.

집무실에 찾아온 안잘리에게 자초지종을 듣고 난 윈터가 인상을 쓰고 물었다.

“가주로 대우하겠다는 게 무슨 의미야?”

“그건 저도 정확히 모릅니다. 가 보셔야 알 것 같습니다.”

“그렇군. 그리고 뭐 이런 쓸데없는 꽃은 받아 왔어?”

윈터가 못마땅한 표정으로 장미를 턱짓하자 안잘리가 담담히 말했다.

“부인께 드리는 선물입니다. 대표님이 아니라.”

“그래? 그럼 뭐.”

윈터가 수긍했다.

보고가 끝나자 안잘리가 물었다.

"아무튼 그럼 저는 다시 회의로 돌아가겠습니다. 대표님은 언제부터 출근이 가능하십니까?"

"아내가 외출 금지 풀어 줄 때."

윈터는 정말, 아내가 외출을 금지했다는 이유로 저택 밖으로 한 걸음도 나가지 않고 있었다. 무엇이든 제 마음대로 하던 그에게서는 볼 수 없던 모습이었다.

안잘리는 당혹스러움을 감추고 고개를 숙여 인사하고는 집무실을 나섰다.

"……정말 세상 변하는 속도를 따라갈 수가 없군."

오늘 안잘리는 많은 세상의 변화를 경험했으나, 그중 가장 충격적인 건 역시 윈터가 아내의 말을 법처럼 따르고 있다는 사실이었다.

진짜 법은 안 따르는 주제에…….

❋ ❋ ❋

안잘리가 떠나고, 윈터는 시큰둥한 표정을 한 채 한 팔로 장미 화분을 안고 삐그덕거리며 아내의 서재로 향했다.

첫 번째 가정 교사가 그만둔 이후 세 명의 가정 교사를 더 쫓아낸 후, 결국 직접 윈터의 교육을 담당하기로 한 바이올렛은 다행히 100질의 책을 다 읽게 하는 것을 포기했다. 대신 지금은 성실하게 사교계에서 사용할 대화 내용들을 요약하는 중이었다.

덕분에 서재에서 살다시피 하는 바이올렛이 책장 사이에서 들리는 지팡이 소리에 고개를 돌리고 미소를 지었다.

"당분간은 나도 당신이 오는 소리를 구분할 수 있네요."

"귀여운 소리 하지 말고 이것 좀 봐."

윈터가 화분을 테이블에 내려놓자 바이올렛이 그의 생각보다 놀라며 물었다.

"이건 헤스턴 장미잖아요? 가문 밖으로는 가지고 나오면 안 되는 거 아닌가요?"

"헤스턴 장미인 건 어떻게 알아?"

"문장 속에 그려져 있으니까요."

윈터는 처음 그것을 인지했다. 헤스턴 가문과 거래를 해 그들이 가져오는 편지에 매번 인장이 찍혀 있었음에도 불구하고 무시하고 넘겼던 것이다.

윈터의 흠칫하는 표정을 읽은 바이올렛이 중얼거렸다.

"다음으로는 가문의 문장들도 외워야겠군요."

"이러다 죽겠으니까 그만 고문해."

"당신이 조금만 말을 잘 들으면……."

"장미에 집중할까, 공주님?"

윈터가 장미 화분을 가리켜 보이자 바이올렛이 마지못해 고개를 끄덕였다. 윈터가 말을 이었다.

"가뭄이 들면 호수 개방해 주기로 했잖아. 회의하고, 선물로 받았어."

"그랬군요……."

바이올렛이 감탄하며 꽃을 보았다. 그녀가 웃으며 말을 이었다.

"이 꽃을 가져온 건…… 당신의 편에 서겠다는 의미겠죠?"

"아니, 당신에게 잘 보이겠다는 의미지. 당신 선물이야."

"내 선물이라니요? 카닉사와 헤스턴 가문의 합의였잖아요."

"그게 뭐. 에쉬 로렌스 그놈이 보잘것없는 쓰레기라는 걸 사람들은 결국 알아차릴 거야. 그리고 그들은 당신이 왕 노릇을 해 주길 바라겠지. 그때를 대비하는 것뿐이야."

그의 말에 바이올렛이 난처한 표정을 지었다.

"아⋯⋯ 나는 그럴 생각이 전혀 없어요."

"왜?"

"아버지가 라크라운드를 위험에 빠뜨렸으니까요."

"그 국책은 해야만 하는 시도였어. 위험했던 것뿐이야. 그리고 당신이 결혼을 통해 라크라운드를 구했지."

"아뇨. 구한 건 당신이죠."

"나는 대가를 원해서였잖아."

"라크라운드의 역사 속 수많은 영웅들도 다 대가를 받았어요. 당신도 그중 하나가 될 거예요."

바이올렛이 단호함에 냉정하게까지 들리는 목소리로 말했다.

윈터는 그녀의 말에 멈칫했다. 영웅이라는 말만큼 저와 관계없는 단어도 없다고 생각했다. 그런데 그 말이 바이올렛의 입에서 나오니 당황스럽고, 갑자기 목덜미에 열이 붙어 화끈거리는 기분이었다.

그가 헛기침을 하고 당황을 농담으로 넘겼다.

"그럼 그거 어디 기록해 놔야 하는 거 아닌가? 후손이 내 활약을 몰라줄까 봐 걱정되는데."

"걱정 말아요. 많은 신문에 기록되어 있고, 은행에 기록되어 있으니까."

이 농담을 진담으로 받아들였는지 바이올렛이 고지식하게 말했다. 그러자 윈터가 한 번 더 농담을 시도했다.

"그럼 내가 작위를 바랐다는 건 적지 말라고 해."

"사실을 왜곡하면 안 돼요."

"아, 고지식하긴."

그는 억울한 척 말했지만, 표정만큼은 무척 기분이 좋아 보였다.

제 인생이 영웅의 삶이라고는 단 한 번도 떠올려 본 적이 없었다. 아마 타인이 보기에도 전혀 그렇지 않았을 것이다.

그러나 상관없었다. 바이올렛이 이렇게 말했고, 적어도 그녀 눈에는 그렇게 보였다는 이야기니까.

❄ ❄ ❄

그렇게 일중독이던 사람이 하루 종일 먹고 자며 휴식을 취하니 사고가 나기 전보다 오히려 더 팔팔해져 있었다.

한 달이 걸릴 거라던 의사의 말과 달리 윈터는 고작 보름 만에 부목을 풀었다.

모처럼 개운하게 목욕을 하고 나온 윈터가 내내 다쳐 있던 다리로 바닥을 짚어 보더니 씨익 웃었다.

하옐이 다시 지팡이를 가져다주며 말했다.

"대표님, 다 나은 거 아니니까 아직은 지팡이 쓰세요."

"귀찮아."

그가 지팡이를 거부하고 걸음을 옮겨 보았다. 아직 약간의 통증은 느껴지지만 이제는 지팡이 없이도 충분히 돌아다닐 수 있었다. 남들이 저렇게 건성으로 재활을 했으면 영영 낫지 않았을 테지만 의사의 말처럼 윈터의 회복력은 놀라운 수준이었다.

하옐이 그의 걸음을 보며 말했다.

"지팡이는 그럼 됐는데요, 뛰진 마세요. 나이 들어서 고생하고 싶지 않으면."

"재수 없는 소리 하지 말고 꺼져."

"그보다 소장이 비행선 금고 수습했답니다. 거기서 비행 기록 적힌 수첩 찾았고요. 기록이 도움이 돼서 불행 중 다행이래요."

그 말에 윈터가 뒤늦게 화들짝 놀라 하옐을 보았다.

"수첩? 거기 내가……."

"결혼한 걸 후회한다고 적으신 거요? 당연히 제가 먼저 확인하고 찢어 버렸죠. 이래도 제가 재수 없는 소리만 합니까?"

"……잘했어."

윈터가 안도하며 인상을 썼다.

그러고는 아무리 생각해도 이해가 안 되는지 하옐을 돌아보며 물었다.

"나 원래 겁이 없는 편 아니었나?"

"너무 없어서 탈이죠."

"근데 요즘엔 이런 겁쟁이도 없는 것 같은데."

"글쎄요, 저도 시간이 있어서 결혼하면 알아보겠습니다. 결혼하면 이렇게 되는지."

"네 조언 따윈 필요 없어."

윈터가 비키라는 듯 손을 빠르게 휘저은 후 집무실을 나섰다.

조금이라도 빨리 바이올렛에게 제 상태를 보여 주려 정원으로 걸어가 보니, 바이올렛이 돌아오는 모습이 보였다.

그녀는 밀짚모자에 옅은 하늘색의 여름 드레스를 입고 사과를 담은 바구니를 들고 오는 중이었다. 함께하던 젠을 포함한 하녀들은 뭐가 그렇게 재미있는지 까르륵까르륵 웃어댔고, 바이올렛도 손으로 입을 가리고 눈꼬리를 휘어 웃고 있었다.

그러다 바이올렛의 방과 연결된 계단 앞에 불쾌한 얼굴로 서 있는 윈터를 발견한 하녀들이 인사를 하고 서둘러 사라졌다.

바이올렛이 다가서며 말했다.

"왜 그렇게 무서운 표정을 짓고 있는 거예요. 다들 놀라게."

"놀라라고 지은 표정이야. 효과적이군."

왜 일부러 사람을 놀라게 하는 것일까. 바이올렛은 한숨을 쉬면서도 윈터의 다리를 가볍게 고갯짓하며 말했다.

"벌써 부목을 풀었군요."

"이제 자유야."

"잘됐네요."

바이올렛이 웃으며 바구니 속의 사과 하나를 꺼내 내밀었다.

"선물로 줄게요."

"어어."

윈터가 새빨갛게 익은 사과를 옷에 슥슥 닦더니 그대로 아작 깨물었다. 이어 큼지막한 사과를 순식간에 다 먹어 치우고는 남은 씨 부분을 휙 땅에 던져 버렸다.

그 모습을 가만히 바라보던 바이올렛도 사과 하나를 꺼내더니 바구니를 팔에 걸고 치마에 흙먼지를 닦아 냈다. 그리고 조심스럽게 한 입을 물었다.

그 모습에 윈터가 픽 웃었다.

"내가 하는 행동을 다 따라 하기로 한 건가?"

"좋아 보이는 것만요."

바이올렛의 대답에 윈터가 슬쩍 웃었다.

바이올렛이 걱정스럽게 물었다.

"그래도 지팡이는 있어야 하지 않나요?"

"당신이 너무 불쌍해해서 그만 쓰려고. 많이 괜찮아지기도 했고."

확실히 윈터의 걸음은 약간 삐그덕거렸을 뿐, 거의 다 나은 것처럼 보였다.

그가 말했다.

"계승식 전에, 우린 조금 일찍 북부 별장에 가지. 당신이 앞으로 거길 어떻게 쓸지도 생각해 볼 겸."

바이올렛이 고개를 끄덕이고 대답했다.

"생각해 봤는데, 북부 별장 말이에요. 평소에는 결혼식장으로 쓰면 좋을 것 같아요."

"결혼식장? 너무 어둡지 않나?"

"모든 사람이 밝고 경쾌한 결혼식을 좋아하는 건 아니니까요. 어떤 사람들은 사제가 있는 조용한 결혼식을 원할 거예요."

"그 별장에서 결혼식이라. 귀족적이어 보이긴 하겠군."

"그럴까요?"

"당신은 어느 쪽이 좋은데?"

윈터가 묻자 바이올렛이 잠시 생각하다가 입을 열었다.

"낮이면 별장이 좋고, 밤이면 정원이 좋겠어요."

"웬일로 나와 취향이 같군. 하지만 우리가 결혼하겠다는데 당연히 낮부터 밤까지 길게 해야지. 아니면 식은 별장에서 치르고 피로연은 정원에서 하면 좋겠군. 정원이 넓으니 오고 싶은 사람은 다 오게 하고, 손님들은 원 없이 식사를 하고."

"확실히, 음식이 부족한 파티만큼 실패한 파티는 없죠."

"이런, 우리 공주님이 나랑 같은 생각을 할 때가 있을 줄은."

윈터가 고개를 숙여 눈을 마주치며 말했다.

"손님맞이에 대한 생각은 똑같네."

"부부는 닮는다잖아요. 처음엔 달랐어도…… 지금은 닮아 가는 중일지도 모르죠."

그녀의 말에 윈터가 어처구니없다는 듯 웃었다.

가당치도 않은 말이라고 생각했다. 우리 둘이 닮아 간다는 것이 말이나 되는 이야기인가.

그의 속을 모르는 바이올렛은 확연히 나아진 윈터의 다리를 살피며 안도한 표정을 지었다.

"그럼 이제 외출해도 돼요. 출근하고 싶었죠?"

"미칠 정도로. 내가 이렇게 일을 좋아하는 줄 몰랐어."

"내일부터 출근할 수 있겠군요."

"그럴 생각이야."

한동안 윈터가 집에 있어서 그를 기다릴 일이 없었던 바이올렛은 약간의 섭섭함을 숨기며 일부러 환한 미소를 지었다.

"원하면 지금 바로 출근해도 돼요."

"지금 당장은 말고."

"그래요?"

뭔가 바라는 것이 있는 얼굴이었다. 바이올렛도 이제 그 정도는 알 수 있었다.

윈터가 정원으로 걸음을 옮겼다. 그도 과일을 딸 생각인지 소매 단추를 풀어 셔츠를 팔뚝까지 접어 올렸다. 그러더니 바이올렛이 사다리를 타고 올라가 땄던 사과나무에 손을 뻗어 과일을 땄다.

바이올렛은 그를 무심코 바라보다가, 정말 윈터의 말대로 자신이 그의 몸을 좋아하는 건지도 모르겠다는 생각을 잠시 했다. 어깨를 돌릴 때 셔츠가 비틀어지며 보이는 근육이 자꾸 눈에 들어왔다. 어쩐지 저 셔츠를 벗기고 싶은 기분이 들었으므로, 바이올렛은 제 문란한 생각에 놀라 서둘러 돌아서고 말았다.

바이올렛이 뒤돌아선 채 윈터에게 질문을 던졌다.

"뭐…… 바라는 게 있나요?"

"그래 보여?"

"그래 보였어요."

그러자 윈터가 바이올렛 쪽을 보았다. 그러더니 돌아선 바이올렛의 앞으로 걸어가 그녀가 두 손으로 쥔 한 입 베어 물고 남은 사과를 보았다.

"다 먹었어?"

"다 먹었어요. 아까 너무 많이 먹었는지……."

"변명할 거 없어. 옆에서 예쁘게 깎아 줘야지 드시겠지, 우리 공주님은."

윈터가 그리 말하며 바이올렛의 사과를 뺏어 들고 그녀가 베어 문 곳을 일부러 찾아서 으적거리며 먹기 시작했다.

윈터가 손목을 타고 흐른 과즙에 입을 가져가자 바이올렛이 멈추게 했다.

"손수건 있잖아요."

"나도 알아."

윈터가 태연히 대꾸했다. 그에 잠시 생각하던 바이올렛이 물었다.

"유혹하는 건가요, 혹시?"

윈터가 어처구니없다는 듯 말했다.

"아니면 뭐로 보여?"

"그랬군요."

윈터가 손수건으로 팔을 닦아 내며 말했다.

"그래도 웬일로 알아차렸네."

"당신이 하도 신호를 보내서."

"나만 공부한 건 아니었다니 억울하진 않군."

윈터가 말을 마치고 한 팔로 바이올렛의 허리를 끌어안았다. 그러자 바이올렛이 두 손으로 그의 입을 틀어막았다.

"밖이잖아요. 우선 침실로 돌아가요."

"내가 왜 그래야 해."

윈터가 거절하고 바이올렛의 손바닥에 쪽 소리가 나게 입을 맞췄다. 그녀가 놀라 손을 치우자 이번엔 입술을 맞부딪쳤다. 사과 향이 달콤하게 먼저 퍼지고, 혀가 섞여 들어왔다.

그의 무게에 밀려 바이올렛의 걸음이 뒤로 물러나자 윈터의 손이 그녀의 등을 받쳤다. 그녀의 얇은 드레스를 타고 윈터의 손의 열기가 느껴졌다.

바이올렛은 머릿속이 핑핑 도는 기분이 들었다.

'……더워지네.'

그녀는 날씨 탓을 했다. 갑자기 땀이 나도록 더운 기분이 들었다.

윈터가 입술을 떼고 바이올렛을 바라보며 손으로 그녀의 등허리를 쓰다듬었다.

"내 몸이 심미적으로 괜찮다고 했지? 나에게 당신 몸은 어떤지 궁금하지 않아?"

"……어떻죠?"

"벗겨 놓고 하루 종일 여기저기 핥고 깨물고 싶어. 이마부터 발끝치까지 전부."

그의 말에 바이올렛의 눈이 동그래졌다. 이제는 정말로 문제가 있는 사람을 보는 듯한 그녀의 눈을 마주한 윈터가 말을 이었다.

"내가 요즘 책을 많이 읽었잖아? 그래서 당신의 언어에 대해 생각해 봤는데."

"많이라니, 양심이……."

"아무튼, 당신과 내가 쓰는 언어에도 합의를 봐야겠다는 생각이 들더군. 이제 생각해 보니 심미적 아름다움과 하루 종일 물고 빨고 싶다는 말은 같은 뜻일지도 모르겠어."

"전혀요. 난 그렇게 불건전한 말을 한 적이 없어요."

"당신도 차차 알게 될걸. 같은 뜻이란 걸."

"아니라니까!"

갑갑할 정도의 교육을 받으며 자란 바이올렛이 당황해서 저도 모르게 언성을 높였다. 그러자 윈터가 오히려 그녀에게 바짝 달라붙으며 물었다.

"왜 아니지? 당신 지금까지 살면서 다른 사람의 신체를 칭찬한 적 있어?"

"아뇨, 그건 무례한 짓……."

바이올렛이 뒤늦게 뭔가를 느꼈는지 움직임을 멈췄다. 윈터가 만족스러운 표정을 지었다.

"이제 이해했군. 당신 수준에서 그 정도로 음탕한 말이었던 거지, 심미적으로 아름답다는 말이."

윈터는 바이올렛이 하는 말들을 자신의 언어로 바꾸는 방법을 생각했다.

그녀가 첫사랑이라고 말했던 것도 어쩌면 마주치는 순간 아무 소리도 들리지 않는 공간에 떨어져 버린 것 같았다는 뜻일지도 모른다.

그러니까, 그가 느낀 감정과 같은 걸지도.

세상 모든 것이 새카맣게 변하고, 모든 소리는 침묵에 삼켜지고.

그저, 천사 같은 그녀가 그곳에 서 있었던 그 순간.

하지만 다시 곰곰이 생각해 보니 그것도 아니었다. 그녀가 저와 같은 감정을 가졌을 리 없다. 그녀는 영원히 자신의 감정을 이해할 수 없을 것이다.

그건 살아온 날들의 차이였다. 집요정에게 쿠키와 우유를 나누어 주던 바이올렛 로렌스와, 외로움에 집요정이 존재한다면 움켜쥐어 가둬 두겠다고 생각하던 윈터 블루밍은 같은 감정을 가질 수 없다.

만약 두 사람이 사랑이라는 같은 단어를 사용한다고 하여도 그 뜻은 반드시 다르리라.

윈터가 입을 열었다.

"우리 사이에도 룰이 필요한 것 같아."

"무슨 룰이요?"

"이제부터 화해는 잠자리로 하지."

그의 말에 바이올렛이 난처한 표정으로 물었다.

"화해의 문제가 아니면요? 내가 화가 났을 수도 있고, 당신이 화가 났을 수도……."

"당신이 화나면 내가 무릎 꿇고 빌고, 내가 화났으면 당신이 날 침대로 끌고 가. 그리고 둘 다 잘못했으면 잠자리로 화해하자는 룰이지."

"……."

"합의해."

"합의는 모르겠지만, 이번엔……."

"뭐."

"당신이 화난 걸로 해요."

바이올렛의 말에 윈터가 무슨 의미인가, 잠시 생각했다. 그러나 곧 그녀가 제 손목을 붙잡아 침대로 향하는 것을 보며 뒤늦게 의미를 알아차렸다.

계단을 올라 침대에 들어서자마자 윈터가 셔츠를 벗어 던졌다.

바이올렛은 먼저 커튼부터 꼼꼼하게 쳐서 창문을 단속하려 했으나, 그 전에 윈터에게 붙잡혀 침대로 끌려갔다.

❋❋❋

윈터는 그날 밤 바이올렛의 방에서 잠이 들었다. 그는 바이올렛과 함께 잠들기만 하면 정말이지, 어린아이처럼 달게 숙면을 취했다.

그래서인지 바이올렛이 먼저 일어나는 경우가 많았는데, 그건 오늘도 마찬가지였다.

바이올렛이 끙끙거리고 상체를 일으키더니 미간에 주름이 잡혀 잠들어 있는 윈터의 얼굴을 보고 저도 모르게 웃었다.

"왜 이런 표정일까."

자고 있을 때 만지지 말라고 듣긴 했지만, 잠든 그를 보면 이상하게 자꾸만 만지작거리고 싶은 기분이 들었다.

그리고 아마 조금은, 그 손길에 정욕이 쏟아져 괴롭게 저를 보는 윈터의 눈빛이 싫지 않은 것도 있었다.

예상대로 얼마 지나지 않아 윈터가 중얼거렸다.

"또 시작이군."

"잘 잤……."

바이올렛의 말이 끝나기도 전에 윈터가 그녀의 손목을 잡아채고 그대로 침대에 잡아 눕혔다.

바이올렛이 침착하게 물었다.

"무슨 짓이에요?"

"잠든 사람 만지는 게 버릇이야, 아주."

"당신이 지나치게 싫어하는 거예요."

"지나치게 좋아하는 거야. 당신이 그렇게 깨워 놓고 책임을 안 지는 걸 싫어하는 거고. 밤에 내가 하고 싶어 하는 걸 태반은 못 하게 하면서."

"당신이 이상한 걸 원하니까 그렇죠. 왜 그런 짓을 하려고 해요? 당신이 아기예요?"

"남자들이 가슴 앞에서 좀 미성숙해지는 경향이 있지."

윈터가 어깨를 으쓱이고 하는 말에 바이올렛이 두 손으로 그의 얼굴을 밀어내며 말했다.

"또 그런 음란한 말 하려고 들지 말고 출근해요."

"이게 음란해? 내가 원하는 걸 다 말하면 기절하겠군."

"그러니까 말하지 말아요."

바이올렛은 남편이 이 이상 저에게 무슨 무례한 짓을 하려 할지 생각하고 싶지도 않은 얼굴이었다.

윈터가 그런 그녀의 표정을 즐거워하며 물었다.

"그보다 당신은 오늘 뭐 할 건데."

"연극을 보러 갈 거예요. 당신은 보기 싫다고 했잖아요. 내가 보고 와서 요약해 줄게요."

"당연한 것 아닌가? 누가 모닥불 하나 피워 놓고 하는 말장난 연극 따위가 보고 싶겠어? 그것도 세 시간 동안 한다며."

아내와 떨어지는 건 싫지만 세 시간짜리 모닥불에 대한 고찰보다는 고대하던 출근을 하는 게 나았다.

윈터가 혹시 연극을 보러 가자고 잡을까 봐 몸을 일으켰다.

"당신은 더 누워 있어. 아침 해 줄 테니까."

그렇게 말하던 윈터가 멈칫하더니 바이올렛을 돌아보며 물었다.

"혹시 남편이 아침 차려 주면 무례한 건가?"

"농담인가요?"

"진담이야."

"아뇨, 그렇게 생각하는 사람은 없을 거예요."

물론 웬만큼 가난하지 않으면 자기 손으로 아침을 차리는 귀족 자체가 없을 테지만, 그게 무례는 분명 아니었다.

진지하게 말하고 난 바이올렛이 곧 걱정스럽다는 듯 물었다.

"설마 브로콜리만 가득 삶아 오려는 건 아니죠?"

그녀의 걱정에 윈터가 큽 하고 웃음 참는 듯한 소리를 냈다. 그러자 바이올렛이 조금 민망해하며 말했다.

"농담 아니었어요……. 왜 그렇게 웃는 거예요?"

결국 중간부터 윈터가 큰 소리를 내며 폭소하자 바이올렛이 한숨 쉬며 두 손으로 얼굴을 감쌌다.

다행히 윈터는 달콤한 치즈를 듬뿍 바른 토스트를 아침 식사로 가져왔다.

❄ ❄ ❄

할린은 하루라도 빨리 책을 해석하려 필사적이었다. 그러나 책은 대륙 공용어로 적혀 있는 부분보다 카닉 일족의 고어로 되어 있는 부분이 더 많았다. 단어 하나하나를 번역하는 것이 보통 일이 아니었다.

할린이 괴로워하고 있는데 객실로 플립이 들어섰다.

"할린 씨."

할린을 부른 플립이 흠칫했다. 밤새워 책을 보느라 눈 밑이 거뭇거뭇한 할린이 그를 반겼던 것이다.

"안녕하세요, 플라이트 씨."

윈터와 바이올렛의 몸이 바뀐다는 사실을 아는 사람은 셋이었다. 하엘과 젠과 플립.

그중 수도 호텔에서 근무하는 플립이 할린을 종종 돌봐 주는 일을 맡게 되었다.

플립은 분위기는 전혀 다르지만 이목구비 곳곳에 윈터와 닮은 부분이 박혀 있는 할린에게 친근히 말했다.

"시간이 아주 부족한 건 아니니 너무 무리하지 마세요. 작위 계승식까지는 한 달이 남았으니 아직 시간이 있습니다."

"그래도 좀…… 빨리하고 싶어서요. 신세 지는 것 같고……."

확실히 성격만큼은 윈터와 정반대였다. 아마도 긴 시간 병석에 있었던 탓에 눈치를 많이 보는 듯했다.

할린이 정리한 노트를 내밀었다.

"아, 여기 조금 번역한 부분이에요. 경께 전해주세요."

"네, 알겠습니다."

플립이 인사하고 봉투에 노트를 담는 사이, 할린이 물었다.

"이건 책에 있는 건 아닌데요. 바이올렛 부인께서 심장이 좋지 않다고 들었어요."

"아, 예. 종종 의사가 약을 챙겨 드립니다."

"혹시 언제쯤부터 아프셨는지 알 수 있을까요?"

"어릴 때부터 아프셨다고 들었습니다만."

플립이 그건 왜 묻냐는 듯, 부드러운 얼굴로 할린을 보았다. 그러자 할린이 고개를 빠르게 저었다.

"아무것도요! 아, 가져다주신 빵 맛있게 먹을게요."

"예. 다시 오겠습니다."

플립이 인사하고 객실을 나갔다.

❄ ❄ ❄

모처럼 윈터가 출근하자, 한동안 행복해하던 직원들이 일시에 경직되었다.

윈터는 그걸 당연히 여기며 집무실에 앉았다.

오랜만에 일을 하려니 너무 행복했다. 윈터는 의욕이 넘쳐서 시간 가는 줄 모르고 회의에 참여하고, 일을 처리해 나갔다.

한창 일하던 중에, 하엘이 그에게 봉투를 내밀었다.

"방금 플립이 할린 씨가 번역한 내용 일부를 가져왔어요."

윈터가 봉투를 열어 내용을 확인했다.

별다른 내용은 없었다. 반려로 맺어지는 방법에 대한 챕터인 모양인데, 단어를 모르는 부분은 공란으로 비워 두었다.

공란을 제외하고 보면 대충, 서로가 상호 동의를 한 후에야 인연이 맺어진다는 의미인 것으로 보였다.

'우리가 상호 동의한 적이 있나?'

윈터가 미간을 좁히고 생각하는데 하옐이 물었다.

"중요한 내용입니까?"

"별로."

"그럼 조금 더 중요한 일이 있습니다."

"뭔데."

윈터가 묻자 하옐이 조심스럽게 입을 열었다.

"혹시 기억하십니까? 칼슨 로우."

"당연하지. 롱 리우드 땅 빼돌린 그 망할 자식 말하는 거 아냐."

"그 칼슨 로우가 한동안 잠적해 있더니, 오늘 작은 마님 계시는 극장에 나타났답니다."

"뭐?"

칼슨이 바이올렛의 근처에 나타났다는 소식을 듣자마자 윈터가 자리에서 벌떡 일어섰다.

"그걸 왜 지금 말해!"

그러자 하옐이 억울한 표정으로 대답했다.

"저도 지금 알았으니까 그렇죠! 하지만 뭐 별일 있겠습니까? 그냥 같은 극장에 있다는 것뿐이고, 작은 마님과 칼슨 로우는 이제 적대 관계라고밖에 볼 수 없잖아요."

하옐의 말이 틀린 건 아니었다. 게다가 바이올렛은 부드러운 성정과 달리 상대의 잘못을 그냥 넘어가는 사람은 결코 아니었으니 불안해하거나 경계할 이유가 없었다.

그러나 윈터는 이상하게 드문드문 칼슨이 떠오를 때가 있었다.

물론 제 스스로를 망가트려 버린 것은 칼슨 본인의 탓이지만 그 망가진 계기에는 바이올렛이 있다는 것을 누구보다 잘 알았다.

가끔씩, 윈터는 바이올렛의 용서를 받을 수 없으리라는 절망에 빠질 때가 있었다. 아내가 이혼을 취소했음에도 그 두려움은 사라지지 않았다.

임신이 아니라는 것을 알고 멍하니 창밖만 바라보고 있던 바이올렛의 모습이 눈에 선했다.

윈터가 그대로 집무실을 나서자 하옐이 재빨리 뒤따랐다.

"극장으로 가시려고요?"

"그걸 말이라고 해!"

윈터가 버럭 소리를 치고 곧바로 마차로 향했다.

❋ ❋ ❋

모닥불에 관한 이 연극은 라크라운드의 대표적인 연극으로 나이 지긋한 관람객이 유난히 많았다.

모처럼 극장으로 들어서던 바이올렛은 익숙한 얼굴을 발견하고, 즐거워하던 표정을 굳혔다. 그녀와 함께 온 젠이 동그래진 눈으로 말했다.

"칼슨 로우 아니에요?"

"그러네."

칼슨이 바이올렛을 발견하고 경쾌하게 손을 흔들자 젠이 더욱 놀라워하며 물었다.

"자, 작은 마님. 칼슨 로우와 아는 사이셨어요?"

바이올렛이 조금 고개를 끄덕였다. 칼슨이 자신을 둘러싼 팬들에게 양해를 구하고 그녀에게 다가왔다.

"와, 오랜만이네."

그러자 바이올렛이 싸늘한 목소리로 물었다.

"어떻게 그렇게 아무렇지 않게 인사를 해? 에쉬와 손잡고 남편이 나에게 준 돈을 빼돌려 놓고."

"정말 미안해. 안 그래도 그날 내가 얼마나 맞았는지 알아? 코뼈가 부러져서 한동안 무대에도 못 섰다고."

칼슨은 밝은 목소리로 말했으나, 겉에 드러나 보일 만큼 건강이 악화되어 있었다.

바이올렛이 충격을 애써 감추고 물었다.

"요즘…… 술을 많이 마셔?"

"아니, 별로 안 마셔."

칼슨이 능청을 떨었다. 그러나 바이올렛은 예전에 윈터가 했던 말이 생각나 칼슨의 팔을 붙잡아 소매를 올렸다. 팔 여기저기에 약을 투약하려 바늘로 찌른 상처들이 보였다.

바이올렛이 그 팔을 바라보자 칼슨이 해맑게 웃었다.

"경께서 일렀나 보네. 바이올렛이 이런 나쁜 걸 알 리가 없는데."

"칼슨."

"걱정돼?"

"한심해."

"걱정해 줘. 나 아파."

칼슨이 애교스럽게 말했다. 그는 얼굴에 미소가 달라붙어 버린 것처럼, 어떤 말을 할 때든 웃음을 짓고 있었다.

"왜 그 남자에게 돌아갔어? 3년 동안 널 봐 주지도 않고, 너의 부정을 의심하기까지 했다면서."

그의 질문에 바이올렛은 바로 대답을 하지 못했다.

어려서부터 서로 알던 사이라 칼슨은 비교적 바이올렛에 대하여 정확히 알았다. 칼슨이 입으로는 웃으며, 좀 서러운 목소리로 말했다.

"내가 그런 일을 했다면 넌 영원히 내 얼굴도 보지 않았을 거잖아. 그런데 왜 그 남자는 용서해?"

칼슨의 말을 가만히 듣고 있던 바이올렛이 조용히 입을 열었다.

"남편을 좋아해서 그런가 봐."

"……."

"사랑해서. 그 정도는 용서해 줄 수 있었던 모양이야."

바이올렛이 씁쓸한 얼굴로 말을 이었다.

"그것 말고는 달리 이유가 없네. 그 사람 앞에서만 평소의 내가 아닌 이유가. 아무리 생각해도 없어."

그녀의 말에 칼슨이 어처구니없는지 웃음을 터트렸다.

"방금 깨달은 거지, 그거?"

"응."

바이올렛이 흐릿하게 미소 지으며 고개를 끄덕였다.

칼슨이 두 손으로 반짝이는 머리칼을 쓸어 올리며 중얼거렸다.

"아, 열 받아. 차라리 네가 불행하다고 생각했을 때가 나았어."

"어떻게 그런 말을."

"정말이야. 너는 불행하고, 그 이방인이 너에게 미움받을 거라고 믿었던 때가, 나에겐 훨씬 나았어."

칼슨이 웃으며 말하더니 크게 심호흡하고 물었다.

"식사 같이하자고 하면 거절할 거지?"

뻔뻔하다고, 바이올렛은 생각했으나 입 밖으로 내지는 않았다.

칼슨은 뭐라 더 말하고 싶어 하는 듯했으나 더는 말이 없었다. 그리고 아무렇지도 않은 척 팬들 사이로 사라져 버렸다.

바이올렛이 한숨을 쉬며 돌아가자 젠이 걱정스럽게 물었다.

"작은 마님, 무슨 이야기 하셨어요?"

"별 이야기 아니었어. 그런데……."

"네?"

"아니야. 들어가자."

바이올렛은 칼슨이 사라진 곳을 돌아보았다. 그녀가 알던 건강하고 낙천적이던 칼슨의 눈빛이 아니었다. 피로와 분노가 느껴지는 눈빛에 바이올렛은 묘한 섬뜩함을 느꼈다.

❁ ❋ ❁

윈터는 곧바로 극장에 들어서서 두리번거리며 바이올렛을 찾았다.

사람들이 하나둘 나오는 모습이 보였다. 그중, 가장 눈에 띄는 것은 칼슨 로우였다. 그가 걸어가는 곳에 언제나 팬들이 있었기 때문이다.

그 근처에 바이올렛이 없다는 걸 확인한 윈터가 다시 고개를 돌려 바이올렛을 찾았다.

그때 저 멀리서 바이올렛과 옆에서 재잘거리는 젠이 보였다.

"연극 정말 끔찍했어요."

"그 정도니?"

"네! 저 중간에 잠들었어요! 대표님이 보러 오셨으면 중간에 버럭 소리 지르셨을걸요. 지겹다고."

"아, 그러고 보니 다행이구나. 미안하니 우리 맛있는 걸 먹으러 갈까?"

"당연히 그래야죠! 제가 굉장히 맛있는 식당을 알아 놨으니 같이 가실래요?"

"응, 그러자. 기대되네."

반대로 바이올렛은 연극을 보며 즐거웠던지라 기분 좋은 표정으로 고개를 끄덕였다.

그렇게 극장을 나서던 두 사람은 곧 윈터를 발견했고, 젠이 실망한 표정을 지었다.

"작은 마님과 식사하려고 했는데……. 아, 비서님 같이 오셨네요."

"어머, 그러네."

"전 그럼 비서님이랑 식사하면 되겠네요!"

젠의 말에 바이올렛이 미소를 지으며 고개를 끄덕였다. 그녀가 오해를 하고 있기도 했지만, 실제로 젠과 하엘이 요즘 들어 자주 붙어 다니기도 했다.

젠이 하엘을 찾아가자 바이올렛이 윈터에게 다가섰다.

"여긴 무슨 일이에요? 회사에 있을 시간이잖아요."

"칼슨 로우가 나타났다고 해서."

"그래서요?"

"뭐가 그래서야. 만나면 두들겨 패려고."

윈터의 무덤덤한 말에 바이올렛이 걱정스러운 표정을 지었다.

"벌써 때렸다면서요?"

"만족스럽게 팼으면 벌써부터 돌아다니지 않았겠지."

"화가 난 건 알지만 사람을 때리면 안 돼요."

"그 자식과 인사했어?"

"했어요. 잠깐…… 이야기도 했는데."

바이올렛이 살짝 입술을 물었다가 입을 열었다.

"당신 말이 맞는 것 같아요. 팔에 주삿바늘 자국이 있었어요."

"거봐, 약쟁이라니까."

"미우면서도 가엽네요. 왜 그랬을까."

그녀의 말을 듣는 순간 윈터의 표정이 딱딱하게 굳었다.

바이올렛이 저에게, 그보다 더 많이 사랑할 남자는 있을지 몰라도 더 많이 애틋할 남자는 없을 거라고 했었다.

윈터는 그 말에 만족했었다. 그때는 그랬는데, 지금은 부족했다.

가여운 것만으로는 부족했다. 동정심만으로는 버틸 수 없었다. 동정심은 누구에게나 가질 수 있는 것 아닌가.

"가여워하지 마."

"물론 칼슨이 당신에게 손해를 입힌 건……."

"그런 이유가 아니야. 불쌍해 할 거면 버려진 아이나, 굶고 있는 개를 불쌍해 해. 남자는 안 돼. 특히 저 자식은 더더욱."

바이올렛이 무슨 의미냐는 듯 동그란 눈으로 바라보자 윈터가 탁한 목소리로 내뱉듯이 말했다.

"저 자식은 당신을 원하잖아."

바이올렛이 멈칫했다. 그리고 충격받은 눈으로 그를 보며 물었다.

"그 이야기는 예전에 끝나지 않았나요? 설마 아직도 나와 칼슨을 의심하는 거예요?"

"전혀. 당신이 저 자식에게 관심을 보였다면 저 자식이 아직도 약쟁이일 리가 없지."

"……무슨 의미죠?"

"아무 의미도 없어. 그저…… 당신은 이상하게도, 가끔 사람을 서럽게 해."

그의 말에 바이올렛이 물끄러미 윈터를 바라보았다. 그게 무슨 말도 안 되는 말이냐고 따지고 싶은데, 이상하게 윈터의 표정이 어딘가 정말로 서러워 보였다.

바이올렛이 이해가 가질 않아서 말없이 그를 바라보기만 하며 서 있었더니, 윈터가 곧 그녀에게 걸어와 손을 잡았다.

"가자, 집에."

"윈터, 나는 아직 당신의 말을 다 이해하지 못했어요."

"나도 내 말이 이해가 안 돼."

윈터가 말하며 걸음을 옮겼다.

극장 밖으로 나와 보니 해가 져 있었다. 윈터가 곧 아무 일 없었다는 듯이 말했다.

"이 앞에 보름에 한 번 서는 시장이 열린다더군. 들렀다 가지."

"그건 좋아요. 하지만 윈터, 난 아직도 이해가 안 가요. 내가 칼슨과 바람을 피우지 않는다는 걸 안다면 지금 왜 이렇게 화가 난 거죠?"

"화 안 났어."

"났잖아요."

"말했잖아, 화가 난 게 아니라 서러운 거라고."

"그러니까 왜 서러운 건데요?"

"내가 그 자식처럼 될까 봐."

윈터가 돌아보며 말하자 바이올렛이 멈칫했다. 윈터가 말을 이었다.

"하긴, 이미 다를 바가 없지."

고개를 돌리는 윈터의 옆모습을 바이올렛은 조금 멍해져서 바라보았다.

윈터는 감정이 격해져 있었고, 그래서 그의 말이 외국어라도 되는 것처럼 알아듣기 어려웠다. 그러나 바이올렛은 이상하게도 맥박이 점점 더 빨라지는 기분이 들었다.

윈터는 그녀의 손을 꽉 쥔 채로 보름에 한 번 선다는 그 시장을 향해 말없이 걸음을 옮기고 있었다.

바이올렛이 입을 열었다.

"당신은 칼슨이 아니에요. 왜 그런 말을 하는 거예요?"

"당신이 똑같이 불쌍해하잖아."

"그게 싫어요?"

"좋아. 좋아 미치겠어. 근데 난 그놈이나 나나 당신에게 똑같이 불쌍한 건 싫어. 애초에 당신이 동정심으로 내 옆에 있는 건 싫지만 그래도 나만 불쌍해했으면 좋겠어."

"잠깐만요. 동정심…… 혹시 내가 동정심만으로 이혼을 취소했다고 생각하나요?"

"그렇잖아."

윈터의 투박한 목소리에 바이올렛이 당황한 얼굴로 말했다.

"윈터."

"뭐."

"당신이 도대체 어디가 그렇게 불쌍하죠?"

"……응?"

"그렇잖아요. 자만하네요. 당신이 크게 다치긴 했지만 지금 상태를 보니 나보다 건강한 것 같은데."

"……."

"게다가 이 거리를 지나면서 보니 건물 태반이 당신 거던데요. 내가 왜 당신을 동정해야 하죠?"

바이올렛의 말에 윈터가 한쪽 눈썹을 꿈틀거리며 생각에 잠기더니 물었다.

"내 옆이 지옥 같다며."

"거듭 말하지만 지옥 같은 건 당신 옆이 아니라 그 당시의 상황이었어요."

"그러고 보니."

윈터가 이해가 간다는 듯 고개를 끄덕였다.

"부모님과 난 사이가 틀어졌으니 당신에게 상황이 나아졌겠군. 이제 완전히 이해가 갔어."

"……완전히, 이해가 갔어요?"

바이올렛이 하는 말이 살짝 비꼬는 것처럼 들렸다.

그리고 윈터의 예상이 맞았는지, 바이올렛이 조금 웃으며 말을 이었다.

"당신은 정말 바보예요."

윈터가 왜냐고 따지기 전에, 바이올렛이 그에게 살며시 팔짱을 꼈다.

"이제 시장 구경할까요?"

윈터가 목덜미를 문지르더니 성질을 못 참고 투덜거렸다.

"완전히 이해를 못 했단 거지?"

"네. 나머지는 문제로 낼게요."

"또?"

"주관식 잘 맞추잖아요. 온갖 억지를 부리면서."

"내가 무슨 억지를 부렸다고."

윈터가 말하며 시장 쪽으로 걸음을 옮겼다.

"아무튼 그 약쟁이, 멀리서 기척만 느껴져도 도망쳐."

"그럴게요. 그리고 다시 말하는데, 우린 따로 만나질 않아요."

"안다니까. 당신보다 더 확실하게 알아."

윈터의 말이 바이올렛은 전혀 이해가 가지 않았으나, 그보다 괜한 걱정이 먼저였다.

"당신은 술도 많이 마시고 담배도 많이 피우잖아요. 저런 일에 빠지면 안 돼요."

"마음에 안 들면 끊으라고 해. 끊을 테니까."

"거짓말."

"왜 거짓말이야."

"내가 그런 말 해도 안 끊을 거잖아요."

"끊어. 난 당신 남편이잖아. 그 이후로 내 몸은 원래 당신 거야. 잘라내든 부려 먹든 당신 마음대로 할 일이지."

"……그런 건가요?"

바이올렛은 그를 올려다보았다가, 곧 미소를 지었다.

오늘, 바이올렛은 확실히 제 마음을 알았다. 그녀는 윈터 블루밍을 사랑했다. 자존심 강하고, 예의를 중시하던 자신이 변할 만큼.

그에게 가장 중요한 가족은 그녀였다. 이건 명백한 사실이다.

사랑은 별개의 문제일 것이다. 어쩌면 그는 영원히 자신을 사랑하지 않을지도 모른다. 하지만 반대로, 그도 그녀를 사랑하고 있을지도 모르는 일이다.

만약 서로의 마음이 같다면, 그리고 그 사실을 그 성질 급한 남자가 알게 된다면 그 즉시 그녀에게로 달려오리라, 바이올렛은 확신했다.

바이올렛은 어쩌면 그런 날이 영영 오지 않을지 모른다고 생각하면서도, 한편으로는 상상만으로도 즐거워 미소를 짓게 되었다.

❋❋❋

보름 만에 열린 이 시장은 소상인들이 가지고 나온 자그마한 수공예품이 가득한 곳이었다.

바이올렛은 다양한 사람들이 만든 다양한 물건들을 구경하는 즐거움에 푹 빠졌다. 윈터가 닥치는 대로 사들이지만 않았으면 좀 더 행복했으리라.

바이올렛은 하인들이 마차에 싣고 있는 물건들을 보며 한숨을 쉬었다.

"시장을 새로 열어도 될 양이네요."

그녀의 목소리에서 불만이 느껴지는 게 황당한지 윈터가 눈을 크게 뜨고 말했다.

"당신이 귀엽다며."

"그게 다 사자는 말은 아니에요."

"사고 싶지도 않으면서 왜 귀엽다고 하는 거야, 여자들은?"

"귀여우니까요."

"정말 이해가 안 가는군."

두 사람이 티격태격하고 있을 때, 대여섯 살 정도로 보이는 여자아이 하나가 쪼르르 달려와 바이올렛에게 풀꽃 한 송이를 내밀었다.

"선물이에요, 공주님!"

바이올렛이 웃으며 아이의 고사리손에서 꽃을 받아 들었다.

"세상에, 예뻐라. 너는 이름이 뭐니?"

"소피아예요!"

"안녕, 소피아. 나는 바이올렛이야. 선물을 줘서 정말 고맙구나."

바이올렛의 다정한 인사에 소피아가 부끄러워하더니 배시시 웃으며 손을 흔들고 다시 부모에게 달려갔다.

윈터가 실소하며 말했다.

"뭘 꼬마랑 통성명을 하고 있어?"

그러자 풀꽃의 향을 맡아 보던 바이올렛이 말했다.

"그러는 당신은 통성명을 잘 안 하더군요."

"나에게 먼저 다가오는 놈들은 죄다 어떻게든 쉽게 돈 좀 벌어 보려는 놈들뿐이야. 내 이름 정도는 알고 접근해야지."

"당신은 참……."

바이올렛이 말끝을 흐리며 바라보자 윈터가 미간을 좁히며 물었다.

"왜, 뭐."

어떨 때 보면 자만한 것 같고, 어떨 때 보면 오히려 너무 자존감이 낮은 것 같고.

바이올렛은 스스로를 비교적 단순한 유형의 사람이라고 생각했다. 고지식하고, 거의 다 남들에게 공개된 삶을 살아왔다.

그러나 윈터는 복잡했다. 그는 바이올렛의 말을 이해하기 어렵다고 했지만, 바이올렛은 반대였다.

바이올렛이 풀꽃의 부드러운 꽃잎을 톡 건드리고 있을 때, 꽃을 주고 간 소피아가 폴짝폴짝 뛰며 자기 동생 좀 봐 달라는 듯 인기척을 냈다. 바이올렛은 포대기에 싸여 제 어머니에게 들려 있는, 이제 태어난 지 1년 남짓할 아기를 보며 환하게 미소를 지었다.

그 모습에 윈터가 저도 모르게 이를 악물며 고개를 돌려 버렸다. 심장이 찌르르 아파 왔다.

윈터가 주머니에 손을 꽂아 넣고 말했다.

"아이까지는 이해해 주지."

"네?"

"다른 남자와 손잡고 도망치지만 않으면. 아이까지는 괜찮다고, 나는."

그의 말에 바이올렛이 살짝 미간을 좁혔다.

"그게 무슨 소리예요. 절대 안 돼요."

"너무 보수적으로 생각하지 마. 우리 둘의 피가 다 섞이지 않은 아이를 어디서 데려오는 것보다는 공주님 혈통이라도 있는 아이가 낫잖아."

"당신은…… 왜 항상 그런 식으로 말하는 거죠?"

"합리적으로 생각하자는 말이야. 당신은 아이를 간절히 원하잖아. 나도 하나 정도는 있으면 좋겠고. 그런데 우리 둘 사이에서는 아이가 태어나지 않을 테니, 둘 중에서는 당신 혈통이 낫다고. 어차피 내 입장에서도 회색 눈을 가진 아이는 싫으니까."

"……."

"그러니까 내 말은."

"그만해요."

"기적 같은 건 일어나지 않아."

윈터의 무덤덤한 말에 바이올렛이 입술을 물었다. 동화 속에서 갑자기 확 끌어당겨져 현실로 나와 버린 기분이었다.

이런 남자였었지. 예쁜 말도 꼭 밉게 하는 남자. 가끔은 본인에게 상처가 되는 비하도 아무렇지 않게 내뱉어 버리는.

바이올렛은 서러운 얼굴의 윈터를 바라보다가 입을 열었다.

"오늘은 마차를 따로 타죠."

"……그러든지. 먼저 타고 가."

윈터의 말에 바이올렛이 휙 돌아서서, 타고 온 마차에 올라타 젠과 함께 떠나 버렸다.

잠시 후, 달려온 하엘이 한숨을 푹 쉬고 윈터에게 말했다.

"아이 얘기를 하셨다면서요?"

"그게 뭐. 아이가 없다고 날 떠날 거라면 다른 자식과의 아이라도 있는 게 낫잖아."

"설령 그렇게 생각하셔도 그걸 굳이 말하시는 건 너무하셨죠."

윈터가 혀를 차고는 머리칼을 마구 헝클었다. 그러더니 한숨을 쉬고 물었다.

"이번에도 내가 문제야? 어느 정돈데. 흑자 전환이랑 비교해서."

"음. 비슷하게 나쁜 수준입니다."

"젠장!"

윈터가 짜증스레 욕설을 내뱉었다.

예전엔 제 말을 곡해해서 상처받는 공주님이 문제라고 생각했는데, 반응을 종합해 보니 제 문제가 훨씬 큰 모양이었다.

❋❋❋

주인 부부가 싸움을 하고 나니 저택 분위기가 냉랭했다. 늘 웃음이 끊이지 않는 저택이 조용했다.

윈터는 이번만큼은 확실히 먼저 사과해야겠다는 생각을 했다. 그래서 바이올렛의 침실로 가 그녀의 문을 두드리는데, 대답이 없었다.

그녀를 찾아 두리번거리다 옥외 계단 쪽을 보니 바이올렛이 잠옷 차림으로 정원을 서성이고 있었다.

윈터가 서둘러 계단을 내려갔다. 그리고 뒷짐을 지고 조금 떨어져 걸으며 말했다.

"덥군."

"……."

바이올렛이 대답이 없어, 윈터가 표정을 찡그렸다가 곧 구두로 흙을 툭툭 차며 말했다.

"무릎 꿇기엔 흙이 좀 축축한데."

"……."

그의 갑작스러운 말이 아주 조금 웃겼는지 바이올렛의 어깨가 살짝 움직였다.

그 순간을 포착한 윈터가 말했다.

"불안해서 그랬어. 아무 말이나 한 거니까 열 받으면 무시해."

"……무시할 만했어야 무시를 하지."

바이올렛이 혼잣말인지 대꾸인지를 했다.

그게 귀여워서 웃음이 터질 뻔한 윈터가 손으로 입을 틀어막았다. 그리고 새파란 하늘을 바라보며 웃음을 가라앉히고 말했다.

"하지만 아이에 대한 것도 언젠가는 이야기해야 해. 이렇게 덮어 놓기만 할 순 없어. 내가 불안해서 안 돼."

윈터의 말에 바이올렛이 마지못해 고개를 끄덕였다.

"……나중에 해요. 계승식 끝나고 난 후에."

"그래. 그 전까진 이야기 꺼내지 않는 걸로."

"그렇게 해요."

이어 바이올렛이 바닥을 발로 톡톡 다지며 말했다.

"오늘은…… 흙이 축축해서 봐주는 거예요."

그녀의 말에 윈터가 웃음을 터트리자 바이올렛이 웃을 일이 아니라는 듯 그를 흘겼다.

어느 정도 화해를 하고 돌아오니 룰루가 기다리고 있었다. 두 사람의 분위기가 풀어진 것에 안심한 룰루가 윈터에게 말했다.

"대표님, 큰 마님과 주인어른께서 사흘 뒤 저녁에 수도에 도착하신답니다."

"그렇군."

남부에서 북부 별장으로 올라가는 길에 수도가 있으므로, 블루밍 공작 부부는 당분간 예전에 윈터가 선물한 수도 바닷가 별장에 머물 예정이었다. 그곳에서 수도의 사교계 파티들을 다니려는 계획이 분명했다.

그야 당연했다. 작위 문제가 걸린다면 그들 역시 지지층을 모을 필요가 있었다.

바이올렛이 저도 모르게 조금 긴장하며 윈터에게 말했다.

"저녁 식사 준비를 해야겠군요."

"당신은 그동안 없어도 돼. 젠과 외출하고 와."

"그럴 수는 없어요."

"돈 얘기 할 거야. 당신 듣기에는 무례한 얘기들일 테니 나중에."

"디에브의 이야기도 하실 거예요. 당신이 못 올라오게 했으니 분명 블루밍 가문 쪽에서 많이 화가 났을 거고요. 그러니 내가 있는 게 좋아요."

"……."

윈터가 고민하는 표정을 지었다.

"그렇게 해, 그럼."

"고마워요."

바이올렛이 미소를 지었다.

윈터는 아내가 옆에 있으면 제 마음껏 성질을 부릴 수 없기 때문에, 바이올렛이 없는 편이 윽박지르기에는 편하다는 것을 알고 있었다.

그러나 한편으로는 그녀에 대한 믿음도 있었다. 그녀는 심지가 굳은 사람이라 쉽게 무너지지 않을 것이다.

게다가 이혼을 취소한 이후 그는 중요한 걸 느꼈다. 저와 아내가 함께 있으면 더욱 견고하고 대응하기 힘든 상대가 된다는 사실이었다.

윈터가 그렇게 생각하고 제 방으로 향하려는데, 그의 뒷모습을 보던 바이올렛이 입을 열었다.

"걸음걸이를 연습했나 봐요?"

윈터가 무덤덤한 표정으로 말했다.

"안 그러면 몸 바꾸자고 할 거 아냐."

"싫어요?"

"싫어. 당신 몸은 늘 아프고 약하잖아."

"너무해요."

"애초에 어떤 안전한 방법이어도 더는 몸을 바꾸고 싶지 않아. 무서운 게 너무 많아졌거든."

윈터가 대꾸하고는 바이올렛을 돌아보았다.

그녀가 말없이 고개를 끄덕이고는 윈터를 보며 미소를 지었다.

그녀가 한 걸음 다가오면 죽음이 열 걸음 물러서고, 그녀가 웃으면 마음에 햇빛이 든다.

점점 더 살고 싶어졌다.

그녀가 저를 버리지만 않으면 아마도, 줄곧 그렇겠지.

❄ ❄ ❄

책에서 필요한 내용을 상당 부분 번역한 할린이 한숨을 쉬고 책을 덮었다.

"이 정도면 돈값 한 거겠지?"

내내 앓아누워서 쌍둥이 동생과 책을 읽는 것 외에는 하는 일이 없었던 할린에게 이것은 상당한 성취감을 주었다.

제 손으로 무언가 해냈다는 생각에 그는 뿌듯한 표정을 지었다.

그는 다시 제가 찾아낸 사실들을 살펴보았다. 지금 당장은 이해가 되지 않는 부분이 일부 있었지만 그런 것들은 윈터에게 질문해 알아낼 수 있을 것이었다.

다시 제가 쓴 것들을 확인한 할린이 잠깐 생각하다가 고개를 갸우뚱했다가 다시 내용을 살폈다.

"그런데 이렇게 되면 두 분 사이에선 아이가 태어날 수도 있는 거 아닌가……?"

그는 잠시 생각했지만 그건 추측일 뿐이었고, 혹시 정말이라고 해도 거의 없을 확률이었기 때문에 괜한 희망 고문을 하지 않기 위해 그런 사족은 적어 넣지 않기로 했다.

할린이 저택에 도착했을 때, 이미 저택은 손님맞이를 위한 어수선한 분위기에 휩싸여 있었다. 주눅이 들어 책을 꼭 끌어안고 있는 할린을 발견한 하옐이 달려왔다.

"할린 씨, 오셨군요."

"혹시 지금은…… 상황이 안 좋은가요? 다들 바빠 보이셔서요……."

윈터와 똑같은 회색의 눈이었음에도 분위기가 달랐다. 윈터의 짜증과 의심이 담겼던 눈동자가 할린에게 있을 때는 조심스러움으로 가득했다.

하옐이 겁을 먹은 할린에게 손을 내밀었다.

"대표님이 부탁하신 자료를 찾아서 오신 거죠?"

"네. 여기……."

"일단 제가 먼저 볼게요."

"네?"

하옐이 잽싸게 서류를 뺏었다. 뭐가 어찌 되었든 지금까지 윈터가 대형 범죄는 일으키지 않고 여기까지 회사를 끌고 온 것은 그의 검열이 있었던 덕분이었다.

하옐이 내용을 확인하고 한 장을 뺀 후 그에게 돌려주었다.

"이건 제가 따로 작은 마님께 드릴게요. 대표님과 달리 우리 작은 마님은 한 번 생각하고 행동하시거든요."

그의 말을 이해한다는 듯 할린이 고개를 끄덕였다. 확인을 받고도 윈터를 만나는 것을 두려워하는 모습에, 하옐은 늘 카닉사의 새로운 직원들을 뽑는 날을 떠올렸다.

윈터가 성질부리는 모습을 보이면 신입 직원의 절반이 도망치곤 했다. 새 직원을 뽑는 날이면 모든 직원이 윈터가 나타나지 않기를 바랄 정도였다.

하옐이 신입에게 하듯이 할린을 달랬다.

"대표님 뵙기 전에 저랑 심호흡 열 번만 하실래요?"

"네, 네!"

할린은 얼떨결에 하옐과 함께 심호흡을 했다.

잠시 후 하옐이 윈터의 드레스 룸 문을 열어 주어 할린이 안으로 들어섰다.

윈터는 윤이 나지 않는 진회색 정장 바지와 베스트를 입고, 말끔하게 다린 셔츠에 군청색 넥타이를 매고 있었다.

하인 하나는 그의 소매 단추를 잠그고 있었고, 다른 하나는 이미 깨끗해 보이는 구두에 윤을 내고 있었다.

원래도 무서운 존재라고 생각했지만 막 매무새를 다듬고 난 윈터는 주변 모두를 압도했다.

생모에게선 눈부신 얼굴을 고스란히 물려받고, 생부에게선 체격을 물려받은 윈터 블루밍은 입만 다물고 있으면 참 완벽한 피조물이었다.

윈터가 몸을 돌려 할린을 보더니 눈을 가늘게 뜨고 빈정거렸다.

"뭘 거기서 벌벌 떨고 있어? 성과가 별로면 얼쩡거리지 말고 꺼져."

"아, 아뇨! 나, 나쁘지 않습니다!"

할린이 서둘러 가져온 것을 내밀었다. 윈터는 그 즉시 그것을 낚아채서 내용을 확인했다.

전체적인 내용은 카닉 일족이 말하는 반려라는 것이 상대방에게 희망을 주고, 기회를 주는 존재라는 것이었다. 서로가 서로를 구하는 존재라는 것이다.

윈터는 무심해 보이는 눈으로 그것을 여러 번 확인했다. 그리고 뒤로 읽어 내려가 보니, 상대를 도울 수 있는 기회가 한정적이라는 내용이 적혀 있었다.

아마 어느 정도 자살을 반복하면 그대로 죽어 버릴지도 모른다는 의미 같았다.

'이제 어차피 그런 짓은 안 해. 무슨 정신으로 그랬었는지 모르겠군.'

윈터가 비고 얼마 전의 자신을 부정하며, 몸이 바뀌는 주술에 관하여 마저 읽어 내려갔다.

몸이 바뀌는 주술을 사용하기 전에는 반려의 아픔을 나누겠다는 세 번의 진심이 담긴 서약이 필요하다.

윈터가 그것을 비웃으며 뒷내용을 살폈지만 사고가 난다고 해서 서로를 구할 수 없다는 내용은 더 이상 없었다. 애초에 자살로 바뀐다는 말 자체가 없었다.

곧이어 몸이 바뀌는 방법 칸을 본 윈터가 혀를 찼다.

서로에 대한 이해가 필요한 부부는 알리카의 신전에서 몸을 바꿀 수 있다.

"쓸모가 없잖아!"

윈터가 버럭 성질을 내자 할린이 움츠러들었다.

"바, 방법을 알아 오라고 하셨……."

"주제에 말대꾸를 해?"

윈터가 하인들에게 전부 나가라고 손짓한 후, 걸어가 할린의 멱살을 움켜쥐었다.

"아내에게 몸이 바뀌는 약초가 있다고 말했어. 그러니까 그건 있는 거야. 알겠어?"

자기가 거짓말해 놓고 왜 남에게 책임을 묻는 걸까.

할린은 억울했지만 눈물을 글썽이며 이럴 때를 대비해 준비해 온 변명을 꺼내 놓았다.

"제가…… 말씀드릴까요? 몸을 바꿀 수 있는 횟수가 끝났다고……. 야, 약초로도 못 바꾼다고……."

"……."

윈터가 멱살을 잡은 손을 놓았다. 그리고 뺨을 긁적이더니 손으로 슥슥 할린의 머리를 쓰다듬었다. 그러더니 드레스 룸을 나서며 따라오라고 손가락을 까딱였다.

윈터가 얼떨결에 자신을 따라나서는 할린에게 말했다.

"아내를 만나면 떨지 말고 말해. 거짓말하는 거 보이지 않게. 떨지 않는 게 쉽진 않겠지만."

할린이 의아한 표정을 지었다. 설마 이 남자 앞보다 더 무서울까. 아무래도 윈터는 스스로가 남들 보기에 얼마나 위협적인지 잘 모르는 듯했다.

윈터는 옥외 계단을 걸어 정원으로 나섰다. 바이올렛은 사용인들과 블루밍 공작 부부와의 저녁 식사 준비에 대하여 이야기하는 중이었다.

인기척이 느껴졌는지 그녀가 돌아보았다.

할린은 이 무시무시한 이부 형과 저기 서 있는 반듯하고 조용한 분위기의 눈부신 여자가 부부라는 게 선뜻 믿기질 않았다.

바이올렛과 눈이 마주치자마자 할린이 고개를 푹 숙여 인사했다.

"안녕하세요, 저는 할린이라고 합니다."

"내 이부동생."

윈터가 소개하며 할린의 등을 퍽 치자 바이올렛이 그제야 미소를 지어 보이며 악수를 청했다.

"반갑소."

할린이 서둘러 악수를 했다.

그것으로 바이올렛의 반응은 끝이었다. 윈터는 뒤늦게 아내가 그의 이부동생에게 마음을 주지 않으려 싸늘하게 대하고 있다는 것을 눈치챘다. 그런 그녀가 확실한 제 편처럼 느껴져 입꼬리가 당겨 올라갔다.

할린이 우물쭈물하더니 바이올렛을 향해 입을 열었다.

"저, 저기…… 그러니까…… 약초가 더 필요하시다고 들었습니다. 하지만 제가 고서를 찾아보니 두 분께서 몸을 바꾸는 횟수는 이제 끝이라더군요."

"아, 그랬소."

바이올렛이 수긍해 윈터도 할린도 안심하기 무섭게, 그녀가 물었다.

"확실한 거요?"

"예, 예?"

"그냥 확인차 묻는 거요. 그 말이 확실한가, 하고. 숫자는 정확히 센 거요?"

"그, 그게…… 조, 좀 더 알아보겠습니다!"

할린이 저도 모르게 대답하고 겁먹은 표정을 지었다.

바이올렛에게는 윈터와는 완전히 다른 느낌의 압도감이 있었다. 그녀의 눈빛은 다정다감했으나, 본인이 원하지 않는 한 어느 누구에게도 고개를 숙이지 않을 것이고, 숙이게 할 수도 없을 곧음이 있었다.

게다가 그녀와 함께 있던 사용인들이 동시에 저를 보는 것도 사람을 움츠러들게 했다. 그들은 우리 작은 마님 심기 건드리면 가만두지 않겠다는 걸 온몸으로 드러내고 있었다.

윈터가 인상을 쓰고 할린의 멱살을 잡았다.

"알아보긴 뭘 알아봐! 이 자식이 빈대 붙으려고 작정……."

습관적으로 위협을 가하던 윈터가 한발 늦게 바이올렛을 보았다. 어두워진 그녀의 낯빛에 윈터는 자신의 이 난폭한 행동으로 그녀가 바로 제 편이 아니게 되었음을 알았다.

뭐가 어찌 되었든 폭력은 안 된다는 것이 바이올렛의 생각이었다. 그걸 아는 윈터가 혀를 차며 손힘을 풀어 버리자 목이 졸려 까치발을 들었던 할린이 풀썩 바닥에 내려섰다.

윈터는 놨는데 어쩌란 거냐는 듯한 얼굴로 바이올렛을 보았고, 바이올렛은 미간을 조금 좁히고 그를 마주 보았다.

두 사람 사이에서 싸한 분위기가 흐르자, 눈치를 살피던 젠이 슬쩍 바이올렛에게 물었다.

"작은 마님, 도련님 모시고 가서 다과를 대접할까요?"

그러자 바이올렛이 희미한 미소를 지으며 고개를 끄덕였다.

"안 그래도 부탁하려 했는데 고맙구나."

젠이 손짓해 다른 사용인들도 후다닥 그녀를 따라 자리를 피했다. 할린 역시 도망칠 기회를 만들어 준 젠에게 감사하며 그들과 함께 저택으로 들어갔다.

모두가 떠나자 윈터가 능청스레 빈손을 보이며 먼저 입을 열었다.

"실수했어. 당신 앞에선 그러면 안 되는데."

"내 앞에선, 이라니요? 어디서도 안 돼요."

"제 주제에 이부동생이라잖아. 얼굴만 봐도 열이 받는다고. 애초에 내 돈이 없었으면 이미 죽었을지도 모르는 놈인데 멱살도 못 잡나? 당신 앞만 아니면 되는 거지."

"내 앞이 문제가 아니라……."

"아, 그건 그렇고."

윈터가 바이올렛의 말을 끊고 대충 살펴도 화려한 만찬을 준비 중인 정원 쪽을 보며 화제를 돌렸다.

"고작 우리 부모님 오는데 뭘 저렇게 준비해?"

"남부에서 수도까지 오시니 식사는 대접해야죠."

"식사는 무슨. 당신은 지나치게 참고 살아. 나였으면 골백번 멱살을 잡았을……."

말하던 윈터가 짜증 내며 손으로 제 입을 툭툭 쳤다. 멱살 잡은 걸 피하려고 딴 얘기를 꺼냈는데 또 멱살로 돌아왔다.

윈터가 한숨을 쉬더니 아예 정면 돌파하겠다는 듯 바이올렛을 보고 섰다.

"애초에 내가 이런 놈인 건 알았을 거고. 당신은 누굴 때리기는커녕 멱살 잡아 본 적도 없지?"

"없어요. 앞으로도 없을 거고."

"단정하지 마. 언젠가 속이 시원해질 때까지 누굴 두들겨 패는 날이 올지도 모르니까."

"폭력은 속이 시원한 일이 아니에요."

바이올렛의 목소리는 솜씨 좋게 짠 비단처럼 비는 데가 없었다.

윈터는 그런 그녀의 목소리를 전부 어딘가에 담아서 보관할 수 있으면 좋겠다고 생각하면서도 입으로는 빈정거리는 말이 튀어 나갔다.

"당신의 생각은 훌륭하지만, 안타깝게도 이 세상에선 나 같은 놈이 성공할 확률이 높지."

바이올렛은 그의 말에 답변할 말이 없어 아랫입술을 깨물었다.

그의 말은 그의 성공으로 증명되어 있었고, 바이올렛마저 난폭한 사람이 더 많은 것을 얻을 확률이 높음을 인정했다.

그러나 그렇다고 그녀의 뜻이 바뀌는 건 아니었다. 잠시 생각하던 바이올렛이 윈터의 두 손을 잡더니 그녀의 목을 감싸게 했다.

그녀의 갑작스러운 행동에 윈터가 멈칫하고 물었다.

"……무슨 짓이지?"

"혹시 모르죠, 그 폭력이 나를 향하는 날이 올지."

"……."

"감정적인 행동이라는 게 그런 것 아닌가요? 언제 누구를 향할지 모르는 거."

자신의 손이 바이올렛의 목을 감싼 것을 보는 순간부터 윈터의 눈빛이 심하게 흔들리기 시작했다.

실수로라도 힘이 들어갔다간 이 가는 목이 부러질 것 같았다. 윈터는 두려움이 들어 다급하게 손을 치웠다.

"무슨 말인지 알아들었어."

"다행이네요."

"이렇게 무섭게 가르칠 건 없잖아. 당신은 나쁜 선생이야."

"그래도 받아들여 준 것을 보니 당신은 좋은 학생이군요."

윈터는 바이올렛을 놓았음에도 덜덜 떨리는 손을 한심하게 바라보았다. 그녀가 다칠 거라는 가정만으로도 이렇게 겁을 먹었다는 게 기가 찼다.

윈터가 중얼거렸다.

"그래, 빌어먹게 좋은 학생이지. 세상에 이렇게 말을 잘 듣는 놈도 없어."

그의 말에 잠시 윈터를 보았던 바이올렛이 인정한다는 듯 고개를 끄덕였다.

"맞는 말이에요. 외출 금지도 따라 줬고. 당신이 정말 들어줄 줄은 몰랐어요. 당신을 위해서였긴 하지만요."

"당신을 위한 일이라면 나도 외출 금지를 시켜도 되나?"

윈터가 그새 살짝 들떠서 묻자 바이올렛이 단호하게 고개를 흔들었다.

"아뇨. 절대 안 돼요. 난 당신이 빨리 나아야 해서 외출 금지를 한 거지만 당신은."

"난 뭐."

윈터가 묻자 바이올렛이 목소리를 낮췄다.

"불순한 생각을 하는 거잖아요."

그녀의 말에 윈터가 놀리고 싶은 마음이 여실히 드러난 얼굴로 말했다.

"아니, 난 전혀 그런 생각 없었는데."

"거짓말 말아요."

"진짜야. 우리 공주님은 야한 생각밖에 안 하나 봐. 어머, 어쩜 좋아."

윈터가 바이올렛의 말투를 따라 하며 놀리자, 그녀의 눈이 평소보다 조금 빠르게 깜빡였다.

"그렇지 않아요."

"물론 우리 공주님의 야한 생각에는 한계가 있겠지. 내가 공부를 한 것처럼 당신에게도 공부가 필요해. 당신이 옛날 사람들의 책 대신 요즘 사람들 사이에서 유행하는 연극을 보거나 소설을 읽었다면 키스에도 깜짝깜짝 놀라시진 않았겠지."

"그런가요? 아, 자랄 땐 왕실용으로 엄선한 것만 볼 수 있었어요. 이젠 왕녀도 아닌데, 유행을 따라 볼 수 있는 걸 시도도 안 해봤네요."

바이올렛의 보석 같은 눈망울에 호기심이 번졌다. 의외의 반응에 윈터가 인상을 쓰고 목덜미를 긁적였다.

"보면 무례하다고 할 것 같은데."

"무례하다는 게 내 입버릇은 아니에요. 무례하지 않으면 무례하다고 할 이유가 없죠."

"아니, 이건 무례하지 않은데 당신이 무례하다고 할 것 같다고."

그의 말이 잘 이해가 가지 않는 듯 바이올렛이 고개를 갸우뚱했다.

그런 그녀를 보고 혀를 찬 윈터는 다시 정원 쪽으로 시선을 돌렸다. 정원에 나올 때부터 느꼈지만 아내는 고작 그의 부모와의 만찬에 너무 공을 들이고 있었다.

윈터가 눈썹을 찌푸리며 물었다.

"도대체 뭐 하러 저렇게 돈을 들여? 작위 놓고 진흙탕 싸움을 하는 것이 고작일 텐데."

바이올렛이 잠시 생각하다가 입을 열었다.

"싸우자는 거 맞아요. 그저…… 보여 주고 싶었어요, 당신의 재력."

"정말 당신답지 않은 소리군."

그의 핀잔에도 바이올렛은 대답이 없었고, 시선마저 피해 버렸다.

그 행동으로 바이올렛이 유난히 만찬에 공들이는 이유를 알아차린 윈터가 픽 웃었다.

"아, 그러니까 내 부모는 나에게서 돈만 필요로 했으니, 그분들에게 자기들이 얼마나 많은 부를 잃었는지 보여 주겠다는 심산이로군."

윈터가 상처받을까 봐 바이올렛이 하지 못한 말을, 본인은 대수롭지 않게 내뱉었다. 바이올렛이 미안한 표정으로 고개를 끄덕이자 그가 말을 이었다.

"훌륭해. 정말 당신 같은 직원 하나만 있으면 좋겠어."

그러자 바이올렛이 흐릿하게 미소를 지었다.

"당신 주변은 이미 훌륭한 직원으로 가득해요."

윈터가 질린다는 듯 고개를 저으며 말했다.

"무슨. 내 맘에 차게 일을 하는 놈이 없는데. 그보다 내 재력을 보여 줄 거라면 당신도 보석을 주렁주렁 달 거지?"

"그럴 생각이에요."

"음, 목걸이는 내가 무거운 걸 해 봤더니 안 되겠더군. 목이 너무 아프더라고."

그가 떠올리기도 싫다는 듯 질색하자 바이올렛이 웃었다.

"당신같이 덩치 큰 남자가 그걸 느꼈다니. 몸이 바뀌는 것도 좋은 일이로군요."

윈터가 동의의 의미로 어깨를 으쓱이더니 그녀의 구두를 가리켰다.

"구두를 장식하지."

"구두요?"

"응. 어차피 신을 거라면 구두에 보석을 한가득 붙여 주는 게 좋겠어."

"재미있는 생각이네요."

바이올렛이 동의하며 제 구두를 내려다보자 윈터가 말했다.

"구두 신고 하루 고생하고 나면 내가 마사지해 주지."

그 말에 바이올렛은 그리 내키지 않는 표정을 지었다.

윈터가 아무리 아귀힘을 뺀다고 해도, 그의 손에 잡히는 것만으로도 압력이 느껴졌다. 플립이 해 줄 때처럼 나른하고 편안하지 않았다.

"왜 플립은 호텔 직원으로 보내 버려서……."

참았던 바이올렛의 불만이 터지자 윈터가 저도 모르게 혀를 찼다.

그를 호텔로 보내 버린 건 온전히 질투심 때문이었다. 미치지 않고서야 외간 남자가 아내의 발을 만지게 놔둘 수는 없는 노릇이다. 혹여 플립의 직업의식이 투철한 거여도 안 되는데 심지어 바이올렛을 보는 눈빛이 애틋하기까지 했다. 적은 가까이 두랬다고, 자르지는 않지만 대신 집에도 못 오게 할 생각이었다.

그가 입이 딱 달라붙은 것처럼 말이 없으니, 바이올렛이 심각한 얼굴로 말했다.

"당신이 하는 건 너무 아팠어요. 향유도 마음대로 쏟아붓고."

"아프게 안 해. 연습할게."

"아주 많은 연습을 해야 할 거예요."

바이올렛의 원망 섞인 허락에 윈터가 믿음직스럽지 않게 고개를 까딱여 보였다.

그러곤 주머니에 손을 넣고 말했다.

"아까 할린 녀석이 가져온 자료 말인데. 읽어 보니 전혀 도움 되는 내용이 없더군. 죽음에 관한 이야기는 아예 적혀 있지 않고 서약 따위 소리만 가져왔어."

"서약이요?"

"응. 뭐 서로의 아픔을 나누겠다는 그런 서약. 진심으로 서약을 하고 한 번은 내가, 한 번은 당신이, 한 번은 동시에 아픔을 나누겠다는 세 번의 서약, 반려 어쩌고저쩌고가 몇 장에 걸쳐 적혀 있더군. 어디서 동화책이라도 가져왔나."

윈터는 그런 내용들이 취미에 안 맞는다는 듯 질색했으나 바이올렛은 이상하게도 감동이라도 받은 얼굴이었다.

"나도 읽어보고 싶군요."

그 말에 윈터는 할린이 둘러댄 것이 들킬까 움찔해 다급히 말했다.

"저런 헛소리를 뭐 하러 읽어. 저런 꿈같은 소리만 하니까 통째로 망해서 빌빌거리는 거지."

그는 아내가 관심을 갖지 않게 하기 위해 부러 더 매몰차게 말했다. 애초에 원하던 자료가 없고, 위기도 넘겼으니 윈터는 책에 완전히 관심이 사라진 후였다.

그런 그가 의심스러워 바이올렛이 추궁하려는데 때마침 룰루가 두 사람에게 다가왔다.

"작은 마님. 칼리본에서 편지가 한 통 왔는데 지금 드릴까요?"

"아, 물론! 고맙네."

칼리본이라는 소리에 바이올렛이 반색하며 편지를 받아 들었다.

바이올렛이 편지를 뜯어 읽으며 행복한 표정을 짓자 윈터가 물었다.

"누구에게서 온 건데?"

"낸시를 기억해요?"

"이름으로 말하면 모르지."

"왜 있잖아요, 칼리본 광산에서 도움 청하러 왔던 사람이요. 마지막으로 구조된 광부 아내."

"여전히 모르겠는데, 그 여자가 왜?"

"낸시가 편지를 보냈어요. 임신을 했다고."

타인의 임신 소식에 윈터의 입매가 굳었다. 반면에 바이올렛은 그저 들뜬 얼굴이었다.

"이렇게 기쁜 소식을 전해주다니 고마워라……."

바이올렛의 반응에 정말 상처를 받는 건 걱정하던 아내가 아닌 본인이라는 걸 깨달은 윈터가 뒤늦게 아내가 건네준 편지를 받아 읽어보았다.

편지는 구구절절했다. 남편이 살아 돌아와 얼마나 기뻤는지 모른다, 이렇게 행복한 삶을 되찾은 건 전부 바이올렛의 덕분이라는 이야기로부터 시작한 편지는 즐거운 희망 사항으로 마무리되었다.

혹시 태어날 아이가 딸이라면 부인의 성함을 따서 바이올렛이라고 짓고 싶어요. 물론 무례하겠지만요! 당연히 안 된다고 하실 거라고 생각하지만요! 그래도 부탁은 드려 보고 싶어요. 부인께서 주신 희망의 씨앗…….

윈터가 편지를 읽다 말고 구기려 들자 바이올렛이 화들짝 놀라서 말렸다.

"뭐 하는 거예요?"

"어딜 감히 공주님 성함을 따서 아이 이름을 지어? 미친 거 아냐?"

"그게 뭐가 어떤가요? 고맙기만 한데. 내 이름이 그렇게 독특한 이름도 아니잖아요."

"그래도 어쨌든 당신 이름을 따겠다는 거잖아. 버르장머리 없이, 어딜 공주님 이름을 가져다 써?"

"이게 왜 버르장머리라는 말씩이나 나올 이야기죠? 게다가 몇 번을 말하지만 난 공주가 아니에요. 물론 공주여도 바이올렛이라는 이름을 독점해서는 안 되고요."

바이올렛이 다시 편지를 빼어 들었다.

"허락해 줄 거예요."

그녀가 단호하게 대답하고 편지를 소중하게 만지작거리는데, 어느새 모여든 사용인들로부터 소곤거리는 목소리가 들렸다.

"작은 마님, 혹시 저희 손녀도……."

"제가 이번에 임신 계획이 있는데요, 작은 마님!"

다들 말 나오기만 기다렸다는 듯이 이름을 탐내자 윈터가 혀를 찼다.

"말도 안 되는 소리 하지 말고 저리 꺼져! 하여튼 내가 이럴 줄 알았어. 너도나도 공주님 이름으로 하려고 난리들이군."

윈터가 쫓아내는 바람에 다들 아쉬운 얼굴로 물러났다.

바이올렛이 뒤늦게 두 손으로 긴장한 뺨을 감쌌다. 그러더니 편지를 꼭 쥐고 말했다.

"정말 내 이름을 따서 아이 이름을 짓는다면…… 열심히 살아야겠네요. 나쁜 짓 안 하고."

"당신이 언제 나쁜 짓을 했다고 그런 결심을 해?"

"안 했나요?"

"내가 아는 한은. 앞으로도 할 것 같지 않고. 더러운 일을 해야 한다면, 그건 내가 대신 해 줄 테니까."

"그러면 안 돼요."

"왜 안 돼? 난 그냥, 당신처럼 올곧은 사람이 세상에 있어서 다행이란 생각을 해. 그리고 그 사람 손이 깨끗했으면 좋겠어. 그게 다야."

그의 별 의미 없는 듯한 목소리에 바이올렛이 윈터를 보았다.

천사니 공주님이니 하더라니. 처음엔 저를 세상에서 제일 싫어하는 줄 알았는데, 요즘은 저를 제일 대단히 여기는 게 이 남자였다.

❄ ❄ ❄

윈터가 구두에 보석을 달아야겠다며 떠난 후에도 바이올렛은 만찬 준비로 바빴다. 그녀는 어떻게 하면 부자처럼 보일까 머리를 굴리느라 두통이 올 지경이었다.

잠시 후 어느 정도 준비를 마친 바이올렛이 정원에 놓인 테이블과 그 옆에 놓인 반짝이는 실을 꼬아 만든 밧줄을 보았다. 그녀의 방 발코니와 멀리 떨어진 나무를 묶고 그 중간까지 전선을 끌어다 전구를 달 예정이었다.

어느 정도 마무리한 바이올렛은 천천히 옥외 계단으로 걸음을 옮겼다.

바이올렛이 목욕을 마치고 방에 돌아와 보니 그녀의 침대 위에 윈터가 두고 간 책이 놓여 있었다. 표지만 봐도 바이올렛이 알던 교양용 서적과는 완연히 달랐다.

들뜬 표정으로 침대에 올라앉은 바이올렛이 세련된 디자인의 책을 무릎 위에 펼쳤다.

책은 시작부터 흡입력이 있었다. 즐거운 표정으로 책을 읽다 보니 주연 등장인물들의 초야에 대한 대목이 나왔다. 생각보다 구체적인 묘사에 바이올렛의 눈이 휘둥그레졌다.

"어머나, 세상에 끔찍해라!"

바이올렛이 기겁을 해서 책을 덮었다. 그러나 조심스럽게 다시 책을 펼쳐 보고는 더 큰 충격을 받아 책을 침대 멀리 던져 버렸다.

"어, 어떻게 연인에게 저런 무례한 짓을……."

두 손으로 입을 감싸고 충격에 휩싸여 있던 바이올렛이 살그머니 손을 뻗었다. 무례는 무례고, 이 남녀가 도대체 어떻게 될지가 너무나 궁금했다. 행복하게 잘 살게 되는 건지, 아닌지.

바이올렛이 책을 무릎으로 가져와 다시 펼쳤다.

"결론만 보는 거야, 결론만."

바이올렛이 그리 생각하며 방금 읽던 잠자리 부분을 빠르게 넘겼다. 그리고 다시 사랑 이야기에 푹 빠져들었다.

두 번째 나오는 잠자리 대목에서는 충격이 조금 덜했다.

윈터가 가져다준 책을 다 읽고 났을 땐 바이올렛 기준으로 너무 많이 늦은 시간이었다.

노크 소리가 들렸다.

"작은 마님."

젠의 목소리였다.

"들어오렴."

바이올렛의 허락에 침실로 들어온 젠이 걱정스럽게 물었다.

"무슨 걱정 있으세요? 늦게까지 불이 꺼지지 않아서 다들 걱정하고 있습니다."

"어머…… 미안하구나. 걱정을 끼쳐서."

바이올렛이 당황하며 읽던 책을 들어 보였다.

"남편이 가져다줘서 읽어 보느라."

"그러셨구나! 그 책 재미있죠?"

"아, 으응…… 재미있었어. 젠도 읽었니?"

"네! 그 책이라면 이해돼요. 시작하면 도저히 끊을 수가 없죠."

바이올렛이 고개를 끄덕이고는 슬리퍼를 신으며 말했다.

"정말 재미있었어. 좀…… 많이 야하더구나."

"네에? 이게요?"

젠이 무슨 소리냐는 듯이 고개를 저었다.

"이건 다 은유로 표현하잖아요. 이 정도면 건전하죠."

"이, 이 책이?"

"네. 아, 요즘 엄청 유행하는 책 있는데 가져다 드릴게요!"

젠은 대답도 듣지 않고 침실을 나갔고, 바이올렛 역시 워낙 책이 흥미로웠던 터라 거절할 생각이 없었다. 잠시 후 책을 찾아온 젠이 하옐과 함께 돌아왔다.

"작은 마님, 비서님이 보여 드릴 게 있대요."

젠의 말에 바이올렛이 하옐을 보았다.

하옐은 아까 할린에게서 회수한 종이를 들고 있었다. 잠깐 자리를 피해 줬으면 하는 그의 눈빛을 알았는지 젠이 책을 책꽂이에 꽂아 두고 말했다.

"그럼 전 가 볼게요. 필요한 것 있으면 부르세요!"

"응. 고마워, 젠."

바이올렛이 다정히 대답했다.

젠이 떠나고, 바이올렛이 하옐에게 물었다.

"들어오겠나?"

"아뇨! 괜찮습니다. 전 대표님께 이상한 오해 받고 싶지 않거든요."

하옐이 질색을 하며 거절해 바이올렛이 고개를 끄덕였다.

그가 가져온 종이를 내밀며 말했다.

"아까 할린 씨가 가져온 건데요. 대표님 보시면 안 좋을 것 같아서 빼 두었습니다."

"아…… 늘 신경 써 줘서 고맙네."

"고맙기는요, 그 성격 파탄…… 아니, 대표님이 성을 내시면 저도 힘들어서 그렇습니다. 할린 씨가 가져온 걸 보니 혹시 어릴 때 두 분 만나실 기회가 있었나, 하는 질문을 하려던 모양이더군요. 하필 심장이…… 안 좋으신 게 영 걸렸나 봐요."

"나도 같은 생각을 했네."

"그렇습니까?"

한 장의 종이를 보니 반려는 진심이 담긴 서약의 증거로 상대의 아픔을 나누고, 대신할 수 있다는 내용이 적혀 있었다. 그리고 그 아래로 윈터가 아닌, 바이올렛의 심장이 약한 것에 대한 의문이 이어졌다.

그것을 확인한 바이올렛이 말했다.

"여섯 살 때…… 이상하게 내가 길에 쓰러져 있던 청년의 아픔을 나눠 가져왔다는 생각을 했네. 그땐 그 사람이 청년 같다고 생각했는데, 열두 살의 남편이었을지도 모르겠네."

"예에? 그럼……."

하옐이 난감해하는 사이 바이올렛이 걱정스러운 얼굴로 말을 이었다.

"그냥 생각일 뿐이고 확실하지도 않은데 굳이 말할 필요는 없지 않을까?"

"없죠. 절대로요. 아, 물론 언젠가는 아셔야죠. 당연히요! 몸도 바뀌는 마당에 병을 나누는 게 이상할 것도 없어 보이긴 하는데요! 그래도 작은 마님께서 대신 아파 주신 거라면 감사한 줄 알아야!"

하엘이 생각해 보니 열 받는지 언성을 높이려 해 바이올렛이 확실한 것도 아니라며 서둘러 달랬다.

바이올렛의 동조를 구한 후, 하엘이 투덜거렸다.

"대표님이 겉으론 술을 안 마시는 것처럼 보이지만, 여전히 술도 수면제도 많이 드세요."

그의 말에 바이올렛이 놀란 표정을 지었다.

"술을 마시다니? 언제?"

"그게 작은 마님께 말씀드리지 못하게 하셨지만요. 침대 아래에 늘 술이 든 상자를 가져다 놓고 계세요."

바이올렛은 모르던 사실이었다.

그녀가 하얘진 얼굴로 물었다.

"늘이라면 얼마나 마신다는 겐가?"

"없어지는 속도를 보니 정말 힘드실 때는 여러 병도 드시는 것 같습니다."

"세상에……."

바이올렛의 얼굴에 근심이 가득했다.

잠시 뒤, 윈터에게는 일단 비밀로 하고 차차 알려 주기로 결정한 후 하엘이 떠났다.

바이올렛은 아주 늦어진 시각에서야 침대에 누웠으나 바로 잠이 오질 않았다.

윈터가 밤에 술을 마시고 잠든다는 말이 머릿속에서 사라지지 않았다. 서약에 관한 말 역시 머릿속을 맴돌았다.

여러 가지 생각이 들었지만 그래도 그 끝에는 다행이라는 안도감이 남았다.

병을 나누었다는 게 정말이라면 윈터는 분명 충격을 받을 것이다. 그녀의 목에 손을 올리는 것만으로도 겁을 내던 사람이니까.

그러나 그녀의 마음은 달랐다.

이 아픔이 거리를 떠돌던 윈터에게 있었다면 생명이 위험했을지 모른다.

만약 제가 정말 아픈 그에게 도움이 되었다면, 그건 단연코 저의 가장 큰 행복이 될 것이었다.

❄❄❄

여섯 살, 바이올렛은 마차에 타고 있었다.

겨울이 막 끝나 가던 때였고, 어린 바이올렛은 창문에 매달리다시피 하고 있었다.

그 전까지 거의 외출이 없었던 바이올렛은 태어나서 처음 보는 광경으로 가득한 세상에서 눈을 떼지 못하고 연신 감탄할 따름이었다.

가정 교사인 유델이 나름 엄하게 다그쳤다.

"왕녀 전하, 그렇게 창문에 매달려 계시는 것은 무례한 행동입니다."

"하지만 지금이 아니면 밖을 볼 기회가 없는걸요?"

바이올렛이 아기 토끼 같은 눈으로 가정 교사를 바라보자 그녀가 흠흠 헛기침을 했다.

"그럼…… 밖을 보시는 건 괜찮지만 사람들 눈에 띄면 자연스럽게 손을 흔드십시오. 가르쳐 드렸죠?"

"네. 이렇게."

바이올렛이 장갑을 낀 고사리손을 허공에 우아하게 살살 저었다. 유델은 그녀의 손 인사가 가르친 것과는 완전히 다르지만 그래도 귀여우니 됐다고 생각했다. 저걸 보고 싫어할 악독한 인간은 세상에 없으리라. 모두가 평화를 얻고 말 것이라고 유델은 확신했다.

바이올렛이 다시 창문에 매달렸다. 꽃샘추위 덕에 봄옷을 입은 사람들이 오들오들 떨며 지나갔다.

그 모습을 눈여겨보던 바이올렛은 나무 아래 쓰러져 있는 소년을 발견하고 가정 교사에게 말했다.

"유델 선생님, 잠깐만 마차를 멈춰 줘요. 아까 갈 때 본 그 사람이 아직도 누워 있어요."

"어머나, 정말 그렇군요."

"아픈가 봐요."

"조치하겠습니다."

"잠깐 내리겠어요."

"안 됩니다!"

유델이 그런 건 생각도 말라는 듯 대답하자 잠깐 곰곰이 생각하던 바이올렛이 말했다.

"왕족의 말에 안 된다고 대답하는 건 예의가 아니라고 하셨잖아요."

"왕녀 전하께서는 아직 어리시니 괜찮습니다. 아직 정확한 판단이 안 되실 나이이니까요."

"금방 보고 올게요. 네?"

바이올렛이 두 손을 꼭 모으고 자그마한 고개를 기울이며 가정 교사를 보았다.

유델은 아이가 천사 중에서도 가장 사랑스러운 천사 같다고 생각하며 별수 없이 말했다.

“대신 저자에게 가까이 가시면 정말 안 됩니다.”

“네!”

바이올렛이 고개를 끄덕였다.

잠시 후 마차가 멈추고 바이올렛이 내리자 바로 뒤에서 말을 타고 따라오던, 오늘 그녀의 호위를 맡은 근위대장 켄제스 역시 말에서 내렸다.

“무슨 일이십니까, 왕녀 전하?”

“저기 사람이 있어요. 아까도 있었는데, 돌아오는 길에도 있어요.”

“이런, 그랬군요.”

바이올렛이 켄제스의 손을 잡았다.

“같이 가요. 켄제스 경이 같이 가면 유델 선생님도 괜찮다고 할 거예요.”

“그러시겠습니까?”

켄제스가 미소 짓자 유델이 질색하며 말했다.

“경께서 무디시니까 왕녀 전하께서 귀여움…… 아니, 설득으로 넘어가시려 하시는 것 아닙니까?”

“내가 뭘 어쨌다는 거요? 부인께서도 왕녀 전하께 약한 건 마찬가지면서.”

“뭐요? 내가 약하긴 뭘 약해요? 항상 엄하게 가르치고 있는데.”

사내 부부가 티격태격 부부 싸움을 시작하는 동안 바이올렛은 쓰러진 사람에게 가까이 다가갔다. 살짝 손을 올려 보니 그에게서 가쁜 숨이 느껴졌다.

“어쩌면 좋아…….”

걱정하던 바이올렛이 옆에 쪼그리고 앉아 말했다.

"나한테 옮겨도 돼. 내가 대신 아파 줄게. 나에게는 좋은 의사 선생님이 있거든."

그러고도 모자라서 쓰러진 사람의 손을 두 손으로 꼭 잡고 기도하는데 뒤에서 유델의 비명이 들렸다.

"왕녀 전하!"

"이리 당장 돌아오세요!"

뒤늦게 바이올렛을 발견한 두 사람의 성화에 바이올렛이 흠칫 놀라 두 사람에게 향했다.

그 즉시 유델이 장갑을 벗긴 뒤 하녀들을 시켜 버리게 했다. 그리고 바이올렛을 바로 마차에 태운 후 동행하던 의사에게 혹시 쓰러져 있는 소년에게 전염성 있는 병이 없는지 확인하게 했다.

잠시 후 의사가 소년은 아무 문제도 없고, 그저 잠든 것뿐이라고 설명했다.

바이올렛이 마차에 타서 따끈한 물로 적신 손을 빡빡 닦아 주는 유델에게 말했다.

"그 사람은 정말 괜찮아요? 숨이 엄청 가빴는데."

"의사가 괜찮다면 괜찮은 거죠. 그보다…… 왕녀 전하 얼굴이 왜 이렇게 빨갛죠? 설마 그사이에 감기에!"

"괜찮아요. 유델 선생님은 가끔 너무 흥분……."

말하던 바이올렛이 옆으로 픽 쓰러졌다.

그러더니 배시시 웃었다.

"정말로 대신 아프려나……."

"와, 왕녀 전하! 의사! 당장 의사 데려와!"

그대로 마차가 다시 멈추고 한바탕 소란이 벌어졌다.

❄ ❄ ❄

“저기…… 미안하지만 좀 도와주겠어요? 작은 오빠가 장난을 쳐서 마차를 놓쳤어요.”

열네 살, 비행선을 보고 유명한 레스토랑에서 늦은 저녁 식사를 마친 뒤 돌아가려던 윈터가 옷깃 당기는 손에 뒤를 돌아보았다. 보닛을 쓰고 있어 얼굴은 보이지 않았지만, 엄청 떨고 있는 건 분명했다.

목이 졸리는 듯 보일 정도로 얼굴이 하얗게 질린 여자아이였다.

윈터는 혀를 차고 주위를 둘러보았다. 도와줄 어른은 어디에도 보이지 않았다.

그는 진지하게 고민했다. 이방인의 피가 섞인 그가 이 고위 귀족이 분명할 아이를 도와주다가는 강도로 몰릴지도 모른다. 지금이야 근사하게 귀족 도련님처럼 차려입었지만, 평소였다면 귀족들의 근처에도 가지 않았으리라.

애초에 이 레스토랑 앞에 있으면 위험할 리는 없지만 아이의 목소리도 그렇고, 덜덜 떨리는 몸도 걱정스러웠다.

소녀가 재차 말했다.

“큰 오빠의 건강 상태가 회복되면 금방 데리러 올 거예요. 잠깐만 여기 같이 있어 주면 안 될까요?”

바이올렛의 말에 윈터가 혀를 차더니 제 겉옷을 벗어 아이에게 둘러 주고, 한 팔로 아이를 안아 든 후 다른 손으로 등을 토닥였다.

“언제 오는데.”

"내가 없는 걸 바로 알 거예요. 그나저나 금방 따듯해지네요……."

소녀의 웅얼거림에 윈터가 혀를 차고 말했다.

"그러게, 부모님 손 잘 잡고 다녔어야지."

"앞으로 그럴 예정이에요."

뭐지, 이 꼬마 같지 않은 꼬마는.

윈터는 역시 귀족은 꼬맹이까지도 영 마음에 안 든다고 생각하며, 별이 빛나기 시작한 밤하늘을 바라보았다.

"아프지 마. 나같이 건강한 놈이야 앓고 나면 그만이지만 너같은 꼬마 애는 그렇게 아프다가 죽는다고."

"그 정도는 아니라고 생각합니다."

"어른 흉내도 내지 말고."

핀잔하던 윈터가 곧 말을 이었다.

"너 같이 부잣집 꼬마가 어떻게 하면 여기 혼자 있어?"

"그게, 선생님은 아이를 낳으러 갔고 유모는 손녀를 돌봐주러 갔고 부모님은 나라와 오빠들을……."

성실한 성격인지 꼼꼼하게 말하던 아이가 콜록거렸다.

그렇게 어른 흉내를 내놓고, 손으로는 외로웠던 아이처럼 윈터의 팔을 꼭 쥐었다.

윈터가 혀를 찼다.

내가 대신 아파 주는 게 낫겠네. 윈터는 그렇게 생각했다. 꼬마 애가 아프니까 그것도 그 나름으로 엄청 걱정스러웠다.

감기는 옮겨주고 나면 낫는다는 속설을 믿고 있었으므로, 윈터는 일단 이 쬐끄만 아이의 고열이 저에게 옮겨지기를 바랐다.

얼마나 지났을까.

화려한 마차가 멈추더니 청년 하나가 정신없이 달려왔다. 그는 윈터에게 안겨 있는 동생을 발견하고 떨리는 숨을 내쉬었다.

윈터는 청년에게 아이를 넘겨주려다가, 여덟 살짜리 여자아이를 안아 들기에도 허약해 보여 고갯짓했다.

"데려다줄게요."

"제가 갑자기 몸이 안 좋아지는 바람에 동생을 챙기지 못했습니다. 정말 감사합니다. 어떻게 은혜를 갚아야 할지."

윈터는 아이를 마차에 앉혀 주었다. 아이가 윈터에게 겉옷을 돌려주고, 손을 뻗어 그를 잡으려는데 윈터가 먼저 몸을 돌렸다.

이 귀족 꼬마에게 그냥 도와준 사람으로 남고 싶지, 제 회색 눈을 들키고 싶지 않았다.

"감사합니다."

꼬마의 섭섭한 목소리가 귓전을 지났다.

윈터가 가려 하자 청년, 웨인이 따라왔다.

"어느 가문에 계십니까? 추후에 감사의 인사를 다시 하고 싶습니다."

그러자 윈터가 미간을 좁히고 그를 보았다. 그러나 그의 회색 눈동자를 보았음에도 웨인은 당황하는 기색이 없었다.

윈터가 말했다.

"그냥…… 됐어요. 한 것도 없는데."

"말씀하시기 불편하시면……."

웨인이 미소를 짓고 고개를 숙였다.

"지금 감사의 인사를 다시 드리고 싶습니다."

"……갑니다."

윈터가 돌아섰다. 그리고 조금 빠르게 걸음을 옮겼다.

그 동생에 그 오빠였다. 지금까지 본 귀족들과 달리 저에게도 예의 바르기 짝이 없었다.

저 청년을 보니 아까 그 꼬마도 제 눈을 보고 이방인이라 놀리지 않았으리란 생각이 들었다.

너무 빨리 도망쳤던 건 아닐까.

내가 너무 겁쟁이였나.

윈터는 잠시 멈춰 서서 저를 잡으려던 꼬마의 손을 생각했다. 그런 꼬마가 좀 차별하는 눈으로 볼 수도 있지, 그게 뭐가 무섭다고 도와주고 도망부터 치고 있는지.

"젠장."

역시, 진짜 귀족이 되어야겠다.

❄❄❄

라크라운드의 유일한 왕녀 바이올렛 로렌스와 남부의 종주로 불리는 블루밍 공작가 장남 윈터 블루밍의 결혼식은 이름에 걸맞지 않게 아주 소박했다.

부부는 당일에 처음 서로를 보았고, 결혼식조차 속전속결이었다.

소소한 버진 로드를 걸어 부부는 사제 앞에 섰다.

그나마 사제의 긴 일장 연설이 허겁지겁 치른 결혼식의 쉼표가 되어 주고 있었다.

사제가 수많은 축복을 쏟아 내는 동안 오늘 처음 만나 부부가 될 두 사람은 말없이 정면만을 보고 있었다.

"신랑 신부는 서로를 마주 보시기 바랍니다."

사제의 말에, 두 사람이 마차 앞에서의 짧은 만남 이후 처음으로 다시 마주 보았다.

그러고도 사제의 지루할 정도로 긴 설교가 이어졌다. 그사이 두 사람은 서로를 가만히 마주 보고 있었다. 신랑도 신부도 상대가 무슨 생각을 하고 있는지 조금도 알지 못했다.

마침내 설교도 마지막 줄에 가까워졌다. 사제가 말했다.

"신부는 기쁠 때처럼 슬플 때도 서로의 슬픔을 나눠 지며 사랑할 것을 서약하시겠습니까?"

그러자 바이올렛이 머뭇거리다가 윈터를 보았다. 그는 별 관심 없다는 듯 오히려 인상을 쓰고 있었다. 바이올렛은 아마도 이 서약에 진심인 것은 자신뿐이리라고 생각하며 조금 씁쓸한 기분을 느꼈다.

"서약하겠습니다."

바이올렛이 대답하고 바닥을 내려다보았다.

돈으로 얽힌 결혼이니, 당신은 진심이 아니겠지. 그래도 우리는 언젠가, 언젠가 서로를 사랑하게 되리라.

바이올렛이 그렇게 생각하며 미소를 지었을 때, 사제가 다시 물었다.

"신랑은 건강할 때처럼 아플 때도 서로의 아픔을 나누고 사랑할 것을 서약하시겠습니까?"

"예."

무뚝뚝한 목소리로 대답한 윈터는 굳은 얼굴로 생각했다. 오늘 아내가 된 이 공주님은 결코, 자신만큼 진심으로 이 서약을 받아들이지는 않았으리라.

❁ ❋ ❁

책을 읽느라 애초에 시간이 늦었던 데다가, 서약에 관한 이런저런 생각을 하다 보니 바이올렛은 새벽이 가까워 잠이 들었다.

점심시간이 가까워져서야 눈을 뜬 바이올렛은 침대에 앉아서 자신을 내려다보는 윈터를 발견하고 놀라서 상체를 일으켰다.

"여기서 뭐 해요?"

"하도 안 일어나니까 하녀들이 걱정하며 찾아왔더군. 당신 좀 깨워 달라고."

"그랬군요."

바이올렛이 몸을 일으켰다.

매일 새벽같이 일어나는 윈터는 오늘도 멀쑥하게 차려입은 후였다. 바이올렛이 두 손으로 얼굴을 훑었다.

"당신이 준 책을 읽어 보다가 너무 늦게 잠들었네요."

"재미있었나 보군."

"덕분에 긴장이 많이 풀렸어요. 고마워요."

"어때, 이제 내가 이상 성욕자가 아니란 걸 좀 알겠지?"

윈터가 놀리려 묻는 말에 바이올렛이 진지하게 대답했다.

"네, 당신 말대로 남자들은 여자 가슴 앞에서 미성숙해지는 모양이더군요."

그녀의 분석적인 소감에 윈터는 뭔가 말하려다 체념하고 한숨을 쉬었다.

"……그래, 그게 어디냐."

윈터는 적당히 납득하고 문을 턱짓했다.

"그만 일어나. 당신이 나가야 병으로 쓰러지지 않았다는 걸 사용인들도 알 테니."

"다른 사람들은 당신처럼 내가 약하다고 생각하지 않아요."

"무슨 소리야, 내가 그나마 낫지. 다른 녀석들은 당신을 막 알에서 나온 아기 새라도 된 것처럼 보거든."

"당신은 아니란 건가요?"

바이올렛이 묻자 그가 태연히 대꾸했다.

"난 최소한 아기 사슴 정도는 된다고 보는데."

"매번 나를 놀리는군요."

"왜 그렇게 생각하시는지, 원. 진심인데 말이야."

말을 마친 윈터가 바이올렛의 양팔을 잡아 훌쩍 들어 올리더니 무릎에 앉혔다. 바이올렛이 화들짝 놀라 벗어나려 하자 한 팔로 허리를 꽉 껴안아 가두고 슬리퍼를 집어 들어 하나씩 그녀의 발에 신겼다.

"하인이 수발든다고 생각해."

"다른 하인이 이렇게 날 무릎에 앉힌다면 가만두지 않을 거예요."

"그건 당연하지. 세상에서 사라지게 만들 거야."

"그게 무슨 무서운 농담인가요?"

"아까부터 난 진심인데 왜 자꾸 농담이라고 생각해?"

윈터가 혀를 차며 말했다.

슬리퍼를 신기고 윈터가 힘을 풀어 주자마자 바이올렛이 그의 무릎을 벗어났다.

"난 이제 준비를 해야 해요. 5시가 되면 당신 부모님이 여기 도착할 거예요."

"그렇겠지."

"당신에게 작위를 물려주지 않기 위해 온갖 말로 설득하실 거예요.

마음의 준비는 되었나요?"

"난 더 이상 내 부모에게 무르게 굴 생각이 없어."

윈터의 대꾸에 고개를 끄덕인 바이올렛이 침실 책장에 두었던 책을 꺼냈다.

"작위 경쟁에 도움이 될까 하고 블루밍 가문 역사에 관해 찾아보았어요. 블루밍 가문은 지금까지 서자가 가주 자리에 앉은 적은 없었어요. 하지만 그와 더불어."

"더불어?"

"입적했던 적도 없었죠. 그러니까 지금까지 가문에서 서자가 작위를 물려받은 일이 없었다고 주장해 오면, 서자인 당신을 입적했던 것도 최초라고 반박하면 될 거예요."

"음."

윈터가 놀랍다는 듯 중얼거렸다.

"전부 낳아 놓고 내팽개쳤다는 거군. 대단한 가문의 피가 내 몸 속에 흐르고 있었네."

그렇게 비꼰 윈터가 몸을 일으켜 성큼성큼 걸음을 옮겼다. 그의 걸음은 어느새 비행선 사고가 먼 과거의 일이었던 듯 말짱해져 있었다.

바이올렛은 제 쪽으로 다가오는 그의 동작이 무척이나 단정해졌다는 생각을 했다. 여전히 삐딱한 구석이 있었지만 그것은 귀족가 도련님들에게서 느껴지는 삐딱함이었다.

그래도 예법 선생을 붙여 준 게 아주 돈 낭비는 아니었던 게라고 바이올렛이 생각하고 있을 때, 윈터가 그녀의 앞에 섰다.

그는 책장에 등을 붙이고 선 바이올렛의 손에서 책을 빼어 그녀의 손이 닿지 않는 높은 곳에 꽂았다.

"무슨 짓이죠?"

바이올렛이 묻자 윈터가 되물었다.

"그래서, 미성숙한 거 말고는 그 책에서 배운 게 없나?"

"배울 점이라면…… 여자 주인공의 성공에 대한 욕망은 매우 본받을 만했다고 생각해요."

"여자 주인공이 옷을 벗고 침대에서 기다리고 있었던 것에 대해서는?"

"매우 충격적이었어요."

"본받아야겠다는 생각은 안 했고?"

"본받는 건 바람직한 행동을 본받아야 하는 거 아닌가요?"

"지금 남자 주인공과의 화해를 위한 그 행동이 바람직하지 않다는 의미야?"

"자기가 잘못해 놓고 몸으로 상대방을 홀리는 건…… 당신이나 할 법한 짓이죠."

그녀의 핀잔에 윈터가 한 걸음 더 가까이 다가왔다.

두 사람의 몸이 닿을 정도로 가까워지자 바이올렛이 저도 모르게 고개를 돌려 버렸다. 윈터가 그녀에게 농담조로 물었다.

"우리 공주님은 내 몸이 좋아 죽겠지? 항상 벗고 다닐까? 음?"

"내가 언제 그런 말을 했죠?"

바이올렛이 정색하며 놀리듯이 웃는 윈터를 밀어냈다.

"빨리 나갈 준비 해요."

"정말 만나도 돼? 우리 부모님."

바이올렛이 고개를 끄덕였다.

"마음의 준비는 끝났어요."

윈터가 높이 꽂았던 책을 다시 꺼내며 말했다.

"읽고 회의에 임하지. 우리 공주님이 이렇게 많은 준비를 하셨다니, 나도 조금은 해야지."

"고마워요."

윈터가 대답 대신 손을 흔들고 방을 나갔다.

잠시 후 젠이 바이올렛의 옷을 갈아입히러 들어왔다. 그녀의 손에는 윈터가 예고한 화려한 구두가 들려 있었다.

"이것 좀 보세요, 작은 마님!"

"어머나……."

화려한 보석이 빼곡하게 박힌 구두는 화려함에 눈이 부셨다.

젠이 일단 바이올렛의 옷을 갈아입히며 말했다.

"구두 너무 예쁘죠?"

"응, 정말 예쁘구나."

"구두 보니까 생각났는데요. 예전에…… 큰 마님께서 아기 구두 선물하신 적이 있잖아요, 왜."

젠이 말을 꺼내는 순간, 바이올렛은 묻어 뒀던 그즈음의 일이 떠올라 얼굴이 하얗게 질렸다.

젠은 그걸 가여워하면서도 못 참고 말을 이었다.

"제가 비서님한테 그 얘기를 했더니 절대 대표님께는 말씀드리지 말라는 거예요."

바이올렛에게는 숨기는 것 없이 다 말하는 젠이 재잘재잘거리자 바이올렛이 멈칫하다가 미소를 지었다.

"그랬구나. 그래."

"왜 비밀로 하자는 거예요? 작은 마님은 아시죠?"

"으음……."

바이올렛이 잠시 생각에 잠겼다. 그리고 갑자기 온몸이 부서질 듯 아프도록 괴로웠던 그 순간이 떠올라 떨리는 숨을 쉬었다.

"내 생각에도 비밀로 하는 게 좋겠구나."

젠은 바이올렛의 얼어붙은 표정에 인상을 썼다.

분명 그 아기 구두를 선물한 것이 큰 문제였던 게다. 안 그래도 윈터가 제 부모에게 무르게 굴까 봐 걱정하던 젠은 바이올렛의 서러운 얼굴에 무언가를 결심했다.

그녀는 바이올렛의 옷을 갈아입히고, 머리에 쓸 보석을 가져오겠다고 잠시 나가서는 곧장 윈터의 집무실로 향했다.

집무실 문을 두들긴 젠은 들어오라는 소리를 듣자마자 벌컥 문을 열고 들어섰다.

일찌감치 준비를 마치고 바이올렛이 표시해 준 책을 읽던 윈터가 말했다.

"사진기 다 샀다니까."

"그게 아니고요. 작은 마님께서 아기 구두를 받았었어요."

그 말이 나오자마자 옆에 서서 서류를 정리해 주고 있던 하옐의 눈이 커졌다. 젠이 말을 이었다.

"뭔지 모르겠지만 말해야 할 것 같아서요. 오늘 주인어른과 큰 마님께서 오시니까요, 걱정돼서요. 그때……."

하옐이 서둘러 그녀에게 달려갔다.

"젠, 다음에 얘기해요."

"다음에 언제 얘기해요? 지금 일단 얘기해야겠어요. 우리 작은 마님 또 상처받는 거 제가 못 보거든요. 대표님이 작은 마님께 부정으로 생긴 아이라 다그치시고 본 척도 안 하셨잖아요. 그때 작은 마님 아이가 어떻게 될까 봐 화도 못 내고, 울지도 못하셨어요. 그냥 가만히 삭이기만 하셨다고요. 약도 안 드셔서 매일 두통 때문에 잠도 못 주무시고, 정말 아이 걱정만 하셔서……."

다시 생각해도 서러워 죽겠는지 젠이 훌쩍거렸다.

"생각해 보니까 이상하긴 해서 왔어요. 제가 그날 들었거든요. 주인 어른도 큰 마님도, 그러니까 대표님과 작은 마님께서 아이를 가질 수 없을 거라고 하셨단 말이에요. 그런데도 작은 마님께 아기 구두를 선물하신 건 분명히 상처를 입히려고……."

"……뭐라고 했어, 지금. 누가 아기 구두를 보내?"

윈터가 확연히 거칠어진 목소리로 묻자 젠이 움찔했다. 그제야 그녀는 하엘이 비밀로 하라고 했던 게 합리적인 생각이 아니었을까 의심이 들었다. 그러나 바이올렛의 창백해진 얼굴을 보고 온 젠도 그리 이성적으로 판단할 수 있는 상태는 아니었다.

"큰 마님께서요."

윈터가 자리에서 몸을 일으켰다. 평소에도 크다고 생각했지만 이상하게 지금 이 순간 윈터의 체구가 유난히 더 커보였다. 젠뿐만 아니라 주변 사람 모두가 같은 기분을 느끼고 있었다.

그가 굳은 얼굴로 말했다.

"바이올렛 데리고 나가. 싫다고 하면…… 그래, 오겔 화원으로 데려가."

그가 말을 이었다.

"엔나 테시아 오겔 부인께서 몸이 안 좋다고 하면 바이올렛도 여길 포기하고 그곳으로 갈 거야. 부인께는…… 내가 내 부모를 못 만나게 하려 그랬다고 미리 전신드리고, 집에 손님용으로 사다 놓은 좋은 와인 전부 챙겨 가져가서 내 부탁이었다고 사과드려."

“네, 네…….”

젠이 얼떨떨하게 대답하고 집무실을 나갔다.

잠시 후 실내가 조용해지자, 윈터가 뭔가 던지겠구나 생각한 하옐이 한 걸음 물러섰다.

그러나 윈터는 아무것도 던지지 않았다. 그냥 자리에 가만히 서 있다가 돌아서서 찬장을 열었다.

“대, 대표님!”

“바이올렛이 나갈 거잖아.”

윈터가 시큰둥하게 말하고 장에서 꺼낸 술병을 열어 벌컥벌컥 들이켰다.

심각한 갈증이라도 느끼는 듯, 병이 빠르게 비는 것이 보였다. 하옐이 다급하게 술병을 뺏었다.

뺏기고도 잠시 멍하니 있던 윈터가 중얼거렸다.

“아내는 날 용서해 주지 않을 거야.”

“무슨 그런 말씀을 하세요. 작은 마님이 얼마나 아량이 넓으신 분인데요.”

“……절대로 용서받지 못할걸.”

그는 죽은 사람 같은 얼굴로 중얼거렸다.

❄ ❄ ❄

바이올렛은 샤론의 외조모이며 오겔 화원의 주인인 엔나 부인이 아프다는 소식에 얼굴이 새하얘져서 정신없이 마차에 올랐다.

“얼마나 아프시다는 건지 들었니?”

"아뇨, 못 들었어요. 그냥 누워 계신다고만 하더라고요."

"어쩌면 좋아. 돌아오자마자 찾아뵐걸."

바이올렛이 울 것 같은 얼굴로 걱정해 젠은 매우 양심이 아팠으나 별수 없었다.

그 망할 아기 구두. 그게 뭐가 문제였기에 바이올렛도 윈터도 그렇게 세상이 무너지는 듯한 표정을 지었던 건지.

젠은 하옐의 말처럼 윈터가 심한 충격을 받는 것을 보았으나 별수 없었다. 그녀는 어디까지나 바이올렛의 편이었다. 그녀가 임신이라고 믿고 있었던 즈음 벌어진 일들을 바로 옆에서 봐 온 젠으로서는 절대 물러설 수 없었다.

마차가 어느 정도 달려 오겔 화원 앞에 도착했다. 바이올렛이 걱정 가득한 얼굴로 들어서자 미리 전신을 받고 환자 흉내를 내던 엔나가 그녀를 반겼다.

"바이올렛, 오랜만이구나."

"할머니, 어디가 아프신 거예요?"

바이올렛이 눈물을 글썽이며 묻자 거짓말에 취약한 엔나가 멋쩍게 말했다.

"이 나이 되니까 그냥 여기저기 다 아프지 뭐니……."

"하지만 쓰러지셨다고 들었어요."

"그러니? 아, 그래. 갑자기 눈앞이 하얘지더니…… 눈떠 보니 침대더구나."

엔나 역시 바이올렛을 그토록 아프게 하던 시부모에게서 떨어뜨려 놓고 싶은 마음이 컸다. 그래서 꾸며 낸 말이 바이올렛에게는 너무 충격이었는지 그녀의 얼굴이 하얗게 질려 버렸다.

바이올렛이 엔나의 손을 잡아끌었다.

“어서 누우세요. 옆에 있을게요.”

“그래, 좀 누워야겠구나.”

엔나는 핑계 대는 김에 바이올렛이 찾아와 부축해 주는 것이 싫지 않아 그녀의 손에 이끌려 침실로 향했다.

❄ ❄ ❄

블루밍 부부가 도착했을 즈음, 윈터는 어느 정도 술이 올라온 상태였다.

세 사람은 곧장 정원에서 식사를 시작했다.

블루밍 부부는 아름답게 꾸민 저녁 식사 테이블에 말문이 막혔다. 세상 어디에서도 구할 수 없는 귀한 접시들이 테이블을 장식했고, 그 테이블을 빙 둘러 둥글게 아주 구하기 어려운 꽃을 심어 두었다.

거기에 어두워진 공간들을 밝은 전구들이 밝혔다. 남부에는 아직도 전선을 끌어오지 못해 모두가 기름등만을 사용하고 있었다.

블루밍 공작 부부는 저택을 둘러싼 이 화려한 불빛에 탐이 나 윈터와의 다툼을 그만두고 화해를 할까, 하는 안일한 생각을 할 지경이었다.

그러나 부부는 속내와 달리 그런 감정들을 일절 드러내지 않았다. 한참 침묵 속에서 식사하던 캐서린이 입을 열었다.

“바이올렛은 많이 바쁜가 보구나. 우리가 오는데 와 보지도 않고.”

캐서린의 말에 윈터가 바람 빠지는 소리를 내며 웃었다.

“잠깐 어디 보냈습니다. 낮부터 술이 마시고 싶어서요. 아내가 있으면 못 마시니까.”

맨정신으로 이야기할 때도 약간의 위압감을 주던 장남이 취해 있으니 캐서린도 제임스도 약간의 위협을 느꼈다.

윈터가 물을 한 컵 들이켠 후 보석 꽃으로 만든 센터피스를 가리켰다.

"아내가 점점 나에게 물들어서, 요즘은 속물적이 되려고 고생이 많거든요. 두 분을 후회하게 하려면 얼마나 많은 돈을 잃은 건지를 보여 주라고 하면서 저런 걸 가져다 놨는데…… 두 분이 얼마나 쓰시는지를 몰랐나 봐요, 우리 공주님이. 고작 저까짓 걸 가져다 놓고."

그의 말에 제임스가 인상을 쓰며 말했다.

"그 애는 꼭, 우리가 널 금전적으로만 보는 것처럼 말하는구나."

"사실이잖아요. 뭘 아닌 것처럼."

"사실이 아니지. 어떻게 이보다 더 널 사랑한단 말이냐."

이 정원이 지독히 탐이 났던 부부가 번갈아 회유하는 것을 윈터는 한 귀로 흘려보냈다. 윈터는 고기 위주 식사가 영 안 내켜서 곧 수저를 내려놓고 의자에 팔을 걸며 말했다.

"왜 그러셨습니까?"

"뭘 말이니?"

캐서린이 묻자 윈터가 무심한 얼굴로 대답했다.

"저와 아내 사이에 아이가 태어날 수 없다는 거 아셨잖아요. 그런데 왜 아내에게 아기 신발을 보내신 겁니까?"

그의 질문에 부부가 멈칫했다. 그러나 곧 아무 일 아니었다는 듯 캐서린이 말했다.

"기적이 일어났다고 생각했단다. 몇 번이고 말하지만 우린 그런 질 나쁜 약을 먹인 적이 없어. 정말 그랬다면 우리가 왜 아기 신발을 보냈겠니?"

"……아, 그래서 보내신 거군요."

그제야 이해한 윈터가 웃음을 터트렸다.

"나중에 변명하시려고 아기 신발을 보낸 겁니까? 그런 약을 먹인 적이 없다는 증거로 삼으려고?"

"증거라니, 무슨 소린지 모르겠구나. 생각해 보렴. 아이가 없다고 생각했다면 왜 그런 선물을 했겠니?"

그런 거짓말을 위하여. 그 거짓, 증거를 위하여 제 아내의 가슴에 대못을 박은 것이다. 아마 그러면서도 저들은 뭐가 문제인지도 몰랐겠지.

윈터는 오히려 제 부모를 아주 잘 이해할 수 있었다. 그도 재산을 지키기 위해서라면 그런 짓을 서슴없이 했었다. 그런 짓을 하지 않았다면 이만큼 재산을 끌어모으지 못했을 것이다. 나의 부는 타인의 손실에서 오는 것이니.

그때도 이미 부모의 눈에 저는 아내를 위해 모든 것을 바칠 사람으로 보였던 건가. 그랬으니 아내를 내치려 들었던 거겠지.

윈터는 실없이 자꾸만 웃음이 났다. 저는 그때도 이미 돈 따위와는 비교도 하지 못할 만큼 아내를 아꼈다. 아이러니하게도 아내의 적 앞에 서니, 그것이 보였다.

윈터가 술을 한 잔 다시 들이켠 후 입을 열었다.

"이제 알았습니다. 모든 귀족이 내 아내처럼 우아한 건 아니라는 걸. 내 아내가 유난히 고매하신 거였군. 속내까지 공주님이라."

윈터가 잠시 생각하다 다시 입을 열었다.

"작위 같은 거 필요 없고, 가문에서 파낼 거면 파내십시오."

"그런 식으로 말하지 말거라."

"하지만 만약 저를 후계자로 두지 않으면……."

잠시 생각하던 윈터가 곧 입을 열었다.

"앞으로 두 분을 포함한 남부 귀족 워호슨과 모든 계약을 끊을 겁니다."

그의 말에 가장 크게 반응한 것은 하옐이었다. 사실 이 자리에 앉은 사람들은 하옐을 제외하고 그의 말의 정확한 파급력을 알 수 없었다. 하옐이 조심스럽게 말했다.

"저 그럼……."

"남부에 있는 카닉사 사업들은 전부 철수하지."

"예, 말씀 끝나시면 회의 준비하겠습니다."

하옐은 이게 공수표이길 바랐으나 윈터의 표정은 전혀 농담으로 보이지 않았다.

그는 남부의 종주인 블루밍 가문을 압박하는 수단으로, 남부의 돈줄 전체를 틀어 버리겠다고 협박하는 방법을 사용하고 있었다.

윈터가 담담히 말했다.

"저는 남부에서 사업을 정리하는 것만으로도 다른 사업가들까지 위험을 느끼게 만들 힘이 있습니다. 제가 사업을 정리한다면 다른 사업가들도 불안해하며 남부를 벗어나려 들 겁니다. 그렇게 되면 사업에 손댄 워호슨이 전부 나서서 저를 후계자로 임명하라고 두 분을 설득하기 시작할 겁니다. 말했지만, 저에게는 그 정도의 힘이 있으니까요."

부부는 잘 이해하지 못하는 표정이었지만 윈터는 상관없어하며 말을 이었다.

"설득뿐일까요. 아마 두 분에게 위협도 아끼지 않을걸요."

"아무리 그래도 안 돼."

캐서린이 단호하게 말하자 제임스가 서둘러 말을 이었다.

"생각해 보마, 윈터."

"얼마든지 생각하십시오. 지금부터 바로 시작할 테니까요."

윈터가 하옐에게 말했다.

"지금부터 남부 부동산들을 매각해. 워호슨만 아니라면 누구에게 팔아도 상관없어."

"네, 대표님."

하옐이 달려가자 서서히 사태의 심각함을 느낀 캐서린이 물었다.

"그렇게 하면 손해를 보는 건 너도 마찬가지 아니니?"

그녀의 말에 윈터가 실없이 웃었다.

"저는 작위 얻으려고 전 재산도 처박은 놈인데요. 잊어버리셨습니까? 제 이득보다 두 분이 못 버티게 하는 게 목표입니다."

"윈터, 그건 너무 자기 파괴적인 생각이구나."

캐서린이 달래려고 하자 윈터가 담담히 말했다.

"절 그렇게 키운 건 두 분이십니다."

기묘한 압박감에 짓눌린 캐서린이 처음으로 한발 물러섰다.

"만약 너를 후계자로 인정해 주면…… 우리에게도 대가가 있어야 하지 않니?"

그녀의 말에 윈터가 코웃음 쳤다. 그러더니 두 손으로 쾅 테이블을 내리쳤다.

그렇게 위협하고 난 그가 허리를 숙여 제 부모를 가까이에서 들여다보았다.

"두 분께서는 아직도 현실 파악이 안 되시는군요. 크게 착각하고 계시는 겁니다."

"뭐, 뭘 말이니?"

"내가 두 분 편이 아닌 것과 내가 두 분의 적인 건 같지 않아요."

그는 검지로 모친과 부친을 번갈아 가리켰다.

"제가 아직도 두 분을 제 부모라고 생각해서 작위를 달라, 부탁하는 게 아닙니다."

"그럼……."

"강탈해 가려는 거예요."

그러곤 알아들었냐는 듯 몸을 바로 하고 어깨를 으쓱였다.

"저에게 작위를 주면 전 두 분과만 거래를 끊겠지만, 주지 않으면 워호슨 전체와 끊을 겁니다. 어느 쪽이든 두 분이 이기시는 답은 없지만, 매주 티 파티를 열던 친구들에게 최소한의 호의는 보이시는 게 좋겠죠."

윈터가 곧 크게 한숨을 쉬고 잠시 눈을 감았다가 입을 열었다.

"얘기 끝났으니 내 집에서 나가시죠, 이제."

그러자 캐서린이 몸을 일으키고 말했다.

"우리와 싸우겠다는 이야기구나. 너도 알고 있지 않니? 바이올렛은 라크라운드를 위험에 빠뜨렸던 선왕 폐하의 딸이야. 가장 피해를 본 건 워호슨이었지. 바이올렛의 편을 들 것 같니? 부모 자식 간의 연까지 끊고."

"아내의 편을 들고 말고의 문제가 아닐 겁니다. 아, 수학이 약한 건 우리 공주님만의 문제인 줄 알았더니 라크라운드 귀족들의 고질적인 문제였던 게군."

"그게 무슨……."

"연 같은 건 원래 없었던 겁니다."

윈터가 중얼거렸다.

"있는 줄 알았는데, 그렇게 믿었던 건 나 하나였던 거죠."

그는 곧 부모를 다시 돌아보며 말했다.

"천천히 결정하세요. 어차피 내 아내를 힘들게 한 것은 나머지 워호손도 마찬가지였고, 그러니 그들이 손해를 보는 건 나의 기쁨이 될 겁니다."

❄ ❄ ❄

엔나는 아프다고 누워서 자꾸 젠이 챙겨 온 와인들을 확인해 보려 했다. 바이올렛이 아픈 사람이 왜 와인을 마시냐며 끝까지 마시지 못하게 하자, 엔나는 결국 그녀를 집에서 쫓아내는 것을 선택했다.

하루 묵으며 간호할 생각이던 바이올렛은 결국 엔나의 집에서 쫓겨나 10시쯤 집으로 돌아왔다.

바이올렛이 들어서자 룰루가 달려왔다.

"작은 마님, 대표님께서…… 주인어른과 크게 다투셨습니다."

"다퉈?"

"네. 언성을 높이고 싸우시더니…… 중간에 주인어른께서 먼저 손을 올리셔서 대표님이 같이 멱살을 잡으시는 바람에 하인들이 겨우 말려서 떼어 놨어요."

"그, 그게 무슨……."

룰루가 한숨을 쉬며 고개를 끄덕였다.

"아무튼 보통 복잡해진 게 아닌 모양이더라고요. 비서님은 두통 온다고 약까지 먹었어요."

바이올렛은 내가 있어야 했구나, 뒤늦게 후회하며 아파 오는 이마를 손으로 감쌌다. 도대체 무슨 일이 있었는지 알고 싶었다.

바이올렛이 조용한 걸음으로 윈터의 침실로 가 문을 두들겼다.

"윈터."

안에서 대답이 없어 바이올렛이 문을 열고 들어가 보니 술 냄새가 확 번졌다.

바이올렛이 난처한 얼굴로 들어섰다.

"……윈터."

윈터는 침대에 걸터앉아 있었다. 이미 바닥에 술병이 굴러다니는데도, 윈터는 계속 술을 들이켰다.

바이올렛이 걸어가 그의 술병을 빼앗았다.

"그만 마셔요."

"……."

"얼마나 마신 거예요?"

바이올렛이 그리 말하며 술병을 테이블에 내려놓을 때, 윈터의 두 팔이 등 뒤에서 강하게 그녀를 끌어안았다.

바이올렛이 난처해하며 말했다.

"하엘이 그러는데, 당신이 종종 침실에서 술을 마신다더군요."

"종종. 불안할 때만."

"슬슬…… 그만 마시는 게 좋겠어요. 아니, 그만 마셔야……."

말을 채 끝맺지 못한 바이올렛이 당황한 표정을 지었다. 완전히 취한 윈터의 팔이 그녀의 몸을 가볍게 안아다가 제 무릎 위에 데려와 앉혔다. 윈터는 그대로 그녀를 꽉 안고 어깨에 얼굴을 묻어 버린 후 고개를 들지 않았다.

바이올렛은 끈끈하게 달라붙는 그가 당황스러웠다. 술을 마신 윈터는 몇 번 봤지만 이렇게 취한 모습은 본 적이 없었다.

"설마 약과 같이 술을 마신 건 아니죠?"

"안 그러면 잠이 안 와."

"괜찮아진 것 같아 보였는데……."

"어떻게 괜찮아."

윈터가 웃는지 그의 어깨가 들썩였다.

"공주님, 난 당신을 죽였어. 그것도 여러 번."

"……."

"평생 괜찮지가 않을 거야. 난 죽어서도 괜찮을 수가 없어."

"……."

"그래서…… 돌아왔잖아. 당신은 나 같지 말라고. 그래서 살았잖아, 나는."

윈터의 말에 바이올렛의 손끝이 바르르 떨렸다.

"내가…… 어떻게 하면 될까요?"

"떠나지 마."

"……."

"그것밖에 없어. 날 두 번은 버리지 마. 나는…… 날 버린 건 내 생모도 용서를 못 해. 그런데 당신은 용서할게. 날 버리지 마. 제발, 날 버리지 마."

윈터의 떨리는 손이 바이올렛의 잠옷을 움켜쥐었다.

바이올렛이 걱정스레 그의 등을 토닥였다.

"이제 이혼은 당신이 결정하는 거예요. 난 안 떠나요, 당신…… 아, 내일 기억은 하려나 모르겠어요."

길게 심호흡을 하고, 바이올렛이 말을 이었다.

"윈터. 당신은 대답해 주지 않고, 너무 취해서 내 말을 듣지도 못하겠지만…… 우리 둘 중 누가 상대를 버리게 된다면…… 그건 아마 내가 아닐 거예요. 나는 아직도 당신을 좋아하니까요. 정말, 정말 많이."

❄ ❄ ❄

윈터는 열두 살이 되어서야 많은 것들을 누릴 수 있게 되었는데, 그 중 가장 기억에 강렬하게 남은 것은 단맛이었다.

식당에서 뛰쳐나온 열두 살 한 해 동안, 그는 죽을 고비를 넘겨 가며 세상을 방황했다.

먹을 것 구하기도 힘들었지만 길에서 근사한 교복을 입은 또래 아이들을 볼 때만큼 힘들지는 않았다. 고급스럽게 빛나는 정장식 교복 차림의 아이들만 보면 윈터는 불길이라도 피하듯 저 멀리 되돌아가곤 했었다.

언젠가는 아이들이 상점에서 화려하게 과일이 장식된 트라이플을 먹고 있는 모습을 보았는데, 윈터는 그걸 부러워하면서도 디저트의 맛을 가늠조차 할 수 없었다.

블루밍 가문에 들어온 첫날 그의 앞에 놓인 것도 트라이플이었다. 윈터는 멍하니 그것을 보다가 조심스럽게 떠서 입에 넣어 보았다.

그때의 강렬한 달콤함, 부드러움, 질 좋은 과일들이 주는 풍부한 향은 영원히 그의 기억 한 구석에 박혔다.

나도 이제 그 아이들처럼 되는 거구나. 넝마 대신 그 아이들처럼 옷을 입고, 맞으며 일을 하는 대신 그 아이들처럼 앉아서 여유 부리고.

"맛이 있니?"

그때 맞은편에 앉아 있던 캐서린이 다정히 물었다. 다섯 살에 떠난 어머니 말고는 그런 질문을 한 사람이 없었다.

아마 맛이 있냐고 묻는 것은 어머니들의 공통 질문인 듯하다고, 그날의 윈터는 생각했다.

나는 이 행복을 위해서라면 무엇이든 할 수 있다고, 저를 받아 준 부모를 위해서라면 무엇이든 해야 한다고 윈터는 스스로에게 경고했다.

❄❄❄

그것은 사랑이 아니었다.

좋은 옷을 입혀 앉혀 놓고 트라이플을 내준 것, 그리고 맛이 있냐는 질문도 사랑해야만 할 수 있는 질문은 아니었다.

제가 아는 사랑의 초라함을 눈치채기 시작한 것은 바이올렛이 망가져 가던 무렵이었고, 그녀가 제 앞에서 총을 쏘았을 때는 저 따위는 무슨 짓을 해도 아내의 영혼을 갈아 없애는 꼴이 될 뿐이라고 생각하게 되었다.

아내와 재회한 이후, 그녀가 제 앞에서 웃을 수 있는 것은 저를 마음에서 지웠기 때문이라고, 윈터는 확신했었다.

온전히 아내를 위해 제 부모를 잘라내면서도 그는 바이올렛의 마음을 얻을 수 있을 거란 기대는 하지도 않았다. 할 수 있는 건 그저 떠나지 말라고 애원하는 것뿐이리라 여겼다.

"나는 아직도 당신을 좋아하니까요."

아내의 목소리를 듣는 순간 윈터의 눈이 번쩍 뜨였다.

"정말, 정말 많이."

윈터는 본인이 들어도 멍청이 같은 목소리를 냈다.

"……뭐?"

술이 갑자기 확 깼다.

바이올렛은 그가 제 말에 반응할지 몰랐는지 난처한 표정을 짓다가, 이내 담담히 말했다.

"당신을 사랑해요."

"……어, 나도."

그의 대답에 바이올렛이 쓰게 웃었다.

"말도 안 되는 소리 하지 말고 자요."

"왜 말이 안 돼. 사랑해, 나도."

"자라니까요."

바이올렛이 윈터를 밀어냈다.

"이럴 줄 알았어요. 내가 좋아한다고 말하면, 당신도 그렇게 쉽게 대답할 줄 알고 있었어요. 내가 몇 번이나 좋아한다고 말했는데 이제 와서. 나는 이렇게 힘들게 말하는데 당신은 그렇게 쉽게."

그녀가 조금씩 떨려오는 목소리로 말하고 몸을 일으켰다. 윈터가 서둘러 그녀를 따라 일어서며 말했다.

"매번 과거형이었잖아. 이번에 처음으로 현재 진행형이었고."

"그래서요? 내가 과거형으로 말하면 당신은 대답하지 않아도 되는 건가요?"

"……."

"당신은 날 좋아하지 않아요. 그게 어떤 마음인지 이해도 못 하잖아요."

윈터는 바이올렛의 말에 자리에 멈춰 섰다. 아내가 보기에, 나의 이 마음은 정말로 사랑이 아닌 건가. 그는 여전히 제 초라함이 아내를 상처 입히는 것이 두려웠다.

바이올렛은 대답 없는 윈터를 씁쓸히 바라보다 침실을 나가 버렸다.

❄❄❄

윈터는 술이 확 깨는 기분이었다. 아니, 기분이 아니라 온몸의 세포들이 미친 듯이 왕성해져서 알코올을 분해하는 게 실시간으로 느껴질 정도였다.

그는 지금부터 자신이 뭘 해야 하나 판단을 할 수 없었다.

"당신을 사랑해요."

윈터가 얼떨결에 들어 제대로 인지하지 못했던 그 말을 다시 떠올리곤 자리에서 펄쩍 뛰어올랐다.

그는 손으로 입을 틀어막고 경악하다가 정신없이 침실을 나섰다. 그리고 아내의 방문을 두들겼다.

"바이올렛."

대답이 없어 몇 번 더 불러 봤지만 여전히 대답이 없었다.

문을 열려 했지만 걸쇠로 잠가 두어 열리지 않았다. 문을 잠그는 법이 별로 없는 바이올렛이 문을 잠가 버린 걸 보니 단단히 화가 난 모양이었다.

"바이올렛, 제발."

그가 애원하자 겨우 걸쇠 풀리는 소리가 들렸다.

문틀 너머에서 바라보는 바이올렛의 눈동자가 쌀쌀했다.

그 표정을 보니 윈터는 미치고 팔짝 뛸 지경이었다.

바이올렛의 말을 믿을 수 없는 것은 자신도 마찬가지였다. 분명히, 공주님께서는 모종의 이유나 목적 때문에 결혼했다 하더라도 배우자를 사랑해야 한다는 고지식한 생각을 가지고 계실 테니까.

그건 성애적인 사랑이라기보다는 인류애에 가까우리라, 윈터는 생각했었다.

그런데 아무리 그렇게 생각하려 해도 심장이 너무 펄떡거려 밖으로 튀어나올 것 같았다.

바이올렛이 화가 나 있는데도 그 펄떡거림이 가라앉질 않았다.

"내가 어떻게 할까?"

아이러니하게도 방금 전 침실에서 바이올렛이 한 질문을 이번에는 윈터가 하고 있었다.

가만히 듣고 있던 바이올렛이 입을 열었다.

"증명해요."

"마음을 어떻게 증명해?"

"말 한번 잘했네요. 보이지 않는 걸 어떻게 믿죠?"

"……알았어, 어떻게든 해 볼게."

윈터가 무작정 대답하고 나서 세상에서 유일하게 자신에게 겁을 줄 줄 아는, 제 몸의 반쪽밖에 안 될 여자에게 몸을 수그렸다.

"그래서. 아무튼 날 좋아하긴 해?"

"그렇다니까요."

"많이?"

"많이요."

"어쩌다가? 취향 특이하네."

윈터가 농담을 해 보려 했지만 크게 실패했는지 바이올렛이 정색하며 윈터를 보더니 그대로 문을 닫아 버렸다. 그리고 윈터가 다시 뭘 해 보기도 전에 걸쇠가 잠겼다.

이대로 쫓겨나는 건가, 생각하는데 바이올렛의 목소리가 들렸다.

"계속 그렇게 침실에서 혼자 술을 마실 건가요?"

"싫어?"

"싫어요."

"그럼 이제 절대 혼자서는 안 마실게. 당신이 허락해 줄 때만 마실게."

"……그러세요."

바이올렛이 말하더니, 들으라는 듯 걸음 소리를 내며 문에서 멀어졌다.

그와 동시에 윈터가 비틀거리더니 뒤로 물러서 벽에 기대 미끄러져 앉았다.

이 소란에 달려와서는 멀찍이 떨어져 대화가 끝나기를 기다리던 하인 몇이 다가왔다. 윈터가 손가락을 까딱거렸다.

"심장에 문제가 생긴 것 같으니까 의사 좀 불러와. 이러다 뒈지겠어. 그리고 못 걷겠으니까 부축을 받아야겠군."

그의 말에 하인들이 주춤주춤 뒷걸음질 쳤다. 저 체격을 부축하다간 누구 하나 허리가 나가게 생겼기 때문이었다.

하옐이 있었다면 '걸을 수 있으십니다, 대표님!' 하고 어물쩍 넘어가려 들었을 테지만 다른 이들에게는 그럴 용기가 없었다.

다들 부축을 망설이며 욕을 먹을까, 차라리 허리를 포기할까 고민하는데 윈터가 알아서 일어났다.

"그래, 다들 비실비실하니까."

그의 말에 하인들이 움찔했다. 이건 분명 폭풍 전야였다. 저러다 전부 해고할지도 몰랐다.

그런데 윈터가 뚜벅뚜벅 걸어 제 침실로 들어가더니 침대 아래에서 술이 든 상자를 꺼내 가까이 있던 하인의 품에 안겼다.

"내다 버리든지 너희끼리 마시든지 알아서 처리해."

"예, 예?"

"그리고 술 깨야겠으니 와플 좀 구워 와."

윈터가 영문 모를 소리를 하다가 하인들이 멍하니 저만 보고 있으니 벽을 쾅 쳤다.

"빨리!"

그제야 하인들이 정신없이 달려 나갔다.

잠시 후, 의사와 갓 구운 와플이 그의 방에 도착했다. 그의 심장에는 아무 문제가 없었고, 윈터는 엄청난 양의 와플을 먹어 치웠다.

다음 날 아침, 눈을 뜨자마자 윈터는 곧장 바이올렛의 방으로 향했다.

그는 아주 곤히 잤고, 눈을 떠 보니 술이 완전히 깨 있었다. 술에 취해 펄쩍거리고 뛰어다녔으니 아직 완전히는 낫지 않은 다리가 좀 욱신거렸다.

덕분에 표정을 찌푸린 채로 방 앞에 도착해 보니, 평소엔 이 시간에 겨우 일어날까 말까 한 바이올렛이 나갈 준비를 마친 후였다.

"어디 가려고?"

윈터가 당황하며 묻자 바이올렛이 담담히 말했다.

"엔나 부인께서 편찮으시니 다시 가 보려고요."

"지금?"

"네, 사흘 정도 가 있을 생각이에요."

"……나한테 화났어?"

윈터가 묻자 바이올렛이 고개를 끄덕였다.

"화났어요."

"얘기 좀 하자."

"나중에요."

바이올렛이의 거절에 윈터의 심장이 철렁했다. 그가 변명하듯 말했다.

"어제 부모님과 연을 끊었잖아. 그래서 술을 엄청나게……."

"다녀와서 얘기해요."

바이올렛이 그의 말을 끊어 버리고 그대로 걸음을 옮겼다. 그녀가 집을 나가 버리자 윈터는 자리에 우뚝 멈춰 어찌할 도리를 모르고 서 있었다.

그 와중에도 그녀의 화난 얼굴로 어제 일이 꿈이 아니었음을 확신하자 다시 심장이 펄떡거리기 시작했다.

❄ ❄ ❄

엔나의 병증을 확인하러 온 바이올렛은 아무리 봐도 저보다도 혈색이 좋은 엔나의 모습에 당황한 표정을 지었다.

"하루 만에 다 나으신 건가요?"

"낫긴. 아직도 온몸이 아프구나."

그리 표정 변화가 많지 않은 엔나가 엄살을 부리니 바이올렛은 혼란스러웠다.

엔나가 여상히 말했다.

"정원에서 점심 식사를 하자꾸나. 와인도 한 잔 마시고."

그녀의 말에 바이올렛이 눈을 가늘게 뜨고 물었다.

"정말 아프신 것 맞나요?"

그러자 엔나가 은은하게 미소를 지으며 대답했다.

"아, 이제는 말해도 되겠지. 거짓말은 정말 못 할 노릇이구나. 어제 윈터 경께서 부탁을 하시더군."

"무슨 부탁을 했죠?"

"아픈 시늉을 좀 해 달라는 거였지. 널 자기 부모님과 만나게 하고 싶지 않다면서."

"아, 그런 줄도 모르고……."

엔나가 아프단 소식에 남편도 혼자 두고 정신없이 달려왔던 바이올렛이 한숨을 쉬었다.

"그래서 젠이 그렇게 많은 와인을 챙겨 온 거군요? 남편과 공모해 준 보상으로."

"그렇지. 네가 와인에 손을 못 대게 해서 어찌나 고단하던지. 오죽하면 내가 이렇게 아끼는 널 쫓아냈겠니."

이제야 전날 일이 다 이해가 갔다.

바이올렛은 엔나와 함께 점심 식사를 하기 위해 그녀가 인생을 다하여 가꾼 오겔 화원에 들어섰다. 여름의 초록이 물들기 시작한 화원에 들어서자 숨통이 트였다.

테이블 앞에 앉아서 두 사람은 점심 식사를 시작했다.

바이올렛이 전날 아침부터 다시 찾아올 거라 예고했으므로 엔나는 이 점심 식사에 상당히 공을 들였다. 게다가 질 좋은 와인들이 그녀의 와인 창고를 가득 채웠기 때문에 본인도 이 점심 식사를 즐길 마음이 충분했다.

전날 윈터의 기복으로 복잡해졌던 바이올렛의 마음은 전채로 나온 오겔 가문 전통 방식으로 만든 치즈를 곁들인 캐비어를 맛본 순간 다소나마 가라앉았다.

이어서 불에 구운 훌륭한 버섯 요리가 나왔는데 입 안에서 온갖 향이 가득 퍼져 그것에 집중하느라 다른 생각은 잠시 내려놓을 수 있게 되었다.

바이올렛이 오겔 화원의 주방장이 추천해 주는 음식과 어울리는 와인을 한 모금씩 즐기는 사이, 엔나 부인은 한 잔씩을 가득 채워 와인을 마셨다.

바이올렛은 윈터와 비슷할 정도로 주량이 강한 엔나를 보며 저도 모르게 남편을 떠올렸다.

"남편이 침실에서 몰래 술을 마시더군요."

"저런. 그건 큰 문제구나."

"어젯밤엔…… 만취해서는."

"성질이라도 냈니?"

엔나가 인상을 썼다.

엔나 부인은 바이올렛이 사랑하는 사람들 중 하나라 윈터도 나름 예의를 갖추는 편이었으나, 불쑥불쑥 튀어나오는 그 성질머리를 아예 감추지는 못했었다.

엔나의 걱정에 바이올렛이 눈이 동그래져서 고개를 저었다.

"아뇨, 반대예요. 남편은 취하면 오히려…… 가여워진다고 해야 할까요."

"가여워져?"

"네. 어젯밤엔 하도 쓸쓸해 보여서 제가 좋아한다고 하니까 결혼 후 처음으로 자기도 좋아한다고……."

"잠깐만. 다시 말해 보렴. 뭘 결혼 후 처음으로 말해?"

"제가 남편이 첫사랑이라고, 몇 번을 말했는데 지금껏 대답이 없었거든요. 그런데 어젯밤에 만취해서는 처음으로 자기도 좋아한다고 대답하는 거예요."

그녀의 말에 엔나가 도저히 이해가 가지 않는다는 표정을 지었다.

"도대체 왜 그랬다니? 널 그렇게 사랑하면서."

"네?"

바이올렛이 무슨 의미냐는 듯 고개를 갸우뚱했다. 그러자 엔나가 혀를 차며 말했다.

"효율성 그렇게 따지는 사업가가 제 사랑에는 효율이 전혀 없구나. 네가 없던 1년 동안 경께서 여길 여러 번 찾아왔었단다. 나뿐이겠니, 너와 연락이 닿을 만한 사람은 다 찾아다녔을걸."

"하, 할머니를 찾아왔어요?"

바이올렛의 눈이 동그래졌다.

"남편이 폐를 끼쳤나요?"

그녀다운 질문에 엔나가 웃었다.

"많이 끼쳤지. 하지만 네가 더 잘 알지 않니. 경은 그걸 다 돈으로 보상한다는 걸. 덕분에 세상의 온갖 귀한 술은 다 마셔 봤구나."

"남편이…… 그랬군요."

"너에겐 미안하지만…… 그렇게 매일 찾아오니 네가 나에게 보낸 편지를 경께 보여준 적이 있었단다."

그녀는 새로 따른 와인을 한 모금 마시며 말을 이었다.

"네가 그 표정을 봤다면 그의 마음을 알았을 거다. 네가 잘 지낸다는 편지를 읽고 기뻐하면서도, 자기한텐 돈만 부치고 있으니 절망하는 표정을 같이 짓고 있었지."

"……."

"더 일찍 찾아가자면 얼마든지 찾아갔을 걸, 네가 원하지 않아서 찾아가지 못한 거야."

엔나의 말을 듣는 바이올렛의 표정이 복잡했다. 그녀의 심각한 표정에 엔나가 웃으며 말했다.

"그렇다고 당장 용서해 주라는 말은 아니란다. 이제 처음 좋아한다는 말에 대답했다고? 아주 몹쓸 남편이로구나."

엔나의 말에 바이올렛이 조금 웃고 다시 복잡한 얼굴로 돌아왔다.

바이올렛은 사흘 정도 엔나의 집에 머무르며 생각을 정리했다. 엔나와 많은 이야기를 나누며 그녀의 생각은 서랍장을 정리하듯 차곡차곡 정리되어 갔다.

사흘 뒤 아침, 바이올렛은 집으로 돌아갈 준비를 마쳤다.

마차 앞까지 바이올렛을 배웅 나온 엔나가 잠시 주변을 살피더니 입을 열었다.

"네가 알아둘 것이 있단다. 에쉬 로렌스가 의회 사람들과 자주 사냥을 다닌다는 소식이 있더구나. 꿍꿍이가 있는 게지."

"아…… 그렇군요. 저와 헤스턴 가문의 결혼이 무산되었으니."

"만찬 자리에서 잠깐 흘러나온 이야기로 봤을 때 선왕 폐하의 국책에 대한 논의를 하는 게 아닐까 싶구나."

"……."

"내가 알게 되는 게 있으면 바로 연락하마."

"감사합니다, 할머니."

바이올렛이 미소를 지으며 인사하자, 엔나가 한숨을 쉬었다.

"아, 정말. 네가 있어서 좋았는데. 너와 함께 온 사람들도 다들 어찌나 성실하고 잘 웃는지……."

그녀는 진심으로 아쉬워하며 꼭 쥔 바이올렛의 손을 놓지 않았다. 바이올렛 역시 가기 싫은 얼굴로 엔나의 손을 같이 꼭 잡았다. 그러다 못 참고 엔나를 와락 끌어안자, 엔나가 바이올렛의 등을 토닥이며 말했다.

"네가 행복해지면 좋겠구나, 바이올렛."

"저는 이미 행복해요."

"더 많이."

엔나가 덧붙이고는 아쉬운 얼굴로 그녀를 보냈다.

바이올렛은 엔나가 반듯한 걸음으로 다시 화원으로 걸어가는 모습을 바라보다가 마차를 향해 돌아섰다.

그러자 그녀의 짐을 싣는 것을 관리하던 젠이 마차 문을 열며 말했다.

"작은 마님, 할린 도련님이 찾아오셨어요."

"그러니?"

그가 굳이 여기까지 자신을 찾아온 것을 그녀는 의아하게 여겼다. 바이올렛은 어쩌면 그에게, 윈터가 없는 곳에서 하고 싶은 말이 있는 걸지도 모른다는 예감을 했다.

할린이 쭈뼛거리며 문 앞으로 다가왔다.

"자, 잠시…… 드릴 말씀이 있는데 괜찮을까요? 알리카로 돌아가기 전에 꼭 드리고 싶은 이야기가 있어서요!"

그의 말에 바이올렛이 잠시 생각하다가 그렇게 하라는 듯 고개를 끄덕였다.

할린이 마차에 타 문을 닫았다.

잠시 두 사람만 마차에 남게 되자 그가 입을 열었다.

"제가…… 드리지 않은 말씀이 있습니다. 형님께 말씀드렸다가는 난리가 날 것 같아서 말하지 못했던 것이……. 하지만 젠 님을 비롯해서 다른 하녀님들과 이야기해 보니 아무래도 작은 마님…… 아니, 부인께서는 침착하게 받아들여 주시지 않을까, 하는 생각이 들어서 말씀드리러 왔습니다."

"어떤 말이오?"

바이올렛이 가만히 묻자 할린이 그녀를 바로 볼 엄두도 못 내고 제 무릎에 시선을 고정했다.

"이건 가능성이 거의 없는 말이라는 걸 꼭 염두에 두셨으면 좋겠습니다. 제가 책에서 찾아본 내용으로, 몸이 바뀌는 것은 같은 일족의 영혼을 가졌기 때문이라고 되어 있었습니다."

"……같은 일족?"

"네. 그 부분이 이상해서요. 어떤 이유가 있는지는 모르겠지만 두 분은 같은 일족일 수가 없잖아요. 그런데 몸이 바뀌었다는 건 아무래도……."

"아무래도?"

처음엔 할린과 절대 가까워지지 않으려 애쓰던 바이올렛이 궁금함을 감추지 못해 재촉하듯 물었다. 그녀의 오밀조밀하고 사랑스러운 얼굴이 제 쪽으로 다가오는 게 불편했던 할린이 문 쪽으로 엉덩이를 바짝 붙이며 말했다.

"제 추측이고 불가능하리라 생각하지만, 두 분 사이에 아이가 태어나는 것도 아주 있을 수 없는 얘기는 아니지 않나, 하는 생각이 들었습니다."

"……."

"그러니까 확률이 아주 낮지만요!"

"아무튼 확률이…… 있기는 하다는 거요?"

"정말 제 생각입니다. 혹시 너무 기대하실까 봐……."

할린의 조심스러움에 바이올렛이 떨리는 숨을 내쉬고 말했다.

"나는 임신인 줄 알았다가 아니란 걸 알았던 적이 있소. 기대가 얼마나 무서운 건지는 나도 알고 있소."

그녀의 말에 할린이 멈칫했다가 씁쓸하게 고개를 끄덕였다.

"그러셨군요."

윈터와 바이올렛 두 사람 사이에 자신이 지금까지 안 것보다 훨씬 많은 서러움이 쌓여 있음을, 할린은 어렴풋이나마 알게 되었다.

바이올렛이 부드러운 미소를 지었다.

"고맙소."

"아, 아닙니다! 저희 쌍둥이 때문에 대표님…… 아니, 윈터 경께서 상처만 더 커지셨을 겁니다. 덕분에 목숨을 건졌으니 이 목숨은 두 분 겁니다."

할린이 진심으로 말했다.

바이올렛이 고개를 끄덕였다.

"마음을 고맙게 받겠소. 돌아갈 기차표는 구했고?"

"구했습니다. 음…… 더 찾아지는 정보가 있으면 가져오겠습니다. 아, 도움이 될지는 모르겠지만 카닉 일족 문신 중에 부부의 안녕을 기원하는 문신이 있습니다."

그러자 바이올렛이 반가운 얼굴로 말했다.

"그거라면 이전에 받아 본 적이 있소. 영구적인 것은 아니었으나."

"그건 원래 영구적으로 하는 문신이 아닙니다. 임신을…… 기원하는 주술성 의미가 있거든요. 일족이 아닌 배우자에게 사용하는 문양 역시 마찬가지의 의미가 있습니다."

"그런 거였소?"

"예. 도움이 될 거라고 생각합니다."

할린은 내색하지 않았지만, 라크라운드의 왕족이 이방인의 문신을 받아들였다는 사실에 새삼 놀랐다. 이부 형은 아예 세상의 중심이 아내인 것 같으니 말할 것도 없고, 사용인들마저 작은 마님 이야기만 나오면 구구절절 애정을 표현하는 이유를 할린도 알 것 같았다. 그가 꾸벅 고개를 숙여 인사했다.

"가 보겠습니다!"

"조심해서 가시오."

"네!"

할린이 떠나자 젠이 마차에 올라타며 물었다.

"무슨 이야기 하셨어요, 작은 마님?"

"아주 좋은 얘기였어."

"그래 보이시네요. 아, 지금부터 대표님께 화내러 가시는 거 아니에요? 빨리 무서운 표정 지으세요. 이렇게 기쁜 표정 지으시면 화 다 풀린 줄 아실 거예요."

"아, 그래야겠네."

바이올렛은 그리 말했으나, 그녀의 얼굴에서는 잔잔한 미소가 가시질 않았다.

❄❄❄

바이올렛이 돌아온다는 소식에, 윈터는 가장 좋은 옷을 빼입고 마차 오는 방향을 몇 시간째 바라보던 참이었다.

드디어 바이올렛이 탄 마차가 바로 앞에 멈춰 서자 윈터가 마차로 향했다. 그런데 마차가 다시 움직이더니 저택을 빙 돌아 바로 정원으로 향하는 것이 아닌가.

"젠장."

윈터가 다급하게 돌아가 저택을 가로질러 정원으로 향했다. 거의 다 나았다고는 해도 아직 뛸 정도는 아닌지라 윈터의 걸음 속도에는 한계가 있었다.

그가 어느 정도 걸어 정원에 도착했을 때 바이올렛은 이미 침실로 들어가 버린 후였다.

윈터는 아내가 집에 돌아왔다는 것만으로도 만족했고, 그녀가 곧 다시 발코니로 나오리라 확신했다. 여기서 어슬렁거리는 것이 그녀의 눈에 띄기 가장 좋은 방법이었다.

윈터는 바이올렛의 방을 올려다보았다. 그가 지금까지 아내에게 가지고 있던 감정들이 사정없이 뒤섞이고 있었다.

그녀를 좋아하지 않았던 적은 처음 마주친 순간부터 단 한 순간도 없었다. 그것만은 그도 분명히 알고 있었다.

지금까지 윈터는 감히 자신이 그녀를 원한다 말해도 될까, 하는 두려움을 느꼈다.

내가 몇 번이나 아내를 죽게 했는데, 주제를 모르고.

아내는 왜 그럼에도 저에게 좋아한다고 말했을까. 그녀는 왜 이리 순진할까. 세상에 저보다 나은 남자가 셀 수도 없이 많을 텐데, 왜 하필 저처럼 무례하고 혈통도 비루한 자에게 좋다고 말해 주나.

그는 여전히 아내의 말을 믿지 않았다. 다만 아내에게 저 역시 사랑한다는 말을 할 수 있는 기회가 생겼음에 감사할 뿐이다.

안절부절못하고 발코니를 바라보는데 다행히 바이올렛이 걸어 나왔다.

정작 바이올렛은 정문 앞에서 저를 기다리는 윈터를 발견하고 머리가 하얘져 정원으로 마차를 돌리라 한 차였다. 애써 피한 윈터가 이미 정원에서 대기하고 있을 줄은 몰라 눈동자에 당혹감이 어렸다.

윈터가 그녀를 올려다보며 말했다.

"바이올렛, 내가 사흘 내내 생각해 봤는데."

"……."

"난 처음 당신을 봤을 때부터 지금까지 늘 한결같아. 그때 그 기분을 지금도 그대로 느껴."

"……천사 같아요?"

바이올렛이 긴장을 풀어보려 건넨 농담에 다행히 윈터가 웃었다. 그러나 그 웃음소리 속에는 애타는 마음이 뒤섞여 있었다.

"천사 같지."

"그랬군요."

바이올렛이 미소를 짓고 말을 이었다.

"당신은 나와 사는 3년 동안 한 번도 나를 돈보다 우선한 적이 없었어요."

"그랬지."

윈터가 순순히 대꾸하고 고개를 까딱였다.

"하지만 이건 믿어 줘. 돈이 목적이었던 게 아니야. 내 주변의 모든 것이 날 떠나지 못하게 하는 게 목적이었지."

"……."

"당신도 마찬가지야. 당신 말이 맞아. 난 사람을 좋아하는 게 뭔지 잘 몰라. 묶어 둘 줄만 알아. 돈으로 현혹하려 들어. 우리가 처음 결혼하던 그날부터 지금까지 꾸준히 그래."

"……."

"바이올렛, 나는 원래 그래."

그의 말에 바이올렛이 기가 막힌다는 표정을 지었다. 그는 정말이지 가망이 없는 남자였다.

"그렇군요. 이해해요."

"이해해 달란 소리가 아니야."

"그럼요?"

"사랑해 줘."

"……."

"날 좀 더 사랑해 줘."

그의 말에 바이올렛이 뭐라 할 말을 잊고 입을 다물었다. 윈터가 그녀에게 시선을 고정한 채 발코니로 다가서며 말했다.

"이미 내가 좋다며. 내가 돈으로 현혹하지 않아도, 그냥 내가 좋은 거 아닌가?"

"……당신은 정말로 나빠요."

"난 당신에게 좋은 사람이었던 적 없어. 그래도 당신은 날 좋아한다며."

"……."

"바이올렛, 날 봐 봐. 내가 사는 꼴을 좀 봐."

윈터가 자조적으로 웃었다.

"내가 아니었다고, 날 버렸던 당신이 돌아오기만 멍청하게 기다리며 꼴 같지 않게 정원을 가꾸는 놈이 내가 아니었다고 가정해 봐."

"……."

"그 남자는 일반적으로, 당신을 사랑하는 남자일 거야."

바이올렛이 윈터를 말없이 바라보았다.

그녀가 바라는 것에 맞춰 삐딱하던 걸음걸이를 정갈하게 바꿔 가는 남자였다. 그의 뒤로는 두 대륙을 통틀어도 없을 정원이 있다. 그녀가 정원을 좋아했으니까.

세상에 유일한 가족이라 믿던 부모와 연을 끊던 날, 그는 술에 취해 바이올렛에게 자신을 버리지 말라고 애원했다.

그런 그가 설령 사랑하는 법을 모른다고 해도. 설령 저를 사랑하지 않는다고 해도, 그의 말대로. 물질적으로 보았을 때, 이게 사랑이 아니면 무엇이 사랑일까. 적어도 윈터 블루밍에게는 이것이 사랑하는 방식이었다.

바이올렛이 저도 모르게 입술을 물었다가 고개를 끄덕였다.

"……고려할게요. 당신의 의견."

"정말이야?"

"네, 정말. 당신을 보니……."

화난 표정을 지으려던 바이올렛이 저도 모르게 웃었다.

"정말로 이게 사랑일 수도 있겠네요."

"믿어 주는 건가?"

"아뇨, 완전히는 아니에요. 고려하겠다고 했잖아요."

"충분해."

윈터는 곧바로 2층 바이올렛의 곁으로 향했다. 그러더니 아내의 허리를 팔로 감고 이마에 입을 맞추며 말했다.

"어때, 나 없이 잘 잤어?"

"네, 당신은요?"

"잠이 올 리가 있나. 당신이 갑자기 돌아올까 봐 술도 못 마셨어."

"안 마셨어요?"

"전혀."

윈터가 자신만만하게 말하더니 잃어버렸던 주인을 되찾은 강아지처럼 그녀의 어깨에 어떻게든 얼굴을 파묻고 고개를 들지 않았다.

바이올렛이 타박하듯 말했다.

"당신을 믿는 건 아니라니까. 벌써 다 해결된 것처럼 굴지 말아요."

"누가 해결됐다고 했나. 서로 이해해 보기 시작하는 거지. 난 당신의 사랑을, 당신은 나의 사랑을."

윈터는 알아들었다는 듯이 대답했지만 바이올렛을 놓아주지는 않았다.

그의 빠른 맥박이 바이올렛에게도 전해져 울렸다. 부부는 여전히 상대의 감정을 믿지 않았고, 불안과 기쁨, 알 수 없는 슬픔과 집착을 동시에 느꼈다. 두 사람은 아마 그런 것이 첫사랑인 게라고 생각했다.

❄ ❄ ❄

제임스 블루밍은 동생이 다급하게 호텔로 보낸 전신에 수도 사교계 행사를 다닐 정신도 없이 남부에 도착한 참이었다.

카닉사와 일하던 블루밍 가문 사람들이 전부 해고당했습니다, 형님. 이게 어떻게 된 일입니까?

그가 블루밍 가문의 커다란 회의실에 도착해 보니 블루밍 가문 사람들이 모여 있었다.

제임스가 나타나자마자 그의 동생인 드루가 달려왔다.

"형님, 갑자기 카닉사에서 앞으로는 우리와 일하지 않겠다고 하는데 이게 무슨 일이오?"

그의 말에 제임스가 한숨을 쉬었다.

"윈터 이 녀석이 우리에게 당장 작위를 주지 않으면 남부 전체에서 사업을 정리하겠다더군."

"그, 그래서요?"

"당연히 안 된다고 했지."

그의 퉁명스러운 대답에 드루의 얼굴이 새파랗게 질렸다.

"뭐, 뭐요? 형님! 우리 다 죽일 일 있소!"

언성이 높아진 것은 드루뿐만이 아니었다. 그의 숙부들까지 나서서 작위를 물려받은 제임스로서는 한 번도 들어 본 적 없는 욕설을 퍼부었다.

"이러다 우리 가문을 죽이려는 게냐!"

"할 수 없지 않습니까, 숙부님! 윈터는 캐서린의 아이가 아니니, 캐서린이 당연히 반대하지요!"

제임스가 골치 아프다는 표정을 지었다.

"그동안 윈터 녀석과 얼마나 연계가 되신 겁니까?"

"얼마나? 가주인 네 녀석이 어떻게 이렇게 무심할 수가 있는 게냐? 네가 영지의 많은 부분을 윈터에게 팔고부터 블루밍 가문이라면 먼 친척까지도 그 녀석의 사업에 발을 걸치고 있어."

"도대체 왜 그렇게 위험한 짓을 하셨습니까! 서자에게 의지를 하다니요!"

"네가 감히 그런 말을 할 자격이 되느냐!"

"맞습니다, 숙부님! 그 서자에게 완전히 의지해서 사신 건 형님이잖소!"

살아오며 들어 본 적 없는 질타에 제임스는 숨이 턱 막히는 기분이었다. 이대로 도망쳐 버리고 싶었다.

제임스의 조카인 케이시가 말했다.

"그보다 더 큰 문제는 윈터 형님이 블루밍 가문을 아껴서 우리에게만 자리를 열어 준 것이 아니란 겁니다. 남부의 종주인 우리 가문 사람으로 연결되면 워호슨 곳곳의 어디라도 손을 뻗을 수 있죠. 실제로도 그 영향력이 남부 전체에 미치고 있고요."

"이런……."

집안 살림에 무신경했던 제임스의 얼굴이 차츰 하얗게 질려 갔다. 그제야 그는 처음으로 현실을 마주했다.

그는 여태 자신이 혈통 나쁜 아들을 거둬 주고 있다고 생각했었다. 그러나 지금, 그는 자신이 서자가 만들어 준 낙원에서 현실 돌아가는 모습을 전혀 모르고 지냈을 뿐이라는 것을 깨달았다.

"형님, 당장 가서 윈터에게 사과하십시오. 그것 말고는 해결책이 없습니다."

드루가 눈을 부릅뜨고 말하자 옆에서 다른 블루밍가 사람들 역시 고개를 끄덕이며 당장 사과하라고 한마디씩 보탰다.

***

블루밍 가문이 발칵 뒤집혀 있는 사이, 바이올렛 부부는 헤스턴가의 계승식에 가기 위한 준비를 시작했다.

그들은 북부 별장을 어떻게 이용할지 확인하기 위해 사흘 전에 미리 도착해 둘 예정이었다.

윈터의 짐은 어차피 하엘이 다 알아서 챙겨 주었기 때문에 그의 관심은 바이올렛의 짐에 몽땅 꽂혀 있었다. 북부 별장으로 떠나는 날 아침, 그에게는 계획한 일이 있었다.

노크 소리에 윈터가 은밀히 문을 열자 앞에는 눈이 초롱초롱한 젠이 바이올렛이 입고 갈 외출복들을 들고 서 있었다.

"여기 가져왔습니다, 대표님!"

"그래."

"제가 웬만하면 다른 사람한테 우리 작은 마님 물건 안 맡기는데요, 대표님은 믿을 수 있어요. 옷을 정말 기가 막히게 다리시더라고요!"

젠이 바이올렛의 옷을 맡기자 윈터가 그것을 안으로 들고 들어갔다.

그는 제 옷도 남이 다리면 어딘가 탐탁지 않아 직접 다시 다릴 때가 있었는데, 하물며 공주님의 옷이다. 더더욱 꼼꼼하게 다려야만 했다.

전부터도 윈터는 하녀들의 다림질 실력이 영 내키지 않았지만, 바이올렛이 다림질이 취미인 남편을 어떻게 생각할지 고민하느라 실행에 옮기지 못했었다.

그런데 지금 제가 별 쓰레기 같은 짓을 다 저질렀는데도 바이올렛이 좋아한다고 하는 걸 보니 자신감이 생겼다.

윈터가 제 키에 비해 낮은 다리미판에 맞게 허리를 구부리고 꼼꼼하게 아내의 옷을 다렸다.

그는 옷이 구김 없이 완벽해졌을 때 말할 수 없는 쾌감을 느꼈다. 가사에 대해 아무것도 모르는 공주님이 듣는다면 당황한 얼굴로 이해하는 척 고개를 끄덕이리라.

여자 옷은 다려 본 적이 없어 처음엔 좀 헤맸으나, 그는 긴 취미 생활 경력으로 이내 완벽하게 옷을 다려 냈다.

그가 조용히 문을 열어 스윽 젠에게 옷을 돌려주자 그녀가 감탄했다.

"대단하세요!"

"꺼져."

"네!"

젠이 쾌활하게 대답한 후 옷을 들고 바이올렛에게 달려가려다 돌아와 물었다.

"대표님이 다리신 거라고 말씀드려도 돼요?"

"……몰래 말해. 남들 알면 당장 해고야."

"그럼요, 몰래 말씀드릴게요!"

젠이 말하고 신이 나서 달려갔다.

❄ ❄ ❄

바이올렛은 레몬이 든 미온수를 한 컵을 다 마시고도 콩닥거림이 가라앉지 않아 애를 먹는 중이었다.

임신 확률이 낮다면 확률을 높이는 가장 좋은 방법은 하나였다.

여러 번 시도하는 것.

바이올렛이 저도 모르게 입술을 잘근잘근 물었다. 그녀는 어떤 일이든 포기하지 않고 될 때까지 시도하는 것에는 자신이 있었다.

다만 그렇게 시도하자는 말을 남편에게 꺼내는 게 문제였다. 도무지 어떻게 그런 말을 하나. 생각만으로도 눈앞이 캄캄해졌다.

책에서 본 것처럼 옷을 벗고 침대에서 기다리고 있는 건 그녀가 죽었다 깨어나도 못 할 일이었다.

어떡하나, 어떡하나, 바이올렛이 멍하니 생각하는데 그녀의 허리 리본을 묶던 하녀 하나가 말했다.

"작은 마님, 얼굴이 왜 이렇게 붉으신가요? 어디 아프신 거 아니에요?"

"전혀……."

바이올렛이 말하기도 전에 다른 하녀가 눈이 커져서 말했다.

"어쩐지 아침부터 계속 물을 찾으시고! 정말 아프신 거 아니죠?"

"괜찮아. 너무 건강해서 탈이구나."

"작은 마님이 언제 건강하셨다고 그러세요?"

"맞아요! 의사 모셔 올게요."

다들 바이올렛의 상태를 걱정하고 있을 때였다. 그녀가 제 옷을 잠깐 살피더니 말했다.

"정말이다, 내가 딴생각을 하느라. 그보다 오늘따라 옷이 유난히……

말끔하구나."

그녀가 알아보자 젠이 옆에서 씨익 웃었다. 바이올렛이 이렇게 말한 걸 윈터에게 알려 주면 그가 신나 할 것이 뻔히 보였다. 그녀가 바이올렛에게 작게 소곤거렸다.

"대표님이 직접 다리셨어요."

"그게 무슨 소리니?"

"대표님이 옷 다리는 게 취미시거든요. 이건 진짜 비밀이에요. 비서님과 저만 알아요."

바이올렛이 놀란 얼굴로 고개를 끄덕였다.

"비밀로 할게. 말해 줘서 고맙구나."

회색 블라우스에 검푸른 스커트, 어두운 회색 구두를 신은 바이올렛이 자리에서 일어섰다. 평소보다 굽이 높았지만 발에 아주 잘 맞아 크게 불편하지는 않았다.

그보다 옷을 다리다니. 그녀는 자라며 단 한 번도 아내 옷을 다려 주는 귀족 남자에 대해 들어 보지 못했다.

바이올렛이 거울을 보며 말했다.

"이렇게 잘 다려 놓으니 원래도 예쁜 옷이 더 예쁘구나."

"작은 마님이 예쁘신 거예요."

옆에서 하녀 하나가 못 참고 말하더니 까르륵 웃었다. 바이올렛이 인사치레로 넘기며 같이 웃고 있는데 늘 성질이 급해 그녀의 치장을 끝까지 기다리지 못하는 윈터가 불쑥 나타났다.

그는 저를 돌아보는 바이올렛을 위아래로 훑더니 말했다.

"구두를 왜 벌써 신었어. 가서 신지."

"옷과 잘 맞는지 보려…… 위, 윈터!"

그는 바이올렛을 훽 안아 들고 돌아섰다. 하녀들이 웃는 소리와 하옐이 한숨 쉬는 소리가 들렸다. 바이올렛이 얼굴이 새빨개져서 윈터의 가슴팍을 아프지 않게 때렸다.

“이게 무슨 짓이에요, 정말?”

“그러게 누가 벌써부터 구두 신고 있으래?”

“남들 보는데…….”

“외부인도 아니고, 다 여기서 일하는 녀석들이 보는데 무슨 상관이야.”

윈터가 짜증스레 투덜거렸다.

“저 하녀들 다 해고하든지 해야지, 당신 치장만 시작하면 시간 가는 줄을 모르니. 당신이 무슨 자기들 장난감인 줄 아는 거 아냐?”

“한 명이라도 건드려 봐요.”

“건드리면 어쩔 건데.”

“다시 찾아서 고용할 거예요.”

“세상에, 난폭하셔라.”

윈터가 빈정거리며 마차에 도착해 바이올렛을 내려 주었다.

북부 별장까지 갈 마차는 왕도 못 타 봤을 것 같은 거대한 크기였다. 바이올렛이 충격받은 표정으로 마차를 바라보자 윈터가 말했다.

“이게 자본주의라는 거지. 돈 들이면 들이는 대로 되는 거.”

“충격적이네요…….”

그녀가 중얼거리는데 어느새 가방을 들고 뒤따라온 하옐이 말했다.

“그래도 대표님은 자산에 비해 물욕이 별로 없으셔서요.”

“……그게 무슨 말인가? 물욕이 없어?”

“네. 그래서 사치품이 많이 없으시잖아요.”

“사, 사치품이 없다니?”

"그러니까 자산에 비교하자면요."

하옐의 말 한마디, 한마디가 충격적이었다. 그가 말을 이었다.

"아무래도 대표님 자산은 대부분 부동산이니까요."

윈터가 제 재산이 대부분 호텔 부동산이라고 말하긴 했었지만, 바이올렛은 지금껏 그것에 대하여 구체적으로 생각을 해 본 적이 없었다.

"이제 남부 부동산을 일부 정리하실 거라 현금이 많아지겠네요."

하옐의 뼈가 있는 말에 윈터가 무슨 쓸모없는 말을 하냐는 듯 노려보았다. 그러나 하옐은 잽싸게 바이올렛에게 보고를 이어 갔다.

"대표님께서 워호슨과의 전쟁을 선포하셨거든요."

전쟁이라니 무슨 소리인가. 바이올렛이 눈을 동그랗게 뜨고 바라보자 하옐이 말을 이었다.

"작위를 넘겨주지 않으면 남부에서 사업을 정리하실 거라고 하셨어요. 이미 하고 계시고요."

그 말에 바이올렛은 남편이 그의 부모와 다투던 날, 그녀에게 매달려 버리지 말라고 애원하던 것을 다시 떠올렸다. 부모에서 그치는 게 아니라 남부 전체를 공격하기로 결정했다는 것을 알고 나니 바이올렛 입장이 난처해졌다.

바이올렛이 윈터를 보니 그가 덤덤히 말했다.

"워호슨 전체가 당신을 따돌리고 괴롭힌 건 사실이잖아."

"그렇다고 남부 전체에게 싸움을 걸어요?"

"당신은 이 저택과 정원만 있어도 살 수 있잖아. 난 나머지를 다 털어서라도 남부를 가라앉힐 거야."

"……."

"그러니 거지가 되면 난 여기서 재워 줬으면 좋겠군. 당신 나 좋아하잖아.”

윈터가 능청을 떨자 바이올렛이 하옐을 돌아보았다.

“자네가 참 저런 예상하기 어려운 사람과 일하느라 고생이 많네.”

“작은 마님이 계셔서 그럭저럭 버팁니다.”

하옐이 대답하고 우는 시늉을 했다.

하옐의 능청에 바이올렛이 즐겁게 웃음을 지었다.

윈터는 진심으로 하옐의 멱살을 쥐어 잡고 싶다는 생각을 했으나, 저 녀석이라면 그 즉시 바이올렛에게 일러바칠 테니 그럴 수 없었다.

그때 바이올렛이 그를 보며 손등이 위로 가게 손을 내밀었다.

그녀의 행동에 윈터는 하옐에 대한 분노가 사그라지는 것을 느끼며 아내의 손을 잡아 마차에 타게 에스코트하고 저도 마차에 올라탔다.

마부가 와서 문을 닫자마자 윈터가 아내의 손을 당겨 제 허리에 감게 했다. 그러곤 바이올렛의 다리를 끌어다 제 무릎에 올리고 구두를 벗겨 내려놓았다.

바이올렛의 눈이 휘둥그레졌다.

“무슨 짓이죠?”

“떨어져 앉기 싫어서.”

“하녀들이 날 장난감 다루듯 한다면서요. 그걸 기준으로 해고한다면 당신부터 해고해야겠군요.”

“말이 심하네.”

윈터가 한 귀로 흘려 넘기고 바이올렛을 두 팔로 감아 안았다. 바이올렛이 기가 차서 그의 팔을 밀어냈다.

“하루 종일 달라붙어 있을 생각이에요? 좋아한다는 말은 내가 했는데 왜 당신이 이래요?”

"원래 이러고 싶었어. 당신이 날 미워하는 줄 알고 못 했던 거지."

그녀는 지금 자신의 상태를 보았다. 두 다리를 남편의 무릎과 교차해 올리고 벽에 등을 기댄 제 모습이 낯설었다.

바이올렛이 한숨 쉬며 윈터를 흘겼다.

"도대체 왜 이렇게 불편한 자세로 있게 하는 거죠?"

"보통 사람들은 이게 편한 자세라고 생각해."

"나는 아주 어릴 때도 이런 자세로 앉아 본 적이 없는걸요."

"남편을 잘못 만났군, 가엽게도."

윈터가 놀리듯 말하자 바이올렛이 한숨을 깊게 쉬었다. 윈터는 두 다리를 맞은편 의자에 얹고 있었고, 그의 말대로 그것이 그의 가장 편한 자세로 보였다.

바이올렛이 체념한 표정을 지었다.

"남부 사업을 정리하면 당신에게 타격이 크겠군요."

"아까는 농담이었어. 부동산을 정리하면 현금이 많아지지. 그뿐이야."

"그 정도로 끝날 문제가 아니잖아요. 반발이 아주 심할 거예요."

"그 정도는 생각했어. 애초부터 내 사업 기반을 남부에서 수도로 옮기려고 했었고. 이게 손해만 보는 장사였으면 우리 집에 카닉사 직원 놈들이 전부 몰려와서 뜯어말렸지."

"하지만 당신이 블루밍 공작이 되면 남부에서 살아야 할지 모르는데요?"

"왜?"

"블루밍 공작가는 남부에 영지를 두는 남부의 가문이니까요."

그녀의 말에 윈터가 이해가 안 되는지 인상을 썼다가 곧 대수롭지 않은 표정으로 하옐이 미리 챙겨 준 신문을 집어 들었다.

"그건 내가 알아서 할 테니 당신은 일단 십자말풀이 해."

"고마워요."

"이해가 안 가는군. 어떻게 취미가 십자말풀이지?"

"그러는 당신 취미는 옷 다리기라면서요."

"그건 얻는 게 있잖아."

"십자말풀이도 얻는 게 있어요."

부부는 여전히 서로에 대해 이해 못 하는 부분이 산더미라고 생각했다. 바이올렛이 치마를 보며 말했다.

"구겨졌잖아요. 당신이 다려 준 게 정말 마음에 들었는데……."

"그래?"

"아주 많이요."

"도착하면 내가 다시 다려 줄 테니까 맘껏 구겨."

윈터의 눈꼬리가 우쭐하게 휘어졌다.

바이올렛은 그런 남편이 웬일로 귀엽다고 생각하며 신문을 펼쳤다. 그녀가 십자말풀이를 하기 전에 앞선 기사들을 찬찬히 읽다가 눈이 커졌다.

그리고 서둘러 윈터에게 신문을 내밀었다.

"이것 좀 봐요, 윈터."

"뭔데…… 아, 이 미친."

윈터가 신문을 구겨 쥐고 미간을 좁혔다.

의회에서 낸 기사였다.

선왕 폐하의 제1 후계자, 에쉬 로렌스는 실패한 국책을 해결하려, 소작 관리인 제도를 폐지할 예정이라고 발표했다.

윈터가 혀를 차고 신문을 바이올렛에게 돌려준 후 몸을 뒤로 기댔다. 바이올렛이 입을 열었다.

"엔나 부인께서 하신 말씀 그대로군요. 만찬장에서 이런 이야기가 나왔다고 들었어요."

"그랬군."

"거기에…… 당신이 남부에서 사업을 회수하려 하니 워호슨이 재촉해 급하게 기사부터 냈을 거고요."

윈터가 혀를 찼다.

"내가 선수 친 것처럼 됐네. 잘됐다고 해야 하나."

❄ ❄ ❄

선왕의 국책은 매우 거대한 규모를 가졌다. 그것은 라크라운드 사람들이 받아들이기에 지나치게 커다란 파도였고, 순간 나라가 휘청거릴 수밖에 없는 크기의 변화였다.

그 국책 중 가장 큰 문제를 일으킨 것은 두 가지였다.

첫째가 영지민의 이주였는데, 이전까지 영지민이 이주하기 위해서는 그 땅을 소유하는 가문에게 이주 3개월 전에 미리 알려야 했다. 그것을 원하는 시기에 언제든 이주할 수 있게 하였다.

두 번째는 소작료였는데, 이전에는 땅의 주인이 마음대로 그 땅의 소작료를 정하게 하던 것을 이제는 평야마다 소작료 관리인을 두고 땅의 세금을 부과하는 동시에 소작료를 자기 마음대로 책정하지 못하도록 감시했다. 소작인들은 여전히 적지 않은 돈을 땅의 주인에게 지불하고 있지만 벌어들인 돈도 모자라 살림살이까지 빼앗기거나, 불시에 소작료를 올리겠다 협박당하는 일은 사라지게 되었다.

이것으로 가장 손해를 보는 것은 남부의 비옥한 평야를 소유한 워호슨이었다. 그들은 여전히 가진 땅을 통해 부유한 생활을 영위할 수 있었음에도, 이 법에 몹시 배 아파했다.

워호슨은 소작농들에게 이 법이 얼마나 위험한지에 대해 이야기했다. 시간이 지나면 결국은 자신들이 전부 망해 버릴 것이고, 소작농들은 더 이상 소작할 땅을 얻지 못할 거라는 논지였다.

실제로 라크라운드 왕실은 이 변화를 추진하기 위해 몇 년째 큰 적자를 보고 있었고, 여러 귀족 가문이 몰락하며 경기가 침체되었다.

그 위기를 틈타 윈터 블루밍 같은 사업가들이 번개처럼 빠르게 위력을 늘려 가고 있었으나, 그 외의 소작농들에게는 그저 실시간으로 닥치는 불황일 뿐이었다.

위험을 느낀 소작농들은 왕성으로 달려가 실패한 왕에게 책임을 촉구했다.

칼슨과 혼담이 오가던 바이올렛이 급한 결정으로 윈터와 결혼하기 위해 남부로 가던 무렵의 일이었다.

❄ ❄ ❄

윈터는 골치 아픈 표정을 지었다.

"뭐…… 황당하긴 하지만 별수 없지. 이 정도 난리는 나도 몇 번이나 겪었어. 어차피 우린 손해 볼 것도 없고."

윈터의 냉정한 말에 바이올렛은 말없이 고개를 끄덕였다. 라크라운드에 불황을 가져온 국책이었다. 사람들이 바라지 않는다면 그녀도 도리가 없다고, 잠시 생각했다.

윈터가 말을 이었다.

“에쉬 그놈 참 악랄하군. 소작료를 쥐어짤 기회를 다시 열어서 귀족들의 지지를 확실하게 얻겠다는 건가? 제 아버지 뜻을 뒤집어서라도?”

“그런 모양이네요.”

바이올렛은 한동안 말이 없었다. 그녀의 표정에 윈터가 실없이 웃었다.

“왜, 결혼까지 해 가며 지킨 게 바뀌는 게 싫어?”

“모르겠어요. 그냥…….”

바이올렛이 잠시 더 생각하다 입을 다물었다. 그리고 몸을 바로 해 창밖으로 시선을 돌렸고, 십자말풀이도 하지 않았다.

윈터는 별말 없이, 제 쪽 벽에 등을 기대고 팔짱을 낀 채 그녀의 옆모습을 바라보았다.

그러한 상태가 꽤 길어지고, 바이올렛이 잠깐 자세를 움직이다가 윈터의 시선을 느끼고 그를 보았다. 바이올렛이 물었다.

“대답이 충분히 됐던가요?”

“전혀. 궁금해 죽어 버리겠어. 누가 나 좀 기절시켜서 당신이 대답할 마음이 들 때 깨워 줬으면 좋겠군.”

기다렸다는 듯 내뱉는 윈터의 말에 바이올렛이 다소 놀란 얼굴을 했다.

“그렇게 궁금했는데 왜 보고만 있어요, 당신답지 않게?”

“당신은 원래 생각하는 데 오래 걸리는 사람이잖아. 좋게 말하면 신중한데 나쁘게 말하면 사람 피를 말려.”

"……내가 그랬군요. 몰랐어요."

"천천히 생각해. 난 이제 슬슬 적응하고 있으니까."

윈터가 말하더니 그 상태로 스르륵 미끄러져 바이올렛의 무릎을 베고 누웠다. 바이올렛이 놀라는 게 느껴졌으나 모른 척 눈을 감고 중얼거렸다.

"당신도 생각보다 되게 까다로운 사람이야. 나처럼 대충이라도 길들인 남편과 사는 게 수 편한걸."

"길들이다니요. 사람에게 쓰기 적절한 표현은 아니에요."

"그래, 그래. 우리 공주님은 진지한 게 매력이지."

윈터가 흘려 넘기며 바이올렛의 손을 잡아다 제 눈을 덮게 했다.

바이올렛은 이러려고 마차를 큰 걸 샀나, 싶었다. 그의 상체는 수용할 수 있는 길이의 의자였고, 다리는 불편해 보였으나 그럭저럭 바닥으로 구겨 넣고 있었다.

바이올렛이 다시 생각에 잠겨 있을 때, 윈터가 입을 열었다.

"날 이용할 수 있으면 이용해."

"네?"

"필요한 거 있으면 해 달라고 하라고. 사 달라고 하든지."

그의 말에 바이올렛이 미소를 지었다.

"그럴게요."

그녀의 대답에 윈터가 만족했는지 하품을 하고 잠을 청했다.

그러나 그는 잠들지 않아서 그녀의 다리에 무게가 느껴지는 일은 없었다.

❄ ❄ ❄

북부 별장에 도착해 보니 계승식 준비가 한창이었다. 이전에 왔을 때와 달리 여름 기운이 완연한 호수는 다이아몬드 가루를 흩뿌려 놓은 것처럼 햇살에 반짝반짝거리고 있었다.

호수를 둘러싼 숲의 냄새에 바이올렛이 황홀해하며 윈터에게 말했다.

"겨울에 눈이 와도 정말 근사할 것 같아요."

"근사하지."

윈터가 두 사람의 숙소인 레이크하우스의 문을 열었다. 그들은 이 별장의 주인으로 손님들을 대우하기 위하여 대강당 건물에서 가장 먼 곳에 자리 잡았다.

레이크하우스 앞에 묶여 있는 작은 조각배를 발견하고 바이올렛의 입이 절로 열렸다.

"배로 이동하는구나……."

유리 같은 호수 위를 떠갈 배는 하늘색으로 칠이 되어 있었고, 한쪽에 카닉사의 로고가 적혀 있었으며, 안에는 꽃이 가득했다. 꽃은 매일매일 새로 갈아 준다는 모양이었다.

그녀가 조각배에 감탄하는 사이 윈터는 오기 전부터 미리 준비하게 한 초콜릿 상자 하나를 하인에게 받아 챙겼다.

그러곤 배에 타라는 듯 바이올렛의 한 손을 잡아주자 그녀가 조심스럽게 치맛자락을 잡아 들고 배 안에 한 발을 넣었다.

생각보다 배가 흔들리지 않아 다른 한 발도 안으로 넣어 보니 꽃향기가 진동을 했다.

그녀가 자리에 앉아 있으려니 윈터가 밧줄을 풀어 배에 올라탔다.

그리고 상자를 열어 보이며 말했다.

"이 근처에 아주 유명한 초콜릿 장인이 있어."

"어머, 예뻐라."

각종 초콜릿들이 상자에 칸칸이 나뉘어 담겨 있었다. 바이올렛이 장갑을 벗고 고민하다가 라즈베리가 올라가 있는 초콜릿을 집어 입에 넣었다. 속에 잼이 들어 있어 입 안에 사르르 흘러내렸다.

바이올렛이 웃음을 지었다.

"맛있어요. 당신도 먹어요."

"골라 줘."

윈터가 말하더니 넣으라고 입을 벌려 보였다. 바이올렛이 난처해하다가 가장 달아 보이는 초콜릿을 꺼내 입에 넣어 주었다. 윈터는 초콜릿을 녹여 먹으며 노를 저어 레이크하우스와 멀리 떨어진 곳으로 향했다.

그들이 도착한 곳은 호수 끝에 있는 하얀 꽃나무 숲이었다. 바이올렛이 고개를 들어 긴 줄기가 호수로 늘어지다 못해 몇몇은 잠겨 있기까지 한 꽃나무들을 바라보았다.

"황홀한 곳이군요."

"혹시 내가 먼저 죽어도 팔아먹지 마. 자손 대대로 물려주라고."

그의 말에 바이올렛이 미간을 좁혔다.

"다시 말하지만 다른 남자와 만날 생각 없어요."

"입양도 괜찮지."

"……좋은 생각이네요, 그건."

바이올렛 역시 생각해 본 일이라 고개를 끄덕였다.

아이 이야기가 나오니 바이올렛은 저도 모르게 침을 꿀꺽 삼키게 되었다. 그리고 설명할 방법이 없어 윈터를 빤히 바라보았다.

윈터는 아이 이야기를 하고 나면 늘 말이 없어졌다. 그리고 아직도 아내가 저를 버릴까 두려워 바이올렛의 팔목을 꽉 잡았다.

반면, 바이올렛의 머릿속은 부부관계의 횟수를 늘리자는 말을 어떻게 해야 무례하지 않을까, 하는 생각으로 가득 찼다.

바이올렛은 두 사람이 재회한 이후에는 임신을 목적으로 잠자리를 한 적이 없다는 것을 떠올렸다. 그러므로 가임기와 동떨어진 시기에 잠자리를 해 왔었는데, 그녀의 머릿속으로 계산해 보니 지금이 딱 가임기였다.

그녀는 할린이 두 사람 사이에서 아이가 태어날 가능성에 대하여, 윈터가 아닌 제게만 말한 이유를 이해했다.

윈터는 그 사실을 알게 되어도 전혀 기뻐하지 않을 것이 분명했다. 오히려 그 희망 고문 때문에 죽어 갈지도 모른다.

게다가 바이올렛에 비해 그는 참을성이 부족했다. 매번 임신을 했는지 확인했다가 실망하기를 반복할 거라 생각하니, 윈터가 그 사실을 모르게 하는 것이 나아 보였다.

그런 실망은 저 혼자 하는 것으로 족했다.

바이올렛이 머뭇거리다가 살며시 손을 뻗어 노를 쥔 윈터의 손을 감쌌다.

그러자 윈터가 물었다.

"아까부터 무슨 할 말 있어?"

바이올렛은 머뭇거리다가 하려던 말 대신 딴소리를 내놓았다.

"나도 노를 저어 봐도 돼요?"

"안 될 것 없지."

윈터가 그리 말하고는 바이올렛에게 노의 손잡이를 건네주었다.

"뒤로 저을 때는 이렇게 각도를 맞춰서 젓는 거야."

"아, 그렇군요."

바이올렛은 약간 자괴감을 느끼며 노를 받아 들었다. 그래도 받은 김에 힘껏 노를 당겨 보니 배가 앞으로 나갔다. 바이올렛이 신기해하며 눈을 동그랗게 떴다.

"앞으로 가네요?"

"생각보단 힘이 있네."

"그렇다니까요. 정말 누굴 약골로 알아요?"

"그렇다고 당신이 약골이 아닌 건 아니지."

티격태격하며 몇 번 더 노를 저어 보니 배가 호수 위를 미끄러졌다. 꽃나무 구석구석을 보려고 노를 젓는 것이 재미있었다.

윈터는 힘들어하면서도 동시에 즐거워 어쩔 줄 모르는 바이올렛이 귀여웠는지 고개를 젖히고 유쾌하게 웃었다.

"처음 놀러 나온 어린애 같군."

"노를 저어 보는 건 정말 처음인걸요?"

"이제 그만하고 줘. 죄책감 드니까."

"여기요."

바이올렛이 노를 돌려주었다.

그는 다시 노를 저었고, 바이올렛은 행복하게 꽃구경을 즐겼다. 향기가 진동을 하는 호수 위를 노니는 것은 꿈같은 일이었다. 게다가 윈터 역시 이 데이트가 무척이나 즐거운 듯했다.

황홀한 기분으로 호수 한 바퀴를 돌고 나서 두 사람은 다시 레이크하우스로 돌아왔다.

꽤 오래 노를 저었는데 윈터는 전혀 힘들지 않아 보였다. 바이올렛은 제가 정말 약골인 건지, 저 남자가 지나치게 강골인 건지 분간이 가지 않았다.

레이크하우스로 들어가 보니 이곳 직원들이 이미 그들의 짐을 다 정리해 놓은 후였다. 이 집에서 가장 큰 방인 2층 창가 침실로 향했다. 여기 오기 전에 침실을 함께 쓰기로 정해놓은 게 그나마 다행이었다.

전망을 보기 위해 바이올렛이 침실 발코니에 서자 윈터가 말했다.

"내일 아침이면 카닉사 놈들이 올 거야. 공동 부대표 둘과 하옐까지 다 와서 이 레이크하우스에서 머물며 회의를 할 예정이지."

바이올렛이 고개를 끄덕였다.

"이야기가 잘 풀렸으면 좋겠군요."

그렇게 말한 바이올렛이 발코니에서 돌아오며 커튼을 잘 닫았다. 윈터가 침실에 놓인 테이블 앞에 앉아 아내를 주시하며 말했다.

"욕실이 두 개인데 2층 욕실이 아주 좋아. 큰 욕조가 있거든."

바이올렛이 발코니를 등지고 서서 고개를 끄덕였다.

"이미 거기 목욕물 준비해 달라고 했어요. 수도에 있을 때 하옐이 미니어처를 가져다주어서 봐 뒀거든요."

"그랬군. 하여튼 그 망할 놈은 요즘 들어 나보다 당신을 훨씬 잘 따른다니까."

바이올렛은 투덜거리는 윈터를 가만히 바라보았다. 내일 카닉사 사람들까지 와 버리면 기회는 오늘뿐이었다.

그때 이 레이크하우스의 관리인이 문을 두드렸다.

"목욕물 준비해 두었습니다."

"아, 고맙네."

바이올렛이 대답했다.

다시 윈터를 돌아본 바이올렛은 제가 읽은 책과 제 상식의 절충안을 선택했다.

드디어 결심한 바이올렛이 윈터의 앞에 서더니 하늘거리는 블라우스의 리본을 풀었다.

"……뭐 하는 거야?"

그 모습을 발견한 윈터의 입매가 빠르게 굳었다. 바이올렛이 블라우스를 벗기까지 하자 그는 뭔가 큰 문제에 직면한 사람 같은 얼굴이 되었다.

그녀가 침착한 목소리로 말했다.

"같이 목욕해도 돼요."

"당신 누구야? 혹시 나 말고 다른 사람이랑 몸이 바뀐 건가?"

"그렇지 않아요. 책에서 읽은 거예요."

윈터가 꼼짝도 안 하고 얼어서 제 얼굴만 바라보자 바이올렛이 난감한 표정을 지으며 블라우스를 집어 들었다.

"미안해요. 당황스러웠다면 옷 다시 입을게요."

"당황스럽지만 입지 마."

말을 마친 윈터가 그녀의 손에서 블라우스를 뺏어 던지고 그녀 앞에 바짝 붙어 섰다. 아내가 학습 능력이 좋은 건 알았지만 이런 건 전혀 예상하지 못했다.

윈터가 한 손으로 그녀의 치마 리본을 당겨 풀어내며 속옷까지 벗기려 하자 바이올렛이 서둘러 그의 손을 밀어냈다.

"뭐 하는 거예요?"

"같이 목욕하자며."

"우선 수건으로 몸을 두르고 벗을게요. 당신도 그렇게 해요."

그러자 윈터가 허리를 숙여 아내와 눈을 마주치며 물었다.

"그러고 욕조에 들어가자고?"

"그러는 게 맞겠죠. 그런데 왜 그런 표정이죠?"

"난 같이 목욕하자는 걸 당신 몸을 구석구석 만져도 된다는 말로 알아들었거든."

"그, 그게 어떻게 그 말이 되죠?"

"원래 같은 말이야. 당신이 허락했으니 말 바꾸지 마."

바이올렛이 윈터의 손에 이끌려 욕실로 향하며 당황스러운 표정을 지었다.

❄ ❄ ❄

바이올렛은 제 말이 왜곡되었다는 것을 욕실에 들어가는 순간부터 알았다.

목욕을 너무 오래 해 바이올렛은 욕실에서 나오자마자 침대에 쓰러졌다. 온몸 구석구석 남편의 입술이며 손이 닿지 않았던 곳이 없어 사방에서 열이 나는 기분이었다.

언제 잠들었는지, 바이올렛이 다시 눈을 뜬 것은 아침이었다.

"……세상에, 하루가 어떻게 끝난 거람."

그녀가 혼잣말하며 옆을 보니 윈터가 없었다.

아침 챙기러 갔나 보다고 바이올렛이 가운을 챙겨 입으며 생각하다가 뒤늦게 '아' 하고 탄성을 냈다.

"너무 받기만 하나?"

그러나 뒤이어 생각해 보니 저만 이렇게 진이 쏙 빠졌는데 윈터가 챙기는 게 당연했다.

그렇게 생각을 정리한 사이 윈터가 아이스크림을 가지고 들어왔다. 그는 테이블을 들어다 침대 앞에 둔 뒤 거기 아이스크림을 놓았다. 그러고는 허리를 숙여 붉어진 바이올렛의 눈가에 입을 맞췄다.

"그러게 왜 울어."

"그러게, 라니. 그게 무슨 말이에요?"

"당신이 우니까……."

"무례해지더군요. 더더욱."

더더욱 바이올렛을 미치게 한 것은 침대 위에서는 그가 아무리 무례하게 굴어도 싫지가 않다는 사실이었다. 다행히 윈터가 바이올렛이 받아들일 수 있는 단계를 지켰기 때문이었고, 그 단계에 따라서 바이올렛도 조금씩 더, 황홀함에 가까워지는 감정들을 느끼게 되었기 때문이었다.

애초에 바이올렛은 관계 중에 귓가에서 들리는 윈터의 참는 듯한 신음 소리를 좋아했다. 그 큰 덩치로 저를 끌어안으면서 어찌하지 못해 안달이 나 있는 것이 묘하게 그녀의 정복욕을 자극했다.

자주는 체력이 안 되겠지만 종종이라면 괜찮을 것 같았다. 어차피 윈터는 다음 날 움직이기 힘들어하는 바이올렛을 웬만큼 충직한 하인보다 더 극진히 모셨다.

바이올렛이 아이스크림을 한 숟갈 크게 떠서 열이 남은 입에 넣었다. 진한 초콜릿 아이스크림이 입에서 녹았다.

맛있게 먹는 아내를 즐거운 얼굴로 바라보던 윈터가 미련 가득한 목소리로 말했다.

"이 망할 카닉사 놈들, 오지 말라고 할 걸 그랬어. 아니면 내일 오든지."

"그러게요."

"……뭐?"

"하지만 그럼 안 돼요. 중요한 회의를 해야 하니까."

바이올렛이 금방 진정하고 현실적으로 말하자 윈터가 자못 심각한 표정으로 상체를 숙여 그녀에게 얼굴을 가까이했다.

"그러게요? 그렇게 나랑 둘이만 있고 싶어, 우리 공주님?"

"당신이 먼저 말했잖아요."

"난 늘 당신과 둘만 있고 싶어."

윈터가 태연히 말하고도 대답을 바라는 듯 그녀를 빤히 보았다. 바이올렛이 한 소리 하려다가 빨개진 그의 귀를 발견하고 손을 뻗었다.

"귀가 빨개요."

"어?"

"부끄러워요? 나도 둘만 있고 싶다고 해서?"

전세가 역전되어 그녀가 묻자 윈터가 당황하며 몸을 뒤로 기댔다. 그리고 고개를 돌려 버리는데, 밝은 곳에서 보니 그의 목덜미까지 벌게져 있었다.

바이올렛은 그게 낯설었고, 그런 것을 놀리는 편이 아니었으므로 별말 없이 아이스크림을 내밀었다.

"왜 안 먹어요, 당신 단 거 좋아하잖아요."

그러자 윈터가 그녀 쪽을 보더니 두 손으로 얼굴을 감싸며 중얼거렸다.

"젠장, 진짜로 열이 나네."

그의 커다란 손에 얼굴이 다 들어가 감춰졌다. 그는 곧 열을 식히려는 듯 아이스크림을 끌어당겨 숟가락으로 크게 떠서 먹기 시작했다.

그의 낯선 행동에 바이올렛은 덩달아 부끄러워져 저도 아이스크림으로 시선을 돌렸다.

❄ ❄ ❄

저녁 늦은 시간 공동 부대표 둘과 하엘이 도착했다.

그들은 남는 방에 각자 짐을 풀고, 깊은 밤 1층 거실에 모였다.

남부의 사업을 정리하겠다는 윈터의 선언 때문에 모이긴 했지만, 여기에는 작위 문제도 얽혀 있고, 언제 터질지 모르는 에쉬의 행로에 대해서도 대비가 필요했다.

만약 워호슨을 적으로 돌렸는데, 귀족 사회 전체가 워호슨 편을 들고 나서면 고급 호텔업을 하는 카닉사도 입장이 곤란해지기 때문이다.

바이올렛 역시 이 일에 깊이 연관되어 있었기 때문에 소파 한편에 앉아 회의를 경청했다.

팔을 한쪽 팔걸이에 걸친 윈터는 대각선에 앉아 잠을 쫓기 위해 거듭 커피를 들이켜는 바이올렛을 힐끔거리다 못 참고 말했다.

“당신은 들어가지?”

“괜찮아요.”

“잘 시간 지났잖아.”

“그래서 커피 마시고 있어요.”

바이올렛이 잔을 들어 보이자 윈터가 못마땅한 얼굴로 혀를 찼다. 이글린이 그 모습에 놀라워하며 말했다.

“대표님 정말 아내분께 꼼짝을 못 하시네요.”

"닥쳐."

그러자 옆에서 하엘이 맞장구쳤다.

"저희가 명령 안 들었으면 저 테이블 뒤집으셨을 거잖아요."

지금도 뒤집고 싶은 마음이 굴뚝같았지만, 바이올렛이 있는 관계로 그럴 수 없었다.

그가 짜증을 감추지 못하고 바이올렛에게 물었다.

"에쉬의 발표에 대한 당신 입장은 정했어? 생각할 시간이 더 필요해?"

바이올렛이 잠시 생각하더니 커피잔을 내려놓으며 말했다.

"네, 아무래도 국책은 내가 관여할 일이 아닌 것 같아요. 의회에서 결정할 일이니."

"당신답군."

"그리고 나와 마찬가지로, 에쉬 로렌스도 거기서 손을 떼야 한다고 생각해요."

그녀의 조용한 목소리에 네 사람의 눈동자가 전부 집중되었다. 바이올렛이 말을 이었다.

"그러려면 할 수 있는 한 에쉬가 가진 권력의 연결 고리를 잘라 내야겠죠."

그녀는 더 이상 자신이 에쉬의 성공의 보상이 되기를 바라지 않았다. 오히려 그의 성공가도를 막아서는 걸림돌이 되리라, 그녀는 마음먹었다.

그녀는 제 성정처럼 차분히 에쉬의 힘줄들을 잘라 낼 계획을 차근차근 세워 두었다.

그러면서도 혹시 내가 사적인 복수심에 이러는 건 아닌가, 많은 고민을 했다.

윈터가 마차에서 모처럼 참을성을 가지고 기다리던 날, 그녀가 한 고민은 그것이었다.

며칠의 시간을 보낸 후, 그녀는 제 목표를 위해 그 정도 복수심은 섞여도 상관없다는 결론을 냈다.

"가장 먼저 의회에서 에쉬 로렌스와 연계된 자들의 의석을 뺏고 그 자리를 새로운 사람들이 채워야 한다고 생각해요."

바이올렛이 말을 이었다.

"만약 누군가가 의회에 들어간다면 카닉 일족을 대표할 사람이 하나 정도는 있어야겠죠."

그 말을 가만히 듣던 이글린이 입을 열었다.

"일족을 사랑하는 저야 감사한 마음이지만, 바이올렛이 가장 잘 알잖아요, 왜 그게 안 되는지."

"왜 안 돼?"

윈터가 묻자 이글린이 퉁명스럽게 대꾸했다.

"의회 의원은 가문 세습이잖습니까."

"아, 그랬지. 망할, 내가 공작 작위를 받아도 블루밍 가문 의석은 디에브 놈에게 가겠군."

윈터가 이제 떠올랐다는 듯이 짜증을 냈다. 바이올렛이 담담히 고개를 끄덕이고 말했다.

"총 의석은 열여덟 개고 로렌스 가문 사람이 3석, 남부 귀족 워호슨이 6석, 북부 귀족 보네스가 6석, 그 외의 명문가가 3석을 가지고 있죠. 나는 그중 로렌스 가문 세 명을 의회에서 제외해야 한다고 생각해요."

그 말에 안잘리를 제외한 셋의 눈이 커졌다. 반면 안잘리는 고개를 끄덕였다.

“로렌스 가문은 왕가라 적장자만은 못해도 직계 자손들의 발언권이 강하니까요. 부인께서 설득하신다면 가능할 수 있겠군요.”

“네, 가능성이 있다고 봐요. 해체되었더라도 왕실이던 로렌스 가문이 의회와 완벽히 분리되어 있지 않으니, 에쉬가 여전히 의회에 영향력을 행사하잖아요. 그러니 이번 기회에 그 연결 고리를 끊어야 해요.”

귀족이 아닌 세 사람은 두 사람의 대화를 경악한 얼굴로 보고 있었다. 그러자 안잘리가 의아한 얼굴로 윈터에게 말했다.

“전에 말씀드렸잖습니까, 부인께서는 급진적이시라고. 이방인 혼혈 서자를 공작가 후계자로 올리시려는 것만큼 놀랍지는 않은데요. 의원직이 선출직으로 바뀐 국가들이 제법 있습니다. 오히려 라크라운드가 지나치게 혈연 중심의 국가라 늦은 셈이죠.”

잠시 침묵이 흘렀다. 한참 후 윈터가 하엘에게 말했다.

“남부 사업을 회수하는 것에 명분 붙이기 좋아 보이는데. 카닉사는 워호슨의 이득만을 생각해 소작 관리인을 없애는 정책에 반대하기 때문인 걸로.”

“제 생각에도 타이밍이 좋아 보여요. 공동 부대표님 두 분은?”

하엘이 돌아보자 둘 다 의견이 일치하는지 고개를 끄덕였다.

바이올렛은 고급 호텔업을 하는 이들이 귀족 사회 이상으로 대외적 이미지에 신경 쓰는 것을 신기하게 여겼다. 소수의 귀족을 제외한 부르주아를 노린 그들의 선구안은 틀리지 않았고, 부르주아 층의 세력은 앞으로도 더 강해질 것이라 이들은 확신하고 있었다.

자리에서 일어섰다. 안잘리가 담담히 말했다.

“그럼 회의 준비하겠습니다.”

"아, 또 밤샘이네. 사표 내야겠다."

이글린이 괴로워하자 안잘리가 그녀를 따라 방으로 향하며 말했다.

"사표 좀 그만 내. 수습하기 힘들어."

"입으론 그렇게 말하면서 몸으론 수습해 줄 거잖아."

"무슨 의미지?"

"성희롱이야. 책 좀 읽어, 안잘리."

"그게 왜?"

안잘리가 의아해하며 회의 준비를 위해 이글린과 떠나고 하옐 역시 회사로 전신을 보내기 위해 달려 나갔다.

거실이 조용해지자 윈터가 바이올렛의 손에서 커피를 뺏었다.

"당신은 이쯤 하고 자."

"다들 지금부터 회의 준비하잖아요. 나도 있겠어요."

"공주님이 무슨 밤샘을 해."

윈터가 고개를 젓고는 바이올렛의 손을 잡아 일으켰다. 그는 저 혼자 쉰다는 걸 영 받아들이지 못하는 아내에게 핀잔했다.

"그런 표정 하지 마. 난 당신을 고용한 적이 없어. 회의는 내 회사 사람들과 할 거라고."

"매정하군요."

"억울하면 입사해. 이왕이면……."

어느 업무가 어울릴지 추천하려던 윈터가 진지하게 중얼거렸다.

"음탕한 생각밖에 안 나니 그만둬야겠군."

"업무에 왜 그런 생각이 들죠?"

"지금 내 머릿속이 그래. 여기 오자마자부터 당신이 날 유혹했잖아. 당신이 내 앞에서 블라우스를 벗던 것밖에 기억이 안 난다고."

윈터가 툴툴거리며 침실로 들어섰다. 그러더니 그대로 침대에 풀썩 드러누웠다. 그사이 잠옷으로 갈아입은 바이올렛이 말했다.

"잘 거면 잠옷 입어요."

"못 자. 회의해야지."

"아, 그렇군요."

"이리 와. 당신 잠들면 다시 나갈 거야."

윈터가 끌어당기자 바이올렛이 난처한 얼굴로 그의 품에 안겼다. 약식이긴 하지만 그럭저럭 정장 차림을 한 남자의 품에 잠옷 차림으로 안기려니 뭔가 잘못하고 있는 기분이었다.

윈터가 바이올렛의 보드라운 머리칼을 쓸어 넘겼다.

"돌아가서도 침실을 같이 쓰는 건 어때?"

"싫어요."

"왜? 그 정도로 날 좋아하진 않아서?"

"그렇지 않아요. 정말 좋아한단 말이에요."

바이올렛이 살짝 욱해서 말하자 윈터의 입꼬리가 씰룩거렸다.

"이렇게 강하게 주장하시니 믿어 드려야겠군."

윈터가 놀리듯 말하고는 그녀의 자그마한 머리통을 품에 묻어 두고 아이 재우듯 등을 다독였다. 바이올렛은 이게 무슨 짓인가, 난감해하다가 시간이 너무 늦은 탓에 그대로 잠이 들고 말았다.

잠시 후 노크 소리와 하엘의 작은 목소리가 들렸다.

"회의 준비 끝났습니다."

윈터가 천천히 몸을 일으켰다. 그러나 새근새근 잠이 든 아내를 두고 떠나고 싶지 않아 한참 뜸을 들였다.

“내가 돈을 미치게 좋아하긴 좋아하나 보네. 이런 공주님을 집에 두고 어떻게 일할 생각을 했지?”

그는 처음으로 제 모짊에 놀라며 혀를 찼다.

자꾸만 꿈을 꾸는 기분이 들었다. 이것이 꿈이라면 제게 얼마나 큰 벌이 될까. 여기서 깼는데 바이올렛이 없으면. 그는 아직도 바이올렛이 사실은 오래전에 정말 세상에서 사라져 버렸을지 모른다는 순간적인 불안과 공포에 휩싸일 때가 있었다.

“……침실은 따로 써야겠다.”

그러지 않으면 이렇게 자다 깨서도 몇 번을 미친놈처럼 아내가 정말 곁에 있는 게 맞나 확인할지 몰랐다.

아이가 있다면 나아질 텐데, 하는 생각을 윈터는 수천 번 수만 번 반복해서 떠올렸다.

입양도 좋을 것 같지만 아내를 닮은 아이가 하나 있었으면 좋겠다고 생각했다. 그럼 그녀가 사라지는 망상을 덜 하게 될 것 같았다.

아내는 그만큼 아이를 원하니까.

❄ ❅ ❄

그날 새벽부터 계승식 전 마지막 아침까지도 레이크하우스의 1층에서는 끊임없는 회의가 이어졌다. 툭하면 고성이 오가서 바이올렛이 걱정스레 지나가는 직원을 붙잡고 물어보면 회의 분위기가 매우 좋다는 반응을 보였다. 이게 분위기가 좋은 거라니, 남들이 윈터의 성격을 그녀가 생각하는 것보다 훨씬 악랄하게 여기는 게 이해가 갔다.

아침 일찍 눈을 뜬 바이올렛은 곁에 윈터가 없음을 알고 가져온 크림색 블라우스와 장밋빛 스커트를 꺼내 입었다.

그리고 2층 계단을 걸어 1층으로 향했다.

여지없이 직원 열 명 정도가 1층에 너부러져 있었고, 윈터는 아예 소파에 그대로 누워 정장 재킷으로 얼굴을 덮고 잠들어 있었다.

남부에서 사업을 정리하는 것은 보통 큰일이 아니었으므로, 그들은 아마 한 달 이상 이런 식으로 일을 처리해야 할 것이었다.

바이올렛은 남편이 들어오지 않았던 지난 3년이 늘 이런 식이었을까, 생각하며 그 모습을 바라보았다.

그때 별장지기가 조용히 다가와 물었다.

"뭐 필요하신 것 있으십니까?"

"아침 식사는 넉넉히 준비가 되었는가?"

"예, 충분히 준비했지만 잠이 더 필요하신 듯하여 드실지 모르겠습니다."

"그것도 그렇겠네."

바이올렛이 이해한다는 듯 고개를 끄덕였다.

그녀는 벽장에서 담요를 꺼내 직원들에게 하나씩 덮어 주고 남편에게는 침실에서 제 담요를 가져다가 덮어 주었다. 하도 밤을 새워서 그동안에 아무도 깨질 않았는데, 윈터만 손을 올려 얼굴을 덮었던 재킷을 치우고 바이올렛을 보았다.

바이올렛이 다정한 목소리로 소곤거렸다.

"미안해요, 내가 깨웠어요?"

윈터가 잠이 덜 깼는지 그녀를 물끄러미 바라보기만 했다.

바이올렛이 손을 뻗어 윈터의 까끌까끌한 턱을 쓰다듬으며 말을 이었다.

"전야제 전에 면도해요."

"……."

"윈터?"

"……나랑 평생 같이 살 거지?"

"네?"

바이올렛이 묻자 윈터가 별말 아니라는 듯 고개를 젓고 다시 재킷으로 얼굴을 덮었다. 그러더니 팔짱을 끼고 다시 잠을 청했다.

바이올렛은 당황한 표정을 지으며 몸을 일으켰다. 그리고 그가 보지 못할 텐데도 고개를 끄덕였다.

"그럴 거예요."

그렇게 말하고, 조용히 레이크하우스를 나섰다.

평생 같이 살 거냐고 묻던 윈터의 목소리 때문에 아침부터 심장이 콩닥콩닥거렸다.

"아침부터 이상한 소리를……."

그녀가 진정하는 사이 간단한 아침 식사를 챙겨 따라 나온 젠이 재촉했다.

"얼른 배로 가요, 작은 마님."

"응? 응, 그래."

바이올렛이 고개를 끄덕였다. 윈터까지도 바빠진 통에 바이올렛은 이곳에 온 이후 젠과 함께 배에 타서 아침 식사를 즐겼는데, 그게 젠에게는 너무나 행복한 모양이었다.

배 위에서 플립이 기다리고 있었다. 카닉사 직원들이 우르르 몰려오니 그도 함께 왔던 모양이었다.

"플립, 호텔 일은 할 만한가?"

바이올렛이 반가워하며 말하자 플립이 고개를 푹 숙여 인사하고는 그녀가 배에 탈 수 있게 손을 잡아 주며 말했다.

"할 만합니다."

말주변 없는 그의 짧은 대답에 젠이 옆에서 호들갑스럽게 말했다.

"다들 플립에게 일 배우고 싶어서 난리예요. 인기 엄청 많거든요."

"그, 그 정도는……."

플립이 당황해 얼굴이 붉어지며 시선을 피했다. 바이올렛이 웃는 소리를 듣고는 더 부끄러워 어쩔 줄을 몰랐다.

두 사람이 배를 타자 그가 천천히 노를 젓기 시작했다. 젠이 아침 햇살이 부서지는 호수와 나뭇잎들을 바라보며 연신 감탄했다.

"어쩜 이렇게 날씨가 좋죠? 여긴 북쪽이고 숲이라 덥지도 않네요."

"그러게, 정말 날씨가 좋구나."

플립은 두 사람이 호수를 즐길 수 있도록 일부러 아주 천천히 배를 이동시키고 있었다. 호수에서 물고기만 파닥거려도 까르륵 웃음이 터졌다.

젠이 호수 한가운데에 도착하자 꾹꾹 참고 있던 말을 꺼냈다.

"정말 궁금했는데요, 대표님이랑 작은 마님은 어떻게 몸이 바뀌는 거예요?"

그러자 옆에서 플립이 자기도 궁금했다는 듯 고개를 열심히 끄덕였다.

이 두 사람도, 하옐도 몸이 바뀌는 것에 대하여 함구한 것은 매우 대단한 일이라고 생각했고, 그러므로 바이올렛은 그들을 신뢰했다. 그러나 그 일만은 남편이 아닌 다른 사람에게 이야기할 생각이 없었다.

"미안하지만 그건 비밀로 해야겠구나."

"에이…… 하지만 그러실 줄 알았어요."

젠이 아쉬운 표정을 지었다가 금방 신이 나서 다른 이야기를 재잘

재잘거렸다.

호수에는 그들 말고도 다른 귀족 가문의 배들이 돌아다니고 있었는데, 다들 커다란 파라솔로 시야를 가려 최대한 눈을 마주치지 않았다. 서로 눈을 마주쳤는데 인사를 하지 않는 건 무례한 행동이고, 아침 식사는 조용히 하고 싶었기 때문이었다.

아침 식사는 별장지기가 구운 햄이 들어간 샌드위치였다. 간단히 만든 것인데도 별장지기의 특별 소스가 들어가 수도에 돌아간 후에도 이 맛을 잊지 못할 것 같았다.

배를 타고 호수를 지나던 바이올렛은 익숙한 노랫소리에 잠시 파라솔을 걷었다. 호수 맞은편에 칼슨이 있었다.

그는 쾌활한 얼굴로 노래를 선보이고 있었고, 지나가던 하녀들은 물론 귀족들까지도 즐겁게 그것을 감상하고 있었다.

젠이 소곤거렸다.

"로우 가문도 굉장한 가문이죠? 작은 마님께 혼담을 넣었던 가문이니까."

"응, 부유한 가문이지. 거의 모든 극장과 가수들을 소유하고 있으니까."

"예술가 가문이네요. 아, 들으셨어요? 얼마 전부터 사진을 연결해서 연극처럼 상연을 한대요. 배우들이 목소리 연기도 하고요."

"그러니? 신기해라."

요즘 사진기에 대한 관심이 폭발한 젠이 재잘재잘거리자 바이올렛이 신문물에 관심 있어 하며 열심히 고개를 끄덕였다.

그러다 그녀의 시선이 칼슨에게로 향했다. 그녀는 칼슨의 허리에 총집이 있는 것을 발견하고 인상을 썼다.

안 그래도 불안정한 사람에게 무기를 쥐여 주면 안 되는 것 아닌가 싶었지만 현재로서는 귀족이 무기를 소지하는 것을 막을 방법이 아무것도 없었다.

바이올렛은 묘한 불안감을 느끼며 고개를 돌렸다.

바이올렛은 못 본 척하려 했으나, 노래를 시작했을 때부터 그녀를 보고 있던 칼슨이 곧 배를 타고 빠르게 그녀 쪽으로 다가왔다. 그러더니 유쾌한 얼굴로 물었다.

"경께서는 어디 가시고 혼자 식사해?"

"혼자 아니고 셋이 먹고 있었어."

"부리는 사람들과 먹는 건 같이 먹는 게 아니지."

칼슨의 웃음 섞인 말에 바이올렛은 인상을 썼지만, 다른 귀족들과 일해 본 경험이 있는 플립과 젠은 대수롭지 않은 표정이었다. 작은 마님이 특별한 것이지, 일반적인 일은 아니란 걸 둘 다 알고 있었다.

칼슨이 말했다.

"매번 혼자 있네. 경께서 아직도 너를 혼자 둬?"

"지금 잠깐 바빠서 그래."

"잠깐이라니. 결혼 후부터 늘 바빴지."

칼슨이 안쓰럽다는 듯 바이올렛을 보았다.

"외롭겠네."

"외롭지 않아. 그보다 칼슨."

"응."

"무기를 들고 다니지 않는 게 어떨까?"

그녀의 나지막한 권유에 칼슨이 묘하게 웃었다.

"왜?"

"너의 심리 상태가 온전하지 않으니까. 혹여 너 스스로를……."

"잠깐만. 내가 자해를 할까 봐 하는 말이야?"

칼슨이 어떻게 그런 생각을 하냐는 듯 물었다. 바이올렛이 고개를 끄덕였다.

"응. 그런 걱정도 있어. 그러니 약을 끊기 전까진 그래 줘."

"너도 여전하구나."

칼슨이 매력적인 미소를 지은 후 그녀 쪽으로 몸을 숙이며 말했다.

"그런데 바이올렛. 예전의 넌 이런 생각을 하지 않았어."

"무슨 의미야?"

"취한 사람이 총을 가지면 그게 남을 위협할까 걱정을 했지, 자기 자신을 죽일 거라 생각하는 사람이 아니었다고."

칼슨이 말문이 막혀 입을 다물어 버리는 바이올렛을 애증 가득한 눈으로 바라보며 말했다.

"원인은 윈터 블루밍에게 있겠지."

"그렇지 않아."

"아니, 넌 알아야 해. 네 남편이 널 계속 다치게 할 거라는 걸."

그가 그리 말하고는 무대에서 인사하듯 모자를 벗고 허리 숙여 인사해 보인 뒤 다시 멀어졌다.

그가 떠나자 젠이 오들오들 떨며 바이올렛에게 말했다.

"아휴, 꽃처럼 생겨선 위험한 분이시네요!"

"그러게……."

바이올렛이 걱정스러운 얼굴로 고개를 끄덕였다.

플립이 다시 숙소로 노를 젓고, 젠이 먼저 짐을 가지고 내리며 말했다.

"차 마저 드시고 오세요. 전 먼저 가서 드레스 꺼내 놓을게요, 작은 마님!"

"그래. 곧 올라갈게."

젠이 바이올렛을 꾸밀 생각에 신이 나서 올라간 사이, 바이올렛은 잠시 배에서 남은 차를 마셨다. 그때 플립이 입을 열었다.

"작은 마님, 무례라는 건 알지만……."

바이올렛이 다정한 눈으로 그를 바라보자 플립이 굳은 얼굴로 말을 이었다.

"저도 걱정이 되어서요. 저 도련님께서 하신 말……. 왜 도련님께서 남이 아닌 본인을 해할 거라고 생각하신 겁니까?"

플립은 여간해선 이런 것을 물을 사람이 아니었다. 그것을 아는 바이올렛이 잠시 생각하다가 입을 열었다.

"그런 생각이 든 적도 있었네. 지금은 아니지만."

"……예전에 블루밍 가문 별장지기 할머니가 총 하나가 꺼내져 있었다고 하신 적이 있었습니다. 작은 마님께서 그곳에 가셨을 때요."

그날, 바이올렛이 벽장에 갇혔다는 것을 알고 걱정했던 것은 플립 하나였다. 그래서 그날 바이올렛을 주의 깊게 살폈던 것 역시 플립뿐이었다.

바이올렛이 가만히 플립을 바라보다가 미소를 지었다.

"비밀로 해 주게."

"작은 마님……."

"지난 일이야. 남편밖에 모르고 있네."

"대, 대표님께서는 아십니까?"

"응. 그래서 내가 떠나려 할 때 보내 주던걸."

바이올렛의 씁쓸한 목소리에 플립이 조용히 말했다.

"비밀로 하겠습니다, 작은 마님."

"고마워. 그날 나를 걱정해 준 것은 더 고맙고."

바이올렛이 미소를 지어 보였다.

그때 레이크하우스에서 윈터가 걸어 나왔다. 표정이 굳어 두 사람을 향해 걸어오는 윈터를 본 플립이 걱정스러운 표정을 지었다.

배 위에 가만히 앉아 있는 바이올렛은 하얗고 아름다운 새 같았고, 다가오는 윈터는 새까맣고 거대한 맹수처럼 보였다.

플립은 정말 바이올렛에게 윈터가 해로운 건 아닐까 걱정이 되었다.

바이올렛이 윈터에게로 고개를 돌리며 물었다.

"일은 끝났나요?"

윈터가 대답 대신 플립에게 명령했다.

"내려."

플립이 고개 숙여 인사하고 배에서 내려 떠나자 윈터가 배 안에 훌쩍 올라탔다. 바이올렛이 물었다.

"아침 식사는 했어요?"

그러자 무릎을 구부려 앉은 윈터가 대뜸 물었다.

"본인이 매력적인 건 알지?"

"……네?"

"예쁜 것도 알고."

"그게 무슨……."

바이올렛의 당황한 얼굴에도 윈터의 표정은 오히려 험상궂게 구겨졌다.

"당신 하녀가 칼슨이 말을 걸었다고 알려 줘서 왔더니, 이번엔 다른 사내놈이 당신을 안쓰러워 어쩔 줄 모르는 눈으로 보고 있잖아."

"아. 그럴 만한 대화였어요."

"무슨 대화."

"그게……."

말해도 되는 이야기인가, 바이올렛이 멈칫하자 윈터가 그녀 쪽으로 몸을 가까이 했다.

"무슨 얘긴데."

"……화났어요?"

"아니, 질투해."

그가 숨기지 않고 대답했다. 그의 행동이며 말투에 바이올렛은 신기함을 느꼈다.

아까도 칼슨이 비슷하게 가까운 곳에 있었는데, 그에게서는 말끔한 비누 냄새와 우아한 향수 냄새 같은 것이 났고 목소리도 더할 나위 없이 아름다웠다. 그래서인지 그가 접근할 때면 꽃에게 가까워지는 기분이 났다. 가시가 많은 장미 같았다.

그런데 지금 남편이 가까이 접근하는 것은 완전히 기분이 달랐다. 번뜩이는 생명이 그녀를 덮쳐 오는 듯했다. 심장이 사정없이 뛰고, 그의 남자다운 매력에 목덜미를 끌어안아 매달리고 싶어졌다.

바이올렛은 이 순간 처음 제가 남편에게 정말로 성적인 매력을 느끼고 있다는 것을 받아들였다. 같은 남자인 칼슨에게는 전혀 들지 않던 감정이 윈터 블루밍에게만 들었다.

"바이올렛, 무슨 생각 해?"

윈터가 슬슬 이성이 끊어져, 이따가 플립과 칼슨 둘 다 멱살을 잡아 호수에 처박아야겠다고 마음먹었을 때였다. 차향이 남은 바이올렛의 입술이 열렸다.

"당신은 다르다는 생각을 했어요."

"무슨 소리야."

"다른 남자와 달라요. 나에게 당신은…… 달라요."

그녀의 말에 윈터가 말없이 바이올렛을 보더니 혀를 한 번 차고 그녀의 입술에 쪽 소리가 나게 입을 맞춘 후 몸을 일으켰다.

그는 먼저 배에서 내려 손을 내밀었고, 바이올렛은 그 손을 잡고 배에서 내렸다.

바이올렛이 살피니 윈터의 입꼬리가 슬쩍 올라가 있었다. 다른 남자와 다르단 말에 금방 얌전해지는 그가 바이올렛 입장에서는 참 별나게 느껴졌다. 대충 길들여졌다는 윈터의 표현이 맞는 걸지도 모르겠다는 생각을 했다.

❄ ❄ ❄

바이올렛은 길게 낮잠을 자고, 정확히 밤 12시에 있을 계승식에 참여하기 위해 드레스 룸으로 향했다.

헤스턴 가문의 가주가 될 카르잔 헤스턴 변경백이 전야제 형식으로 손님들과 인사를 하고, 12시에 계승식이 치러지고 나면 밤을 새워 큰 규모의 파티가 열릴 것이었다.

대귀족의 계승식은 몇 년에 한 번 있을까 말까 한 이벤트였다. 계승식에 참석하는 사람은 몇 되지 않았지만, 그 이후 며칠씩 이어지는 파티에는 라크라운드는 물론 인근 국가에서까지 사람들이 몰려들었다.

바이올렛이 계승식을 위해 가져온 드레스는 살구색의 얇은 소재로 된 여름용 드레스였다. 드레스의 허리 부분을 진주로 장식하여 늘어뜨리고 연결 고리는 다이아몬드와 루비로 되어 있었다. 그 위에 섬세하게 만든 흰색 레이스 볼레로를 걸칠 예정이었다.

젠은 바이올렛의 머리칼을 완전히 위로 틀어 올리고 로렌스 가문의 상징인 진회색의 진주가 촘촘히 박힌 핀으로 완벽하게 고정했다.

그리고 드러난 쇄골과 등에 반짝거리는 펄을 발라 두었는데, 요즘 밤에 열리는 파티의 유행이라고 했다.

준비를 마친 바이올렛이 나와 보니 턱시도를 입은 윈터가 침대에 걸터앉아 있었다.

녹초가 된 아침의 모습은 사라지고, 깔끔하게 면도를 하고 머리칼을 신경 써서 포마드로 매만진 세련된 남자가 되어 있었다.

턱시도는 늘씬한 모양새였는데, 윈터의 긴 팔다리에 아주 잘 맞아떨어졌다.

바이올렛의 모습을 바라보던 윈터가 물었다.

"꼭 가야 하나?"

"그게 무슨 소리예요?"

"당신과 침대 위에서 뒹굴다가 파티에서 배나 채우고 싶은데."

"안 돼요."

바이올렛이 서둘러 대답했다. 속을 들킨 것 같아 당황스러웠다.

윈터가 불만스러운 표정으로 바이올렛에게 손을 내밀었다. 바이올렛이 그의 손 위에 장갑을 낀 손을 올려놓으며 물었다.

"당신 장갑은요?"

"이따가."

윈터가 제 주머니를 턱짓했다. 주머니에 장갑이 구겨져 있는 게 정말 딱 윈터다웠다.

바이올렛은 별말 없이 고개를 끄덕였다.

두 사람은 마차에 타서 대강당으로 향했다. 윈터는 아내에게 수작을 부리지 않기 위해 아예 창밖으로 고개를 돌려 버렸다.

바이올렛이 그런 윈터의 옆모습을 바라보며 입을 열었다.

"당신은 턱시도가 잘 어울려요."

그녀의 말에 윈터가 고개를 돌렸다. 그러자 바이올렛이 윈터의 이마를 살짝 손으로 감싸며 말을 이었다.

"머리도 예쁘고요."

그녀의 예의 바른 칭찬에 윈터가 이내 어깨를 들썩이고 웃었다. 그리고 그녀 쪽으로 몸을 숙이며 말했다.

"공주님 마음에 든다니 다행이군."

"인사치레 아니고 정말이에요."

"키스하고 싶어."

그의 단도직입적인 말에 바이올렛이 멈칫했다. 그러나 이성적으로 생각했을 때 립스틱이 지워지면 젠이 성화할 것 같아 안 된다는 의미로 고개를 저었다.

그러곤 잠시 생각하다가 장갑을 벗고 손등을 내밀었다. 그녀의 공주님 같은 행동에 윈터가 실소가 터져 키득거리더니 손등 대신 손을 당겨 손바닥에 입을 맞추고 말했다.

"당신의 행동에 내 대응이 무례할까 봐 걱정하던 때도 있었지."

"지금은요?"

"예의 없어도 내가 좋다며?"

윈터가 짓궂게 말하곤 바이올렛의 손가락에 이번엔 조금 길게 입을 맞췄다. 바이올렛은 얼굴이 달아올라 서둘러 손을 빼내고 아무렇지 않은 척 장갑을 꼈다.

그사이 마차가 대강당 건물에 도착했다.

❄ ❄ ❄

하나둘 들어서는 손님을 맞이하기 위하여 대강당 안에서는 고전 음악이 연주되고 있었다. 조명이 밝지는 않았으나 우아한 분위기를 자아냈다.

손님들은 헤스턴 가문에서 제공하는 볼거리를 구경하며 이 사교 행사에 참여하고 있었다.

에쉬 로렌스는 다른 명문가의 또래 자제들과 이야기를 나누다가 바이올렛 부부를 불쾌한 얼굴로 보았다. 시간이 변하긴 했는지, 대귀족들이 그들 부부와 대화를 할 기회를 엿보는 분위기에 부아가 치밀었다.

계승식 시간이 가까워지자 헤스턴 가문 사람들이 그들에게 자리를 안내하기 시작했다.

바이올렛과 윈터를 데리러 온 것은 헤스턴 가문의 가장 어른이며 카르잔 헤스턴의 어머니인 마렌 헤스턴이었다.

싸늘한 인상의 마렌이 바이올렛에게 말을 걸었다.

"오셨습니까, 부인."

"오랜만에 뵙습니다."

바이올렛의 인사에 마렌이 미소를 지었다.

"두 분의 자리를 떨어뜨리지 않으려다 보니 고민이 많았습니다."

"그렇습니까?"

"예, 각자 가문을 대표하셔야 하니."

대강당의 단상 아래 오른쪽에 헤스턴 가문 사람들이 있고, 왼쪽에 바이올렛과 윈터의 자리가 있었다.

마렌이 자리를 가리켰다.

"여기가 두 분 자리입니다."

그때 에쉬 로렌스는 야니스 헤스턴의 안내로 조금 더 뒤에 자리를 찾은 참이었다. 에쉬가 앉으려 하자 야니스가 막았다.

"잠시 기다려 주시지요."

그의 말에 에쉬가 인상을 썼다. 그러나 일단 초대한 가문 후계자의 말이니 별수 없이 자리에 서 있으려니, 야니스가 바이올렛이 먼저 자리에 앉는 것을 확인하는 모습이 보였다.

그제야 그가 에쉬에게 말했다.

"이제 앉으셔도 됩니다."

그의 말에 에쉬의 표정이 싸늘하게 굳었다.

다른 가문은 집안 어른을 가장 먼저 앉히는 것이 예의지만 로렌스 가문은 왕가였으므로 의전 서열이 존재했다. 저보다 바이올렛이 먼저 앉았다는 것은 헤스턴가에서 그녀를 로렌스 가문에서 가장 서열이 높은 것으로 간주함을 의미했다.

태어나서 한 번도 받은 적 없는 대우에 에쉬는 분노를 못 참고 주먹으로 애꿎은 의자를 내려쳤다.

제게 이야기하는 어른에게 집중하며 결코 두리번거리지 않는 바이올렛과 달리, 늘 돈 될 것을 찾는 윈터는 에쉬를 처음부터 쭉 보고 있었다.

상황을 대충 파악한 윈터는 에쉬와 눈이 마주치자 속을 숨기지 않고 비웃음을 지었다.

"정말 상석이군요."

바이올렛이 마렌에게 하는 말에 윈터가 그녀를 보며 맞장구쳤다.

"아주 마음에 드는군."

그들의 반응이 폭발적이라 마렌이 흐뭇한 표정을 지었다.

"잘못을 했으면 보상을 해 드려야지요. 헤스턴가는 부인께 저지른 잘못도, 경의 호의도 잊지 않고 있습니다."

마렌이 부드럽지만 힘 있는 어조로 말하고 자리로 돌아갔다.

그녀가 떠나고 어느새 열두 시가 가까웠을 즈음, 부부의 뒤에서 부르는 소리가 들렸다.

"윈터."

캐서린 블루밍의 목소리였다.

바이올렛이 불쾌해하는 윈터의 팔을 잡고 조용히 말했다.

"두 분이 먼저 악수를 청하지 않을 수도 있어요. 관계가 좋지 않으니까. 그럼 당신이 힘으로 붙잡아요."

"……무례한 거 아니야?"

"주지 않으려는 작위를 뺏으려는데 어떻게 무례하지 않을 수 있겠어요."

바이올렛의 조용한 목소리에 윈터는 심장이 두근거리는 것을 느꼈다. 저 조곤조곤하고 강경한 목소리로 저에게 명령하면 무엇이든 듣게 될 수밖에 없으리라 생각했다.

윈터가 딴생각을 하는 사이 바로 앞까지 다가온 제임스 블루밍이 악수를 청했다.

"여기 있었구나, 윈터. 카르잔 경에게 인사를 하자꾸나."

"……."

윈터가 이제 어떡하냐는 듯한 얼굴로 바이올렛을 보았다.

그러나 바이올렛도 약은 편은 못 되어 블루밍 공작 부부의 빠른 태세 전환에 바로 대응할 방법을 찾지 못했다.

가주들은 보통 제 후계자를 계승식의 주인공에게 데려가 소개를 했다. 바이올렛은 블루밍 공작 부부의 기회주의적 태도에 입매가 굳었다. 그와 동시에 그들이 이토록 빠르게 굴복할 만큼 윈터의 위세가 강하다는 사실에 공연히 섬뜩해졌다.

윈터가 신경질적인 얼굴로 악수를 받아들이자, 제임스가 그의 손을 두 손으로 감싸 잡으며 카르잔 헤스턴에게 다가갔다.

"카르잔 경."

"아, 어서 오십시오."

카르잔이 정중히 인사하자 제임스가 윈터를 소개했다.

"이쪽이 내 아들인 윈터 블루밍이오."

그러자 카르잔이 저도 모르게 미간을 좁혔다. 윈터 역시 황당한 표정을 짓고 있었으나, 일단 카르잔이 먼저 악수를 청했다.

"또 뵙는군요."

"이거 불편하네요. 제 아내와 결혼하려 들던 분은."

윈터의 비꼬는 말에 카르잔도, 제임스도 멈칫했다. 조금 떨어진 곳에 서 있던 바이올렛도 한숨을 쉬었다. 저러지 말라고 그렇게 가르쳤는데, 말을 듣지 않았다.

그녀가 물가에 내놓은 아이 보듯 윈터를 걱정하는 사이, 캐서린이 바이올렛에게 말을 걸었다.

"바이올렛, 잘 지냈니?"

"네, 잘 지냈습니다."

"남편이 윈터를 후계자로 받아들이도록 블루밍 가문 친척들을 설득했단다. 나도, 내 본가도."

"……."

"이제 만족하니?"

캐서린이 분노가 서린 눈으로 바이올렛을 바라보았다. 바이올렛은 별말 없이 윈터를 보았다가 고개를 저었다.

"아뇨."

"뭐?"

"남편은 그걸로 만족하고 남부 사업 접는 것을 중단해 줄지 모르죠. 하지만 저는 만족 못 해요. 저는……."

바이올렛이 그녀를 물끄러미 바라보며 말을 이었다.

"앞으로도 두 분을 용서할 수 없어요. 용서할 이유도 없지요. 두 분께서 저에게 용서를 구한 적이 없으니."

"우리가 너에게 뭘 잘못했다는 거니."

그녀의 뻔뻔한 말에 바이올렛이 기가 차서 말했다.

"지난 3년간 저를 고립시키고, 아이가 있다고 믿게 속이셨죠."

그러자 캐서린이 우아하게 웃었다.

"너는 참, 남을 나쁜 사람으로 만드는 재주가 있구나. 그러니 우리 아들도 네 말에 깜빡 속아 우리와 절연을 한 게지."

"……."

"바이올렛, 부모와 아들 사이를 갈라놓은 너보다 나쁜 사람이 여기 어디 있단 말이니?"

바이올렛은 윈터가 했던 말을 떠올렸다. 씀씀이라는 것이 갑자기 확 늘리는 건 쉬워도, 조금이라도 줄이는 건 어렵다는 말.

그 말 그대로였다. 그들은 씀씀이를 줄이느니 안면몰수하기를 택했다.

캐서린이 말을 이었다.

"우린 그렇게까지 네게 나쁜 짓을 했다고는 생각하지 않아."

"두 분은 저를 죽음으로 몰아넣으셨지요."

바이올렛의 목소리는 여전히 담담했으나 그녀의 눈빛은 죄를 가늠하는 신처럼 냉정했다. 캐서린의 입가에서 미소가 조금씩 지워졌다.

"그만두렴. 엄살 부리는 건 여전하구나."

"엄살 부린 적 없어요."

"어차피 이제 우린 윈터를 후계자로 삼겠다고 마음먹었다. 디에브에게 미안하지만 어쩌겠니. 저 애가 우리에게 소중한 것을."

"……."

"부모 자식의 관계는 그렇게 쉽게 끊어지는 게 아니잖니. 우리는 차차 다시 관계가 회복될 거다. 너도 받아들이든지, 싫으면 떠나든지 하렴. 또 이간질하려 들지 말고."

캐서린의 목소리는 단호하고 꽤 높았기 때문에 주변의 사람들에게까지 그 다툼 소리가 들렸다.

바이올렛은 그녀의 이야기를 들으며, 지금만큼은 자신이 윈터처럼 쉽게 욕설을 내뱉는 사람이면 좋겠다는 생각을 했다.

하기야 그랬어도 아마 그녀는 윈터가 적어도 열두 살부터 지금에 이르기까지 부모라 믿고 따른 자들에게 함부로 대하지 못했을 것이다.

바이올렛이 입을 열었다.

"이제 남편은 두 분 자식이기 이전에 제 남편이에요. 두 분과 관계가 회복되는 건 제가 막을 거예요."

바이올렛은 또렷한 눈으로 캐서린을 보며 단언했다.

"남편은 지금까지 어마어마한 부를 누적했고, 앞으로도 그럴 겁니다. 그걸 두 분은 이제 누리지 못하시겠지요. 그럴 기회가 있었음에도."
"바이올렛!"
"남편은 제 말을 믿어요."
바이올렛이 단호히 말하고 윈터를 보았다. 그러자 그가 이야기를 멈추고 바이올렛 쪽을 보았다.
바이올렛이 중얼거렸다.
"우린 더 이상 돈과 권력 때문에 결혼한 부부가 아니에요. 나는 남편을 사랑하고, 남편은 나를 사랑해요. 그런…… 평범한 부부예요, 이제는."
그녀는 곧 윈터에게서 시선을 떼고 캐서린을 보았다.
"그러니 어디 또 해 보세요. 또 그런 몹쓸 약을 가져와 보세요. 결코 이전처럼 쉽게 헤어지진 않을 테니까. 나는 이제 더 이상 남부에 고립되어 있지 않아요. 더 이상 왕녀는 아니지만, 그 사실이 나에게 아무 힘도 없다는 증명은 아니에요."
그녀의 말에 알 수 없는 위압감을 느낀 캐서린이 저도 모르게 입을 다물었다.
이어서 윈터가 다른 귀족들은 내지 않을 구두 소리를 내며 아내에게 걸어왔다.
"무슨 일 있어?"
"아뇨. 당신이 잘하고 있나 궁금해서 봤어요."
"잘하고 있었어."
대답을 마친 윈터가 아내의 팔을 잡아 뒤로 감추며 캐서린을 내려다보았다.
"아내에게 또 무슨 말씀을 하신 겁니까? 표정이 안 좋잖아요."

"말은 바이올렛이 했다. 네가 우리와 절대 화해하지 못하게 할 거라는구나."

캐서린이 바로 윈터에게 이르자 강경하던 바이올렛이 그제야 난처한 표정을 지었다. 아무래도 이건 너무 독단적인 말이었나 싶어 윈터에게 해명하려는데 그가 인상을 쓰고 말했다.

"전 제가 받을 작위만 받으면 두 분 일에 관심이 없습니다. 남부에도 안 갈 거고."

"윈터……."

"바쁘실 텐데 가셔야죠?"

윈터가 꺼지라는 듯한 눈빛으로 다른 사람들을 턱짓하자 캐서린이 더 말을 하지 못하고 자리를 떠났다. 바이올렛이 한숨을 쉬더니 윈터의 손을 당겼다.

"너무 속상해하지 말아요."

"왜 속상해? 작위를 준다는데."

"그래도…… 아, 후계자가 되면 남부 사업은 어떻게 해요?"

"돼도 안 돼도 결과는 같았어, 애초부터. 정리할 사업은 정리하고, 남길 사업은 남겨야지. 물론 후계자가 되었으니 좀 더 자연스럽게 남길 사업을 남길 수 있게 되겠군."

"사업을 다 뺀다고 한 건……."

"겁 준 거지. 원래 사업은 기세싸움이 절반 아닌가?"

윈터의 뻔뻔한 대답에 늘 고지식한 바이올렛은 충격받은 표정을 지었다.

"작위를 받아도 정리할 사업은 정리할 생각이었군요."

"이 기회에 내게 달라붙어 있던 돈 안 되는 블루밍 가문 거머리들은 떼어 낼 수 있게 됐지."

그가 태연히 답하고 비열하게 웃었다.

바이올렛은 지금껏 윈터와 내기를 하면 결과가 어떻든 매번 지는 기분이 들었던 걸 떠올렸다. 그게 기분 탓이 아니라 윈터가 지금까지 이겨도 지는 내기를 제안해 왔던 것이었음을, 바이올렛은 뒤늦게 눈치챘다.

❄ ❅ ❄

잠시 후, 12시를 알리는 종이 울리고 계승식이 시작되었다.

윈터는 이런 중요한 대귀족들의 행사에 처음으로 참여했기 때문에 바이올렛의 말을 최대한 들으려 했다. 그러나 아무리 애써도 거의 태어날 때부터 예법 교육을 받은 다른 귀족들과 비교해 봤을 때 어딘가 삐딱해 보이는 것은 여전했다.

대강당의 불이 전부 꺼지고, 사제가 기다리는 곳으로 카르잔 헤스턴이 성큼성큼 걸었다. 그는 라크라운드의 기사식 걸음걸이를 가지고 있었다. 어깨가 흔들리지 않는 걸음으로 걸어간 카르잔이 사제로부터 헤스턴가의 가보인 다이아몬드가 박힌 검을 받아 들었다.

바이올렛은 원래 저를 보상으로 하여, 저기 저 사제의 자리에 서 있으려 계획했던 에쉬 로렌스를 무심코 돌아보았다. 예상대로 그는 매우 불쾌한 표정을 짓고 있었다.

그리고 그 역시 분노가 섞인 눈으로 바이올렛을 보았다.

바이올렛은 저도 모르게 미소를 지었다. 유치하지만 이긴 기분이 들었다. 어릴 때부터 뭘 하든 오빠에게 짓눌리기만 했던 터라, 그 이겼다는 느낌이 살짝 통쾌했다.

그리고 그 뒤에는 어머니 엘라 필리체가 있었다. 그녀는 아들 대신 사제가 계승식을 진행하는 모습이 서글펐는지 손수건으로 눈물을 닦아 내고 있었다.

그 모습에는 다시 진 기분이 들어 씁쓸해하는데, 그녀의 허리에 윈터의 팔이 감겼다.

"집중해야지, 공주님. 카르잔 헤스턴이 섭섭해하겠어."

"위, 윈터. 경건한 자리에서……."

"뭐. 자기도 딴짓하던 주제에."

윈터가 못되게 말하고는 아내가 보던 쪽을 힐끔 보다가 그녀가 다시 앞을 보게끔 자세를 돌렸다.

사제와 카르잔 헤스턴이 있는 곳을 제외하고 불이 다 꺼져 있긴 했지만 이렇게 딱 달라붙는 건 명백히 예의가 아니었다. 게다가 불이라도 켜지면 사람들이 얼마나 수군거릴는지.

바이올렛이 얼굴이 붉어져 그의 팔을 떼어 내려 했지만 놔주질 않았다. 오히려 그녀의 목덜미에 입술이 닿았다가 떨어지는 것이 아닌가.

바이올렛은 순간 소리라도 지를 뻔해 두 손으로 입을 틀어막았다. 어머니와 오빠 일은 물론, 아까 블루밍 공작 부부를 만났던 일까지도 단번에 머릿속에서 날아갔다.

"어떻게 이런 자리에서 그런 짓을 해요……."

바이올렛이 울 것 같은 목소리로 말하자 윈터가 웃는 것이 느껴졌다. 곧 그의 팔이 바이올렛에게서 떨어졌다.

그때 타이밍 좋게 횃불을 든 예비 사제들이 다시 불을 켜기 시작했다. 안도의 한숨을 쉬며 윈터를 돌아본 바이올렛이 눈이 커져서 손수건을 꺼내 그의 입술에 묻은 펄을 닦아 냈다.

"아, 정말. 당신 같은 사람은 처음 봤어요."

그녀의 잔소리에 윈터가 미소를 지었다. 그러다 저희를 보는 시선을 느끼고 고개를 돌려 보니 거기 칼슨이 있었다. 지금은 부부를 보고 있지 않았지만, 방금 전까지 저희 쪽을 본 것이 분명했다.

바이올렛이 윈터의 시선을 따라서 고개를 돌리고는 입을 열었다.

"칼슨이…… 총을 가져왔어요."

"카닉사 직원들 중에도 가져온 사람 있어."

"하지만 저렇게 불안정한 사람은 없죠?"

"약쟁이 자체가 없지."

윈터가 무심코 말하고는 생각해 보니 좀 거슬리는지 미간을 좁혔다.

계승식이 끝난 것은 2시가 넘어가는 시간이었다. 그리고 그때부터 본격적으로 헤스턴 가문의 새로운 변경백을 축하하는 파티가 시작되었다.

비교적 어두운 대강당을 밝히기 위해 바이올렛과 헤스턴 가문 사람들이 함께 생각한 것은 모든 문과 창문을 전부 열어 두는 것이었다. 그들의 예상대로 모든 외부로 향하는 문을 개방하자 호수에 비친 달빛과 맑은 하늘에 쏟아지는 별빛이 근사한 분위기를 만들어 냈다.

모든 문이 열린 후 밖에 모여든 파티 손님들을 본 윈터가 바이올렛에게 말했다.

"굉장하군. 이렇게 인기 있는 행사인 줄 몰랐어."

"나도 이렇게 큰 행사가 될 줄은 몰랐네요. 하기야 계승식은 자주 있는 일이 아니니까요."

"하긴, 누가 죽어야 작위가 생기니까."

"……꼭 그렇게 말해야겠어요?"

바이올렛이 한숨 쉬며 핀잔하고 있을 때였다.

에쉬가 짜증이 난 얼굴로 다가온다 싶더니 그보다 먼저 가까이 있던 마리얀 헤스턴이 말을 걸었다.

그는 오늘 작위를 계승한 카르잔 헤스턴의 고명딸이며, 지난번에 찾아왔다가 만취해 돌아갔던 야니스 헤스턴의 동생이었다.

올해 막 열여섯 살이 된, 이제 고작 두 번째 무도회에 참석한 마리얀이 두 사람에게 인사를 건넸다.

"안녕하세요. 전 마리얀 헤스턴이라고 하고요, 드릴 말씀이 있어요."

그러자 윈터가 귀찮다는 듯 손짓했다.

"저리 가, 꼬마 아가씨."

"꼬마 아닙니다."

기사 가문의 딸답게 기백이 넘치는 마리얀은 제 오빠가 그랬듯이 윈터에게 쉽게 기가 죽지 않았다. 바이올렛이 부드러운 말씨로 그녀에게 물었다.

"무슨 일인가요? 마리얀 양."

그러자 마리얀이 목소리를 낮춰 말했다

"제가 중요한 정보를 드릴 테니 윈터 경께서 북부의 임업에 관심을 가져 주셨으면 좋겠어요. 남부 사업을 정리하고 계신다고 들었거든요."

바이올렛은 관심 있는 표정을 지었고, 반대로 윈터는 전혀 관심 없다는 듯 말했다.

"꼬마 아가씨가 중요한 정보를 가져와 봤자."

"듣고 판단하시죠?"

마리얀이 침착하게 말을 이었다.

"에쉬 전하께서요."

의외의 이름이 나오자 바이올렛이 그녀를 가만히 보았다. 마리얀이 은밀하게 말을 이어 갔다.

"칼슨 경을 매수하셨잖아요."

"그걸 어떻게 아시는 겁니까?"

바이올렛이 놀라서 묻자 마리얀이 움찔하더니 작은 목소리로 말했다.

"……팬이라서요."

"아……."

바이올렛이 뒤늦게 고개를 크게 끄덕였다. 어쩐지 마리얀이 저를 보는 눈빛에서 느껴지는 불쾌감이 좋아하는 가수와 혼담이 오간 사람에 대한 것일지도 모르겠다는 생각이 들었다.

마리얀이 말을 이었다.

"매수된 것이…… 에쉬 전하께서 칼슨 경의 약물 중독을 눈감아 주고 있기 때문이라는 팬들 사이의 이야기가 있어요. 그래서 칼슨 경께서 에쉬 전하가 시키는 일이면 꼼짝 못 하고 하는 거라고요."

그녀의 말에 바이올렛의 눈이 커졌다. 마리얀이 침착하게 말을 이었다.

"전 에쉬 전하가 내 가수를 망가뜨렸다고 생각해요."

"그랬군요."

"두 분 다 에쉬 전하와 앙금이 있을 거라고 들었어요. 어떠세요? 증거를 잡아 올까요?"

마리얀이 묻는 말에 바이올렛은 난처해하는 반면, 윈터의 입꼬리는 즐거움으로 끌려 올라갔다.

"그거 굉장히 구미가 당기는군."

그 말에 마리얀이 화색이 돌아 말했다.

"그렇죠? 절대 나쁜 제안은 아니에요."

"꼬마 아가씨가 증거를 찾아 오면 그때부터 거래를 하지."

"그럼…… 뭐 증서라도 써 주세요."

"여기 내 아내가 듣고 있는 게 증명이지."

그의 말에 바이올렛이 무슨 소리냐는 듯 윈터를 돌아보자 마리얀이 고개를 끄덕였다.

"하긴, 야니스에게 윈터 경은 아내의 말이면 달도 따다 올 사람이라고 들었어요."

"어머. 그 정도는 아니에요, 마리얀 양."

"그렇죠. 달은 물리적으로 불가능하죠. 하지만 그럴 때 방법을 만들어 내는 것이 사업가 아니겠어요? 저는 그 능력이 필요하고요."

마리얀의 말에 윈터가 흐뭇한 표정을 지었다.

"제법이군. 꼬마란 말은 빼 주도록 하지."

"와, 진짜요? 아니지, 좋아할 일이 아니구나……."

얼떨결에 좋아하던 마리얀이 바로 증거를 찾겠다며 그곳을 떠났다. 그러자 윈터가 기분 좋은 표정을 지었다.

"정말로 증거를 찾아 오면 좋겠군."

"그러게요."

"자, 우린 파티 구경이나 하자."

바이올렛이 고개를 끄덕였다. 윈터가 그녀의 손을 잡고 걸어가며 말을 이었다.

"오늘은 일이 잘 풀리는군."

"정말이네요. 당신에게 후계자 자리도 확정될 거고, 에쉬의 약점도

잡게 되면…… 오늘은 일이 잘 풀리는군요."

두 사람이 이야기하며 정원으로 걸음을 옮겼다.

밖으로 나가 보니 파티의 시작을 알리기 위해 악사들이 경쾌한 음악을 연주하고 있었다. 형형색색의 차림새를 한 사람들이 벌써부터 흥이 올라 춤을 추고 있었다.

그리 덥지 않은 북쪽에서 열린 여름밤의 파티는 모든 사람들을 들뜨게 했다. 악사의 연주가 끝나고, 사람들의 호응에 못 이기는 척 끌려 나온 칼슨이 노래를 부르기 시작했다.

윈터는 예쁘장한 얼굴에 여자들의 마음을 녹이는 목소리를 가진 칼슨이 못마땅해 인상을 썼다.

바이올렛 역시 그가 있는 쪽을 보았다. 여전히 실력이 좋았지만 이전만큼은 못했다. 높은 음이 잘 나오지 않는지 일부러 피하는 것이 느껴졌다.

휘청거릴 정도로 마른 그를 보던 바이올렛은 문뜩, 어린 시절의 칼슨을 떠올렸다.

❄ ❄ ❄

칼슨의 아버지는 왕성에서 사용하는 모든 음악을 담당했었다.

아버지의 손을 잡고 왕성에 따라온 칼슨은 또래인 바이올렛과 자주 어울려 식사를 하거나 놀곤 했다.

그러다 바이올렛이 열 살 되던 해 큰오빠인 웨인이 세상을 떠났다. 바이올렛은 매일매일 침대에서 울기만 했고, 그즈음 칼슨은 친구를 위로하러 매일 소녀를 찾아왔다.

어느 날은 소년이 제 몸만 한 꽃바구니를 들고 찾아왔다.

"바이올렛, 이것 봐. 네가 좋아하는 꽃을 가져왔어."

그런데도 바이올렛이 울기만 하자 칼슨이 쩔쩔매고 이리저리 침대 근처를 맴돌더니 별수 없이 구두를 벗고 침대에 폴짝 올라왔다.

"바이올렛, 꽃구경할래?"

"나중에 볼래……."

"아니면 바이올렛, 내가 노래 불러 줄까?"

"……노래?"

바이올렛이 훌쩍거리며 처음으로 반응하자 칼슨의 표정이 밝아졌다.

"응, 나 노래 엄청 잘 부르거든! 어른들이 다 칭찬해 줬어."

"정말?"

"정말이야."

칼슨이 침대에서 다시 내려가서는 의자를 끌고 와 무대처럼 그 위에 올라서서 오페라의 한 소절을 부르기 시작했다.

웨인이 떠난 이후부터 계속, 잠시도 그치지 못하고 울던 바이올렛이 잠깐이라도 울음을 그친 건 그때가 처음이었다.

본인이 한 말처럼, 칼슨은 노래를 아주 잘했다.

❄ ❄ ❄

윈터가 바이올렛의 팔을 감싸 쥐며 말했다.

"바이올렛."

"아, 미안해요. 잠깐 어릴 때 기억이 나서."

바이올렛이 곧 기억에서 벗어나자 윈터가 물었다.

"어릴 때?"

"네, 칼슨이 순진하고 착한 아이였던 때."

그녀의 말에 윈터가 저도 모르게 혀를 찼다. 그렇게 편하게 자라서는 왜 저 꼴이 됐는지 윈터로서는 모를 일이었다.

대강당 앞 호수에는 조각배들을 끌어다 놓고 그 위에 전부 등불을 가져다 놓았다.

바이올렛이 그 근처에서 어머니 엘라를 발견하고는 윈터에게 말했다.

"윈터, 어머니와 이야기를 좀 하고 올게요. 지난번에 다툰 이후로 거의 이야기할 일이 없었어서."

"그래, 그럼 난 잠깐 직원들과 있지."

그가 파티에 온 카닉사 직원들을 턱짓하자 바이올렛이 고개를 끄덕였다.

바이올렛과 눈이 마주치자 엘라가 먼저 다가왔다. 윈터가 엘라에게 우선 인사를 해 보이고 그녀에게 물었다.

"뭐 요즘 불편한 거 없으십니까?"

"아직은 없네. 이미 워낙 잘해 주고 있어서."

그녀의 말대로 윈터는 엘라에게 장모에게 해 줄 수 있는 나름의 대우를 하고 있었다. 그러나 윈터를 보는 엘라의 시선에는 여전히 이방인에 대한 못마땅함이 있었다.

윈터는 그것을 알고 있었으나 엘라만 그런 것이 아닌데다 바이올렛의 어머니이기까지 하니 별로 개의치 않았다.

"별말씀을. 가 보겠습니다."

윈터가 말하며 제 직원들 쪽으로 걸음을 옮겼다.

바이올렛의 시선이 그의 뒷모습을 따랐다.

그는 바이올렛이 다른 남자와 이야기하는 걸 영 껄끄러워했지만, 바이올렛 역시 남편이 저렇게 아름다운 얼굴로 파티에서 돌아다니는 것이 껄끄러울 때가 있었다. 남들보다 목 하나는 커서 가뜩이나 눈에도 잘 띄는데.

그가 걸어가니 칼슨의 노래에 폭 빠져 있던 여자들까지도 윈터를 힐끔거렸다.

바이올렛이 내가 왜 이리 질투를 하나, 한심해하며 다시 어머니 쪽을 보았다.

"그동안 연락 못 드려 죄송했어요. 헤스턴가와 결혼 이야기 꺼내셨던 게, 그때는 화가 많이 나서."

"아니다. 일이 이렇게 되고 보니 나도 너에게 너무했어."

엘라 역시 그날 딸에게 지나치게 모질었던 게 마음에 걸렸는지 일부러 환한 미소를 지어 보였다.

바이올렛이 물었다.

"잠깐 배를 타며 이야기 좀 하시겠어요?"

"그럴까. 좋구나, 모처럼."

엘라가 허락하자 모녀는 곧 배에 올랐다.

두 사람이 탄 배의 노는 근처에서 기다리고 있던 플립이 젓게 되었다. 배가 아름다운 호수 위를 미끄러질 때, 엘라가 입을 열었다.

"네가 잘 지내는 것 같아 좋구나. 그래도 두 아이 중 하나는 행복하니 다행이네."

"네, 요즘 행복해요."

바이올렛은 얼마 전 만났던 엔나의 말을 떠올렸다. 그녀는 바이올렛에게 네가 행복했으면 좋겠다고 말했었다. 반면에 어머니는 바이올렛이 행복하다고 이미 결정한 상태로 말했다.

이상한 일이었다. 아예 타인을 사랑하는 것이 자식들을 고루 사랑하는 것보다 쉬운 일인 걸까, 바이올렛은 생각했다.

배가 호숫가를 따라 천천히 움직였다.

바이올렛이 말했다.

"드릴 말씀이 있어요, 어머니."

"듣지 않아도 알아. 이번 국책에 관한 에쉬의 계획은 나도 반대다."

의외로 협조적인 엘라의 말에 바이올렛의 눈이 커졌다.

"정말이세요?"

윈터가 오늘은 일이 잘 풀린다더니 정말 그랬다. 엘라가 고개를 끄덕였다.

"그래도 너희 아버지이며 내 남편이 몸과 마음에 병을 얻어 가며 추진한 법이야. 그걸 헛되게 할 마음은 없단다."

그녀의 말에 바이올렛은 마음에 있던 무거운 짐 하나를 내려놓는 기분이었다.

"다행이네요."

"그래서 계획은 있니?"

"네, 일단 저는 의회에서 로렌스 가문이 가진 세 자리를 선출직으로 돌렸으면 해요."

"그래, 그 정도는 필요하겠지. 그러려면 로렌스 가문 회의가 필요하겠구나. 그건 내가 조만간 주최하마."

"정말이세요?"

바이올렛은 지금껏 없었던 어머니의 협조에 표정이 밝아졌다. 엘라가 고개를 끄덕였다.

"그래. 그런데 나도 부탁 하나 해도 괜찮겠니?"

"네, 그럼요. 무슨 부탁이세요?"

바이올렛이 들뜬 얼굴로 묻자 엘라가 서글픈 얼굴로 입을 열었다.

"에쉬가…… 오죽하면 그러겠니. 그 애는 원래 왕이 되어야 했어. 그런데 지금은 아무것도 가진 게 없잖아."

"……어머니, 더 이상 남편에게 손 벌릴 생각은 마세요."

"남편까지 갈 게 뭐가 있니. 왕성의 땅 일부가 네 소유로 들어왔다고 들었단다."

"……."

"그걸…… 에쉬에게 넘겨주면 어떠니? 넌 특별히 필요하지도 않잖아. 원래 에쉬의 것이기도 하고."

그 말에 노를 젓던 플립이 힐끔 두 사람을 보았다.

그러자 엘라가 인상을 쓰며 말했다.

"감히 어딜 보는 겐가."

"죄송합니다."

플립이 고개 숙여 사과하자 바이올렛이 미소를 지었다.

"내 걱정 안 해도 되네."

그러나 바이올렛의 얼굴에는 다 감추지 못한 설움이 담겨 있었고, 그것이 플립의 마음을 매우 아프게 했다. 말수 적던 그가 입을 열었다.

"아침에 작은 마님 말씀을 듣고 나니 계속 걱정이 됩니다."

"플립, 그건 비밀로……."

바이올렛이 부탁하자 플립이 입을 다물고 고개를 끄덕였다. 그러자 엘라가 물었다.

"무슨 비밀 말이냐?"

"아무것도 아니에요."

"뭐가 아무것도 아니야. 자네, 말해 보게."

엘라가 재촉하자 플립이 머뭇거렸다.

"말해 보래도."

엘라의 언성이 살짝 높아지자 플립이 다시 입을 열었다.

"작은 마님께서 벽장에 갇히신 적이 있습니다. 에쉬 전하의 명으로."

플립의 말에 바이올렛이 난처한 표정을 지었다. 별장에서 목숨을 끊으려 한 이야기는 하지 않아 다행이지만, 이것도 안 했으면 하는 이야기이긴 했다. 그래도 플립 입장에서는 엘라의 말에 계속 함구할 수만은 없었을 테니 이 이야기만 내놓는 것은 좋은 대처였다고 생각할 수밖에 없었다.

바이올렛이 엘라의 마음을 걱정하는 사이, 플립은 바이올렛이 차마 제 어머니에게 말하지 못했던 것들을 묵묵히 그녀를 대신하여 말했다.

"에쉬 전하를 귀히 여기시는 마음은 압니다. 귀하신 분이니까요. 하지만 에쉬 전하께서는 작은 마님께서 말을 듣지 않는다고 벽장에 가두기까지 하셨습니다. 그러니……."

그의 말에 엘라가 기가 찬다는 듯 말했다.

"거짓말 말게. 내 아들은 그럴 사람이 아니네."

"제가 어떻게 감히 거짓을 말하겠습니다. 그날 일은 거기 있던 사용인들도 압니다. 작은 마님께서는 혼절하실 때까지 갇혀 계시다가…… 그날은……."

그날 바이올렛이 제 스스로에게 총을 겨눴다는 사실을 알게 된 플립의 신중하던 목소리가 잠겼다.

처음에는 그의 말을 거짓이라 부정하던 엘라의 표정이 차츰 복잡해졌다. 그녀가 바이올렛을 보았다.

"바이올렛, 저게 정말이니? 그 애가 그랬어?"

"……그랬었죠."

"그럼 왜 말을 안 했니?"

어두운 가운데도 엘라의 얼굴이 조금씩 굳어가는 게 보였다. 훌륭하게 자랐다고 믿었던 아들이 동생에게 이런 폭력을 저지를 수 있는 사람이란 걸 몰랐다는 것도 충격이었고, 딸이 그걸 저에게 말하지 않았다는 것도 충격이었나 보다.

바이올렛이 작게 한숨을 쉬었다.

"별일 아니었어요. 때릴 수는 없으니 나름의 방식으로 벌을 준 거겠죠."

"왜…… 왜 말을 안 해, 나한테. 내가 네 어미인데. 나에게 말을 했어야지."

엘라가 혼란스러워하자 바이올렛이 당혹스러운 표정을 지었다.

"말하면 놀라실까 봐요."

"아무리 그래도!"

"어머니는…… 에쉬를 사랑하잖아요. 말하면 마음이 아프실까 봐 못 했어요. 죄송해요."

"바이올렛, 나는 에쉬만큼 너도……."

"아뇨. 아니에요."

바이올렛이 쓰게 웃었다.

"그건 아니에요, 어머니."

엘라가 귀부인답게 금방 진정을 찾으며 말했다.
"그럴 만한 사정이 있었던 게지. 이유가 뭐였니?"
"이혼 이야기 때문에요. 제가 이혼하면 에쉬의 입장이 곤란해졌던 거겠죠. 에쉬는 제가 받았어야 할 땅도 빼돌리고 있었으니까."
"그 애가 오죽했으면."
엘라가 슬픈 목소리로 말하자 바이올렛이 저도 모르게 웃었다.
"어머니는 항상 그러셨죠. 제 것을 에쉬가 가지고 싶어 하면 늘 에쉬에게 주라고 하셨어요. 에쉬도 제 것을 뺏는 걸 당연하게 여기죠. 심지어는 제 남편의 것까지도."
"내가 언제 그런……."
말하던 엘라는 방금 전, 자신이 딸에게 가진 것을 아들에게 건네주라는 말을 아무렇지도 않게 했다는 것을 떠올렸다. 그녀는 방금 바이올렛이 폭력을 당했다는 말을 듣고도, 저도 모르게 아들을 감싸고 있었다.
그것을 지금에서야 깨달았다.
바이올렛이 조용히 말했다.
"죄송해요. 전에도 말씀드렸지만, 전 이제 에쉬에게 아무것도 뺏기지 않을 거예요. 어머니께서 무슨 말씀을 하셔도."
그 이후 배 위에는 침묵이 흘렀고, 플립 역시 말없이 노를 저었다.
한참이 지나서야 엘라가 입을 열었다.
"……그렇게 하렴. 그래도 가문 회의는 열도록 하마."
"감사합니다."
엘라는 고개를 끄덕이고 다시 말이 없었다.

배에서 내리자마자 엘라는 레이크하우스로 돌아갔다. 여기 더 있고 싶지 않고, 있을 힘도 없는 듯했다.

바이올렛이 마음이 무거워져 한숨을 쉬자 플립이 고개를 숙여 사과했다.

"죄송합니다. 제가 쓸데없는 말을 해서."

"죄송은. 플립 덕분에 왕성을 안 넘겨도 되게 되었는걸?"

바이올렛이 농담조로 말하자 플립이 쑥스럽게 미소를 지어 보였다. 그리고 다시 꾸벅 인사한 후 제 일을 하러 사라졌다.

예상보다 너무 뱃놀이가 빨리 끝나 버렸다. 바이올렛이 바로 남편을 찾았지만 막 불꽃놀이가 시작되어 정원이 소란스럽고 복잡했다.

남편이 어디 있나, 열심히 살피고 있을 때 허리에 매어져 있던 진주 장식의 매듭이 툭 끊어졌다.

"어머."

바이올렛이 당황하며 장식의 끝을 잡아 묶었지만 한 알이 건물 뒤로 굴러갔다.

그녀가 진주를 찾아 걸음을 옮겨 건물 뒤에 서는데, 먼저 거기 와 있던 남자가 진주를 주웠다.

"여기."

거기 칼슨이 있었다.

바이올렛은 그에게서 풍기는 술 냄새와 알싸한 약 냄새에 본능적으로 뒷걸음질을 쳤다. 그는 방금 이곳에서 투약을 한 모양이었다. 바닥에 주사기가 떨어져 있고, 그의 행동이 수상했다.

"왜. 네 거잖아. 받아."

칼슨이 한 걸음 더 걸어오더니 바이올렛의 팔을 움켜쥐었다. 취해서인지 힘 조절을 못 해 그의 아귀힘이 바이올렛의 팔을 짓눌렀다.
"칼슨, 아파. 이거 놔."
바이올렛이 침착한 목소리로 그를 달랬지만 칼슨은 그녀를 놓아주지 않았다.
그의 손에는 심한 떨림이 있었고, 눈빛도 기괴하게 흔들렸다.
"바이올렛, 나 좀 살려 줘."
"나중에 얘기해. 맨정신에."
"나 좀 살려 줘. 이러다 죽을 것 같아. 자제가 안 돼. 처음에는 됐거든? 그런데 지금은 안 돼."
"알았으니까……."
"나는 너밖에 못 구해."
칼슨이 바이올렛을 벽으로 밀어 넣었다. 그의 눈동자는 약에 완전히 지배당해 흐리멍덩한 색을 띠고 있었다. 그는 잠시 기억을 더듬었다.

❄ ❄ ❄

그날 칼슨은 막 공연을 마치고 바이올렛을 찾아온 참이었다. 수많은 사람들의 환호를 받으며 공연을 하다가 무대에서 내려오면 가슴이 텅 빈 것 같았다. 도저히 허망함을 참을 수 없었다.
딱 하나. 바이올렛을 만날 때만은 그 허망함이 채워졌다.
칼슨은 여느 때처럼 커다란 꽃바구니를 들고 있었다. 어릴 때는 질질 끌고 다니던 것을 이제는 어른이 되어 가뿐히 한 손으로 들고 들어설 수 있었다.
정원을 거닐던 바이올렛은 칼슨이 들고 온 꽃바구니를 보며 즐겁게 미소를 지었다.

"이젠 울지도 않는데 왜 자꾸 꽃을 사 와?"

"네가 좋아하잖아."

"공연을 한 건 너잖아. 받아도 네가 받아야지."

"난 이미 엄청나게 받았어."

칼슨이 유쾌한 표정으로 말을 이었다.

"그리고 안 울긴. 아직도 넌 웨인의 이야기만 나오면 울잖아."

"이제 안 울어. 정말이야."

칼슨은 오빠를 잃고 울던 바이올렛을 본 그 날부터, 이 애는 내가 안 울게 지켜 줘야겠다고 마음먹었었다. 제 노래를 듣고 그제야 배시시 웃는 소녀를 보며, 목이 쉬도록 노래를 불러 줘야겠다고 다짐했었다.

그때 바이올렛이 입을 열었다.

"칼슨, 있잖아. 블루밍 가문에서 들어온 혼담."

"응. 거절했지?"

"아니. 하려고, 그 결혼."

"……뭐?"

"하겠다고 했어. 그래서…… 다음 달에 남부로 가."

그녀의 말에 칼슨이 가슴이 철렁해 말했다.

"안 돼. 네가 왜 그런 미친한 이방인 서자와 결혼을 해? 그게 말이 돼?"

"아버지의 실패야. 내가 책임져야지. 게다가 다행히 그분의 필요도 맞았고."

"가지 마. 넌 수도 사람이잖아. 평생 왕성에서만 살았던 사람이 어떻게 남부에서 살아?"

"모르겠어. 가 봐야 알겠지, 아마도?"

칼슨이 다급하게 고개를 젓더니 바이올렛의 손을 붙잡았다.

"나와 결혼하자. 지금 당장 결혼하면 그 망할 책임에서 벗어날 수 있을 거야."

"칼슨."

"응? 결혼하자."

"난 이미 마음을 정했어."

안 돼.

칼슨의 손에서 바이올렛의 손이 빠져나갔다.

공허함이 다시 그를 채웠다. 이번엔 무대 다음에 느낀 것과는 비교도 되지 않는 공허함이었다. 마음 한구석이 아니라 아예 마음 전체가 텅 비어 버린 것 같았다.

이제 나는 무대에서 내려서면 어디로 가야 하나.

네가 다른 남자와 결혼해 버리면 나는…….

❉ ❋ ❉

칼슨은 물끄러미 바이올렛의 눈을 바라보았다. 처음에는 몸을 마비시키고 싶은 마음에 진통제를 먹다가, 그게 마약성이 되었고, 이제는 아예 착란을 일으키는 약으로 비어 버린 마음을 채우게 되었다.

바이올렛은 겁에 질려 떨고 있었으나 칼슨의 흐릿한 눈에는 그게 보이지 않았다.

"싫어하지?"

"누구를?"

"윈터 블루밍."

"아……."

"그렇지? 그 남자가 싫지? 어쩔 수 없었던 거잖아. 넌 책임감이 강하니까. 별수 없이 그 작자와 결혼했던 거잖아. 그렇지?"

바이올렛은 침착해지려 애썼으나 쉽지가 않았다. 폭죽 소리 때문에 소란이 묻히는 데다, 이 부근은 지나가는 사람조차 없었다.

바이올렛이 대답이 없으니 칼슨이 총을 꺼내 그녀의 얼굴을 겨누었다.

"대답해. 싫다고 말해."

"칼슨, 제발……."

바이올렛은 칼슨을 설득하려 애쓰면서도, 그가 이성적으로 판단할 수 없는 상태임을 두려워했다.

그가 다른 한 손으로 바이올렛의 뺨을 쓰다듬었다.

"네가 속은 거야. 넌 고지식하니까. 그 남자를 사랑한다고 착각하고 있는 거야. 너는 그 남자가 싫은 거야. 그렇지?"

바이올렛은 칼슨을 일단 진정시키고 싶었다. 그런데 그 한마디가, 그 남자가 싫다는 말이 나오지 않았다.

그녀가 대답이 없으니 칼슨이 덜덜 떨리는 목소리로 말했다.

"약에 취하면 네가 있는데, 깨면 네가 없어. 어떻게 해야 이게 끝나?"

칼슨은 환각 상태가 아니라면 절대 여자에게 위해를 가할 사람이 아니었다.

망가진 그의 모습에, 바이올렛은 그 와중에도 여기서 살아남으면 마약 유통에 연관된 자들을 찾아내야겠다고 생각했다.

오빠인 에쉬가 포함되어 있다면, 반드시 그를 단죄하리라.

만약 살아남는다면.

바이올렛이 그렇게 생각하고 있을 때, 총구가 그녀의 목에 닿았다. 그와 거의 동시에 익숙한 목소리가 들렸다.

"이봐. 이쪽을 봐."

그 낮은 목소리에 칼슨과 바이올렛의 시선이 돌아갔다. 그 자리에는 윈터가 삐딱한 자세로 서 있었다.

그는 바이올렛이 보이지 않아 찾다가 이곳에 온 참이었다. 턱시도에는 총을 걸 곳이 없었고, 결국 빈손이었다.

윈터가 혀를 차더니 칼슨을 향해 말을 이었다.

"지금 어디다 화를 내는 거야. 낼 거면 나에게 내야지. 네놈을 두들겨 팬 것도 나고, 저 여자를 빼앗은 것도 나잖아."

"윈터, 뭐 하는 거예요?"

바이올렛이 떨리는 목소리로 물었으나 칼슨은 이미 물러나 윈터 쪽으로 총을 겨누고 있었다. 칼슨이 천천히 걸음을 옮기며 윈터의 심장을 겨누었다.

윈터가 태연히 두 손을 들어 보였다.

"하마터면 착각할 뻔했지? 죽일 거면 날 죽여야지, 왜 좋아하는 여자한테 그래. 덜떨어져서는."

"입 닥쳐."

"도련님들도 그런 말을 쓰는군. 뭐, 가끔이겠지."

"닥치라니까!"

윈터가 어깨를 으쓱이더니 미소를 지어 보였다. 바이올렛이 다급하게 칼슨을 달랬다.

"칼슨, 이제 내려놔. 나중에 후회할 거 아냐. 지금 내려놓으면……."

"바이올렛, 내가 말했나?"

"뭐, 뭘?"

"네가 불행했으면 좋겠어."

칼슨이 잠시 바이올렛에게 시선을 멈추고 중얼거렸다.

"난 네가 불행하길 바랐어."

"하지 마, 제발. 제발 멈춰, 칼슨."

바이올렛이 떨리는 목소리로 말리고 있을 때였다.

총성이 울리고, 바이올렛이 놀라 눈을 감았다가 다시 떴다.

그리고 다시 총성이 울렸다.

첫 번째 총성으로 윈터가 쓰러졌고, 두 번째 총성에는 칼슨이 신음하며 팔을 붙잡았다. 저 멀리서 하엘이 상비하던 총으로 칼슨의 팔을 쏘고 윈터에게 달려오고 있었다.

칼슨이 아직 붙들고 있는 총으로 스스로를 쏘려 들기 직전, 뒤이어 달려온 사람들이 칼슨을 제압했다.

하얗게 질린 바이올렛은 저를 부축하려는 사람들을 뿌리치고 윈터에게로 향했다.

"윈터……."

잔디 위로 피가 툭툭 떨어졌고, 윈터는 눈을 감고 있었다.

"아, 거짓말……."

바이올렛이 비틀거리며 윈터에게로 걸음을 옮겼다.

윈터는 어머니에게 버려지던 날보다 끔찍한 것이 바이올렛이 눈앞에서 죽던 날이라고 했었다.

지금, 바이올렛은 그의 마음을 완벽히 이해했다.

❄ ❄ ❄

"연극은 어떤 걸 좋아해요?"

결혼 후 1년이 지났을 때, 맞은편에 앉은 아내가 물었다. 제 비천한 밑바닥이 드러날까 침묵으로 일관하던 윈터가 입을 열었다.

"연극 싫어해."

"아…… 그럴 수 있죠. 가끔 지루하거나 어둡고 큰 소리가 나는 걸 싫어하는 사람도 있으니까요."

당황한 바이올렛이 열심히 윈터의 말을 포장했다. 윈터는 열심히 수습하려 하는 바이올렛의 행동이 불편하게 느껴졌다.

나름대로 수습한 바이올렛이 진한 육수에 물크러질 때까지 삶은 고기를 입에 넣었다. 음식을 삼킨 그녀가 다시 입을 열었다.

"이제 당분간은 남부에 있을 건가요?"

"글쎄."

"아직 남부에 온 지 얼마 되지 않아서 이쪽 지리를 잘 몰라요. 혹시 가 볼 만한 곳이 있으면 추천해 줄래요?"

"……."

윈터가 포크를 내려놓더니 집사에게 손가락을 까딱였다. 집사가 다가오자 바이올렛을 턱짓했다.

"같이 다녀."

"예, 알겠습니다."

바이올렛이 멈칫했다가 이내 미소를 지었다.

"신경 써 줘서 고마워요."

"……."

"그리고…… 쉬엄쉬엄 일해요."

"참견하지 마."

"……미안해요."

그 이후 다시 침묵이 흘렀다. 바이올렛은 성실하게 미소를 지으며 눈을 마주치려 애썼고, 윈터는 식사를 최대한 빨리 끝낸 후 집무실로 들어갔다.

❄ ❄ ❄

이런 게 주마등인 모양이다.

윈터는 총을 맞은 저를 보고 얼어 버린 바이올렛을 바라보며 생각했다.

남부에 뭐가 있는지 추천해 달라는 게 아니라 같이 외출을 하자는 데이트 신청이었다는 것을 하필 지금 깨달았다. 그녀는 자주 눈꼬리를 휘어 웃어 보였는데, 동시에 설움이 빤히 보이는 눈동자와 입술의 떨림을 윈터는 모른 척했었다.

이대로 죽으려는 모양이었다. 이런 기억이 나는 걸 보니.

자리에 쓰러진 윈터의 눈에 하엘이 칼슨을 쏘고 그에게 달려오는 것이 보였다.

그는 흐려지는 시야 속에서 바이올렛을 다시 찾았다. 그녀는 안전했지만 사색이 되어 있었다.

손으로 피가 흐르는 배를 움켜쥐었다.

'젠장, 우리 공주님 울겠네.'

아내는 자기가 아플 땐 독하리만큼 울지 않았지만, 남이 아플 땐 종종 울었다.

총에 맞고도 아무렇지 않은 척할 정도로 튼튼하진 않았는지 그의 몸이 바닥으로 풀썩 쓰러졌다. 이대로 눈을 감으면 영영 못 뜰까 봐 어떻게든 정신을 바짝 차렸다.

내가 아내에게 사랑한다고 말했던가. 제대로 눈 똑바로 보며 당신이 내 세상이라는, 머릿속에서는 지극히 당연한 사실을 입 밖에 낸 적이 있었나.

이대로 죽을 수 없었다. 아직 남부 구경도 못 시켜 줬는데. 그날 데이트 신청 거절한 거 미안하다는 사과도 못 했는데.

살고자 마음먹어 봐도 눈이 자꾸 감겼다.

칼슨에게 총을 쏘자마자 윈터에게 달려간 하엘이 마차를 관리하던 사용인들에게 소리쳤다.

"의자 뜯어내! 전부!"

그 즉시 사용인들이 마차에 달려 들어가 의자를 뜯어내기 시작했다. 바이올렛은 들것에 실려 가는 윈터를 따라 걸으며, 용케 비틀거리지 않고 그의 손목을 감싸 생명을 확인했다.

늘 부부와 함께 이동하는 의사가 지혈을 하며 마차에 올라타 소리쳤다.

"깨끗한 물과 수건을 가져와 주십시오. 최대한 많이!"

하녀 몇이 별장으로 달려 들어가고, 하인들은 마차 안에 윈터를 눕혔다.

물과 수건이 도착하자마자 윈터와 의사, 그리고 바이올렛이 동승한 마차가 출발했다.

의사가 지혈 상태를 계속 확인하며 바이올렛에게 말했다.

"계속 대표님께 말을 걸어서 의식 상태를 확인해 주십시오."

바이올렛이 고개를 크게 끄덕이고 윈터의 손에 깍지를 끼며 말했다.

"정신 차려요. 윈터, 나 보여요?"

윈터가 고통을 견디느라 눈에 핏발이 선 채로 바이올렛을 보았다. 바이올렛은 괜찮을 거라는 의미로 미소를 짓고 있었다.

그는 모진 제 열등감을 감내하던 아내의 떨리는 입술을 떠올렸다. 지금 바이올렛의 표정이 딱 그날 같았다. 슬퍼서 견딜 수 없는데도 억지로 웃는 얼굴.

내가 뭐라고, 당신은 항상 그렇게 웃어 주려고 해. 나 같은 쓰레기도 남편이라고, 당신은 도대체 나 같은 놈의 어디가 좋아? 내가 왜 좋아. 나를 왜 사랑해. 당신이 다른 남자와 살아 보질 못해서 그래. 다른 놈과 연애를 안 해 봐서 그래. 그래서 나에게 만족하는 거야. 당신이 순진해서.

윈터는 그런 진심들을 농담처럼 늘어놓고 싶었으나 입이 열리지 않았다. 그는 한 마디 할 수 있는 게 고작이란 걸 알고, 온 힘을 끌어내 말했다.

"……난 괜찮아."

말한 동시에 윈터는 후회했다.

한 마디를 할 수 있으면 사랑한다고 말할걸. 이대로 죽으면 다시 뒈질 때까지 후회하게 생겼다.

반대로, 그가 원하는 농담을 한 것은 바이올렛이었다.

"총을 든 사람을 자극하는 바보가 어디 있어요? 당신은 정말 이상한 사람이에요. 그런 이상한 사람을 사랑하는 나도 이상해지는 기분이에요. 그거 알아요? 당신을 떠나 키론에서 지낼 때요. 나는 당신이 곁에 있는 것 같은 착각을 할 때가 많았어요. 식사를 하기 전에 당신이 언제쯤 집에 오나, 기다릴 때도 있었죠. 당신은 내 첫사랑이지만 마지막 사랑도 될 거예요."

바이올렛. 우리 공주님.

나는 다시 태어나더라도 당신만은 기억할 것 같아.

윈터가 있는 힘껏 바이올렛의 손을 잡았다. 그리고 바이올렛을 향해 식은땀이 흐르는 얼굴을 한 채 필사적으로 무언가를 말했다.

"공주님."

바이올렛이 입술을 물고 고개를 끄덕이자 윈터가 겨우 말을 이어갔다.

"나는 당신을 사랑해."

"……."

"정말이야."

그는 그 한마디로 남은 힘을 다 소진해 눈을 감았다.

제 생명이 남의 것처럼 아득하게 멀어지고 있다는 것이 온몸으로 느껴졌다.

끝인가, 생각하던 그때, 신기하게도 잠깐 다시 정신이 돌아오며 귓가에 속삭이는 바이올렛의 목소리가 들렸다.

"내가 여섯 살, 당신이 열두 살이던 해. 그 차가운 길에 쓰러져 있었던 것이 당신이었다면, 내가 당신의 심장 약함을 가져온 거라면, 그래서 우리가 서약으로 맺어진 거라면, 이번에도 당신의 아픔을 나에게 줘요. 대신에 당신이 살기 위해 필요한 건, 내 피든 생명이든 무엇이든 가져가요. 분명히 가능할 거예요. 당신 일족의 신이 당신을 돌보고 있을 테니, 분명……."

그게 무슨 말이야?

바이올렛.

그게 도대체 무슨 소리…….

눈을 감은 윈터는 꿈에서 들리는 듯한 그 목소리에 대한 의문을 가지며 정신을 잃어 갔다.

❄ ❄ ❄

폭죽 소리 때문인지 이 소란은 밖으로 쉽게 퍼지지 않았다. 하옐이 빠르게 입단속을 시킨 덕도 있었다. 계승식을 취재하러 왔던 기자 몇이 사고가 난 것을 눈치채고 기웃거리고 있었는데, 하옐은 나중에 자료를 보내주겠다고 그들을 설득했다.

수습을 마친 하옐은 부하들을 시켜 칼슨을 곧장 경찰서로 연행하게 한 다음, 야니스를 찾아 서둘러 사건 개요를 전했다.

카닉사 입장에서 유일무이한 대표가 생명이 위험할 정도의 사고를 당했다는 것이 문제가 되는 것처럼 야니스 입장에서도 계승식같이 그들이 주관한 큰 행사에서 이런 불미스러운 일이 일어났다는 것을 널리 알리고 싶지는 않았다.

하옐이 고개를 숙이며 말했다.

"하여 죄송하지만 후원의 수습을 해 주시면 감사하겠습니다, 도련님."

"그렇게 하지. 윈터 경의 쾌유를 비네."

"예, 감사합니다."

하옐이 정중히 인사한 후 바로 병원으로 출발했다.

야니스는 부하들을 이끌고 후원에 도착했다. 그는 칼슨과 윈터의 피가 흐른 곳을 먼저 확인하기 위해 가져온 등불을 들어 올렸다.

"……생각보다 심각하네."

칼슨이 있던 곳의 피는 점점이 몇 방울 떨어진 정도였으나, 윈터가 쓰러졌던 자리는 그렇지 않았다. 생각보다 훨씬 많은 피가 쏟아져 있어 병원까지 가는 길에 목숨을 잃을 가능성이 높아 보였다.

부하들이 다가오려 하자 야니스가 막아 세웠다.

"여긴 내가 하지."

"예? 저희 시키십시오. 왜 도련님께서 이런 일을……."

"계승식 준비로 한동안 너무 도련님 행세를 했더니 몸을 쓰고 싶어서 그래. 삽 이리 줘."

야니스가 저에게 일 시키기를 망설이는 부하에게서 삽을 뺏었다. 그리고 윈터가 있던 곳의 흙을 파서 뒤집어 손수 증거를 인멸했다.

그렇게 얄미워하던 윈터 블루밍이지만 쏟아진 피를 보니 동정과 염려가 들었다. 그것을 감내해야 할 바이올렛 역시 안쓰럽기 짝이 없었다.

'부인을 위해서라도 살아남아야 할 텐데.'

야니스가 그리 생각하며 흙을 말끔히 다져 총격전이 있었던 장소를 정리했다.

❄ ❄ ❄

밖에서는 즐거운 여름의 파티가 이어지는데, 손이며 머리칼에 묻은 피를 닦아 내지도 못한 바이올렛은 별장에서 마차로 20분 떨어진 병원 복도에 주저앉아 있었다.

윈터의 상태가 워낙 심각해 다른 병원에 있던 의사들까지 중간에 전부 달려와 수술실로 들어갔다.

함께 온 젠과 플립이 발을 동동 구르며 바이올렛을 찬 바닥에서 벗어나게 해 보려 했으나 그녀는 꿈쩍을 않았다.

몇 시간째 바이올렛이 죽은 사람처럼 굳고 있으니 젠이 이제는 거의 애원조로 말했다.

"작은 마님, 바닥이 차요. 어디 좀 들어가세요. 네?"

아무리 말해도 바이올렛이 듣지 못하자 결국 젠의 목소리가 커졌다.

"작은 마님!"

그제야 바이올렛이 고개를 들어 그녀를 보았다. 젠이 따듯한 우유를 내밀었다.

"이거라도 드세요. 대표님이 좀 튼튼하세요? 금방 괜찮아지실 거예요."

젠의 호언장담에 바이올렛이 잠시 평소의 부드러운 그녀로 돌아와 고개를 끄덕였다.

"그래, 남편이 일어나기 전에 정신을 차려야지……."

"그럼요. 그러셔야죠. 대표님 깨셨을 때 쓰러져 계실 순 없잖아요."

젠의 설득이 통했는지 바이올렛이 그녀가 건넨 따듯한 우유를 받아 한 모금을 마셨다.

플립 역시 뒤에서 담요를 들고 안절부절못하고 있었다. 작은 마님께 건네서 거절당하지 않을 타이밍을 노리고 있으니 바이올렛이 손짓했다.

"그것도 주게."

"정말이십니까?"

플립이 바이올렛이 앉은 옆에 무릎을 꿇고 앉아 그녀에게 담요를 조심스럽게 덮어 주자 젠도 옆에 쪼그리고 앉아 담요를 여몄다.

"비서님은 뒷정리가 다 끝나면 오실 거래요."

"그렇구나."

바이올렛은 고개를 끄덕였으나, 사실 옆에서 하는 말 중 어느 것 하나 제대로 듣고 있지 못했다.

바이올렛은 어느 순간부터인가, 윈터 블루밍을 불안하게 여기기 시작했다. 돌이켜 보면 윈터는 한순간도 제 목숨을 귀하게 여긴 적이 없었다. 바이올렛이 처음 그의 앞에서 총을 꺼내던 날에도 그는 기꺼이 그의 심장을 가리켰었다.

바이올렛은 한순간 사는 것을 싫어한 적이 있었으나, 이제는 집요하리만큼 삶을 사랑하게 되었다. 그러나 그런 저를 위해 총구를 마다않는 윈터는 못 견디게 미웠다.

그는 사랑한다는 말에 처음으로 온 진심을 담았다. 본인이 죽으리라 예상했음이 분명했다.

그는 반대로, 바이올렛의 사랑은 믿지 않는 것이다. 고작 정원이 그의 사랑을 대신한다, 믿고 있으리라. 바이올렛의 곁에 정말로 필요한 것은 여전히, 그 자신이 아닌 정원으로 알았으리라.

바이올렛은 거기까지 생각이 미친 후에야 울음이 터졌다.

그를 이렇게 자라게 만든 모든 이가 미웠다. 그를 이렇게 자라게 한 모든 이가 결국은 그녀를 남부에 고립시키는 것에 일조했던 자들이었다.

그녀가 울기 시작하자 젠과 플립의 얼굴이 더욱 어두워졌다.

열여덟, 결혼하던 순간부터 어느 누구보다 어른이었고, 고고했으며, 참을성이 강하던 바이올렛이 어린애처럼 소리 내어 우는 것은 누구도 그려 보지 못한 일이었다.

그녀가 섧게 울고 있을 때, 수술실의 문이 열렸다. 그리고 의사가 헛것이라도 본 듯한 얼굴로 걸어 나왔다.

눈물에 흠뻑 젖은 바이올렛의 맑디맑은 눈동자가 의사를 보았다.

의사가 멍해져 있어 먼저 입을 연 것은 젠이었다.

"어, 어떻게 됐어요?"

의사가 저도 모르게 침을 꿀꺽 삼키고 말했다.

"분명히…… 분명히 출혈이 아주 심해서 여기 오시는 중에 쇼크로 사망하실 가능성이 높다고 봤습니다. 그런데…… 생각보다 상태가 심각하지 않았습니다. 놀랍게도……."

"……."

"주술이라도 걸려 있지 않고서야……."

넋이 나간 듯이 말하던 의사의 시선이 바이올렛에게로 향했다. 반대로, 바이올렛은 피를 뺏기기라도 한 것처럼 창백해져 있었다. 우윳빛이던 목덜미가 가엽도록 창백해져 푸른 정맥이 드러나 보일 정도였다.

그때, 때맞춰 병원에 도착한 하엘이 불쑥 끼어들었다.

"그래서, 괜찮다는 뜻입니까?"

의사가 신중하게 대답했다.

"탄알은 제거했습니다. 장담드릴 수는 없지만 의식을 회복하실 가능성을 높게 보고 있습니다."

그 말을 듣는 순간 바이올렛이 거친 숨을 토해 냈다.

젠이 그 말만 기다렸다는 듯이 바이올렛의 옆에 웅크려 앉았다.

"대표님이라면 분명히 회복하실 거예요. 워낙 튼튼하시잖아요!"

"그래. 네 말이 맞아. 정말로 네 말이 맞구나."

바이올렛의 얼굴에 미약하게나마 생기가 돌아오자 젠이 참지 않고 와락 그녀를 끌어안았다. 바이올렛의 등 뒤에서는 플립이 차마 손끝 하나 못 대고 손을 들었다, 내렸다가를 하고 있었다. 귀하디귀한 작은 마님이 찬 바닥에서 울고 있으니 두 사람 다 속이 말이 아니었다.

세 사람이 감정을 쏟아붓는 사이, 하옐은 늘 가지고 다니던 봉투를 꺼내 의사에게 쥐여 주며 기자들에게 대답할 말을 미리 지정해 주었다. 마지막에는 주술같이 쓸데없는 말은 차별이니 절대 하지 말라는 말을 덧붙였다.

바이올렛은 그제야 아내인 자신이 해야 할 수습을 대신 하느라 슬퍼할 겨를도 없었던 하옐에게 고마움을 느꼈다.

해서 그에게 감사를 전하려 벽을 짚고 일어서다가 극심한 어지럼증을 느끼고 자리에 주저앉았다.

"작은 마님!"

세 사람이 동시에 비명을 질렀으나 바이올렛은 오히려 기뻤다.

온몸의 피가 싹 빠져나간 이 기분은 여섯 살의 바이올렛이 심장병을 앓던 소년과 마주치던 날과 같았다.

살아오며 대신 아파 주고 싶었던 사람이 그 소년 하나는 아니었으나 실제로 대신 아파 줄 수 있었던 사람은 하나였다.

하옐이 서둘러 바이올렛을 부축하더니 걱정스레 말했다.

"혹시 경관들에게 진술을 하실 수 있으십니까?"

"아, 해야지. 진술. 칼슨은 어디에 있나?"

"병원에 있습니다."

"그러니까, 어디?"

바이올렛의 조용한 목소리에 하옐이 저도 모르게 움찔했다.

억울한 일이 있어도 차분히 경관에게 신고를 하고 가만히 기다리는 것이 가장 정확한 방법이라 믿던 바이올렛이었다. 그러나 그녀는 지금 누구라도 알 만큼 사적인 복수를 원하는 표정을 짓고 있었다.

하옐이 헛기침을 하고 말을 이었다.

"이 병원의 옆 건물에 경관들과 있습니다. 피해자와 가해자를 한 병원에 둘 수는 없다지만 여기서 다른 병원은 너무 멀어서요."

"에쉬가 뒤를 봐줄 가능성이 있네."

"예에?"

"약에 취해 저지른 일이니, 경관들이 약의 유통 경로도 조사하지 않겠나. 그러니 에쉬가 나서서 경관의 입을 막으려 할 거야."

"서, 설마 그냥 풀려나지는 않겠죠?"

"기껏해야 국외 추방 정도겠지."

그녀의 말에 하옐의 표정이 일그러졌다.

그가 툭하면 제 상사 말에 대들고, 무조건 작은 마님 편부터 들었다고 해서 윈터 블루밍을 고깝게 여기는 것은 아니었다.

오히려 하옐은 나락에 떨어져 있던 그의 삶을 원하는 건 무엇이든 살 수 있는 삶–물론 그걸 살 수 있는 시간은 주지 않았지만–으로 만들어 준 윈터를 은인으로 여겼다.

바이올렛이 말했다.

"남편이 회복하기까지 시간이 좀 걸릴 테니까…… 그사이에 진술을 해 두는 것이 좋겠어. 기억이 더 흐려지기 전에."

"정말 괜찮으신 겁니까?"

"괜찮고말고. 지금 가지."

그렇게 말하는 바이올렛의 어느 한 부분도 괜찮지 않아 보였다. 그녀를 제외한 세 사람 모두, 지금 윈터가 깨어 있었다면 아내의 팔을 잡아 묶어서라도 꼼짝 못 하게 했으리라 확신했다.

바이올렛은 비교적 아픔에 강했다. 쭉 건강이 안 좋기도 했고, 결혼 후 3년 내내 모든 아픔이 꾀병으로 불렸기 때문에 '아프다'라는 기준 자체가 높아진 탓도 있었다.

바이올렛은 시체처럼 창백한 얼굴을 하고서 금방 반듯한 걸음걸이를 되찾았다. 복도를 우아한 자세로 걸어가는 그녀의 모습은 그녀를 매일 보던 세 사람의 눈에도 신비로운 것이었다.

하엘이 서둘러 따라붙어 경관에게로 안내하는 것을 뒤에서 보던 젠이 플립에게 소곤거렸다.

"플립, 우리 작은 마님은 어떻게 저런 분이실까요?"

어떻게, 저런 분, 하고 제대로 된 표현이 없었음에도 플립이 다 이해하고 공감한다는 듯 여러 번 고개를 끄덕거렸다.

옆 건물로 이동하며 하엘이 확신하는 얼굴로 물었다.

"작은 마님께서 말씀하신…… 여섯 살 때 일이 이번에 반복된 거죠?"

바이올렛이 말없이 고개를 끄덕이자 하엘이 한숨을 쉬었다.

"대표님은 몇 번이나 작은 마님께 목숨을 빚지는군요."

"어차피 그 사람 혈통 때문에 일어나는 일 아닌가. 남편이 일어나면 같이 알리카에 가서 어떻게 된 건지 자세히 알아봐야 할 것 같아."

"알리카는…… 접근이 쉽지 않으실 겁니다. 혼혈도 배척한다고 들었거든요."

"저런."

두 사람의 걸음이 옆 건물 앞에 멈추고, 하옐이 말했다.

"그럼 제가 경관을……."

"바로 병실로 가겠네."

"아, 안 됩니다. 어떻게 작은 마님을 위협하던 자와!"

"괜찮아. 칼슨은 수갑을 차고 있을 테니."

바이올렛이 하옐을 달래고는 조용한 병원 복도를 걸었다.

칼슨이 있는 방의 문이 열려 있었다. 팔에 박혀 있던 탄알을 꺼내는 수술을 마친 칼슨은 어느 정도 약에서 깨 담요를 덮고 온몸을 덜덜 떨고 있었다. 양 손목에는 수갑이 걸려 침대와 연결되어 있었다.

바이올렛을 발견한 칼슨이 멍한 얼굴로 바이올렛을 보았다.

"바이올렛?"

바이올렛은 저도 모르게 병실 벽장의 유리문을 들여다보더니 안에서 붕대를 자르는 가위를 꺼내 들었다. 그녀의 행동에 놀란 경관 세 사람이 다급하게 바이올렛의 팔을 붙잡았다.

"부인! 진정하십시오!"

멈춰 선 바이올렛이 칼슨을 서늘하게 바라보았다.

"내가 괜한 걱정을 했어. 네가 너를 해할까 봐 걱정하다니. 너는 그것보다 훨씬 이기적인 자인데."

그녀의 말에 경관들은 물론 함께 그녀를 말리러 온 하옐, 젠과 플립이 움찔하며 멈춰 섰다. 늘 예의 바르던 바이올렛이 저렇게 이성을 잃고 말하는 것은 처음 보았다.

플립이 조심스럽게 두 손을 뻗더니 아주 공손히 가위를 잡았다. 그의 손이 얼마나 조심스러웠는지 두 사람의 손이 닿지도 않았을 정도였다.

하옐이 윈터에게 보고하듯 바이올렛의 귓가에 작게 소곤거렸다.

“경관의 앞입니다. 국외 추방 후의 처리도 카닉사에서 할 테니 너무 염려 마세요.”

바이올렛은 그제야 손의 힘을 풀었다.

하옐은 정말로 아무렇지 않게 ‘처리’라는 단어를 사용했다. 바이올렛은 윈터와 카닉사가 불법적인 일을 자신이 짐작하던 것보다 훨씬 많이 저질렀을 것임을 무심코 깨달았다.

그 생각을 하고 나니 그녀는 오히려 마음이 차분해지는 것을 느꼈다. 윈터가 살아 있는 한, 하옐을 비롯한 카닉사의 악당들은 제 회사의 가장 큰 자산인 윈터 블루밍을 공격한 자를 가만두지 않을 것이다. 그가 아무리 로우 가문의 아드님이라도 그 사실에는 변함이 없다. 그러니 칼슨 로우는 카닉사에 맡겨 두면 될 것이다. 그들이 재물로 목을 조르든, 실제로 목을 조르든 할 테니까.

대신에 지금 바이올렛이 해야 할 것은 그 뒤의 배후를 알아내는 일이었다.

그녀가 경관들을 보았다.

“잠시 나가 주겠어요? 잠깐 이야기를 하고 진술할 테니.”

“예? 아…… 예, 알겠습니다.”

보통 때였다면 절대 피해자와 가해자, 그것도 가해자를 해할 가능성이 있는 피해자를 남겨 두고 떠나지 않았겠지만, 방금 이것을 부탁한 사람은 보수적인 경관들이 여전히 왕실이라 믿는 로렌스 가문의 적녀였다. 그녀의 말은 부탁이 아니라 절대 명령이었으므로, 경관들 모두 고개 숙여 인사한 후 병실을 나섰다.

그들이 떠나자 바이올렛이 칼슨 가까이 다가가 침대에 걸터앉았다. 그리고 부드러운 손길로 칼슨의 뺨을 감쌌다.

"칼슨."

"……응?"

"너는 내가 결혼한 후 3년 내내, 내가 가진 것을 빼돌렸었지. 내가 가지고 있던 롱 리우드의 땅."

"……."

"그 땅에서 나온 소작료, 네가 수령해서 에쉬에게 줬지?"

하나씩, 차근차근. 그것이 바이올렛 블루밍의 인생이었고, 성격이었다.

그녀의 부드러운 추궁에 칼슨이 마른침을 꿀꺽 삼켰다. 바이올렛의 바로 뒤에서 플립이 겨우 받아 낸 가위를 쥐어 칼슨이 위해를 가하면 언제라도 찌를 태세를 취하고 있었지만 칼슨은 느끼지 못했다.

칼슨의 눈에는 어려서부터 유일무이하게 사랑하던 여자가 보일 뿐이었다.

"……아니야."

그가 가까스로 부정했다.

그러자 바이올렛이 고개를 조금 기울였다.

"왜 에쉬의 편을 들어? 넌 항상 내 편이었잖아."

"……."

"소작료, 준 거 맞지? 응?"

"바이올렛…… 나 이 얘기를 하면 정말로 죽어."

"나도 알아."

바이올렛이 안쓰럽다는 듯 말을 이었다.

"그래도 상관없어. 넌 나에게 총을 겨누었잖아. 그런데 내가 너의 목숨을 걱정해야 하니?"

"......"

그녀의 부드러운 목소리가 목을 조르자, 칼슨은 드디어 판단이라는 것을 할 수 있는 상태가 되었다.

자신은 윈터 블루밍이 아니다. 바이올렛에게 용서를 받을 수 있는 건 그 남자뿐이다. 그녀에게 사랑은 그런 것이고, 영원히, 어떤 방법을 써도 다른 남자에게는 향하지 않을 견고한 것이다.

그 사실을 떠올리고 나니 약에서 깨어날 때 느끼는 지독한 허망함과 뒤섞여 정말로 죽고 싶어졌다.

칼슨이 저를 바라보는 바이올렛을 황홀하게 바라보았다. 그에게 왕이 존재한다면 그것은 바이올렛 로렌스였다. 그녀를 처음 보던 날부터 지금까지, 언제나 그랬다.

그는 에쉬가 바이올렛을 증오한다는 것을 알았다. 바이올렛이 알고 있는 것 이상이었다. 그는 의외로 바이올렛에게 어마어마한 질투심을 느꼈다. 그것은 웨인이 세상을 떠나고 얼마 후, 자신이 왕이 될 거란 생각에 기세등등해진 에쉬가 넌 무슨 일이 있어도 왕이 되지 못할 테니 이거나 쓰라고 바이올렛에게 대관식 연습용 종이 왕관을 던져 주던 모습을 보았던 날의 일이었다.

"에쉬. 이게 정말로 왕관이라면 한 손으로 들어서는 안 돼."

"가짜잖아, 멍청하긴."

"가짜여도 왕은 왕관을 귀하게 여겨야 한다고 배웠어. 함부로 결정하면 많은 사람이 피해를 보는 자리에 있다는 걸 잊으면 안 되니까."

눈을 동그랗게 뜬 바이올렛은 그 종이 왕관을 두 손으로 들어 대관식에서 어른들이 하는 그대로, 올바르고 우아한 자세로 관을 머리에 얹었다. 그 모습을 보자마자 에쉬는 짜증을 내며 왕관을 망가뜨려 버렸고, 칼슨은 몽롱한 눈으로 그 모습을 머리에 담았다.

칼슨이 입을 열었다.

"롱 리우드 땅의 소작료를 에쉬 전하에게 주면, 전하께서 마약상을 통해 약을 구하게 해 주셨어."

"……."

"내가 산 게 약이라는 증거가 될지는 모르겠지만 적어도 에쉬 전하께 전달된 증명서류는 수도에 있는 극장 내 전용 대기실 바닥에 숨긴 금고 속에 있어."

"……아, 내 재산을 빼돌린 걸 기사화할 수 있겠네."

바이올렛이 중얼거렸다.

바이올렛의 결혼 이후 에쉬는 줄곧 농사를 짓는 시늉을 하며 서민적인 이미지를 보여 왔었다. 그런 그에게 매달 막대한 소작료가 넘어갔다는 증거가 있다면, 에쉬의 이미지에 큰 타격이 될 것이 분명했다.

그녀가 하옐을 돌아보며 말했다.

"수도에 연락해 문서를 찾아 주겠나?"

"예, 바로 전보를 보내겠습니다."

하옐이 수도로 연락하기 위해 달려 나갔다.

하옐이 살짝 홍이 나서 떠난 이후, 바이올렛도 경관을 찾아 담담한 태도로 진술을 마쳤다. 그러고 나서야 쉴 마음이 들어 윈터가 있는 병실에 들어섰다.

하옐은 가장 좋은 병실에도 성에 안 차 했고, 작은 마님을 간이침대 따위에서 자게 할 수 없다는 젠의 고집으로 아예 새 침대까지 사다가 병실에 두었다. 그 침대는 떠날 때 이 병원에 기부할 예정이라, 의료진들도 말리지 않았다.

❄ ❋ ❄

금방 일어날 것만 같던 윈터는 사흘이 지나도록 눈을 뜨지 못해 바이올렛을 바짝바짝 말라 가게 했다.

하옐이 잠시 병실에 들어와 바이올렛에게 보고했다.

"작은 마님, 칼슨 경께서 말씀하신 서류를 찾았습니다."

"고맙네."

하옐이 어깨를 으쓱이더니 일부러 경쾌한 목소리로 말했다.

"하지만 아직 작은 마님께서 이 일까지 신경 쓰실 여력이 없으실 것 같습니다. 대표님께서 일어나실 때까진 카닉사에서 서류를 보관하고 있는 게 어떨까요?"

"그래도 될까?"

"물론이죠."

윈터가 쓰러진 이후, 원래도 주변인들을 소중히 여기던 바이올렛은 더욱 절실히 그들에게 고마움을 느꼈다.

없으면 버티지 못했을 하옐, 젠과 플립뿐만 아니라 지난 사흘, 병원에는 쉼 없이 윈터의 부하 직원들이 드나들고 있었다. 그들이 가져온 과일 바구니로 병실이 가득 찼고, 알 수 없는 후원금까지 연일 들어와 병원이 실시간으로 호화로워지기에 이르렀다.

그녀가 미소를 지으며 말했다.

"남편도 자기가 얼마나 사랑받고 있는지 알아야 할 텐데."

“사랑까진 아니지만, 아무튼 저희 고생한 건 작은 마님께서 전해 주시면 감사하겠습니다.”

하옐은 바이올렛을 위로하고 싶은 마음에 연신 잔망을 떨다가 병실을 나갔다.

사위가 조용해지자 바이올렛은 순간 윈터가 영영 일어나지 않을 것 같은 불안감에 빠졌다. 그녀는 윈터의 침대에 걸터앉아 그의 손에 깍지를 끼워 잡았다. 그녀가 손을 물끄러미 바라보며 중얼거렸다.

“이걸 좀 봐요, 윈터. 이렇게 차이가 나요. 그러니…… 당신은 강해야 해요. 그게 이치에 맞아요.”

바이올렛이 몸을 숙여 윈터의 얼굴을 다정한 눈길로 내려다보았다.

바이올렛은 자신이 말을 걸 때마다 윈터의 지는 해 같던 맥박이 강하게 뛰는 것을 느꼈다. 모든 사람이 착각이라 말할 테지만, 바이올렛은 그것을 믿었다.

“일어나요. 외로우니까.”

그녀가 여간해선 부리지 않던 투정을 부렸다.

“맨날 나더러 잠이 많다더니, 자긴 온종일 자네요.”

그녀가 중얼거리고는 윈터의 이마에 살며시 입을 맞췄다.

“이제 그만 좀 자요, 윈터 블루밍.”

바이올렛이 그리 말하고는 그녀의 침대로 돌아갔다.

그 뒤 얼마간 윈터가 있는 방향으로 고개를 두고 있던 바이올렛은 깜빡 잠이 들었다.

처음에는 하옐 덕에 대부분 입막음이 되었으나, 윈터가 병원에 있는 시간이 길어지자 사람들도 하나둘 의문을 가지기 시작했다.

계승식이 끝난 북부 별장에서는 며칠째 파티가 이어지고 있었다. 그곳에서 즐기고 있는 3분의 1 정도가 남부 귀족 워호슨이었고, 그들의 우두머리가 블루밍 공작 부부였다.

헤스턴가의 계승식 축하 파티처럼 라크라운드 전역의 귀족들이 모이는 파티는 한편으로 세력 다툼을 하는 장소기도 했다.

로렌스 가문, 에쉬 로렌스를 중심으로 한 수도 귀족들은 왕실을 중심으로 하고 있으니 차치하고, 남부 귀족 워호슨과 북부 귀족 보네스는 서로 라이벌 의식이 있었다. 어느 쪽이 좀 더 영향력이 강한가, 하는 질문에 있어 두 집단의 대답이 갈린 것이다. 비옥한 영지를 중심으로 재산을 불린 워호슨과 전쟁이 잦았던 북부의 변경을 지키며 힘을 불린 보네스는 서로가 서로를 우습게 여기는 경향이 있었다.

그러나 겉으로는 결코 그런 내색을 하지 않는 것이 라크라운드의 귀족들이었다. 마주치면 하하호호 웃으며 뭐 하나 트집 잡을 것 없을까 고민하는 것이 파티의 유희였다.

그렇게 세력 다툼을 하던 차에 제임스가 병원에 보내 놓은 하인 하나가 블루밍 공작 부부에게 달려왔다.

"작은 주인님께서 아직도 깨지 못하고 계신답니다."

"아직도?"

제임스는 윈터가 제 핏줄이라는 인식이 있어 그나마 조금 침통함이 있었다.

반면에 캐서린은 반가운 마음을 가까스로 숨겨야 할 판이었다. 윈터를 후계자로 세워 이익을 도모하려는 블루밍가 사람들도, 그가 몸져누워 버리면 그런 주장을 할 이유가 없어졌다. 그제야 비로소 그녀의 아들인 디에브가 가문을 이어 갈 수 있게 되는 것이다.

순간 표정에 그 희열이 드러난 것을 깨달은 캐서린이 그것을 수습하기 위해 들고 있던 찻잔을 내려놓았다.

"난 윈터에게 가 봐야겠어요, 제임스. 다시 얼굴을 못 볼지도 모르잖아요."

그러자 하인이 당혹스러운 얼굴로 말했다.

"하지만 작은 마님께서…… 오셔도 병실에 못 들어온다고 말씀하셨습니다."

그 말에 캐서린이 충격받은 얼굴로 멀리 있는 사람까지 들으라는 듯 말했다.

"어떻게 부모가 아들 얼굴 한번 못 보게 할 수가 있을까, 그 애는?"

그러자 근처에 있던 워호슨 사내 하나가 말했다.

"뻔한 일 아닙니까? 이런 말씀 죄송하지만 상황이 상황인지라 말씀드려야겠습니다. 다 유산 문제지요."

그 말에 옆에 있던 여자가 조심스레 맞장구쳤다.

"제 생각도 그래요. 그게 아니라면 부모가 자식 얼굴을 못 보게 할 이유가 뭐가 있겠어요?"

"염치도 없어라, 자기 남편을 1년이나 멋대로 떠나 놓고."

팔이 안으로 굽어, 워호슨이 블루밍 공작 부부의 입맛에 맞게 결론을 정해 놓고 수군거리기 시작했다.

블루밍 공작 부부는 이 상황이 매우 마음에 들었다. 캐서린이 제 친구들에게 말했다.

"설마하니 찾아간 어미를 못 들어가게 하겠어요. 지금 당장 아들을 보고 오겠어요."

"부인께서 이게 무슨 마음고생이신지……."

안쓰러운 걱정이 터져 나왔다.

캐서린은 솔직한 마음으로 윈터가 그대로 눈을 뜨지 못하면 좋을 것 같다는 생각을 하며 병원으로 갈 준비를 했다. 원래 그녀는 이 정도까지 윈터에게 매정하지 않았었다. 자신이 윈터에게 매정해진 것은 후계자 자리를 노리도록 조종한 바이올렛 때문이라고, 캐서린은 책임 소재를 떠넘기고 있었다.

❄ ❄ ❄

겨우 잠들었던 바이올렛은 아득히 들리는 소란에 퍼뜩 눈을 뜨고 상체를 일으켰다.

그 소란이 남편에게서 난 것이면 좋으련만, 그는 여전히 누워 있고 소음은 병실 밖에서 들려오고 있었다.

"당장 저리 비키게. 천한 것이 어찌 감히 내 앞을 막는 겐가."

캐서린의 목소리였다.

하옐이 아무리 입막음을 했어도 기사를 통해서든 경관을 통해서든 윈터의 부모 귀에 윈터가 쓰러졌다는 소식이 들어가는 것은 일어날 일이었다.

바이올렛은 조금도 나가고 싶은 마음이 들지 않았지만 사용인들이 곤욕을 치르게 할 수도 없었다. 별수 없이 그녀가 문을 두드리자 그제야 온몸으로 막고 있던 플립이 문을 열었다. 바이올렛이 밖으로 나가 다시 문을 닫게 한 후 캐서린을 마주 보았다.

"아직 남편이 일어나지 않았습니다. 나중에 오시지요."

"바이올렛, 내 아들 얼굴을 봐야겠구나."

캐서린이 평소처럼 우아한 목소리로 말했다.

바이올렛은 캐서린과 함께 온, 그녀의 티 파티 자리에서 자주 보던 워호슨을 발견하고 기가 찬 표정을 지었다. 블루밍 공작 부부가 윈터가 만든 금자탑 위에 살고 있었다 한들, 그들이 매주 티 파티를 열어 가며 호의를 베푼 것이 무의미한 것은 아니었다. 그러다 블루밍 공작 부부의 권위에 해가 될 사내가 쓰러지니 좋은 일이라도 난 듯이 몰려온 게였다.

한 입이라도 더 물어뜯으려는, 귀족의 가면을 덮은 이리 떼로 둘러싸여 자랐을 남편을 생각하니 가슴이 문드러졌다.

바이올렛이 꿈쩍을 않으니 캐서린이 말을 이었다.

"뭐 하고 있는 거니?"

"남편의 상태가 안 좋아서 병실에 여럿을 들일 수 없습니다."

"나 하나는 들어가도 괜찮잖니. 아들 얼굴이 보고 싶구나."

"깨어나면 그때 병문안을 허락해 드리겠습니다."

"어떻게 그렇게 모질기만 하니……."

캐서린이 애처로운 얼굴로 말했다. 그러자 바이올렛은 눈 하나 깜짝 않고 말을 이었다.

"이렇게 몰려오실 일이 아닙니다. 다들 돌아가 주세요."

"아픈 아이를 두고 어딜 간단 말이니? 당분간 여기 머물러야겠구나."

캐서린의 말에 바이올렛은 모든 감정과 함께 두려움마저 사라진 얼굴로 그녀를 마주 보았다.

"아내인 제가 나가 달라고 말하면 나가 주시는 게 예의 아닙니까?"

그녀의 말에 워호슨이 충격받은 표정을 지었다. 바이올렛은 지나치게 침착해 어떻게 봐도 상처받은 얼굴의 캐서린 쪽으로 동정심이 들었다.

바이올렛이 담담히 말을 이었다.

"부인은 안 됩니다. 아드님을 가문에서 쫓아내겠다고 말하시던 부인께서 후계자 자리 주기 싫어서 남편을 해할까 봐 무섭……."

그녀가 남들이 몰라야 할 말까지 내뱉자, 말이 채 끝나기도 전에 캐서린의 손이 날아와 바이올렛의 뺨을 세게 때렸다. 그 순간 복도가 조용해지고, 캐서린이 눈을 부릅뜨고 말했다.

"할 말 못 할 말이 따로 있지, 세상에 어떻게 어미에게 그런 말을 해!"

고개가 돌아갔던 바이올렛은 뒤이어 그녀가 죽었다가 다시 깨어나도 못 하리라 여겼던 행동을 했다. 그녀의 손이 방금 캐서린이 한 것과 똑같이 뺨을 때리고 떨어진 것이었다.

바이올렛의 행동에 워호슨은 물론 그녀의 사용인들까지 숨을 들이켰다. 캐서린이 경악하며 손으로 제 뺨을 감쌌다.

"네, 네가 어떻게……."

결혼 후 3년 내내, 바이올렛은 워호슨이 파티에서 물어뜯을 놀잇감이었다. 사람들의 야유를 받아도 죄인처럼 고개를 떨굴 뿐이었다.

그런 그녀에게 뺨을 얻어맞으니 캐서린은 분노보다도 충격이 몰려왔다. 그녀가 판단하기에도 바이올렛은 결코 폭력을 쓸 사람이 아니었다.

그때 복도에 흐르는 침묵을 깨고 병실 문이 열렸다.

식은땀을 뒤집어쓴 윈터가 고통스러운 표정으로 서 있었다. 아내가 맞는 소리에 귀신같이 눈을 뜬 그는 침대에서 문까지 걸어올 만한 상태가 아니었던지라, 붕대로 감은 배 위를 움켜쥐더니 못 견디고 문틀에 머리를 기댔다.

캐서린의 눈에서 순식간에 눈물이 쏟아졌다.

"윈터!"

그녀가 두 손으로 윈터의 팔을 감쌌다.

"괜찮은 거니?"

열두 살 이후 줄곧 제 마음을 사로잡던 캐서린의 눈물과 다정함을 외면한 윈터가 괴로운 얼굴로 문 옆에 선 플립을 보았다.

"누가 누굴 때린 거야, 지금."

플립이 곧바로 보고했다.

"마님께서 작은 마님을 때리셔서 작은 마님께서 반격하셨습니다."

"거짓말 마, 우리 공주님이 폭력을 썼다고?"

"예."

"내가 알던 세상이 아니네. 뒈진 게 분명하군."

윈터가 거친 목소리로 중얼거리더니 캐서린을 밀어내고 문틀에 기대 주저앉았다. 그리고 굳어 있는 바이올렛의 손을 잡아당겼다.

"괜찮아?"

"……."

"저것들 다 해고해야지, 우리 공주님 다치도록 뭐 한 거야."

아픔을 참느라 혈관이 툭툭 튀어나와서는 태연히 농담하는 윈터를 내려다보던 바이올렛의 어깨가 바르르 떨렸다.

"……나쁜 자식."

바이올렛의 말에 윈터가 키득거렸다.

"거봐, 뒈진 거 맞네."

얼음에 그대로 갇힌 것처럼 꼼짝을 못 하던 바이올렛의 몸이 서서히 떨려 오기 시작했다. 그녀가 윈터를 노려보며 말했다.

"당신은 정말, 정말 나쁜 사람이에요. 세상에 다시없는 악당이에요. 이기적이고, 자기밖에 모르고……."

"같은 말이야."

"그리고…… 그리고……."

"그게 당신이 할 줄 아는 나쁜 말의 전부지?"

윈터가 짓궂게 말하고는 눈꼬리를 휘어 웃었다.

바이올렛이 더 많은 욕을 하고 싶은데 알고 있는 욕이 부족하다는 걸 옆에서 눈치챈 젠은 작은 마님께 욕을 알려 드려야 하나, 말아야 하나 머뭇거리고 있었다. 그러나 알려 준들 제 작은 마님이 그런 말을 입에 담을 리 없으니 그냥 그만두었다.

걸어서는 안 될 사람이 걸었으니, 윈터의 호흡이 거칠었다. 그제야 정신을 차린 바이올렛이 젠에게 부탁했다.

"의사를 불러 주겠니?"

"그럴게요, 작은 마님."

이내 젠이 의사와 함께 달려오자 바이올렛이 불청객들을 돌아보았다.

"그럼 다들 나가 주세요. 남편이 이야기할 상태가 아니니까."

바이올렛의 말에, 잠시 입이 붙었던 워호슨이 캐서린을 감싸며 다시 소리를 냈다.

"부인, 이게 무슨 무례입니까. 캐서린 부인께서는 윈터 경의 어머니 되십니다."

"맞습니다. 고작 훈육을 못 견뎌서 캐서린 부인에게 폭력을 행사하시고는 무슨 낯으로 윈터 경을 보시겠다는 겁니까?"

문 밖에서 들리는 소리에 겨우 침대에 누운 윈터의 표정이 구겨졌다. 그는 지금껏 워호슨이 아내를 물어뜯는 것을 실제로 본 적이 없는 것과 다름없었다.

내가 정신이 돌아왔는데도 저렇게 바이올렛을 괴롭히려 드는 걸 보니, 지금 내 상태가 반송장으로 보이는구나 싶어 자괴감이 들었다.

성격 같아서는 다 두들겨 패 내쫓고 싶은데 아직은 혼자 힘으로 몸을 일으키기도 못했다.

가만히 이야기를 듣던 바이올렛이 물끄러미 워호슨을 바라보았다. 그녀가 하나하나 눈에 담듯이 눈을 마주치자 몰아붙이던 언성이 조금씩 잦아들었다.

바이올렛이 입을 열었다.

"훈육이라고 하셨지요."

"그래, 훈육이었단다."

캐서린의 말에 바이올렛이 고개를 끄덕였다.

"그렇군요. 하지만 알고 계시다시피 저는 로렌스 가문의 적녀로 태어나는 순간부터 결혼을 한 열여덟 살 때까지 단 한 순간도 제외하지 않고 왕녀로 살아왔습니다. 그 말인즉, 제 훈육을 담당한 것이 로렌스 가문의 일원이었고, 제 부모님이셨다는 것입니다."

그녀의 말에 순간 침묵이 흘렀다. 그녀가 거론한 부모라는 것은 선왕 부부를 뜻했다. 바이올렛이 말을 이었다.

"그러니 성인이 된 저의 훈육이 더 필요하다 여기셨던 것은…… 제 부모님과 왕실의 예법이 부족했다는 의미입니까?"

"……."

"워호슨의 예법이 왕실의 예법보다 뛰어났다니, 몰랐던 사실이군요. 다만 로렌스 가문은 훈육에 결코 매를 들지 않습니다. 매를 드는 것은 블루밍가의 방식이지요."

바이올렛이 캐서린을 물끄러미 바라보며 말을 이었다.

"제가 훈육을 못 견딘 게 아닙니다. 배운 걸 행한 것뿐이지. 제가 이전에 배운 예법에는 그런 행동이 없으니까요."

"바이올렛!"

"그럼 들어가 보겠습니다."

바이올렛이 말을 마치고는 사용인들의 보호를 받으며 병실 안으로 들어섰다. 순간 말문이 막혔던 워호슨이 뒤늦게 들으라는 듯이 뒷말을 했으나 거기 신경 쓸 정신이 없었다.

바이올렛이 들어가 보니 다행히 윈터는 완전히 정신을 잃은 게 아니어서, 마약성 진통제를 맞은 후 차차 진정을 찾아 가고 있었다.

윈터가 바이올렛을 보며 씨익 웃었다.

"이제야 살 것 같군."

그러나 바이올렛의 얼굴에는 아무런 표정도 드러나지 않았다. 그 덕에 윈터는 눈을 뜨자마자부터 심각한 불안감을 느꼈다.

그 분위기를 눈치챈 젠이 의사를 포함한 하인들의 등을 떠밀었다.

"다들 나갑시다, 나가요."

그녀의 재촉 덕에 모두가 나간 후 병실에는 두 사람만이 남았다. 두 사람 사이에 무거운 침묵이 벽을 세웠다.

윈터가 손을 내밀며 말했다.

"이리 와. 내가 못 가니까."

"……."

"얼굴 좀 보자. 그 여자가 때렸다며."

윈터는 이제, 세상에 가족이라고는 바이올렛밖에 없다는 것을 받아들였다. 사실 그녀 하나만 있으면 세상 모든 것을 가진 것과 다름없었다.

그러므로 그녀가 멀찍이 떨어져 제게 오려 하지 않는 것은 그를 무척 불안하게 했다.

"욕을 하든 때리든 상관없으니까 가까이에 있어 줘."

윈터는 농담하듯 말하려 했으나, 애타는 목소리가 숨기지 못하고 새어 나왔다.

바이올렛이 입을 열었다.

"날 떠나려고 한 건 당신이잖아요. 내가 가까이 있을 필요가 있어요?"

"내가 언제 그랬어?"

"죽을 수도 있었어요. 당신이 죽을 수도 있었다고요."

"안 죽었잖아."

"죽었으면 어떡하려고!"

바이올렛이 버럭 소리쳤다.

"도대체 왜 그랬어요, 왜!"

"약에 취한 놈을 어떻게 설득해. 관심을 끌려면 어쩔 수 없었어."

"아무리 그래도 어떻게…… 어떻게 날 앞에 두고 그렇게……."

바이올렛의 목소리가 떨려 왔다.

"게다가 무슨 사랑한다는 말을 그렇게 유언처럼 해요? 나더러 어떡하라고."

"유언은 무슨."

"아니면 뭔데요."

"혹시 내가 다시 말을 못…… 아, 유언이네."

윈터가 한 박자 늦게 깨닫고 입을 다물었다. 바이올렛이 두 주먹을 꼭 쥐고 그를 노려보았다.

"당신이 다시 눈 못 떴으면요? 당신이 사랑한다는 말만 남겨 놓고 나 대신 죽었으면요? 그럼 난 어떻게 살아요? 사람이 어떻게 그렇게 자기 멋대로에 이기적이야!"

바이올렛이 서럽게 화를 내자 윈터가 쩔쩔매다가 끙끙거리며 몸을 일으켰다. 그리고 가까스로 바이올렛을 끌어안아 의지하며 말했다.

"내가 잘못했어. 진짜 잘못했어."

"가까이 오지 말아요."

바이올렛이 밀치려 하자 윈터가 더욱 꽉 그녀를 끌어안았다. 며칠을 혼수상태였던 윈터였음에도 바이올렛이 밀어내는 힘이 너무도 약했다. 자신 이상으로 바이올렛이 고단했으리라 생각하니 윈터는 마음이 아팠다.

"이해해 줘. 죽을 거라면 더더욱, 사랑한다는 말은 하고 죽어야지."

"지금 말대답하는 건가요?"

"아냐, 말대답. 내가 잘못했어."

바이올렛이 이렇게까지 불같이 화내는 걸 처음 본 윈터가 곧장 꼬리를 말고 사과했다.

진통제를 투여했다고 해도 일어나 있으려니 배에다 대고 망치질이라도 하는 기분이었으나, 그 아픔보다 바이올렛이 화를 내는 것이 더 두려웠다. 그녀의 얼굴에는 핏기가 조금도 없었다. 오로지 분노로 몸을 지탱하는 것처럼 보일 정도였다.

다행히 바이올렛은 그가 아프다는 걸 인지하고 있었기 때문에 감정을 추스르고 침대로 끌고 가 윈터를 눕혔다.

윈터가 다시 멀어지려는 바이올렛의 손목을 움켜쥐었다.

"어디 가?"

"산책하려고요."

"……지금? 나 두고?"

바이올렛은 대답 없이 그의 손을 뿌리쳐 버렸다. 윈터는 황당한 얼굴이었으나 도무지 산책할 힘은 없고, 진통제가 온몸에 퍼져 졸음이 쏟아졌으므로 별수 없이 그녀를 놓아주었다. 사실 방금 전에 서 있었던 것도 보통 사람이라면 몇 번을 까무러칠 고통을 이기고 한 행동이었다.

윈터가 한숨 쉬며 휴식을 취하는 모습을 본 바이올렛이 돌아섰다. 그리고 누구에게 들킬세라 급한 걸음으로 병원을 빠져나왔다.

그녀는 곧 병원 한편에 마련된 수수한 석등 옆 벤치에 웅크려 앉아 다시금 울음을 터트렸다.

"아, 감사합니다……."

바이올렛이 신께 인사하고 무릎에 얼굴을 묻은 뒤 한참을 울었다. 그를 돌려준 누군가에게는 인사를 해야 했으나, 방금 전까지 화를 내던 윈터 앞에서 할 수는 없었다.

그가 깨어났다는 사실에 바이올렛은 한참을 자신의 신과 카닉 일족의 신에게 감사했다.

❋❋❋

윈터는 그 이후 약에 취해 며칠을 더 보냈다. 잠깐잠깐 깰 때도 있었지만 진통제가 워낙 강했기 때문에 완벽히 깬 상태라고는 볼 수 없었다.

그러나 확실히 그의 회복력은 비인간적인 정도라서, 앞으로도 일주일은 더 누워 있어야 하리라 예상했던 의사의 말과 달리 사흘 만에 정신을 차렸고, 일주일이 지나자 회복기에 들어섰다.

그래도 남편이 성질이 급해 쓸데없이 돌아다니다가 상처가 덧날 거라는 바이올렛의 의견으로 거의 한 달 가까이를 병원에서 보냈다. 바이올렛 역시 몸 상태가 매우 악화되어 있었기 때문에, 병원 신세를 지며 차근차근 몸을 회복해야 하는 건 마찬가지였다.

그 긴 시간 동안 여름이 훌쩍 지나가 버렸고, 바이올렛은 윈터에게 난 화를 쉽게 풀어 주지 않았다.

그 덕에 윈터는 바이올렛에게 묻고 싶은 질문을 할 기회가 없었다. 그가 심장이라는 단어를 꺼내는 순간 바이올렛이 또 한바탕 불같이 화를 냈기 때문에, 윈터는 눈치로 바이올렛 역시 그 질문의 답을 피하고 싶어 저를 피하고 있음을 알았다.

윈터는 총에 맞는 순간 죽음을 예감했다. 그래서 바이올렛에게 사력을 다해 사랑한다는 말을 남기려 들었던 것이었다.

그러나 그는 살아났고, 윈터는 그 순간 그에게 전했던 바이올렛의 말 중에 알아들은 것은 토씨 하나 안 틀리고 전부 기억했다.

"내가 여섯 살, 당신이 열두 살이던 해. 그 차가운 길에 쓰러져 있었던 것이 당신이었다면, 내가 당신의 심장의 약함을 가져간 거라면, 그래서 우리가 서약으로 맺어진 거라면 이번에도 당신의 아픔을 나에게 줘요. 대신에 당신이 살기 위해 필요한 건, 내 피든 생명이든 무엇이든 가져가요. 분명히 가능할 거예요. 당신 일족의 신이 당신을 돌보고 있을 테니, 분명……."

그것에 대해 묻고 싶었다. 물어야만 했다.

그러나 윈터는 두려움에 사로잡혔고, 바이올렛에게 말을 꺼내는 순간 자신이 지옥으로 굴러떨어질 것만 같아 거기에 대한 질문을 할 수 없었다.

바이올렛 역시 그 질문을 원하지 않는 듯하니, 윈터는 입을 다무는 쪽으로 마음을 굳혔다.

이제 그가 해야 할 것은, 바이올렛에게 더 이상 그에 대한 질문을 하지 않으리라는 확신을 주는 것이었다. 계속 그녀가 저를 피하는 통에 윈터는 미쳐 버리기 직전이었다.

퇴원이 결정된 날 아침, 윈터는 젠을 통해 바이올렛이 주로 머문다는 병원 안 벤치로 향했다.

언제나 마음에 드는 꽃이나 나무를 찾아내곤 하는 바이올렛은 윈터의 예상대로 근사한 단풍나무 아래 자리를 잡고 앉아 있었다.

윈터가 책에 시선을 둔 그녀의 옆에 앉았다.

"벌써 단풍이 드는군."

"북쪽이니까요."

바이올렛이 책에 시선을 고정하고 무심히 대답했다.

윈터가 그녀를 물끄러미 바라보다가 뒤로 기대며 말했다.

"당신이 싫어할 말, 안 할게."

"……하지 마요."

"여섯 살, 열두 살, 심장 어쩌고저쩌고 하는 거. 그때 일 말 안 한다고."

"……."

그의 말에 바이올렛의 어깨가 흠칫 떨렸다.

윈터가 그녀에게 흘깃 시선을 주었다가 말을 이었다.

“그러니까 나 그만 피해. 가뜩이나 죽었다 살아났는데 피가 마르는 기분이야.”

“피한 적 없어요.”

“한 달 내내 내 쪽은 보지도 않는데 뭘 피한 적이 없어. 지금도 안 보잖아.”

윈터가 핀잔하더니 바이올렛의 손에서 책을 빼어 들었다. 그제야 바이올렛이 당황하며 윈터 쪽을 보았다.

그러자 윈터가 미간을 좁힌 채로 숨이 닿을 만큼 바이올렛에게 얼굴을 들이밀었다.

“내가 구해 줬잖아. 고맙다고는 못 할망정 도망을 다녀?”

“정말 신사답지 못한 말이군요.”

“왜, 신사는 생색도 못 내?”

“내지 않죠.”

“어쩐지 신사 따위 되기 싫더라니.”

윈터가 투덜거렸다. 그러더니 바이올렛의 손을 당겨 손바닥을 제 손으로 간질이며 말했다.

“불안하니까 웃어.”

“명령하지 말아요.”

“웃어 줘, 공주님.”

“……”

“다신 총 앞에 안 뛰어들 거고, 당신이 싫어하는 것에 대해 질문하지 않을 테니 제발 웃어. 계속 울 것 같은 표정 하지 마. 총상보다 그게 더 아파.”

웃으라며 손가락을 간질이는 윈터를 보는데 다시 울음이 날 것 같았다. 바이올렛은 평생 울 걸 지금 다 우는 모양이라 생각하며 윈터가 잡았던 간지러운 손을 빼냈다. 그리고 이번엔 시선을 피하는 윈터를 바라보며 말했다.

"사랑해요."

"……."

그 말에 윈터가 바이올렛을 보았다.

"다른 어떤 것을 내 앞에 가져다 놓아도, 나는 당신을 선택할 거예요. 나에게 중요한 건 당신이에요. 당신의 생명이 내 생명보다 더 중요해요."

"……."

"그래서 사랑한다고 말한 거예요. 사랑해서, 사랑한다고 말한 거예요. 나 대신 총에 맞은 거, 하나도 안 고마워요. 정말 아주 조금도 고맙지 않고 화만 나요."

그녀의 말에 윈터가 저도 모르게 실소했다.

그러더니 심호흡을 하고, 바이올렛의 입술에 부드럽게 입술을 눌렀다가, 입술을 떼지 않고 말했다.

"나 진짜 죽은 거 아니지?"

"아니에요. 왜 그런 불안한 소리를 해요?"

"아니, 너무 천국이라. 당신이 날 사랑한다잖아. 이게 천국이 아니면 어디가 천국이야."

윈터가 그리 말하고 어깨를 들썩이며 웃더니 한 번 더 입술을 눌렀다가 떼고 몸을 일으켰다.

그가 행복해 보여 살짝 화가 풀린 바이올렛이 새침한 얼굴을 했다가, 아주 희미하게 웃었다. 그 미소를 놓치지 않고 윈터가 놀리듯 말했다.

"웃었네."

"안 웃었어요."

"웃었거든?"

그가 짓궂게 말하더니 바이올렛의 손을 잡아 일으키며 말했다.

"집에 가자."

"……집에 가요."

작게 따라한 그녀의 대답에 윈터가 이번엔 정말로 유쾌하게 웃음을 터트렸다.

❄ ❄ ❄

모든 짐을 마차에 싣고 그들이 출발하기 전, 야니스가 걱정스러운 얼굴로 병원까지 그들을 배웅 나왔다.

바이올렛이 아직 준비가 끝나지 않아 마차 앞에 홀로 서 있던 윈터를 발견한 야니스가 인사하고 물었다.

"정말 괜찮으신 겁니까? 많이 다치셨다는 소식을 들었습니다."

"멀쩡해. 보면 알잖아."

"그러니까 어떻게 멀쩡한 겁니까?"

야니스가 이해가 안 간다는 표정을 지었다. 그러자 윈터가 인상을 쓰고 대꾸했다.

"뒈지기라도 했어야 한다는 표정인데."

"그 정도는 아니지만……."

야니스가 뭔가 하고 싶은 말이 있는 듯한 표정을 짓자, 윈터가 채근했다.

"뭐. 하고 싶은 말이 있으면 빨리 해. 답답하게 굴지 말고."

"경께서 떠나시고, 경의 비서가 바로 달려와 부탁하기에 총격이 있던 곳을 정리했었습니다. 거기 흐른 피가 도무지……."

"도무지 뭐."

윈터가 인상을 쓰고 다그쳤다. 그러자 야니스가 신중한 얼굴로 말했다.

"차별하는 말이라 못 합니다."

"해. 차별로 받아들이지 않을 테니까."

"……주술이라도 쓰지 않으면 살아남지 못할 것 같은 양의 피였습니다."

윈터가 골치 아픈 표정을 지었다. 그러더니 뒷목을 문지르며 대꾸했다.

"비밀로 해."

"이미 그러기로 했습니다."

윈터는 멀쩡하게 살아난 저를 보면서 귀신이라도 본 듯이 놀라던 의사와 간호사들을 떠올렸다.

만약 그가 살아남은 것이 주술과 같은 일이라면, 그가 아는 한 그것을 가능케 할 사람은 단 한 명밖에 떠오르지 않았다.

그는 사실 확인을 위해 할린을 다시 불러오라며 카닉사 직원을 보낸 참이었다. 평생 쓰레기 같은 핏줄이라며 욕하던 제 혈통이 몇 번이고 저와 바이올렛을 구했음에 슬슬 감사하는 마음마저 가지게 되었다.

그러나 만약 바이올렛이 말한 것처럼 제 심장의 약함을 아내가 가지고 가기라도 한 것이라면, 고작 여섯 살짜리 꼬마 아가씨에게 제 짐을 넘겨준 거라면 어떻게 마음 편하게 살아갈 수 있을까.

야니스가 생각에 잠긴 윈터에게 말을 이었다.

"일단은 부하들 대신 제가 흙으로 덮어 흔적을 지웠습니다만, 치우면서도 많은 걱정이 들었습니다. 그런데 이렇게 멀쩡하시니 의문을 가졌던 겁니다."

"……."

"뭔가 짚이는 게 있으신 겁니까?"

야니스가 묻자 윈터가 굳은 얼굴로 혀를 찼다. 그러더니 야니스를 힐끔 보며 말했다.

"도련님네 망할 가문과는 계속 얽힐 일이 생기는군. 꼴 보기 싫은데도."

그러자 순간 욱한 야니스가 말했다.

"아니, 방금 제 말 뭐로 들으셨습니까? 흔적 지워 드렸다니까요. 가는 호의가 있으면 오는 호의도 있어야지, 꼴 보기 싫단 말부터 나오십니까? 경의 그 성격을 받아 주시는 부인이 대단하십니다."

"내 부인은 대단하고, 받은 호의의 대가로 돌아가는 호의도 있을 테니 그만 징징거려."

"제가 언제…… 호의 바라고 한 거 아닙니다."

"그럼 입막음 대가로 하지."

윈터가 어깨를 으쓱이더니 불만스러운 표정으로 말했다.

"계승식에서 내준 자리도 훌륭했고. 에쉬 그 자식 썩어 가는 표정을 보고 나니 체증이 다 내려가더군."

"그건 다행입니다."

윈터가 모처럼 악수를 청하자 야니스가 거리낌 없이 그것을 받아들이며 말했다.

"친구가 될 수 있을 것 같군요."

"난 애새끼랑 친구 안 해. 꺼져."

"제가 예상한 반응과 똑같네요."

야니스가 혀를 차며 대꾸했다.

그때 바이올렛이 사용인들과 이야기하며 마차로 다가왔다. 그녀가 배웅 나온 야니스에게 인사를 하고 말했다.

"여기까지 나와 주셔서 고마워요, 야니스 경."

"당연한 일입니다. 손님들께 안전을 보장했어야 하는데 헤스턴가의 불찰입니다. 진심으로 사과드립니다."

야니스는 바이올렛에게 사과했으나 그것은 윈터를 향한 것이기도 했다. 윈터가 귀찮다는 듯 말했다.

"알았으니까 꺼져."

그의 말에 바이올렛이 가볍게 한숨 쉰 후 야니스에게 말했다.

"남편 대신 사과하지요."

"그러실 필요 없습니다. 저도 적응해서."

야니스가 정중히 대답하고는 미소를 지은 후 떠났다.

생각보다 너무 오래 북부에 머물렀던 부부는 드디어 수도로 돌아가는 마차에 탔다.

마차에 앉자마자 윈터가 바이올렛을 끌어당겨 바짝 달라붙으며 말했다.

"에쉬 그 망할 쓰레기가 칼슨에게서 소작료를 받아 낸 증거 찾았다며?"

"그렇다더군요."

"신문사에 넘겼어?"

"아직이에요. 기사가 나왔으면 하는 타이밍이 있어서요."

"언제인데?"

"음…… 글쎄요."

바이올렛이 놀리듯이 말을 해 주지 않으니 성질 급한 윈터가 답답한 표정을 지었다.

"날 괴롭히는 법을 점점 더 잘 알게 되는군, 공주님께선."

"하지만……."

"하지만?"

윈터가 미간을 좁히고 되묻자 바이올렛이 잠시 머뭇거리더니, 모처럼 윈터가 죽지도 못할 만큼 그리워하던 눈부신 미소를 지으며 말했다.

"내가 아무리 괴롭혀도 당신은 날 좋아할 거잖아요?"

"……."

자신이 하던 말 그대로 돌려받은 윈터가 멍한 표정을 지었다. 그는 허, 하고 기가 막힌다는 듯 탄성하더니 곧 어깨를 들썩이며 웃기 시작하고, 이내 마차가 들썩거리도록 시원한 웃음을 터트렸다.

❋ ❋ ❋

한 달 만에 부부가 수도에 도착하자 쓸쓸하게 저택을 지키던 집사인 룰루와 주방장인 투린이 정신없이 달려 나왔다.

"아이고, 작은 마님! 사고 겪으셨다면서요, 괜찮으신 겁니까?"

"왜 이렇게 마르신 겁니까! 당장 음식을 준비할 테니 어서 식사하실 준비를 하십시오!"

그러자 옆에서 젠이 기다렸다는 듯이 고자질했다.

"한 달 내내 거의 드신 게 없어요. 우리 작은 마님 손목 좀 보세요. 마음 아파 죽겠어요."

다친 사람은 따로 있는데 다들 부쩍 야윈 바이올렛 걱정에 여념이 없었다. 바이올렛이 진짜 환자 보기 무안해서 사용인들의 등을 떠밀었다.

"먼 길을 왔으니 목욕부터 하고 식사를 하겠네. 준비 좀 해 주게."

"아, 제가 목욕물 준비할게요!"

젠의 말에 옆에서 투린이 신이 나서 말했다.

"전 바로 식사 준비하겠습니다! 한 달 동안 제 음식이 아닌 수준 낮은 음식을 드셔야 했을 테니, 속을 달래 드리려고 영양이 듬뿍 들어간 수프를 끓이는 중입니다!"

두 사람이 신이 나서 달려가고, 룰루도 바로 부부의 잠옷이며 잠자리 상태를 확인하러 가려는데 바이올렛이 붙잡았다.

"그리고 룰루, 조만간 로렌스 가문 회의를 열게 될 것 같네. 장소는 우리 가문의 정원으로 하려는데 같이 상의를 해 주게."

"아휴, 언제든 말씀만 하세요."

"자네가 있어 든든하네."

바이올렛이 미소를 짓자 룰루가 가장 아끼는 손주를 보듯 그녀를 살피고 제 일을 하러 떠났다.

윈터가 바이올렛의 손을 잡으며 말했다.

"다들 우리 귀하신 작은 마님 안 계셔서 슬펐나 보군."

"당신도 어서 씻고 나와서 식사해요. 수프 이야기를 들으니 무척 허기가 지네요."

"바쁜데 같이 씻지?"

"지금 농담이 나와요? 나 아직 화 안 풀렸고, 당신은 아직 욕조에 들어갈 수도 없잖아요."

윈터를 흘기며 말하던 바이올렛은 반 박자 늦게, 임신의 어려움을 떠올렸다.

특별히 기대를 하지 않았다고 생각했는데, 이번 월경이 시작했을 땐 어쩐지 섭섭한 기분이 들었다. 그리고 윈터에게 말하지 않아 이 섭섭함을 혼자 견디게 되어 다행이라는 생각을 했다.

저를 닮은 아이도 좋고, 윈터를 닮은 아이도 좋았다. 이왕이면 반반을 닮은 아이가 가장 좋을 것 같았다. 바이올렛은 저와 윈터에게 더 많은 가족이 필요하다는 것을 누구보다 잘 알고 있었다.

잠시 생각하던 바이올렛이 윈터를 보며 입을 열었다.

"그리고 불공평해요."

"뭐가?"

"당신이 화나면 잠자리를 하고, 내가 화나면 당신이 무릎을 꿇기로 했잖아요."

"그랬지."

"난 당신이 무릎을 꿇어도 조금도 기쁘지 않아요."

"의외군. 기뻐 보였는데."

"왜 그렇게 생각한 거죠?"

"표정이 그랬어. 아무튼 다른 방식으로 사과하라는 건가?"

"웬일로 한 번에 알아들어 주는군요."

"어떻게 해 줄까?"

"침실을 같이 써요."

"……뭐?"

"레이크하우스에서 잠깐 당신과 침실을 같이 써 보니…… 가끔은 당신 품에서 눈을 뜨는 것도 나쁘지 않겠더군요. 그러니 내가 화나면 옆에 와서 재워 주고, 깨워 줘요. 그럼 화를 풀도록 하죠."

"잠깐만. 내가 아니라 당신이 화가 나면 그렇게 하자고?"

바이올렛이 고개를 끄덕이고는 휙 돌아서 저택으로 들어섰다. 잠시 멍한 표정을 짓던 윈터가 손으로 제 뺨을 톡톡 치고는 인상을 썼다.

"……나 안 죽은 거 맞아? 듣고 싶은 말만 들리는데?"

목욕을 마치고, 두 사람은 주방장 투린이 진하게 끓인 수프를 맛보았다. 두 사람이 돌아올 거란 연락을 받자마자 진하게 끓여 낸 수프는 감자와 크림, 큼지막한 고깃덩이를 가득 담아 한 끼 식사로 손색이 없었다.

수프가 하도 맛있어 두 사람은 갓 구운 포슬포슬한 하얀 빵과 함께 접시를 깨끗이 비워 가며 식사를 하고 다시 침실로 돌아왔다.

바이올렛이 화를 풀어 달라 말했으므로 윈터는 바로 그녀의 침실로 갈 준비를 했다.

그는 누가 보면 어디 외출이라도 하는 사람처럼 몇 번이나 거울을 보며 외모를 살폈다. 잠옷도 비슷비슷한 것 중에 최대한 마음에 드는 것을 고르고, 머리도 이리 넘겼다가 저리 넘겼다가를 반복했다.

그사이 하엘이 들어서자 윈터가 윽박지르듯 물었다.

"할린 이 자식은 왜 안 와? 부른 지가 언젠데."

"한 번 여기까지 오느라 무리가 갔는지 몸이 다시 안 좋아지셨답니다."

"꾀병을 부리는군."

"괜찮으시면 대표님과 작은 마님께서 알리카로 한번 오시는 게 어떤지 묻던데요?"

"못 들어간다며."

"카닉사의 대표님은 다르죠."

"그게 더 열 받잖아. 부모와 떨어진 다섯 살짜리는 안 되는데 재벌은 된다? 뭐 그런 속물 쓰레기들이 다 있어?"

윈터가 비꼬는 동시에 마음에 드는 스타일을 드디어 정해 머리를 정리했다. 다음으로 잠옷 위에 걸칠 가운을 찾는데 하엘이 퉁명스럽게 말했다.

"그나저나 회사엔 뭐라고 전합니까?"

"뭘 전해."

"대표님 총 맞고 누워 계실 때 직원들이 얼마나 많이 찾아왔는데요. 공치사는 하셔야죠."

"누워 있는 새끼한테 잘 보이면 뭐가 떨어져? 깨어 있을 때 알짱거려야지. 전할 거면 앞으로 비효율적인 짓 하지 말라고나 전해."

지금까지 윈터가 한 말을 그대로 다 전했다면 그의 병실에 직원들이 찾아왔을 리가 없었다. 이번에도 알아서 인사말을 정해야겠다고 생각한 하엘이 꾸벅 고개 숙여 인사했다.

"그럼 전 퇴근합니다."

"어."

건성으로 대답한 윈터는 하엘이 떠난 후에도 신중하고 또 신중하게 가운을 고른 후, 열심히 고르지 않은 척 대충 걸친 후 바이올렛의 방으로 향했다.

문을 두드리자 지난 한 달 무척 수척해진 바이올렛이 문을 열었다.
"왔어요?"
윈터는 그리 밝지 않은 조명 아래에서 보이는 바이올렛의 조막만 한 얼굴을 걱정스레 내려다보았다.
"한 달을 병원에서 지냈는데도 안색이 안 좋네."
"그런가요?"
"고생했어. 내가 누워 있는 바람에."
바이올렛이 흐릿하게 미소 지으며 고개를 끄덕이더니 윈터를 보며 말했다.
"주변에서 많이 도와줘서 다행이었어요. 사람들에게 고맙다는 인사는 했나요?"
"아까 하옐도 그 얘기더니. 이런 뒤처리도 다 내가 주는 월급에 포함된 거야."
"……적어도 하옐에게는 고맙다고 했죠?"
"그 녀석은 특히 많이 받아 가."
"안 했단 말이군요."
바이올렛이 한숨을 쉬었다.
모든 사람이 그의 그런 행동을 천성이라 생각해 넘어갔지만 바이올렛은 그럴 생각이 없었다. 그녀가 엄격한 얼굴과 다정한 목소리로 입을 열었다.
"윈터, 하옐은 당신이 병석에 누워 있는 내내 북부에 있었어요. 그게 다 그의 일이었다고 생각 안 해요. 게다가 이글린과 안잘리는 칼슨이 귀족 살해에 준하는 벌을 받아야 한다면서 당신 없는 회사 운영에 법정 싸움까지 병행하고 있어요. 야니스 경은 별장에서 소문이 와

전되지 않게 뒤처리를 해 줬고요."

"그야……."

"그것까지도 돈 때문일 거라고 말하지 말아요. 당신에 대한 호의가 없다면 그렇게 안 해요. 당신을 존중하지 않으면 그렇게 안 한다고요. 나와 마찬가지 마음으로."

"……."

"당신은 사랑을 하는 법도 배워야 하지만, 받는 법도 배우는 게 좋겠어요."

바이올렛의 애정 서린 잔소리가 도무지 싫지 않았으나, 윈터는 공연히 인상 쓰는 시늉을 했다. 그러다 아내가 제 팔을 붙잡아 침실로 당길 땐 고집이라곤 하나도 없는 사람처럼 순순히 끌려갔다.

바이올렛이 윈터를 침대에 눕게 하더니 이불을 꼼꼼하게 덮어 주었다. 그 진지한 모습이 귀여워 속이 간질거리던 윈터가 꾹 다물었던 입을 열었다.

"직원들에게 인사는 내가 알아서 할게. 회사에 선물 목록 있어."

"그래요?"

"선물로 환심 사는 건 내 버릇이고 특기야. 당신에게만 실패하지, 대부분 성공했다고."

"왜 나에겐 실패했다고 생각해요?"

"당신은 내가 그렇게 선물을 했는데 좋아하질 않았잖아."

"선물을 산처럼 주니까 그렇죠."

"그게 뭐가 문제지?"

"너무 많이 줬단 말이에요."

바이올렛이 제 말을 잘 이해하지 못하는 표정의 윈터에게 그 물량

공세의 압박감을 어떻게 설명하나 고민하는데, 윈터가 그녀의 턱을 당겨 이마에 입을 맞추고 말했다.

"알았으니까 자. 그런 얼굴로 잔소리해 봤자 하나도 귀에 안 들어오니까."

"그런 얼굴이요?"

"안 그래도 예쁜데 잠옷도 슬리퍼도 그렇게 귀여운 걸 꺼내 입고 나더러 무서워하기라도 하라는 건가?"

"무서워하라는 게 아니라 염두를……."

"할게. 시키는 거 다 할 테니까 그만 자자, 공주님. 아, 졸리다."

윈터가 말을 마치고는 꼭 아이 재울 때처럼 하품하는 시늉을 해 보였다. 그게 자길 놀리는 거란 걸 눈치챈 바이올렛이 인상을 쓰고 그를 밀쳤다.

"쫓아낼 거예요."

"쫓아내면 문 앞에서 잘 거야. 대자로 뻗어서. 아침에 당신 하녀들이 퍽도 모른 척해 주겠군."

"……악당 두목 같으니라고."

"왜 두목이 붙는지는 모르겠지만 대단히 모욕적이군."

윈터가 능청을 떨고 침대 밖으로 빠져나가더니 결국은 바이올렛을 끌어다 눕힌 후 방의 전구를 껐다.

침실에는 순식간에 정적이 내려앉았다. 누우면 바로 잠이 올 줄 알았는데, 총격 사건 이후 다소 거리가 생긴 상태에서 한 침대에 누우니 오히려 불편함이 들었다.

윈터가 먼저 침을 꿀꺽 삼키자 바이올렛이 입을 열었다.

"당분간 바쁘겠네요."

"남부 사업의 계약 건들이 많아서, 슬슬 바빠긴 할 거야. 그래도 집에 꼬박꼬박 들어올게."

"꼭 그럴 필요 없어요."

"왜. 집에 꼬박꼬박 들어오라고 해. 집착 좀 해, 나한테."

윈터가 진담을 농담처럼 말했다.

두 사람 다 불편함을 모른 척하며 다시 잠을 청하려 했으나 영 잠이 오질 않았다. 결국 못 견디고 바이올렛이 상체를 일으키며 말했다.

"미안해요. 불편해서 못 자겠어요."

그러자 윈터도 몸을 일으키고 불을 켰다.

"할 말 못 할 말이 따로 있지, 남편이 불편해?"

"미안해요, 다시 말할게요. 어색해요. 아직 앙금이 다 풀리지 않은 것 같아요."

"이봐, 공주님. 의미가 명확하다고 덜 무례한 거 아니거든. 그러게 나한테 왜 이렇게 화를 냈어?"

아닌 척해도 윈터 역시 여전히 불편함이 덜 풀린 건 마찬가지인 듯했다.

바이올렛이 잠시 생각하더니 물었다.

"내일 저녁에 화해의 의미로 데이트할래요?"

"남부 구경……."

무심코 말하던 윈터가 입을 다물었다. 쓰러지던 순간, 바이올렛에게 남부 구경을 시켜 주지 못했다는 생각이 떠올라 죽을 수도 없었다. 그래서 데이트를 말하는 순간 남부 구경이 떠올랐던 것이었다.

바이올렛이 무슨 의미냐는 듯 고개를 기울이자 윈터가 말을 이었다.

"아무것도 아냐. 그보다 연극은 어때? 노천극장으로."

"아, 좋아요."

바이올렛이 기쁜 표정을 지었다. 그러더니 윈터에게 말했다.

"그럼 미안하지만 방으로 돌아갈래요?"

"싫어."

"어색해서 잠이 안 오는걸요. 당신도 그렇잖아요."

"그래도 싫어."

윈터가 거절하더니 바이올렛을 꽉 안았다.

"추워서 혼자 못 자겠어."

그의 말에 바이올렛이 중얼거렸다.

"좀 쌀쌀해지긴 했네요."

"겨울엔 매일 같이 자야겠네."

"그땐 벽난로를 틀 테니까요. 괜찮아요."

"안됐지만 이제 재정난이라 장작 살 돈이 없어."

윈터의 능청에 바이올렛이 저도 모르게 웃음을 지었다.

지난 한 달간 마음고생을 했던 것이 제집의 제 방, 그것도 제 남편의 품에 안겨 있으니 상황을 살피느라 바짝 곤두세웠던 긴장감이 조금씩 풀어졌다.

"걱정했어요……."

윈터가 슬쩍 미소를 지었다.

"미안해."

"미안하다는 말 그만해요."

"그것도 미안."

윈터의 대답에 바이올렛이 배시시 웃었다.

제 미소 덕에 윈터의 심장이 쿵쿵 뒤흔들리는 걸 모르고, 바이올렛이 잘 오지 않는 잠을 애써 끌어당겼다.

❄ ❄ ❄

바이올렛보다 훨씬 잠이 적은 윈터는 그녀보다 늦게 잠들어 일찍 눈을 떴다.

그는 여전히 잠들어 있는 바이올렛을 보며 이래서 부부가 좋구나, 하는 생각을 했다. 그렇게 화내고 울던 바이올렛이 품에 있으니 아무것도 불안하지 않았다.

정말 저를 사랑하느냐고 수시로 확인받고 싶은 것을 백에서 하나로 줄이느라 성격에 안 맞게 인내하는 중이었다. 그조차도 바이올렛이 많다고 생각한다면 할 말이 없지만.

윈터는 바이올렛의 얼굴을 보고 또 보고 속눈썹 개수까지 셀 지경으로 관찰하다가 그녀가 눈을 뜨려는 순간 눈을 감았다.

자는 시늉도 잠시, 바이올렛이 품에서 살며시 떨어지려 하자 윈터가 곧바로 눈을 뜨고 그녀의 팔을 붙잡았다.

"왜?"

"그게 아침 인사인가요?"

"가지 마. 추워."

"아침 인사를 하라는 뜻이었는데요."

정말로 미치겠는 것은, 그녀가 사랑한다고 말한 후부터 불안감이 더 커지기만 한다는 것이었다.

어느 순간 그녀의 마음이 변하지는 않을까. 돌아서지 않을까.

평생 이렇게 불안하게 사는 게 사랑인가, 윈터는 고민해야 했다. 제가 망가져서 제 사랑까지 망가진 건지, 아니면 남들도 이렇게 망가진 사랑을 하는 건지, 아니면 이 요망한 공주님이 남자를 불안하게 만드는 재주가 있는 건지.

상체를 일으키고는 동그란 눈으로 윈터를 내려다보는 바이올렛을 보니 세 번째 가설에도 상당히 힘이 실렸다.

윈터가 따라서 몸을 일으켰다.

아내에게 사랑한다는 말을 듣기 전까진 혹여 그녀가 저를 떠나겠다고 하면 보내 주고 죽을 작정이었는데, 사랑한다는 말을 듣고 나서는 어떻게든 못 떠나게 붙잡아야겠다는 쪽으로 생각이 바뀌었다.

그가 진지하게 말했다.

"건의할 것이 있어."

"뭐죠?"

"매일 아침 눈을 뜨면 사랑한다고 아침 인사를 하자."

그 말에 바이올렛이 다소 놀란 듯, 말간 눈동자로 빤히 윈터를 보았다.

"……웬일로 로맨틱한 소리를 하는군요?"

"내가 의외로 로맨티시스트거든."

그 건의의 배경에서 흐르고 있는, 계약의 형식으로라도 매일 사랑을 확인하겠다는 윈터의 시커먼 집착을 읽지 못한 바이올렛의 뺨이 발그레하게 달아올랐다.

"좋아요. 건의를 받아들이죠."

고아하게 대답한 바이올렛이 다정히 미소를 지으며 먼저 인사를 건넸다.

"잘 잤어요? 사랑해요."

"……"

그녀의 인사와 미소에 윈터가 멍하니 굳었다.

잠시 후, 멈춰 있던 그가 이불을 다시 뒤집어써 버리자 바이올렛이 살짝 억울해하며 그를 흔들었다.

"나만 하는 거였나요?"

"……"

"윈터."

"……잠깐만 시간 좀 줘. 눈물 날 것 같아서 그래."

"네에?"

윈터가 이불 속에서 진정하는 사이 바이올렛은 의아한 얼굴로 그를 보았다. 워낙 윈터 같지 않은 반응이라 당황하다가 자리에서 일어나려고 하니 윈터가 손을 뻗어 바이올렛의 팔을 붙잡았다.

바이올렛이 살짝 이불을 끌어 내리고는 얼굴이 벌게진 윈터를 발견하고 멈칫했다. 이유는 모르겠지만, 그는 정말로 울 것 같은 얼굴이었다.

이상하게도 그 낯선 표정이 마음에 들어서, 바이올렛은 어디서 나온 못된 마음인지 되레 그를 울렸으면 하는 마음이 들었다.

"사랑해요."

그래서 한 번 더 말했더니 윈터가 떨리는 숨을 내쉬며 말했다.

"아침부터 심장 마비로 죽겠어."

"하지 말아요?"

"과장한 거야. 고작 그걸로 죽을 만큼 인간은 나약하지 않으니까 계속 해 줘."

윈터가 좀 정신을 차리고 바이올렛을 끌어당겼다. 그의 상처가 낫지 않았으므로 바이올렛이 떨어지려 하자 윈터가 그녀를 가볍게 들어 무릎에 앉혔다. 바이올렛이 말했다.

"그만할게요, 이제."

"계속 해 줘."

윈터가 바이올렛의 품에 얼굴을 묻고 중얼거렸다.

"계속, 계속 말해 줘."

연신 애정을 확인받으려는 그의 애원에 바이올렛은 조심스레 윈터의 머리칼을 쓰다듬어 보고는, 몇 번이고 사랑한다는 말을 속삭였다.

부부가 한 침대에 붙어서 잠이 드니, 총격 사건 이후 두 사람 사이에 생긴 벽이 살짝 허물어졌다.

그러나 여전히 윈터의 눈앞에는 두 가지 문제가 남아 있었다. 할린을 불러서 확인해야 할 심장. 그리고.

'……사랑해 주니까.'

그는 여전히 사랑을 돈으로 되갚아야 한다는 인식에서 벗어나지 못했으므로, 바이올렛이 주는 전혀 실감할 수 없는 사랑의 대가를 치러야 했다. 그녀의 사랑을 붙잡아 놓을 것을 구해 와야 했다.

물론 윈터 역시 바이올렛이 주는 사랑은 지금까지 그가 알던 사랑과 다르다는 것을 알았다.

그러나 스물아홉까지 살면서 가지고 있던 생각들이 한순간에 바뀌는 것은 아니므로 아는 것이라도 행하려 애쓸 뿐이었다.

다행히 이번만큼은 그녀가 진정으로 원하는 것을 사 주겠다는 정도의 성장은 있었다.

❄❄❄

부부는 둘 다 북부에서 한 달을 보내느라 일정이 많이 밀려 있었다.

먼저 준비를 마친 윈터가 준비 중인 바이올렛의 드레스 룸 의자에 걸터앉아 말했다.

"그래서, 오늘 어딜 간다고?"

"가문 회의 전에 어른들 뵈러요. 오늘 오찬이 있다고 하니 오늘 가야 해요."

"몇 시에 데리러 가?"

"다섯 시 정도에 와요."

바이올렛이 말하는 사이 젠은 그녀의 귀에 귀걸이를 하나씩 대 보며 드레스에 맞추고 있었다. 연한 청록색의 드레스를 입은 바이올렛을 보며, 윈터는 아내에게는 가을도 여지없이 잘 어울린다는 생각을 했다.

"그 루비로 해."

윈터의 참견에 젠이 안타까워하며 말했다.

"아, 저도 루비가 마음에 드는데 이 금으로 된 나비 귀걸이가 또……."

"루비가 더 화려하잖아. 싸우러 가는데 더 화려한 걸 써야지."

"하긴, 그렇죠. 아, 왜 작은 마님은 한 분이신 거예요. 작은 마님이 두 분이시면 한 번에 두 개 다 하고 나가시는 건데……."

젠의 서글픈 목소리에 바이올렛은 당황하며 '미안해' 하고 사과하고, 윈터는 심각한 얼굴로 중얼거렸다.

"……천재적인 발상이군."

"응? 윈터, 뭐라고 했어요?"

"아냐. 계속해."

윈터가 건성으로 손을 흔들고 몸을 뒤로 기댔다.

밖에서 바이올렛이 준비하는 걸 기다릴 땐 도대체 뭐가 이렇게 오래 걸리나 싶어 짜증이 났는데, 옆에서 보니 젠의 마음이 완벽히 이해가 갔다.

이것도 해 보고 저것도 해 보고, 아내를 실컷 만지작거릴 수 있는데 오래 걸릴 수밖에. 만약 그가 하녀였다면 바이올렛을 온종일 밖에 못 나가게 하고 저 혼자만 꾸미고 가꿨을 것이다.

귀걸이를 결정해 드디어 손을 뗀 젠이 행복한 표정을 지었다.

"왜 고민했을까요. 역시 루비가 맞았어요."

"고마워, 젠. 오늘도 아주 마음에 드는구나."

그녀가 다정히 인사하는 모습에 윈터가 혀를 찼다. 온종일 만지고 인사까지 받을 수 있다니, 순간 남편보다 하녀가 나아 보일 지경이었다.

바이올렛이 사뿐사뿐 걸어와 윈터에게 물었다.

"에스코트하려고 기다린 건가요?"

"응."

윈터가 그녀의 손을 잡아 제 팔을 감게 하고, 젠이 가져다 놓은 구두를 다른 손으로 집어 들었다. 그리고 바이올렛의 슬리퍼를 턱짓하며 놀리듯 말했다.

"구두 신고 있으면 또 내가 안아서 옮길까 봐 슬리퍼를 신고 있는 건가?"

"맞아요."

"귀엽기는."

두 사람이 복도를 걸어 마차에 도착했다. 시내로 갈 마차에 바이올렛이 올라타자 윈터가 그녀의 발을 손으로 감싸 들고 구두를 하나씩 신겼다.

그 모습을 약간 당연하게 여기던 바이올렛이 뒤늦게 흠칫 놀라며 주변을 둘러보았다. 그녀뿐만 아니라 다른 사용인들도 이제 익숙한지 시선을 피하는 기색조차 없었다.

바이올렛이 몸을 숙이더니 윈터에게 소곤거렸다.

"……당신이 자꾸 이렇게 구두를 신겨 주니까 다들 당연하게 알잖아요."

"그게 뭐?"

"당신 때문에 나까지 익숙해졌어요. 집 밖에서도 이러면 어떡해요?"

"저놈은 원래 천한 놈이라 하인이 천직인가 보다, 하겠지."

"윈터."

"농담이야. 내가 외간 남자도 아니고, 남편이 구두 좀 신겨 준다고 이상하게 보는 놈이면 그쪽이 잘못된 거야. 귀족이든 뭐든 관계없어."

윈터가 그렇게 말하고는 마차에 걸친 경주마 같은 제 허벅지에 바이올렛의 발을 올리고 리본까지 반듯하게 묶은 후 다시 내려놔 주기까지 했다. 그는 그렇게 바이올렛의 단장을 마친 후에야 잘 다녀오라며 손을 흔들고 자신이 탈 마차로 향했다.

잠시 후 젠이 마차에 올라타 출발하자, 뺨에 홍조가 남은 바이올렛이 물었다.

"아무래도 보기 안 좋지?"

"뭐가요, 작은 마님?"

"저렇게 구두 신겨 주는 거."

"에이, 옷도 다려 주시는데요, 뭐."

"……그런 것 같더라니. 오늘도 남편이 다렸지?"

"네. 앞으로 특별한 일 있을 땐 쭉 대표님이 다리실 거라던데요?"

바이올렛이 폭 한숨을 쉬었다. 고마운 마음이 드는 한편 부끄럽기도 했다. 그렇다고 싫은 것도 아니니 단호히 제재하지도 못하고…….

그사이 바이올렛이 탄 마차는 수도 동쪽, 해변에 있는 유서 깊은 레스토랑에 도착했다.

세 달에 한 번 로렌스가에서 일정이 맞는 사람들은 여기서 식사를 했다. 그 자리에서 나라의 중대사가 거론되고, 진행되었다. 바이올렛이 오늘에 맞춰 수도에 돌아온 건 이 자리에 참여하기 위함이었다.

목적지에 도착해 내린 바이올렛은 젠과 이런저런 이야기를 하며 로렌스가 사람들이 식사 중인 3층에 도착했다.

바이올렛이 문 안으로 들어서자 조용히 식사하던 사람들이 그녀를 돌아보았다. 젠은 그 압박감에 겁먹어 서둘러 인사하고 떠났다.

늘 이 모임에 참여하는 에쉬는 상석에 앉아 식사를 하다가 불쾌한 표정을 지었다.

가장 먼저 바이올렛의 고모, 해리엇이 다가왔다.

"바이올렛, 오랜만이구나?"

"안녕하세요, 고모님."

"그래…… 네가 왜 왔는지는 엘라 필리체 부인께 대충 들어 알고 있다. 내 자리를 포함한 로렌스 가문의 의석 세 개를 없애려 한다면서."

해리엇의 목소리는 세상에 아무것도 두려울 것 없다는 듯이 명확했고, 고고했다. 바이올렛은 윈터라면 숨 막혀 미쳐 버릴 이 분위기에 반대로 안정감을 느끼며 대답했다.

"네. 그게 도의에 맞다고 생각해요."

"그렇구나."

해리엇의 부드러운 목소리를 뚫고, 날카로운 목소리가 들렸다. 바이올렛의 사촌인 아리엘라였다.

“고모님! 받아 주지 마세요. 예전이나 지금이나 저 애는 고지식하고 지나친 원칙주의자예요. 애초에 그게 도의에 맞다고요? 그걸 왜 저 애가 결정하죠? 자기가 뭐라고!”

아리엘라의 말에 바이올렛이 그녀를 보며 입을 열었다.

“왜 내가 결정하면 안 되지?”

“그건 에쉬가 할 결정이니까.”

아리엘라가 말하곤 에쉬를 보았다. 에쉬는 당연한 소리라는 듯 대응도 하지 않고 식사를 이어 갔다.

바이올렛은 그 두 사람을 물끄러미 바라보았다.

아리엘라는 바이올렛이 결혼한 후에도 태연히 윈터를 좋아한다고 마음을 드러냈었다. 예전엔 거기에 화낼 기운이 없었지만 지금은 아니었다. 바이올렛이 입을 열었다.

“그건 정말로 무례하구나, 아리엘라. 나 또한 선왕 폐하의 딸이야. 왕실이 사라졌다고 해도 나에게는 강한 발언권이 있고, 네가 감히 나에게 대들어서는 안 되지.”

그녀의 강경한 말에, 천방지축으로 굴던 아리엘라의 말문이 막혔다.

바이올렛이 아무 일도 없다는 듯 조용히 식사를 이어 가는 로렌스가 사람들을 돌아보며 말했다.

“저를 지지해 주실 분이 계신가요?”

그녀의 질문에 결국 에쉬가 식기를 내려놓았다.

“여기가 어디라고 와서 헛소리를 해, 바이올렛. 내가 낯부끄러워서 있을 수가 없잖아.”

그러자 에쉬의 옆에서 식사하던 바이올렛의 또 다른 사촌, 제프가 두둔했다.

"맞는 말이야. 이게 무슨 민폐야? 애초에 바이올렛 넌 로렌스가 사람이 아니라 블루밍가 사람이야. 이 자리에도 끼면 안 돼."

그러자 해리엇이 대신 대답했다.

"제프, 그럼 나도 로렌스가 사람이 아니겠구나."

그 말에 제프가 움찔하더니 대답했다.

"고, 고모님과는 다르죠! 바이올렛은 블루밍가의 성을 받았잖아요. 돈도 받고."

그러나 제프의 말은 오히려 그의 주장에 악영향을 주었다. 그 돈을 받고 미천한 이방인 사생아와 결혼한 것은 바이올렛의 희생임을 자리의 사람들에게 주지시켰기 때문이었다.

해리엇이 불쾌감을 드러내며 말했다.

"그거야 바이올렛이 결혼할 때 왕실이 사라져서 그랬던 거지. 어차피 이런 상황이 된 거 나는 솔직하게 말해서 바이올렛을 지지한단다. 의석을 가지고 있으니 여러 정책에 연관되고 로비하려는 자가 많아 불편하기까지 하구나."

그 말에 저 멀리서 듣고 있던 또 다른 의석의 소유자, 바이올렛의 작은할아버지인 안토니가 맞장구쳤다.

"말 한번 잘 해 주었구나, 해리엇. 나도 그랬다. 영 편치가 않구나."

바이올렛은 그들의 이야기를 차근차근 듣고, 그들의 얼굴을 살펴보고 있었다.

배우인 아리엘라를 제외하고는 절대 목소리를 높이거나 흥분하는 사람이 없었다. 바이올렛의 우려와 달리, 찬성과 반대도 반반 정도의 비율이었다. 그녀는 의외로 로렌스가 사람들이 적녀인 자신을 지지하고 있음을 처음으로 알았다.

식사가 길어지고 거의 모든 사람이 한마디씩은 의견을 말했을 때였다.

문을 두드리는 소리에 바이올렛이 열어 주니 젠이 큰 상자 하나를 낑낑거리며 안고 들어왔다.

“작은 마님! 딱 때맞춰 호외가 나왔어요!”

“고마워, 젠. 오늘따라 일을 많이 시켜 미안하구나. 나도 식사를 못 했으니 점심은 근사한 곳에서 먹자.”

“우와! 아, 제가 맛있는 곳 안내할게요!”

젠이 신나 하며 호외가 가득한 상자를 테이블 위에 내려놓았다.

신문을 가장 먼저 가져간 것은 에쉬를 지지하던 가장 어린 사촌, 아론 로렌스였다. 그가 기사를 확인하고 조용히 미간을 좁혔다. 그리고 바이올렛을 돌아보며 물었다.

“이게 사실입니까? 에쉬 형님께서 칼슨 경과 공모해 바이올렛 누님의 재산 일부를 빼돌렸다는 게.”

그 말에 뒤늦게 에쉬가 신문 쪽을 보았다.

“그래, 사실이란다.”

바이올렛의 말에 아론이 굳은 표정으로 신문을 탁 내려놓았다.

곧이어 침착한 양 다가온 에쉬의 낯빛이 신문을 확인하는 순간 달라졌다. 칼슨이 윈터가 넘겨준 롱 리우드 땅에서 난 소작료를 받아 에쉬에게 넘긴 증서가 신문 전면에 새겨져 있었다.

표정이 순식간에 뒤틀린 그가 바이올렛을 노려보았다.

“이게 무슨 장난이지?”

바이올렛이 그를 마주 보며 대답했다.

"장난이 아니고 사실이지. 증거도 있고."

"그 소작료를 받았을 때, 그 땅은 왕실 소유였어."

"하지만 오빠는 농사짓는 시늉을 하고 있었지. 매달 그렇게 큰돈을 받았다는 건 아무도 몰랐어. 나조차도."

두 사람이 대화하는 틈에 젠이 천생 왕족들의 무서운 압박감에 오들오들 떨면서도 사람들 앞에 한 부씩 호외를 전달했다.

바이올렛은 에쉬 편이었던 사람들을 시선으로 하나씩 살폈다. 그들에게는 그녀의 값비싼 귀걸이를 타고 흩어져 바닥에 일렁이는 햇살조차 공격적으로 느껴졌다.

그녀는 여느 때처럼 단정한 태도로 자신을 죽일 듯 주먹을 쥔 에쉬에게 한 걸음 다가가 속삭였다.

"나는 사업가와 결혼을 했어. 그래서인가, 이제 손해 보는 장사는 그만하고 싶어, 에쉬."

말문이 막혀 멈칫하는 에쉬를 뒤로하고 전달을 마친 바이올렛이 공손히 인사했다.

"방해해서 죄송했습니다. 가 볼게요."

그녀가 말을 마치고 천천히 걸어 나와 복도에 나섰을 때였다. 에쉬와 제프 로렌스가 뒤따라 나왔다.

"바이올렛!"

바이올렛이 돌아보자 제프가 에쉬의 수족처럼 그가 할 말을 대신했다.

"이게 무슨 짓이야. 어떻게 우리 가문에 이런 망신을 줘! 게다가 우리 아버지가 가진 의석까지 뺏겠다고?"

제프는 여자의 몸에 손을 대는 짓은 하지 않았으나, 위협 정도는 해도 된다고 보는 에쉬와 동류의 사람이었다.

바이올렛의 뒤에 서 있는 건 기껏해야 어리고 체구도 작은 하녀 하나였다. 아까부터 기가 죽어 있던 그 하녀가 어디론가 쪼르르 사라지기까지 하자 더 기가 살아난 제프가 말을 이었다.

"네 행동들은 로렌스 가문을 도와주는 게 아니야."

"제프, 혹시 에쉬와 많이 연계가 되어 있니?"

바이올렛이 침착하게 묻는 말에 제프의 얼굴이 벌겋게 달아올랐다.

"갑자기 그게 무슨 소리야?"

"그야, 에쉬와 매주 폴로를 하러 다니니까."

"이게 못 하는 말이 없네. 에쉬, 네 말이 맞아. 바이올렛이 이상해졌어."

그의 말에 에쉬가 태연히 대답했다.

"내가 말했잖아. 그 천한 이방인과 살다 보니 주술이라도 걸린 거라고."

"안 되겠군. 어차피 가문 회의를 열 거라면, 바이올렛을 로렌스가에서 완전히 제외하는 걸 건의해야 하지 않겠어?"

제프가 이야기하자 바이올렛이 잠시 입을 다물었다가 조용히 말을 이었다.

"그 폴로 모임을 알아보니 큰일이 많이 오가더구나, 제프."

"뭐, 뭐?"

"실수한 적 없어?"

윈터가 종종 쓰는 화법을 배운 바이올렛이 넘겨짚어 말하자 제프가 창백해져 입을 다물었다. 그러자 에쉬가 표정을 찡그리며 말했다.

"그까짓 소작료 내역 좀 알았다고 기고만장하지 마, 바이올렛. 어차피 왕실 재산이었어. 소작료 좀 받아 냈다고 너 말고 누가 뭐라고 할 것 같아?"

"다수의 사람들이. 왕실을 해체하고 진심으로 사과했음을 믿고 용서해 준 선량한 사람들이 화를 낼 거야. 아버지의 실패를 해결하려는 아들의 책임감을 믿던 사람들이. 사람을 물건처럼 이용하고 나면 끝나는 줄 알아?"

바이올렛의 말에 제프의 표정이 굳었다. 그러나 그보다 더 심하게 구겨진 것은 에쉬의 얼굴이었다. 그가 노기 가득한 목소리로 말했다.

"그래서 네가 어리석은 거야. 라크라운드는 귀족 몇몇의 손으로 돌아가. 인원이 많다고 뭐 대단한 일을 할 수 있을 것 같아?"

"아, 에쉬."

바이올렛이 무언가 기억하고는 천천히 에쉬에게 걸음을 옮기며 말했다.

"겁이 나는구나?"

"뭐?"

"적어도 우리가 같이 자랐으니 겁이 난 얼굴 정도는 알아봐."

"너……."

"네 말이 맞아. 소작료 정도 알아낸 건 아직 아무것도 아니지."

이용하기 좋은 패로 여기던 그녀가 정말로 자신의 목을 졸라 온다는 것을 깨달은 에쉬의 등에서 식은땀이 흘렀다.

차라리 여기서 그녀를 처리하면 어떨까, 하는 생각마저 들던 순간이었다. 복도 끝에서부터 정장 차림의 우락부락한 사내 열 명이 다가왔다.

에쉬가 기가 차서 말했다.

"호위를 많이도 끌고 다니는군."

그 말에 바이올렛이 뒤를 돌아보았다가 화내던 것도 잊고 눈이 휘둥그레졌다.

"빨리요! 우리 작은 마님 혼자 계시잖아요!"

거구들 사이에 파묻혀 있던 젠이 후다닥 앞으로 나서서 사내들을 인솔했다.

이게 무슨 일인가 생각하는 바이올렛의 눈에 익숙한 얼굴이 보였다. 이전에 윈터와 함께 갔던 스포츠 경기장에서, 그녀가 돈을 건 적이 있는 선수 샌토르 탄이었다.

젠이 얼른 바이올렛에게 소개했다.

"작은 마님, 이분들은 카닉 호텔 경호를 담당하는 직원분들이세요."

"경호? 그 사람들이 왜 여기에 있니?"

"대표님이요, 작은 마님이 오늘 다수에게 싸움을 걸러 가니 우리 쪽도 다수가 가자고 하시더라고요."

"……세상에."

"미리 말씀드리면 못 오게 할 거라면서 도착하면 말씀드리라고 하셨어요."

젠의 해맑은 목소리에 바이올렛이 헛웃음을 지었다. 젠은 무슨 일이 있어도 바이올렛 편이었지만 그녀의 신변에 있어서는 절대적으로 윈터의 의견을 따랐다.

샌토르가 먼저 바이올렛을 알아보고 달려와 한쪽 무릎을 굽혔다.

"작은 마님, 모시게 되어 영광입니다. 오늘부터 작은 마님을 모시게 된 샌토르 탄입니다."

"카이슬 선수로 알고 있었네만."

"작년에 큰 부상을 당해 은퇴하게 되었습니다. 대표님께서 받아 주신 덕에 카닉 호텔 경호원으로 일하고 있었는데, 오늘부터는 작은 마님을 모시라는 연락을 받았습니다."

"'오늘부터는'이라니? 오늘만이 아니라?"

"예, 저는 오늘부터 계속 작은 마님을 경호하게 되었습니다."

샌토르의 말에 바이올렛이 난처한 표정을 지었다.

아마 총격 사건 때 바이올렛이 위험에 처했던 것이 윈터에게 큰 충격이었던 모양이다. 그렇다고 열 명을 따라오게 한 건 너무하지 않나.

바이올렛이 당혹스럽게 여기며 두 사람을 돌아보니 표정이 구겨져 있었다.

"이만 가 볼게."

바이올렛이 인사한 후 다시 돌아보자 호위들이 갈라지며 그녀가 지나갈 길을 터 주었다. 바이올렛이 뒤도 돌아보지 않고 그 사이로 지나가자 호위들이 뒤를 따르며 힐끔 에쉬를 돌아보았다.

에쉬는 짜증이 울컥 나서 돌아서며 제프에게 말했다.

"이만 돌아가지."

"어, 어? 그래."

제프가 얼떨결에 고개를 끄덕였다.

에쉬가 다시 식사 자리로 돌아가니 디저트를 내오러 레스토랑 직원들이 와 있었다. 에쉬는 순간, 그들이 기사가 나기 전과 달리 미묘하게 냉랭한 표정을 짓고 있음을 느꼈다.

얼떨결에 겁을 주게 된 바이올렛이 빙그레 웃었다. 제프도 그렇지만 특히 에쉬는 언제 윈터에게 보복당해도 이상하지 않았다.

윈터도 온갖 곳에 촘촘히 권력으로 연결되어 있는 에쉬에게 함부로 하지 못하지만, 그래도 에쉬는 윈터에게 두려움을 느꼈다. 평소 윈터의 과보호는 좀 못마땅했지만 오늘은 그의 위세를 보여 준 듯하여 나쁘지 않았다.

바이올렛이 다시 늘어난 일행을 돌아보았다.

"그럼 늦었지만 점심 식사를 하러 갈까?"

"좋아요! 제가 안내할까요?"

"응, 부탁해."

젠이 신이 나서 자신이 좋아하는 식당으로 모두를 안내했다.

바이올렛은 일행과 북적거리며 식당으로 향했다. 호위들은 다들 덩치도 크고 험상궂었지만 윈터와 살고 있는 바이올렛에게는 오히려 친근감이 느껴지는 사람들이었다.

❄ ❄ ❄

평소 직원들 선물을 사는 건 하엘이 담당하고 있었다. 그런데 오늘은 하엘을 포함해서 선물을 해야 하기 때문에 그를 불러낼 수 없었다.

누굴 부려 먹나 고심하던 윈터가 사무실 벽에 의자를 두고 앉아 있는 소년을 발견했다. 칼리본에서 뽑아 온 카닉 일족의 소년이었다. 며칠 전 겨우 합법적으로 일할 수 있는 나이인 열다섯 생일이 지났고, 대표가 몸져누운 이후 너무나 바쁜 통에 누구 하나 일을 시켜 주지 않아 울 것 같은 얼굴로 앉아만 있는 중이었다.

윈터가 문 안으로 고개를 내밀고 소년에게 손가락질을 했다.

"거기 인턴, 좀 나와."

"예, 예?"

소년이 화들짝 놀라 몸을 일으켰다. 아무도 일을 안 시키는 와중에 대표님이 불러내니 몸 둘 바를 모를 지경이었다.

정신없이 윈터를 따라 나와 보니 그가 빠르게 걸어가며 말했다.

"이름이 뭐지?"

"폴리입니다!"

"그래, 꼬마. 넌 오늘부터 내 비서 대리다."

"비, 비서 대리요?"

폴리가 얼떨떨해하며 따라 걸었다.

윈터는 곧바로 집무실로 폴리를 데려갔다. 집무실 안에는 유리 벽으로 나눠 놓은 작은 공간이 있고, 그 안 테이블 위에는 은행에서 일일이 나눠 담고, 직원 이름까지 하나하나 적어 준 상여금 봉투들이 있었다.

"자, 거기 인사말 좀 써. 비슷하지만 다르게."

그러자 폴리가 어마어마한 직원 수에 질려 떨리는 목소리로 말했다.

"저, 저어. 도장을 파서 몇 개 돌려 가며 찍으면 어떨까요?"

"꼬마가 제법 머리를 쓰려고 드는군. 벌써부터."

윈터가 한쪽 입꼬리를 올려 웃더니 테이블을 주먹으로 쾅 때렸다.

"그런데 네놈 노동력은 아직 도장값도 안 되거든. 그러니 꼼수 부릴 생각 말고 적어. 성의 있게."

"죄, 죄송합니다!"

폴리가 울먹거리며 편지 봉투를 꺼내 인사말을 적기 시작했다. 윈터가 그 옆에서 제 키만큼 쌓여 있는 서류 작업을 하는 사이 문이 열리고 하엘이 들어섰다.

"대표님, 점심 식사는 뭐로…… 저 꼬마는 뭡니까?"
하옐이 인상을 쓰고 묻자 윈터가 태연히 대꾸했다.
"비서 대리."
"지, 진짜요? 드디어!"
"오늘만이야."
"아…… 어쩐지 그럴 리 없다 했습니다."
하옐이 입술을 삐죽이더니 힐끔 유리 벽 너머를 보았다.
"웬일로 저런 걸 다 하십니까? 눈떴을 때 어쩌고 하시더니."
"아내에게 혼났어."
"제가 이래서 작은 마님을 따르는 겁니다."
하옐이 감동한 얼굴로 말하는데 윈터가 손가락을 까딱였다.
"네놈 건 따로 있어."
"……진짜요?"
그가 미심쩍어하며 윈터를 따라갔다. 그러자 윈터가 날려 쓴 글씨가 있는 편지들을 내밀었다.
"자."
"뭡니까?"
"지금까지 네 부모가 나한테 보낸 협박 편지."
"……예?"
하옐이 인상을 쓰자 윈터가 그에게 편지를 밀어 주며 말했다.
"네놈이 돈을 안 주니까 나한테 달라잖아."
"그, 그래서 주신 겁니까?"
"1년에 한두 번 네놈 주급 정도야. 주고 치우는 게 낫지."
"그걸 왜 줘요! 준다고 고마워할 인간들 아니란 걸 아시잖……."

욱해서 소리치던 하엘이 윈터가 손가락으로 툭툭 건드리는 부분을 보았다.

이번 달 12일까지 돈이 들어오지 않으면 집에 불을 지를 테니 그런 줄 아시오!

기한을 넘겼더군? 오늘 마차에 총알이 박히면 나인 줄 아시오.

"우스워 보여야 선을 넘지. 선을 넘어야 감옥에 처넣을 수 있고."

그 편지에 눈이 휘둥그레진 하엘이 말했다.

"미친놈들 아닙니까? 대표님이 회색 눈을 가졌다고 만만하게 봤나 봐요. 실명으로 협박을 하다니. 남들처럼 익명으로 했어야지! 귀족에게 살해 협박을 하면 최소 10년 형 아닙니까?"

윈터가 어깨를 으쓱이더니 말을 이었다.

"20년으로 만들어. 돈 나간 거 아깝지 않게."

하엘이 서류를 모아 들더니, 지금껏 그의 주변 어느 누구도 본 적 없는 환한 미소를 지었다.

"대표님 죽을 고비 넘기시더니 담이 작아지셨네요. 20년이라뇨. 영원히 못 나오게 할 겁니다."

"알아서 하고, 일주일간 쉬어. 난 데이트하러 갈 테니까."

"네, 대표님!"

하엘이 신이 나서 달려 나가다가 너무 설레 미치겠는지 되돌아와서 말했다.

"저 태어나서 이렇게 좋은 선물은 처음 받아 봅니다! 평생 충성하겠습니다!"

"필요 없으니까 꺼져."

데이트 준비를 해야 하는 윈터가 내보내려 했으나, 하엘이 입꼬리가 귀에 걸려 말을 이었다.

"대표님 누워 계실 때 작은 마님 얼마나 강인하셨는지 모릅니다. 보셨어야 하는데."

"우리 공주님이 왜?"

바이올렛 이야기를 하니 윈터는 다시 쫓아내지 않고 물었다. 그러자 하엘이 신이 나서 재잘거렸다.

"아, 상상도 못 하실걸요. 작은 마님께서 칼슨 로우를 찌르려 하셨다고요."

"……그럴 리가."

"진짭니다! 화가 엄청 나셨었거든요."

"그러다 내 아내가 다치면 어떡하려고? 네놈들은 뭐 한 거야, 애초에 그 망할 놈이 있는 병실을 못 들어가게 했어야지!"

"그렇게 화내실까 봐 제가 이제 말하는 겁니다! 그리고……."

"그리고 뭐!"

"간호사 하나가 몰래 봤는데. 대표님 깨시던 날, 작은 마님께서 벤치에 앉아 혼자 한참을 우시더래요. 감사하다고 기도하면서."

하엘이 삐죽거리며 말하자 윈터가 멈칫하곤 괜히 시큰거리는 코를 문질렀다.

"……산책한다더니."

아무래도 그 공주님은 가지고 있는 사랑이 너무 많은 모양이라고, 윈터는 생각했다. 부모의 사랑도 받지 못한 그가 허우적거리도록 사랑을 쏟아 줄 만큼.

❄ ❄ ❄

바이올렛의 식사가 길어지고 있었다. 경호원들이 윈터와 가끔 어울려 술친구를 해, 바이올렛은 전혀 모르던 그에 대한 이야기를 들려주었기 때문이었다.

샌토르가 말을 이었다.

"경기가 끝나면 대표님께서 술을 사셨거든요. 돈 되는 자리면 드물게 본인도 오셨습니다. 선수들도 어지간히 마시는데, 대표님은 더더욱 많이 드세요."

"그건 알고 있네."

"그래서 남부에 좀 가시라고 저희가 말씀드릴 때마다 버럭 화내시면서 날린 돈을 벌어야 할 것 아니냐고 하시더니 딱 한 번……."

"한 번?"

"많이 취하셔서는 작은 마님께서 자길 버러지로도 안 볼 거라면서."

그 말에 바이올렛이 입을 다무는데 샌토르가 말을 이었다.

"작은 마님은 마치 이 세상 사람이 아닌 것 같다는 말씀을 하시더군요."

"아, 아아……."

"그 뒤부터는 폭주하셔서 얼굴도 천사고 성격도 천사고 목소리도 천사고 어쩌고저쩌고, 자기 같은 천한 놈은 가까이도 가면 안 된다고 하시던데! 도대체 왜 집에 안 가시는지 이해가 안 가더라고요! 너무 취해서 다음 날 기억도 못 하시고!"

샌토르가 생각해 보니 이해가 안 되는지 격앙되어 토해 내는 말에 당황해하던 바이올렛의 얼굴이 빨갛게 달아올랐다.

그 남자는 정말 바보구나, 하고 생각하는 바이올렛의 시선에 식당 밖 벤치에 기댄 윈터 블루밍이 보였다. 회사에서 나와 바로 온 모양이었다. 윤기 없는 밤색 정장이 근사하게 어울렸다.

의자가 키에 비해 낮은 탓에 등받이에 기대서서 긴 팔다리를 자랑하며 고개를 젖히고 낙엽을 구경하는 눈부신 남자를 보니 바이올렛의 얼굴이 더더욱 붉어졌다. 심장이 쿵쿵거리다 못해 밖으로 뛰쳐나올 것 같았다.

바이올렛은 일행에게 천천히 식사를 마치라고 말한 후 몸을 일으켰다.

"단풍 구경해요?"

바이올렛이 묻자 윈터가 그녀를 돌아보았다.

"응."

"의외네요. 단풍 구경 같은 거 안 좋아할 것 같았는데."

"안 좋아해. 당신이 좋아해서 보는 거지."

윈터가 몸을 바로 하며 하는 말에 바이올렛이 저도 모르게 살짝 미소를 지었다.

"그랬군요."

"무슨 점심을 5시까지 먹고 있어?"

"당신에 대한 이야기를 들었어요."

바이올렛의 목소리에서 옅은 즐거움이 묻어나, 윈터가 픽 웃었다.

"내 욕 하니 좋았어?"

"욕한 거 아니에요."

"그럼 됐어. 옷이나 사러 가지. 이건 불편해 보이니까."

윈터가 격식 있는 바이올렛의 드레스를 턱짓하자 그녀가 고개를 끄덕였다.

❄ ❄ ❄

그들이 찾아간 곳은 시내 의상실이었다.

디자이너인 주인을 포함해 직원만 열 명이 넘는, 수도 사교계에서 제법 잘나가는 곳이었다. 귀족보다는 부르주아를 상대하는 곳이라 바이올렛이 아는 사교계 의상들과는 사뭇 분위기가 달랐다.

바이올렛이 완전히 새로운 감각으로 만든 드레스를 신기해하며 살피는 사이 의상실 주인이 호들갑을 떨며 나타났다.

"세상에! 바이올렛 공주님 아니세요?"

"부인이라고 불러 주시겠소?"

"아휴, 죄송해요. 너무 반가워서! 부인께서 사교계에 염증을 느끼셔서 얼굴을 비치지 않으신다고 들었거든요."

"……그런 소문이 있소?"

바이올렛이 놀란 듯 눈을 동그랗게 떴다.

그러자 윈터가 핀잔했다.

"당연히 그런 소문이 돌지. 그 좋은 정원이 있는 집에서 파티는 안 열고 책만 읽고 계시니."

"여유가 없었어요."

"무슨 여유가 없어, 그냥 당신이 파티를 안 좋아하는 거지. 파티 좋아하는 사람이었으면 수도 온 이후에 열 번은 했을걸."

윈터가 그리 말하는 사이 의상실 주인이 어깨끈이 얇은 시스 드레스를 가져왔다.

태어나서 한 번도 입어 본 적 없는 세련된 드레스에 바이올렛이 머뭇거리다가 궁금했는지 일단 옷을 갈아입기로 했다.

잠시 후 홀터 네크라인으로 된 하얀색 드레스를 입은 바이올렛이 걸어 나왔다. 그 위에 깃털 숄을 덮은 바이올렛이 거울을 보며 웃었다.

"너무 안 어울리지 않아요?"

그녀의 말에 의상실 주인이 단호하게 말했다.

"전혀요. 공주님께서 이렇게 입고 나가시면 귀족들이 다 따라 하려 들걸요?"

그녀의 말대로, 다른 직원들이며 손님들까지도 홀린 듯이 바이올렛을 바라보고 있었다.

그사이 잠시 나갔던 윈터가 돌아왔다. 그는 바이올렛이 입은 드레스를 쓱 보더니 바로 드레스값을 지불한 후 밖에서 사 온 상자를 열었다. 그리고 안에서 에메랄드가 촘촘히 박힌 목걸이를 꺼내 보였다.

"급하게 산 거라 괜찮은지 모르겠네."

윈터의 말에 의상실 주인이 경악하며 말했다.

"그, 그걸 급하게 사셨다고요? 너무 비싸서 아무도 못 사고 몇 년째 보석상에 진열되어 있던 건데!"

윈터는 귀찮은지 대답도 하지 않고 바이올렛에게 물었다.

"어때? 드레스에 대충 맞춰 산 건데."

그의 말에 뒤에서 '대충……' 하는 혼이 빠져나간 듯한 직원들의 목소리가 들렸다. 바이올렛은 잔소리를 하느니 빨리 빠져나가는 게 나을 것 같아 무작정 고개를 끄덕였다.

윈터가 바이올렛의 목에 목걸이를 걸어 주었다. 그의 고르는 눈이 뛰어나 드레스와 절묘하게 잘 어울렸다. 바이올렛이 거울을 보며 말했다.

"내가 고르는 것보다 훨씬 낫네요."

"그걸 말이라고 해? 보석을 사도 내가 당신 몇백 배는 많이 사 봤을 텐데."

말을 마친 윈터가 바이올렛을 이리저리 살폈다. 그 집요하리만큼 뜨거운 눈빛에 다른 사람 보기 부끄러워진 바이올렛이 의상실 사람들에게 서둘러 인사하고 윈터의 등을 떠밀었다.

윈터는 수도의 모든 골목을 제 손바닥 위처럼 잘 알고 있었다.

골목 구경을 하고 간단한 간식을 산 후, 소박한 노천극장에 들어섰다. 좌석이 따로 없어 가격이 동일한 표를 사서 들어간 두 사람은 계단에 대충 자리를 잡았다.

윈터가 바이올렛이 앉을 곳에 큰 천을 깔고 난 뒤, 그녀의 표정을 발견하고 어깨를 들썩이며 웃었다. 바이올렛의 눈이 호기심으로 반짝거리고 있었다.

"노천극장은 처음이에요. 말로만 들었지."

"그렇게 신나?"

"네. 데려와 줘서 고마워요."

바이올렛의 행복한 반응에 윈터 역시 만족한 표정이었다. 소풍을 나온 것처럼 과일과 초콜릿, 마실 것을 펼쳐 놓고 있으니 연극이 시작되었다.

윈터가 아내가 준 물을 바라보며 투덜거렸다.

"여기까지 와서 맹물을 마시게 하다니."

"상처 아물 때까지 금주예요. 또 쓰러지기라도 하면 어떡해요."

아내는 아무래도 자기가 남편을 지켜줘야 한다고 착각하고 있는 듯했다. 물론 윈터가 죽을 고비를 넘기긴 했지만, 한 달을 쉬어 상처를 제외하면 오히려 여느 때보다 건강한 상태였다. 그걸 말해도 바이올렛은 믿질 않았다.

심지어 곧이어 시작된 연극마저 편치가 않았다.

연극은 외도하는 남자의 아내에 관한 이야기였다. 여자는 아무리 기다려도 오지 않는 남자를 위해 매일 집을 깨끗이 청소했다.

세 달을 다른 여자와 살다가 모른 척 돌아온 남편의 선물을 행복한 얼굴로 바라보는 여자의 얼굴에 윈터가 바이올렛을 보며 말했다.

"내가 세 달 안 들어온 적도 있나?"

"……."

바이올렛이 대답이 없어 윈터가 속이 타서 계속 물을 벌컥벌컥 들이켜고 있는데, 설상가상으로 여자가 병에 걸리기까지 했다.

병원비가 많이 들 거라는 이야기를 남편에게 하기 위해 일터를 찾은 여자는 그제야 남편이 외도 중이라는 것을 발견해 크게 충격을 받고, 남편이 다시 외도를 위해 긴 출장을 간다는 거짓말로 떠난 후 병원비를 스스로 마련하기 위해 제가 매일매일 닦던 집 안의 은식기들을 팔기 시작한다.

아픈 몸으로 장사를 하던 여자는 길에 쓰러지게 되는데, 그녀를 구해 준 한 신사의 도움을 받으며 2부가 시작되었다.

그리고 2부에서는 본격적으로 두 사람이 사랑에 빠지고, 전남편이 뒤늦게 후회해 찾아오며 이야기가 이어졌다.

바이올렛은 초롱초롱한 눈으로 연극에 푹 빠져 있었고, 반대로 윈터는 안절부절못하느라 몇 번을 일어났다가 앉았다가를 반복했다.

여자의 병색이 짙어지며 점점 흐느끼는 사람들이 늘어나기 시작했다. 무대 장치를 바꾸는 사이, 바이올렛이 윈터를 보며 말했다.

"이렇게 몰입해서 연극을 본 건 처음이에요."

그녀의 말에 윈터는 가슴이 철렁해 대답을 하지 못했다.

연극은 기적적으로 여자가 살아나 신사와 백년해로하는 것으로 끝났고, 그제야 사람들이 눈물을 닦고 정신없이 박수를 쳤다.

바이올렛 역시 열심히 박수를 치고 나서 후련한 표정을 지었다.

"정말 재미있네요. 한 번 더 보고 싶어요."

윈터는 대답 없이 표정을 구기고 과일들을 먹어 치우고만 있었다.

연기자들이 인사를 하러 무대 아래로 내려와 돌아다녔다. 잠시 후 연기자들이 부부를 발견했다. 다들 그들처럼 신분 높은 이들이 저희 연극을 봤다는 사실에 눈이 휘둥그레졌다.

차마 가까이 오지 못하고 그들이 발만 동동 구르자 바이올렛이 윈터에게 물었다.

"왜 가까이 오지 않을까요?"

"공주님한테 어떻게 가까이 와. 당신이 손이라도 흔들어 줘. 좋아서 날뛸 테니까."

그 말에 잠시 망설이던 바이올렛이 살짝 손을 흔들었다. 그러자 연기자들이 저들끼리 꺅 비명을 지르며 들떠서 꾸벅 인사하고 달려갔다.

그 모습이 귀여워 바이올렛이 웃자 윈터가 말했다.

"그렇게 마음에 들면 제대로 된 극장에 걸어 주지."

"당신이 유능한 건 알지만 수도 극장은 로우 가문이 거의 다 소유하고 있어서 쉽지 않을 거예요."

"극장을 사면 되지, 무슨 걱정이야. 그리고 애초에 내가 가진 게 건

물밖에 없는데 아무 곳에서나 하면 어때. 호텔 로비도 저 무대보단 훌륭할 텐데."

윈터가 투덜투덜 말을 이었다.

"하지만 나는 연극 마음에 안 들었어. 우리 얘기 같잖아."

"어느 부분이요?"

"당신 집에 두고 내가 나돌다가 버려진 게."

그의 서글픈 목소리에 바이올렛이 잠시 윈터를 보더니 농담처럼 말했다.

"외도라도 했나요?"

"그건 진짜 무례하군."

"그런 게 아니라면 전혀요. 당신은 누구보다 열심히 살았어요. 그걸 누가 부정할 수 있겠어요?"

그녀가 다정히 말하고는 미소를 지으며 놀리듯이 말을 이었다.

"당신이 그런 생각 안 하도록 더 많이 사랑해 줘야겠네요."

바이올렛의 말에 윈터가 잠시 생각하다가 그녀에게 얼굴을 가까이 하고 말했다.

"당신은 사랑을 받는 것에 익숙하게 생겼는데, 퍼 줄 사랑이 많기도 하군."

"싫어요?"

"믿기지가 않아."

윈터가 대꾸하더니 바이올렛의 손을 꽉 쥐었다.

꽃다발을 사 왔어야 한다고 생각했다. 하지만 하엘에게 휴가를 줘 버리는 바람에 저 혼자 꽃집에 들어가려니 그건 영 낯간지러워서 아내와 함께 들어갈 생각이었다.

꽃을 사러 가자고 말하려는데, 하늘에서 한두 방울씩 가을비가 떨어지기 시작했다. 윈터가 인상을 쓰며 말했다.

"예고도 없었는데."

"와, 가을이 오긴 하나 봐요. 차가워지네요, 빗방울이."

"한가하게 그런 소리 하고 있을 때야? 당신 금방 감기 걸려."

윈터가 곧장 겉옷을 벗어 바이올렛에게 건네고 주변을 두리번거렸다.

제 건물 중에 가장 가까운 건물을 발견한 윈터가 그 방향으로 바이올렛을 이끌었다.

그때 바이올렛이 멈춰 서더니 겉옷을 그에게 돌려주었다.

"당신 입어요. 아직 상처가 아물지 않았잖아요."

그러자 윈터가 휙 바이올렛을 돌아보더니, 겉옷을 잡아 우산처럼 그녀의 머리 위를 가리며 말했다.

"다친 것도 서러운데 신사 노릇도 못 하게 하지 마, 공주님."

"……신사 노릇 싫다면서."

"원랜 질색이었는데, 당신에게 에스코트 받느니 내가 신사가 되는 게 낫겠더군."

윈터가 놀리듯이 말하고는 난처해하는 아내의 이마에 쪽 소리가 나게 입을 맞추고 팔을 잡아끌었다.

두 사람이 곧 건물에 들어섰다. 바이올렛은 처음 와 보는 건물이었다. 안에서는 커피 향이 잔뜩 풍겨 오고 있었다.

"대표님?"

안에 서 있던 중년 여자가 알아보자 윈터가 말했다.

"웰더, 아내가 비를 맞았으니 따듯한 것 좀 가져와. 그리고 마차가 극장 문 앞에 있으니 여기로 불러. 옷을 갈아입고 돌아가지."

“그러지요. 아가, 너는 나가서 마차를 찾아오렴.”

웰더가 직원 하나를 불러 말하자, 직원이 우산을 펼쳐 들고 얼른 나섰다.

바이올렛이 윈터가 안내해 준 의자에 앉아 물었다.

“여기는 뭐 하는 곳이죠?”

“수입한 커피 원두를 다루는 곳.”

“그렇군요…….”

바이올렛이 따듯한 분위기의 건물을 둘러보았다. 비가 와서 커피 향이 더욱 진하게 느껴졌고, 원두가 가득가득 쌓여 있는 모습이 이색적이었다.

잠시 후, 웰더가 두 사람이 앉아 있는 작은 공간에 우유와 커피를 내려놓았다.

“고맙소.”

바이올렛이 감사의 인사를 하자 웰더가 고개를 살짝 숙인 후 떠났다.

잔을 들어 커피를 한 모금 마신 바이올렛이 행복한 표정을 짓자 윈터가 물었다.

“맛있지?”

“늘 커피를 내려 주는 저택 사람들에겐 미안하지만…… 이렇게 맛있는 커피는 처음이에요.”

“당연하지. 웰더는 세계 최고의 커피 전문가야. 여기서 끊임없이 연구를 거듭하지. 워낙 처박혀 사는 걸 좋아해서 저 여자를 고용하려고 저 여자가 살던 곳과 똑같은 환경까지 만들어 줬잖아.”

“그래서 이렇게 특별한 공간이 생긴 거였군요.”

윈터의 말에 바이올렛이 흐뭇한 표정을 지었다. 윈터가 픽 웃으며 말했다.

“당신은 참 이런 얘기를 재미있어해.”

“이런 얘기요?”

“처음엔 성공담을 좋아한다고 생각했는데 아니야. 잘 보니 당신이 좋아하는 이야기는 내가 다른 사람의 마음을 산 이야기더군.”

“아…… 내가 그랬군요?”

바이올렛이 뒤늦게 깨달았는지 눈을 동그랗게 떴다. 윈터가 고개를 끄덕이고 말을 이었다.

“하여튼 독특한 공주님이야.”

“그래도…… 재미있는걸요. 궁금하고.”

“뭐가 궁금해?”

“당신이 어떻게 살아왔는지. 당신이 외로울 때 누가 옆에 있어 줘서 이렇게 성공했는지 알고 싶어요.”

“하옐은 내가 인재를 납치해 오는 거라고 하던데.”

“살짝 그래 보일 때도 있지만요.”

바이올렛이 그리 말하고는 농담이었는지 입을 가리고 웃었다.

그런 그녀가 너무나 사랑스러워서 윈터는 마음이 녹아내리는 기분이 들었다.

내가 전생에 무슨 좋은 일을 해서, 현생을 이렇게 개판으로 살았는데도 천사와 결혼하게 되었나…….

그는 진지하게 생각하며 턱을 괴고 자못 행복한 표정으로 아내를 바라보았다. 그러다 불쑥 캐서린이 아내를 때렸던 게 생각이 나서 손으로 그녀의 뺨을 감쌌다.

이렇게 별것 아닌 이야기와 커피 한 잔에 행복해하는 그녀에게 폭력을 휘둘렀다. 물론 더 이전에 그녀를 벽장에 가두었던 것도 결코 잊지 않았다.

저는 감히 꽉 쥐는 것도 두려워하는 제 소중한 공주님이다.

이제 그의 인생은 바이올렛을 위한 것. 그는 아내를 위해서라면 무슨 짓이든 할 수 있었다.

윈터가 바이올렛의 뺨에서 손을 떼고 이번엔 그녀의 보드라운 손을 만지작거리며 말을 이었다.

"당신은 귀한 줄 아는데 다른 귀족들은 귀한 줄 모르는 게 있어."

"그게 뭔데요?"

"노동력."

"노동력?"

"귀족들은 어려서부터 권위만으로도 사람을 부려 왔기 때문에 노동력을 당연하게 알거든. 하지만 지금은 상황이 꽤 많이 변했지."

윈터가 그녀의 뺨에서 눈을 떼지 않고 말을 이었다.

"워호슨 놈들은 그걸 몰라. 그러니 어디 한번 두고 보자고. 그 우습고 천하게 여기던 사람들 없이 남부 꼴이 얼마나 잘 돌아가는지."

바이올렛은 윈터가 하려는 바에 대해 잘 예상하지 못했으나, 제 뺨을 바라보는 그의 시선의 의미만큼은 이해했다.

그러다 보니 그녀가 같이 뺨을 때렸다는데도 그녀의 손이 괜찮은지부터 살피던 윈터가 떠올랐다.

그걸 떠올리니 이상하게 입을 맞추고 싶어졌고, 유혹하는 법을 잘 모르는 바이올렛은 그저 제가 원하는 대로 몸을 기울여 그의 입술에 입을 맞추는 것밖에 하지 못했다.

닿았던 부드러운 입술이 떨어지고, 두 사람의 눈빛이 얽혔다. 윈터가 중얼거렸다.

“이래놓고 집 가면 손만 잡고 잘 거지.”

“환자니까요.”

그녀가 대답하고는 빙그레 미소를 지었다. 그 미소에 윈터가 괴롭고도 행복한 표정을 지었다.

두 사람은 어떻게 흐르는 줄도 모르고 시간을 보냈다. 그리고 얼마 뒤, 바이올렛이 비를 맞았다는 소식에 갈아입을 옷을 가져온 젠이 차마 그 분위기를 깨지도 못하고 제 작은 마님의 건강이 걱정되어 발만 동동 구르다가 결국 안으로 들어오며 데이트는 끝이 났다.

❄ ❋ ❄

가을비에 흠뻑 젖은 바이올렛은 피로를 풀기 위해 목욕이 끝나고도 욕조에 오래도록 몸을 담그고 있었다.

젖은 옷을 계속 입고 있었다면 감기에 걸릴 뻔했다. 몸이 차가운 바이올렛을 위해 젠은 욕조에 꽃잎을 듬뿍 띄운 후 촉촉이 젖은 머리칼을 말끔히 틀어 올려 수건으로 감싸 놓고 욕실을 나갔다.

긴 하루의 피로를 따듯한 물에 풀어내고 있을 때, 욕조를 둘러싼 커튼 너머에서 윈터의 목소리가 들렸다.

“다 씻었어?”

“아직…… 어, 어딜 들어와요!”

커튼이 휙 열리는 바람에 기겁한 바이올렛이 두 팔로 몸을 가렸다. 비록 꽃잎이 수북이 쌓여 있어 몸이 보이는 건 아니었지만, 그래도 당황스러운 건 마찬가지였다.

멋대로 들어온 윈터는 바이올렛이 오래 욕조에 있어도 탈진하지 않도록 가져다 놓은 물을 멋대로 벌컥벌컥 들이켰다.

당황한 바이올렛의 늘씬한 목선을 따라 물방울이 미끄러졌다.

바이올렛이 물 잔을 내려놓는 윈터에게 말했다.

"나가요."

"왜 이렇게 쫓아내지 못해 안달이야. 목욕 시중 들어 주러 왔는데."

윈터가 장난치며 소매까지 걷어 보였다. 바이올렛이 말했다.

"다 씻었어요. 나갈 거였어요."

"그러셨군."

윈터가 커다란 수건을 꺼내 펼쳤다.

"자, 공주님. 나가시죠?"

그의 능청에 바이올렛이 인상을 썼다.

"눈 감아요."

그녀의 명령에 윈터가 눈을 감았다. 그 모습을 확인한 바이올렛이 하도 목욕이 길어져 노곤히 풀어진 몸을 욕조에서 일으켰다.

바이올렛이 수건에 닿자 윈터가 눈을 감은 상태로 아내의 몸에 수건을 둘러 주었다.

그 즉시 바이올렛이 윈터가 저를 등지게 그를 돌려 버리고는 몸의 물기를 알아서 닦아내며 말했다.

"환자 취급이 싫은 마음은 알겠어요. 하지만 아직 안 돼요."

"제발."

"그렇게 억울하면 빨리 회복해요."

바이올렛이 걱정스레 말하고는 물기를 다 닦아낸 몸에 평소에는 젠이 발라주는 크림을 발랐다. 그리고 잠옷까지 다 입고 난 후에야 윈터의 등을 톡톡 건드렸다.

"다 됐어요."

다시 바이올렛 쪽을 본 윈터의 표정이 한 번 더 일그러졌다.

부끄러움에 붉어진 뽀얀 뺨과 함께 물이 덜 말라 촉촉한 머리칼과 속눈썹이 야릇하게 보였다. 그녀의 보석 같은 두 눈을 마주하고 있으려니 울리고 싶어 몸이 달았다. 윈터는 목울대가 크게 들썩이게 침을 삼키며 급한 성질머리를 가라앉혔다.

"다친 것도 서러운데 어떻게 잠자리도 못 하게 해?"

"억울하면 총 앞에 뛰어들지 말아요."

"안 돼. 난 시간을 되돌려도 거기 뛰어들 거야."

그의 퉁명스러운 대꾸에 바이올렛의 말문이 막혔다. 아직 상처가 다 아물지도 않았는데, 정말 미치도록 아팠을 텐데도 저렇게 쉽게 말할 수 있는 게 새삼 신기했다.

윈터가 제 말에 머뭇거리는 바이올렛을 발견하곤 기회를 잡았다는 듯 능청을 떨었다.

"아프니까 오히려 잊게 해 줘야지. 우리 공주님은 라크라운드 시민을 사랑하시잖아?"

"또 공주님……."

"정정하지. 우리 부인께서는 날 사랑하잖아?"

귀에 닿는 그의 목소리가 달아서, 바이올렛은 허락도 부정도 못 하고 입술을 깨물었다.

윈터가 태연히 바이올렛의 두 손을 당겨와 제 허리를 감게 했다. 강한 힘이 느껴지는 등근육과 셔츠에 감싸인 늘씬한 허리선으로 저를 유혹하는 걸 안 바이올렛이 원망스레 말했다.

"아직 허락 안 했어요."

"허락한 눈빛인데."

"……거짓말."

"으응?"

그가 애교 부리듯 고개를 기울이자 바이올렛이 마지못한 척 고개를 끄덕였다.

❄ ❄ ❄

욕실에서 나와서 침대에서도 몇 번을 뒹굴고 나니 총격 사건 이후 바이올렛과 윈터 사이에 있던 모든 벽이 사라졌다.

바이올렛의 침실에는 그녀가 욕조에 있는 사이 윈터가 사다 놓은 꽃다발이 있었고, 그 꽃다발 때문에 벅차게 매달려 오는 윈터를 얄미워할 수 없었다.

윈터가 지쳐서 제 품에 안겨 새근새근 숨만 쉬는 바이올렛에게 말했다.

"알리카에 한번 가자."

"알리카에요?"

하옐에게 혼혈은 못 들어간다는 이야기를 들었던지라 바이올렛이 머뭇거리자 윈터가 말을 이었다.

"할린 그 녀석이 와 보라고 하더군. 그 망할 순혈 놈들, 망해 봐야 정신을 차린다고 이제야 배척만 해서는 못 버틴다는 걸 안 거지."

"으음……."

"나랑 같이 가 보자. 궁금했어. 친어머니가 사는 곳."

아무리 버림받음에 괴로웠어도 그리움이 남았던 모양이었다.

"가서 뭐가 하고 싶어요?"

바이올렛이 힘이 되어 줄 생각에 안간힘을 내서 눈을 떠 윈터를 바라보고 다정히 물었다.

윈터가 신중한 표정을 지었다. 우선 심장이며 반려며, 이게 뭔지 알고 싶었다. 무엇보다 저를 살리려 대가를 치른 게 분명한 바이올렛의 안전을 확인해야 했다. 그러니 그것에 대해 밀릴 수는 없으니, 사업적인 부분을 솔직하게 고백하기로 했다.

"알리카에 도착하면 우선 개발이 가능한지 확인하고."

"……."

"다음으로 토지 매매가 가능한지 확인한 다음, 전부 사서 그 망할 일족 놈들을 싹 내쫓겠어."

말을 마친 윈터가 느긋하게 웃자 바이올렛이 다급하게 말했다.

"윈터, 당신을 아이 취급하고 싶지 않지만 지금은 어쩔 수 없네요. 그러면 못 써요."

"왜 안 돼? 다섯 살짜리도 혼혈은 안 들여보내 주는 쓰레기 같은 곳인데."

다른 사람이 말하면 농담이겠지만 이 남자에게 가면 농담이 아니었다. 게다가 지금 윈터의 눈빛에는 일말의 장난기도 없었다.

갑자기 카닉 일족의 고향을 등에 업게 된 바이올렛이 쑤시는 몸을 일으켜 자리에 앉았다.

"애초에 북쪽 끝에 있어서 개발할 가치가 없을 것 같네요."

"혹시 광물이라도 나올지 누가 알아."

"가치 있는 광물이 나오면 땅을 안 팔겠죠?"

"가치 있는 광물이 나오는 걸 인지했다면 이방인들이 지금보단 잘 살았겠지?"

윈터의 냉정한 말에 바이올렛은 할 말이 없어졌다. 이러다 정말 알리카를 사서 거기 사람들이 다 쫓겨나는 건 아닐까.

그녀가 염려하고 있는데 윈터가 바이올렛을 다시 끌어안아 재우려는 듯 토닥이며 말을 이었다.

"너무 염려하지 마. 혹시 광물이 나와도 알리카를 사는 건 한참 뒤의 일이니까. 블루밍 가문부터 처리해야지."

"……어쨌든 사긴 사겠다는 건가요?"

바이올렛이 충격받은 표정을 지었다. 윈터는 바이올렛이 그를 떠났어도 그녀에게 단 한 번도 칼날, 심지어는 날카로운 것 비슷한 것도 들이댄 적이 없었다.

그녀는 윈터가 '저'와 '저를 제외한 모든 것'에 가지는 기준치가 완전히 다르다는 걸 조금씩 깨달았다.

한마디 더 할까, 하던 바이올렛이 멈칫했다. 윈터의 총격 사건 날부터 종종 심한 어지러움이 느껴질 때가 있었다. 처음엔 혹시 임신 때문에 생긴 열일까, 살짝 기대한 적도 있었으나 월경이 시작되어 아님을 알았다.

아마 남편을 구한 대가이리라. 바이올렛은 그렇게 생각했다. 그렇다고 생각하니 이 아픔이 견딜 만하게 느껴졌다.

그녀는 윈터가 눈치채기 전에 그의 품에 얼굴을 감추며 말했다.

"다음 주부터는 따로 자요."

"……이 상황에서 갑자기 왜 그런 말이 나와? 방금 내가 뭐 잘못했어?"

"아뇨. 그런 건 아니에요."

"알리카에 가자고 해서 그래?"

"그곳은 가보고 싶으니 더 추워지기 전에 다녀와요, 우리."

"그럼 왜?"

바이올렛이 대답 대신 입꼬리를 살짝 끌어 올렸다가 잠을 청했다.

그녀가 잠든 후에도 윈터는 충격받은 얼굴로 자신이 뭘 잘못 말한 건지 한참을 고민해야 했다.

⁂

수도에서 기차로 일곱 시간 떨어진 남부에서는 이제 막 여름이 끝나고 다시 파티의 계절이 시작되고 있었다.

블루밍 가문 저택에서 토요일마다 열리는 티 파티의 횟수는 조금도 줄어들지 않았다.

이미 블루밍 공작 부부와 아들의 관계가 파탄 났다는 것이 워호슨 사이에 퍼져 나갔다. 여기서 티 파티 횟수를 줄이는 것은 그들이 장남인 윈터 블루밍에게 경제적으로 지나치게 매여 있음을 기정사실화하는 셈이었다.

그들이 티 파티 횟수를 줄이지 않은 덕에 워호슨은 여전히 블루밍 가문에 탄탄한 기둥이 남아 있다고 믿었다.

윈터 블루밍이 쓰러진 직후만 해도 그 믿음이 견고했었고, 그가 언제 죽을지 모르는 상태로 병원에 입원해 있다는 소문이 남부를 휩쓴 이후에는 오히려 그들 부부에게 막대한 유산이 떨어질지도 모른다는 기대감마저 생겼다.

윈터가 회복되었다는 사실이 전해졌으나, 지금은 남부가 가장 풍족해지는 수확의 계절이었다. 분위기는 여전히 흥겨웠다.

캐서린은 앞으로 이어질 가을 티 파티를 위해 여전히 넉넉한 양의 보석이며 드레스를 사들이고 있었다. 하녀들에게 단장을 받은 캐서린이 밖으로 나서자 제임스가 급한 걸음으로 나타나 낮게 말했다.

"디에브가 또 사업을 벌였더군. 또 당신이 돈 빌려준 거요?"

"네. 아들이 한다는데 당연하죠."

"캐서린! 디에브가 사업에 재능이 없는 걸 알지 않소! 그 애가 자꾸 사업에 뛰어드는 건 윈터에게 질투해서라는 걸 알면서!"

"질투라니요? 우리 아들이 왜 그런 사생아를 질투할 거라고 생각해요, 제임스?"

캐서린이 정색하자 제임스가 앓는 소리를 냈다.

"지금까지 당신이 디에브에게 돈을 빌려주고 나면 그 재산을 채워 준 게 윈터요. 그러니까 이제 그 녀석에게 돈을 빌려주면 안 된단 말이오! 게다가 씀씀이도 이제……."

"씀씀이가 왜요?"

캐서린이 기가 차서 말을 이었다.

"내가 이번 달에 사들인 것들에 대해 말하려면, 당신이 산 말들부터 얘기하죠?"

"그건 다 사회생활에 필요한 거잖소."

"티 파티는 내 사회생활이에요!"

부부는 지금껏 돈 문제로 싸울 일이 없었으나, 최근 들어서는 누구 하나 입만 열면 다툼이 시작되었다.

아직도 두 사람은 그들의 재산에 대해 정확히 파악하지 못하고 있었다. 그만큼 막대한 재산을 양가 부모에게 물려받았고, 아무리 그 재산을 날려도 오히려 불어날 만큼 윈터가 채워 주었기 때문이었다.

그들은 곧 다툼을 묻어두고 자애로운 얼굴로 티 파티 장소에 도착했다. 손님들이 먼저 와 있는 곳에 부부가 자리했다.

“어머. 가을에 잘 어울리는 드레스로군요, 블루밍 부인.”

“제임스 전하께서는 이번에도 가장 훌륭한 말을 사셨다면서요? 이따가 보여 주시면 안 되겠습니까?”

“저도 구경하고 싶어요!”

어느 때처럼 늘 티 파티에 참여하는 귀족들이 호스트 부부에게 관심을 보이고 칭찬했다.

언제나 이런 분위기 속에서 살아온 블루밍 공작 부부는 금방 돈 문제 따위는 잊고 티 파티를 즐기기 시작했다.

그때, 조상의 권세는 미약하나 남부에서 가장 넓은 땅을 가진 랜던 가의 안주인이 조금 늦게 도착했다. 그녀는 다소 경황이 없어 보였고, 자리에 도착하자마자 평소 그녀답지 않게 물을 벌컥벌컥 들이켰다.

잔을 내려놓은 랜던 부인이 먼저 제임스에게 다가갔다.

“보고 들으셨지요? 농민들 이야기.”

“농민들 이야기? 무슨 소립니까?”

제임스가 전혀 모르는 이야기라는 듯 되묻자 랜던 부인이 기가 찬 것을 감추지 못하고 대답했다.

“일꾼들이 단체로 파업을 한답니다. 아니, 파업이 아니라 워호슨 다섯 개 가문에선 일을 하지 않겠답니다.”

“그게 무슨 소립니까?”

제임스가 이해조차 하지 못하니, 랜던 부인의 표정에서는 이제 서늘함마저 느껴졌다.

“아, 정말 사실이군요. 가문 경제를 전부 큰아드님께 맡겨 놨다더니.”

"랜던 부인. 그게 무슨 무례한 소립니까!"

"그 다섯 개 가문에서 일하던 일꾼들 일부는 벌써 롱 리우드와 카프타운으로 이동했답니다!"

"거긴 왜……."

"왜겠어요? 그 두 지역 땅 대부분이 윈터 경의 소유니까요! 카닉사에서 이주를 위한 비용을 전부 냈다고 소문이 자자합니다. 심지어 농가의 아이들을 위한 학비 면제 학교를 다섯 개나 짓고 있다더군요."

제임스는 여전히 이해하지 못하고 있었으나, 손님들 중 많은 고용인을 가진 귀족 몇몇이 관심을 가지고 다가왔다.

"그게 무슨 소리입니까, 랜던 부인?"

"일꾼들이 남부 다섯 가문의 일을 안 하겠다고 했다니까요. 블루밍 가문 양조장도 텅 비었을 겁니다."

"그럼 소작농들에게 시키셔야죠."

"아, 답답해라. 지금 같은 수확 철에는 소작농들도 다른 일꾼을 고용해야 할 정도인데 무슨 수로요!"

끝없는 평야를 가진 남부는 지금이 포도며 곡물 수확이 절정인 계절이었다. 남부의 농사꾼들이 가장 피땀 흘리는 시기가 지금이었다. 얼마나 일이 많은지 갓난아이를 업고 일하는 여자까지 있을 정도였다.

요즘처럼 손이 부족할 때가 일꾼들에게도 가장 돈을 벌어놓기 좋은 시기였다. 그럼에도 파업이 가능한 것은 그럴 만한 돈이 카닉사로부터 나왔기 때문이었다.

노동력이 이동하게 된다면 드넓은 농지를 가진 남부에는 큰 타격이었다. 그러나 농지에 관심이 많은 랜던 부인만큼 사태의 심각함을 아는 귀족은 아무도 없었다.

제가 땅을 가졌으니 소작료는 당연히 받는 것이라고, 그들 모두 생각하고 있었기 때문이다. 무엇보다 그들은 일꾼들을 언제든 마음대로 휘두를 수 있는 존재라 여겼으므로, 일꾼들이 본인들의 생각과 계획을 가지고 이동해 부릴 사람이 없어진다는 것을 이해하지 못했다.

아무도 제 말을 알아주지 않으니 랜던 부인은 속이 탔다.

"애초에 왜 일을 이렇게 만드셨습니까? 캐서린 부인, 부인께서 윈터 경께서 누워 계실 때 바이올렛 부인의 뺨을 때리셨다는 게 사실입니까?"

그녀가 따지듯 말하자 캐서린이 눈이 동그래져서 대답했다.

"훈육이었습니다. 게다가 바이올렛 그 애도 나를 때렸고요."

"제가 누워 있는 동안 아내가 뺨을 맞았다는데 원한이 깊지 않을 줄 아셨습니까? 집안 경제를 다 윈터 경께 맡겨 놓고 무슨 생각으로 등을 돌리신 겁니까? 아니, 적으로 만들 거면 혼자 만드셨어야지, 왜 다른 사람들에게까지 피해를 주시는 거예요!"

랜던 부인이 저에게 피해를 주고도 아무것도 모르고 있는 캐서린에게 언성을 높였다. 그 말에 슬슬 이상함을 느꼈는지 몇몇이 헛기침을 하며 티 파티를 빠져나가 집으로 돌아가 확인하려는 기색을 보였다.

블루밍 공작 부부는 여전히 상황을 이해하지 못하고 있었고, 랜던 부인의 말에 충격받은 표정의 캐서린은 다른 부인들의 부축을 받았다.

제임스가 서둘러 걸음을 옮기더니 집사를 불렀다.

"랜던 부인 말이 무슨 말인지 알아 오게."

"예, 주인어른."

집사가 서둘러 걸음을 옮겼다.

❄❄❄

바이올렛과 한 침대에서 잠드는 것이 반복되자, 윈터의 생활 패턴에는 큰 변화가 생겼다.

본래 그는 늘 누구보다 늦게 자고, 일찍 일어나는 사람이었다. 그러므로 매일 정시에 잠들고 보통은 정시에, 가끔은 정시보다 조금 늦게 눈뜨는 바이올렛의 수면 시간은 그에게 길어도 너무 길었다.

이른 새벽 평소처럼 눈을 뜬 윈터는 한참 그녀의 얼굴을 보다가 조용히 침실을 나왔다. 새근거리는 숨을 뱉는 보드라운 몸을 품에 안고 있노라면 세상을 다 가진 기분이 됨과 동시에 온몸이 열로 후끈거려 견디기 힘들었다.

그는 침실을 나오자마자 곧바로 하옐에게 가 연일 신경전을 벌이는 중인 남부의 보고서를 받았다.

보고서를 다 확인하고 지시까지 하고 나면 아내가 좋아하는 심미적으로 훌륭한 몸을 만들기 위해 강도 높은 운동을 하고 목욕을 한 후 다시 잠옷을 입고 침대로 돌아왔다.

그 정도는 해야 슬슬 바이올렛이 눈을 뜰 시간에 가까워졌다.

그렇게 알찬 시간을 보내고 침대에 드러누워서 아내의 뺨을 만져볼까 말까 고민하다 보면 그녀가 잠에서 깨어났다.

눈이 마주치자 윈터가 말했다.

"당신이 그런 허약한 몸으로도 피부만큼은 좋은 이유는 잠을 많이 자서야."

이게 무슨 소린가 싶어 바이올렛이 미간을 좁히자 윈터가 입꼬리를 늘이며 말했다.

"사랑해."

"나도 사랑하지만 자꾸 그렇게 많이 잔다고 놀릴 거예요? 당신이 너무 적게 자는 거예요."

왜 자꾸 놀리냐는 듯 저를 흘기는 바이올렛의 눈빛에 윈터는 되레 불이 붙는 기분이었다. 그것을 숨기지 않고 입을 맞추자 그럴 줄 알았다는 듯 체념하는 바이올렛이 귀여워 웃음이 나왔다. 그러다 그녀의 목덜미에 입을 맞추면 그제야 바이올렛이 윈터를 밀어냈다.

"이제 침실 따로 써야겠어요."

"이제 추워지니 더더욱 같이 자야지."

"장작 살 돈 정도는 있잖아요. 게다가 툭하면 밤마다……."

"밤마다 뭐."

바이올렛이 목소리를 가다듬고 침착하게 말했다.

"그렇게 매번 몸으로 사람을 홀리는 건 나쁜 습관이에요."

"당신이 자꾸 넘어오니까 버릇이 되는 거야."

윈터가 뻔뻔한 얼굴로 대답했다. 바이올렛은 가임기고 뭐고 전혀 상관없는 윈터 덕에 많이 힘들어서 다소 서러운 목소리로 말했다.

"어제는 일부러 와인으로 셔츠를 적신 거죠?"

"응. 당신 보기 좋게 벗으려고."

그의 태연한 대답에 바이올렛이 믿기지 않는다는 듯 물었다.

"고작 날 유혹하려고 셔츠를 더럽힌 건가요?"

"장작은 못 사도 새 셔츠 살 돈은 있거든."

"농담하지 말아요. 이제는 그런 수작에 넘어가지 않을 거예요. 당신에게는 절제가 필요해요, 윈터."

바이올렛의 단호한 말에 윈터가 코웃음 쳤다.

"당신과만 뒹구는데 무슨 절제 타령이야."

바이올렛이 저를 사랑한다는 걸 알게 된 이후, 윈터는 되레 더 뻔뻔해진 구석이 있었다. 특히 아내에게 맞춰 어떻게 도련님 노릇을 해 볼까 골머리 썩던 것을 그냥 포기해 버렸다.

그는 이제 꽤나 예법을 알았다. 그러니 바이올렛 입장에서 더 황당해지는 것이었다.

"옷도, 말도 좀 단정해질 순 없나요?"

"나도 당신이 좀 더 무례해지길 바라는데 불가능하잖아. 서로 안 되는 건 포기하자."

윈터는 안 된다는 듯이 대답했으나, 바이올렛에게 배운 덕에 격식 있는 자리에서만큼은 어느 정도 예법을 따랐다.

그 상황에서 벗어나자마자 평소의 그로 돌아오는 윈터가 바이올렛은 싫지 않았다. 지금은 그저 밤마다 지나치게 달라붙는 남편이 얄미워 트집을 잡는 것이고, 윈터 역시 그걸 알고 능청을 떨며 받아 주는 것이었다.

윈터가 바이올렛의 손을 잡아 일으켰다.

"슬슬 일어나."

"그럴게요. 혹시 윈터, 헤스턴가의 마리얀 양에게 연락이 있나요?"

"마약 유통 건에 대한 진전은 아직. 은밀히 처리하느라 시간이 더 걸리는 모양이더군."

"아, 그랬군요……. 가문 회의 전까지 연락이 왔으면 했는데 아쉽네요."

가문 회의가 며칠 뒤 이곳 정원에서 열릴 예정이었으므로 저택은 첫 번째로 열리는 대형 행사에 무척이나 들떠 있었다.

윈터가 그녀의 허리를 끌어안으며 말했다.

"그 망할 자식은 마약과 상관없이도 충분히 쓰레기야."

"그런가요?"

"응. 그보다 그날 나도 참여하면 안 되나?"

"마음은 고맙지만 로렌스 가문 회의에 블루밍 가문을 이을 사람이 있으면 안 될 것 같아요."

"하긴."

그녀의 말대로, 로렌스 가문의 회의였다. 윈터는 아내 성을 따르지 않은 걸 후회했다. 머리로는 납득해 물러났지만 마음이 편하지 않았다. 그는 아내가 확고한 결심을 가지면서도 본인이 내리는 결정을 두려워하여 여러 번 곱씹는 사람이라는 것을 알고 있기 때문이었다.

바이올렛이 할 말이 있는지 윈터의 품에서 벗어나 두 손을 모으고 반듯하게 서서 턱을 조금 들었다.

"그날 에쉬는 왕의 의전을 받으며 나타날 거예요. 왕실 의전 담당자들이 전부 불려 나왔다는 소문이 있더군요."

"당신이 더 세게 해. 안 그래도 하엘이 그날 쓸 비용 적당히 계산해서 넣어 뒀어."

"그랬나요?"

"응. 한 번에 다 써. 그리고 내 회사에서 원하는 거 있으면 가져다 쓰고."

"회사는 개인 자산이 아니에요."

"그렇게 말할 줄 알았지. 이글린 회사 그만뒀어. 그 녀석 가져다 써. 무직자잖아."

윈터는 아내를 예상하는 것이 어렵다고 생각했었으나, 이제 와 보니 그녀만큼 알기 쉬운 사람도 드물었다. 그녀는 정도를 걷는 사람이니 그 방향만 이해하면 거기서 크게 벗어나지 않았던 것이다.

바이올렛이 뭐라 대답하기 전에 윈터가 손을 흔들었다.

"출근할 테니 나오지 마. 추워."

"매일 그렇게 옷만 입으면 되는 상태를 하고 침대에 다시 눕네요, 당신은."

"그래야 아침 인사를 하지."

윈터가 당연한 얘기라는 듯 말하고 그녀의 침실을 떠났다.

같이 있을 때는 하도 달라붙어서 밀어내지만, 윈터가 떠나고 나면 바이올렛은 금방 외로운 기분이 들었다. 빨리 밤이 되어서 같이 있고 싶었다. 이러다 그가 출장이라도 가면 어쩌나 걱정이었다.

"……사랑하면 어린애가 된다더니."

그녀는 제 외로움을 유치하게 여기며 고개를 절레절레 저었다.

❄ ❄ ❄

바이올렛은 윈터가 돈을 맡겨 놓은 레클강 하구 섬, 카닉 본사 인근의 은행에 들렀다.

은행에 있던 파티 비용을 확인한 바이올렛이 한숨을 쉬었다. 윈터가 제 예상보다 웃돌게 넣어 뒀으리라 짐작해 넉넉히 잡았는데도 그 열 배가 되었다. 짐작하건대 헤스턴 가문에서 계승식을 치를 때 쓴 돈보다도 많을 듯했다.

바이올렛이 젠과 은행을 나오니 마차 앞에 이글린이 서 있었다. 그녀가 서류 하나를 흔들며 달려왔다.

"바이올렛, 필요하실 에쉬 도련님의 의전 목록 빼돌렸습니다. 이번에 가문 회의 때 사용할 의전 목록이요."

"아, 고맙네. 그런데 내가 부탁한 적이 없었던 듯한데."

"사실 부탁은 안 하셨지만, 어차피 필요하시잖아요. 그리고 저 또 사표 냈으니까 저 좀 고용해 주세요."

"이야기는 들었네. 자네도 참 진득하지 못하게."

"부군께서 일을 너무 시키시잖아요. 어차피 가문 회의까지 저 쓰실 일 많을걸요?"

이글린이 능청을 떨었다. 바이올렛도 거기에는 동의할 수밖에 없었다. 에쉬와 남매인 그녀조차도 이 목록을 구할 방법을 찾지 못했기 때문이었다.

젠이 궁금해해서 넘겨주니 그녀가 목록을 읽고 눈이 휘둥그레졌다.

"작은 마님, 에쉬 도련님 한 분 이동하시는 데 말이 열여섯 필이 필요해요?"

"응. 왕세자는 여덟 필, 그 외의 직계 자손은 네 필."

에쉬 로렌스가 스스로를 왕으로 대우하려 한다는 사실을 안 젠이 저도 모르게 한심해하더니, 권력욕이라고는 조금도 없어 보이는 제 작은 마님을 슬쩍 보았다.

"그렇다면 우리 작은 마님은 스무 필 정도는!"

"이제 왕실이 없으니 그런 격식은 따질 필요 없을 것 같구나."

"네! 격식을 따질 필요가 없으니까 스무 필도 할 수 있는 거 아닌가요? 그렇죠, 이글린?"

젠의 공격적인 질문에 이글린이 멈칫하더니 입을 열었다.

"안 그래도 대표님이요, 이 목록 먼저 보시더니 크루즈를 사고 싶어 하셨거든요."

그 말에 바이올렛이 동그래진 눈으로 물었다.

"정원 파티에 크루즈가 왜 필요할까?"

"뭐, 다 큰 뜻이 있으셨겠죠. 아무튼 하옐이 작은 마님 질색하신다고 설득해서 아쉽게도 무산됐습니다."

바이올렛은 도대체 크루즈가 왜 필요한지 여전히 짐작이 가지 않았으나, 무산이 되었다니 그저 안심할 뿐이었다.

"남편은 비행선 사업을 통째로 샀으면서 크루즈까지 사려 하는구나."

"그러게 말입니다. 그러고 보니 비행선 연구가 요즘 활기를 띠고 있다더군요."

윈터가 침대에서 해 주는 이야기를 들어 보니 그가 빗속으로 비행선을 끌고 나가던 날이 기점이 되어 오히려 연구가 엄청나게 빠르게 진행된다는 모양이다. 아무도 빗속에 비행선을 끌고 나갈 생각을 하지 않았기에 몰랐던 부분들을 알게 되었다는 아이러니한 이야기였다.

은행에서 나온 일행은 섬에 있는 화려한 상점들에서 가문 회의 때 장식할 만한 식기나 테이블보를 구할 예정이었다. 그동안 파티를 연 적이 없으니 집에 파티에 쓸 용품이 거의 없었다.

특히 바이올렛이 관심이 있는 것은 요즘 유행하는 전구 장식들이었다. 하루하루 빠르게 전기가 보급되며 상류층을 위한 전구 장식들이 상점에 들어서고 있었다. 빛은 부를 상징했고, 최근 들어서는 파티의 가장 중요한 장식품 중 하나로 자리 잡았다.

상점 거리로 향하느라 카닉사 본사를 지나던 바이올렛이 문뜩 생각나 이글린에게 말했다.

"이글린, 그러고 보면 남편은 이동할 때 항상 하옐과 둘만 다니는 것 같던데."

"아, 대표님이요. 대표님은 자기만 타는 마차 늘 대기시켜 놓고, 직원들이 하던 일 멈추고 달려와서 인사하고 이러는 거 정말 싫어하세요. 돈 낭비라고."

"아."

"그렇다고 의전이 아예 없는 건 아니고요. 회사 모든 일이 눈에 들어오게 서류가 작성되어 있지 않으면 그날은……."

"그날은?"

"……누구 하나 모가지 날아가야 끝나는 날이죠, 뭐."

이글린이 생각하니 오싹한지 몸을 부들부들 떨었다. 옆에서 젠도 공감하는지 고개를 끄덕였다.

"이글린, 그때 그거 기억나죠? 솔레트 지점 내부 벽지 보고서가 안 올라와서 전 직원 불려 갔던 거……."

"그, 그때 젠도 있었어요? 진짜 끔찍했지."

"제가 그날 그만뒀어요. 작은 마님 떠나시고 그래도 돈 보고 다니려 했는데 그건 너무 끔찍해서……."

"악마도 도망칠걸요……."

두 사람은 그날을 기억하는 것만으로도 동시에 사색이 되었다. 바이올렛은 괜히 같이 긴장이 되어 두 손을 가슴에 두고 눈을 깜빡거렸다.

바이올렛이 걸음을 옮기다가 허리에 통증이 있어 손으로 살짝 허리를 눌렀다. 젠이 예민하게 반응하며 말했다.

"이번엔 좀 늦어지더니 이제 생리통 시작되었나 봐요. 약 드릴까요?"

"아…… 응. 이따가 차 한잔할 때 주겠니?"

"그럴게요!"

젠이 고개를 크게 끄덕였다. 그녀의 말대로 이번에 주기가 좀 늦어져 신경 쓰고 있었던 바이올렛이 씁쓸함을 감추고 미소를 지었다.

❋ ❋ ❋

티 파티에서 빠져나온 제임스는 막 집사와 양조장을 둘러보고 돌아오는 중이었다.

블루밍가의 상황은 랜던 부인의 말보다도 심각했다. 어디를 찾아봐도 일하는 사람이 없어 텅텅 비어 있었던 것이다. 신경을 곤두세운 그의 귀에 지나가는 사람들이 수군거리는 소리까지 들렸다.

"바이올렛 공주님 이름으로 구입된 건물에 학교가 다섯 개나 세워진대요."

"하, 학교요? 정말? 그런데 아무래도 학비가……."

"공주님이 어떤 분인지 모르세요? 귀족 자녀가 아니라면 학비 면제랍니다."

"어머!"

자녀를 둔 사람들 사이에서 학교가 세워졌다는 이야기는 너무나 중요한 화제로 보였다.

저택으로 돌아온 제임스가 분노하며 집사에게 호통을 쳤다.

"도대체 소작농 관리를 어떻게 한 겐가! 양조장에 사람이 없으면 거기 일까지 같이 책임지게 했어야지!"

"예, 예?"

"두들겨 패서라도 끌고 와서 일을 시켜야 할 거 아냐!"

"그, 그게 무슨……."

"당장!"

"예, 예! 주인어른!"

집사가 정신없이 달려갔다. 제임스가 정원을 보니 오늘의 티 파티는 여느 때보다 조금 빨리 끝난데다가 저녁 만찬으로 이어지지도 않은 상태였다. 다들 상황을 살피러 빠져나간 탓이었다.

그가 저택에 들어섰을 때, 캐서린은 안절부절못하며 돌아다니고 있었고, 디에브는 소파에 앉아 괴로운 표정을 짓고 있었다.

또 다른 문제가 터졌음을 직감한 제임스가 디에브에게 물었다.

"무슨 일로 온 게냐, 디에브."

그러자 얼굴이 하얗게 질린 디에브가 말했다.

"어머니의 신탁 자금이 묶여 버렸습니다, 아버지."

"……뭐? 그게 무슨 소리야?"

"그동안 윈터가 카프타운의 땅에서 나오는 소작료를 전부 어머니의 신탁으로 넣고 있지 않았습니까. 언제든 꺼내 쓰실 수 있게. 그런데 그 신탁을 그냥 동결해 버렸답니다."

"그, 그게…… 신탁은 어차피 당신 돈인데 어떻게 동결이 가능하단 거요?"

제임스가 묻자 캐서린이 절망한 표정으로 말했다.

"디에브의 사업에 수익성이 없다고 판단했답니다. 남부 은행장과 상의해 3년 동안 동결이 되도록 해 놨다더군요. 디에브에게 빌려주려는 걸 보니 내가 돈을 운용할 능력이 없다는 이유로요."

캐서린이 믿는 구석은 그녀가 가진 두 개의 신탁이었다. 하나는 제 부모로부터 받은 것이었고, 또 다른 하나는 윈터로부터 받은 것이었다.

지금까지 그녀는 이 돈을 당연하게 여겨 왔다. 그런데 그중 하나가

끊겨 버리니 머릿속이 새하얘지던 참이었다.

디에브가 욱해서 말했다.

"그러니까 어머니, 왜 바이올렛을 때리신 겁니까? 그 연약한 사람을."

"디에브, 너 지금 누구 편을 드는 거니!"

"저 이 돈 정말로 필요합니다. 이 돈이 없으면 제가 지금까지 사업에 투자한 것들까지 전부 무효가 된단 말입니다!"

어머니에게서 더 이상 돈이 나올 수 없다는 것을 깨달은 디에브가 이제는 간절한 얼굴로 제임스를 보았다.

이미 블루밍 가문 회의로부터 어마어마한 원성을 들은 제임스는 믿고 있던 아내의 신탁 자금까지 동결되자 한 가지 결론밖에 낼 수 없게 되었다.

"캐서린, 바이올렛에게 사과하고 신탁만이라도 풀어 달라고 부탁해 봐요."

"뭐라고요?"

"그것밖에 방법이 없지 않소."

"맙소사."

캐서린이 충격받은 얼굴을 하자 아들까지 말을 보탰다.

"어머니, 제발요. 이 신탁만이라도 풀어 달라고 말씀해 주세요."

캐서린은 억장이 무너지는 기분이었으나 이 상황에서 벗어나기 위해서는 반드시 윈터의 도움이 필요했다.

그러나 윈터에게라면 그래도 사과를 할 마음이 들지만, 이전까지는 아무 고민 없이 유지되던 제 평화를 박살 내 버린 바이올렛에게 사과할 마음은 조금도 들지 않았다.

윈터가 돈을 허공에 날려 버리게 만든 것도 바이올렛 로렌스였고,

그가 아들 노릇조차 하지 않게 만든 것도 바이올렛 로렌스였다.

캐서린은 그녀가 죽이고 싶을 만큼 미웠다. 그녀가 사라지면 윈터가 제게로 돌아올까, 생각할 정도였다.

심지어 남편은 친아들인 윈터를 내심 아끼는 눈치였고, 디에브는 예전부터 바이올렛에게 흑심이 있었다. 그녀의 마음을 알아줄 사람은 아무도 없었다.

그녀가 분노하며 제임스를 노려보았다.

"당신의 그 천한 사생아를 받아 준 대가가 이거군요."

"캐서린…… 부탁이오."

그녀를 더 화나게 해 봤자 사과하러 가게 만드는 일에 도움이 안 될 것을 알고, 제임스가 한층 부드러워진 목소리로 달랬다.

캐서린은 서러움으로 떨리는 숨을 내쉬고 획 돌아 제 방으로 들어섰다. 제임스가 다정한 목소리로 밖에서 설득했지만 대꾸하지 않았다.

이제 와 그녀는 윈터가 그리워졌다.

〈당신의 이해를 돕기 위하여〉 4권에 계속